TERRE DES ORIGINES

BASILICA

Du même auteur
aux Éditions J'ai lu

Abyss, *J'ai lu* 2657

Le cycle d'Ender :
1. La stratégie Ender, *J'ai lu* 3781
2. La voix des morts, *J'ai lu* 3848
3. Xenocide, *J'ai lu* 4024
4. Les enfants de l'esprit, *J'ai lu* 5622

Terre des origines :
2. Le Général, *J'ai lu* 7363

ORSON SCOTT CARD

TERRE DES ORIGINES

LIVRE PREMIER

BASILICA

TRADUIT DE L'AMÉRICAIN PAR ARNAUD MOUSNIER-LOMPRÉ

J'AI LU

Titre original :
HOMECOMING : THE MEMORY OF EARTH

À un bon lecteur, un bon ami et,
plus important, un homme bon,

Jeff ALTON

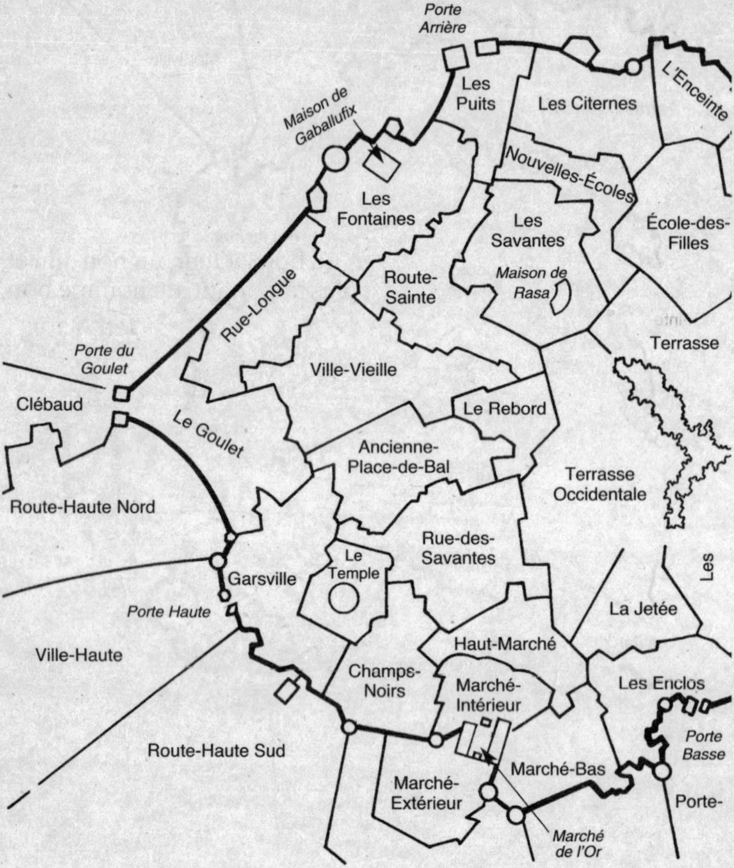

Les quartiers de Basilica

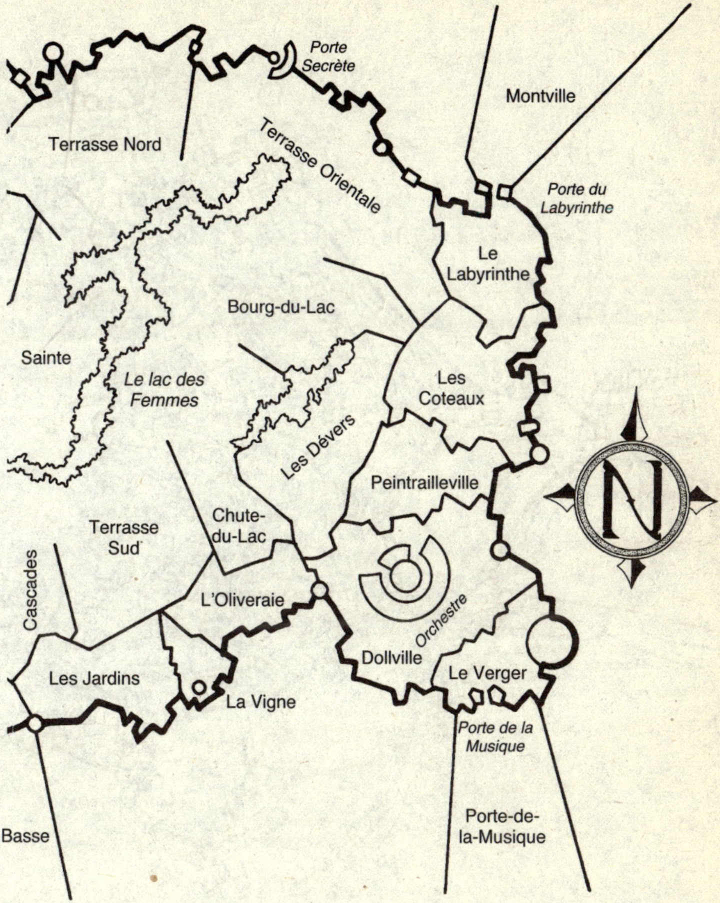
Porte
Secrète
Montville
Terrasse Nord
Terrasse Orientale
Porte du
Labyrinthe
Le
Labyrinthe
Bourg-du-Lac
Sainte
Le lac des
Femmes
Les
Coteaux
Les Dévers
Peintrailleville
N
Terrasse
Sud
Chute-
du-Lac
Cascades
L'Oliveraie
Orchestre
Dollville
Le Verger
Les Jardins
La Vigne
Porte de la
Musique
Porte-de-
la-Musique
Basse

Principales rues de Basilica

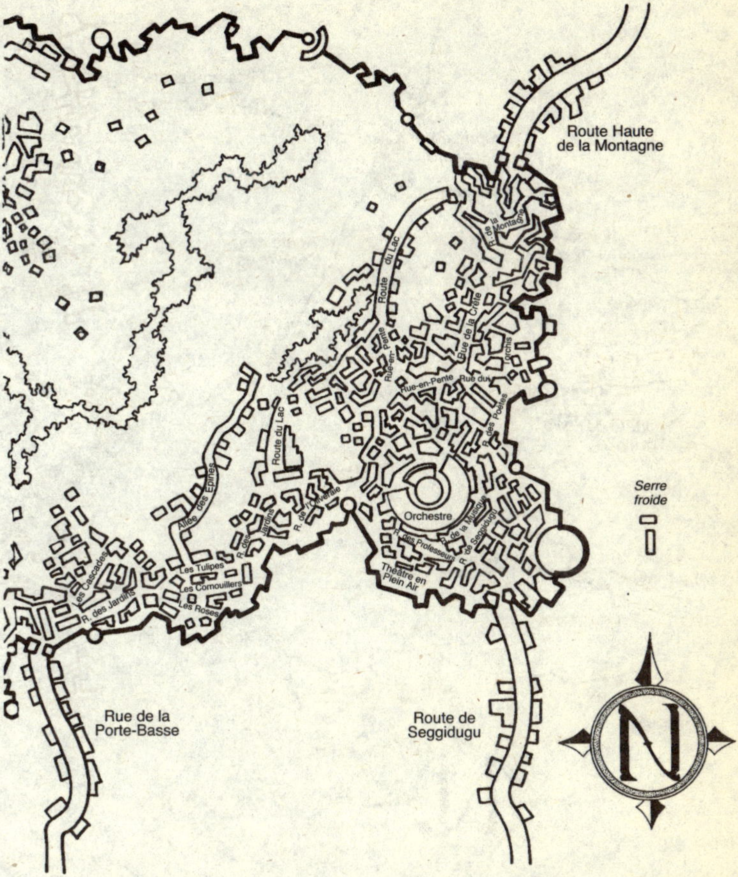

Route Haute
de la Montagne
R. de la Montagne
Route du Lac
Rue de la Crête
Rue-en-Pente
Rue-en-Pente
Route du Lac
Allée des Epines
Orchestre
Serre
froide
R. des Professeurs
Théâtre en
Plein Air
Les Tulipes
Les Cornouillers
Les Roses
Les Cascades
R. des Jardins
Rue de la
Porte-Basse
Route de
Seggidugu

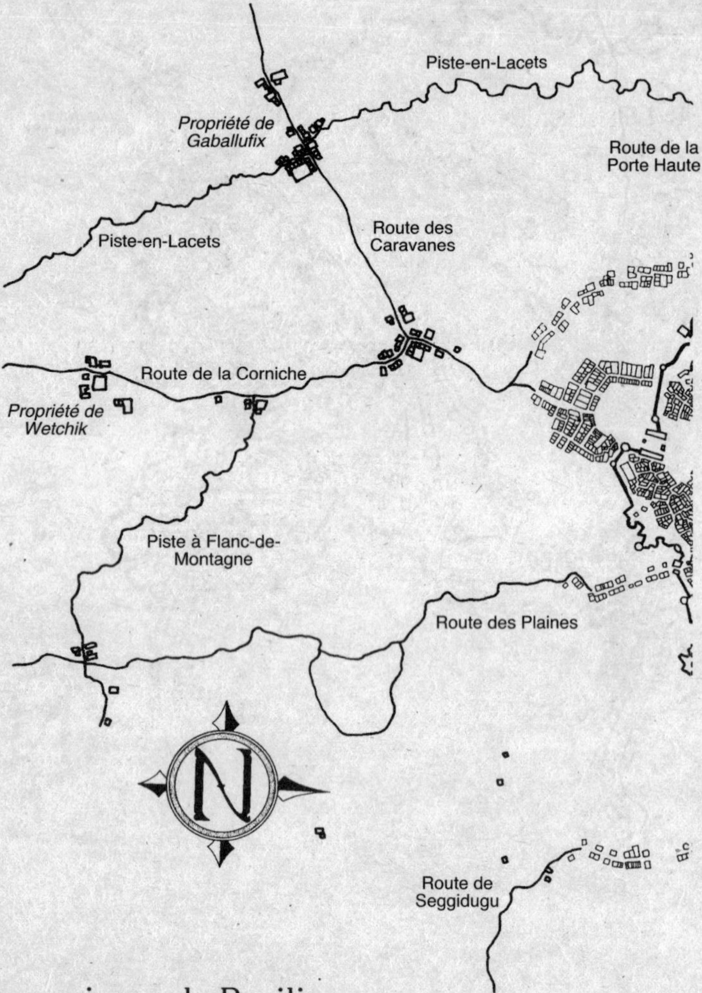

Les environs de Basilica

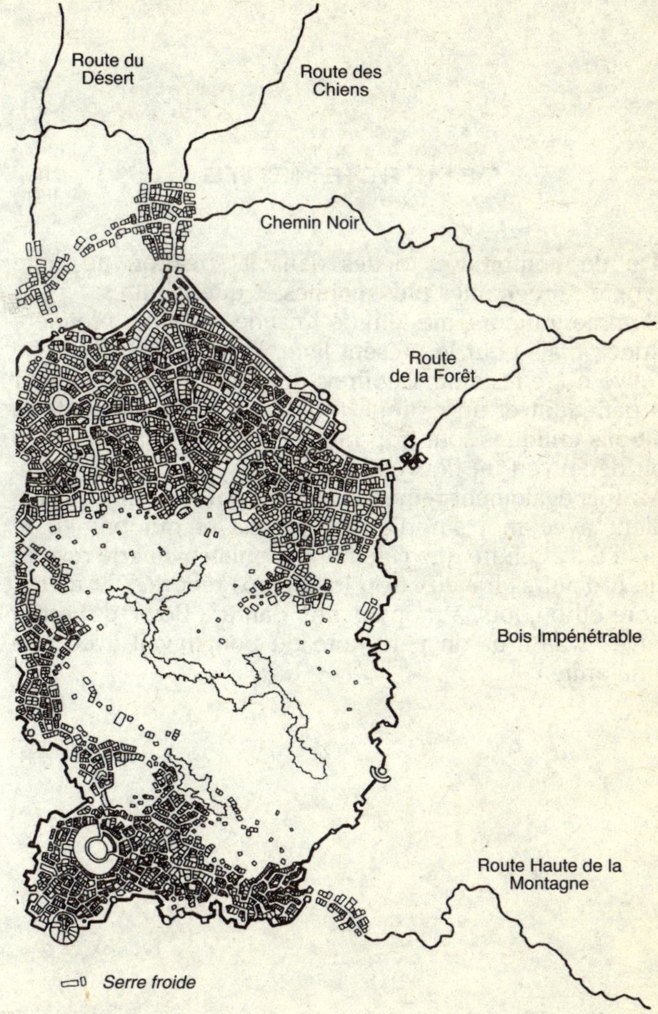
Route du Désert
Route des Chiens
Chemin Noir
Route de la Forêt
Bois Impénétrable
Route Haute de la Montagne
Serre froide

REMERCIEMENTS

J'ai de nombreuses dettes dans la création de cette œuvre, dont certaines plus manifestes que d'autres.

Comme toujours, ma femme Kristine a été ma première lectrice ; mais pour le présent livre, l'a rejointe dans cette épreuve notre fils aîné, Geoffrey, qui s'est révélé un lecteur très pénétrant et un critique toujours à l'affût des détails. Les bons critiques sont trop rares, et je m'enorgueillis d'en avoir découvert un nouveau.

Je dois également remercier les nombreux amis qui travaillent avec moi sur d'autres projets et qui ont eu la patience d'attendre que j'aie fini ce roman avant de revenir enfin à d'autres travaux trop longtemps reportés. Et merci, encore et toujours, à mon agente, Barbara Bova, qui est la preuve vivante qu'on peut faire du bon travail avec une bonne amie.

NOTE SUR LES LIENS DE PARENTÉ

Étant donné les coutumes matrimoniales en usage dans la cité de Basilica, les relations familiales sont parfois un peu complexes. Peut-être ces diagrammes de parenté contribueront-ils à éclaircir les choses. Le nom des femmes est donné en italique.

FAMILLE DE WETCHIK

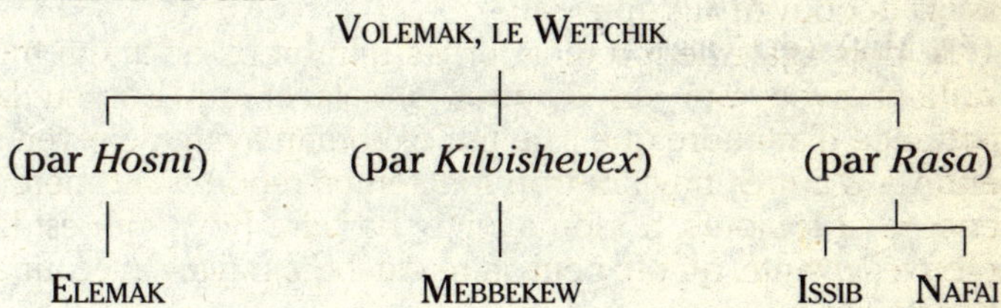

FAMILLE DE RASA

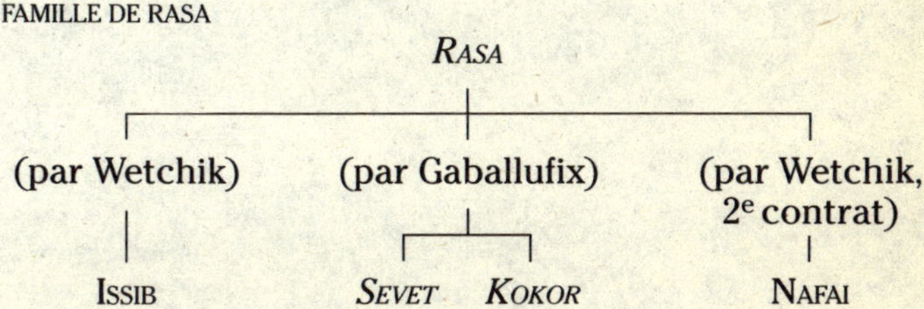

NIÈCES DE RASA

(Ses meilleures élèves, « adoptées » en une relation définitive de parrainage)

SHEDEMEI *DOL* *EIADH* *HUSHIDH* et *LUET*

FAMILLE DE HOSNI

HOSNI

- (par Zdedhnoi)
  - GABALLUFIX
    - (par *Rasa*)
      - *SEVET* (ép. VAS)
      - *KOKOR* (ép. OBRING)
- (différents hommes)
  - PSUGAL
  - *AZH*
  - OKHAI
- (par Wetchik)
  - ELEMAK

LES SURNOMS

La plupart des noms comportent des formes diminutives ou familières. Par exemple, les proches parents de Gaballufix, ses amis intimes, sa compagne actuelle et ses anciennes compagnes peuvent l'appeler Gabya. On trouvera ci-dessous d'autres surnoms. (Ici encore, étant donné l'aspect inhabituel de ces noms, ceux des personnages féminins sont portés en italiques.)

Dhelembuvex : Dhel
Dol : Dolya
Drotik : Dorya
Eiadh : Edhya
Elemak : Elya
Hosni : Hosya
Hushidh : Shuya
Issib : Issya
Kokor : Koya
Luet : Lutya
Mebbekew : Meb
Nafai : Nyef
Obring : Briya
Rasa : *pas de diminutif*
Rashgallivak : Rash
Roptat : Rop
Sevet : Sevya
Shedemei : Shedya
Trujnisha : Trujya
Vas : Vasya
Volemak : Volya
Wetchik : pas de diminutif
(titre de famille de Volemak)
Zdorab : Zodya

PROLOGUE

Le maître ordinateur de la planète Harmonie avait peur. Cela ne se manifestait par aucun symptôme humain ; il n'avait pas les mains moites, ni la bouche sèche, ni l'estomac noué ou retourné. Ce n'était qu'une machine sans parties mobiles, qui tirait son énergie du soleil et ses données de ses satellites, de sa mémoire et de l'esprit d'un demi-milliard d'êtres humains. Pourtant, il ressentait une sorte de peur, il avait l'impression que tout lui échappait, qu'il n'avait plus le pouvoir d'influencer le monde comme autrefois.

Bref, il connaissait la peur de la mort. Pas de sa mort personnelle, car le maître ordinateur ne possédait pas d'ego et il n'attachait aucune importance à prolonger ou non son existence. Mais il avait une mission, inscrite dans son programme depuis des millions d'années, celle d'être le gardien de l'humanité sur ce monde. S'il s'affaiblissait au point de ne plus pouvoir remplir cette mission, il savait sans l'ombre d'un doute – toutes les projections le confirmaient – qu'en l'espace de quelques milliers d'années, l'humanité se retrouverait face au seul ennemi capable de la détruire : l'humanité elle-même, bardée d'armes susceptibles d'anéantir toute une planète.

Le temps est venu, pensa le maître ordinateur. Je dois agir dès maintenant, tant qu'il me reste un peu d'influence sur le monde, ou une nouvelle planète mourra.

Mais comment ? Le maître ordinateur l'ignorait. Cette confusion qui l'empêchait de prendre une décision était l'un des symptômes de son déclin. Il ne pouvait se fier à ses propres conclusions, pour autant qu'il parvînt à en tirer. Il avait besoin de conseils, d'explications, d'une reprogrammation ; peut-être même fallait-il le remplacer par une machine plus performante, plus apte à faire face aux nouveaux défis que lui lançait la race humaine.

L'ennui, c'est qu'il n'existait qu'une seule source fiable capable de lui donner des conseils ; et cette source était si éloignée que Surâme serait obligé de la rejoindre pour obtenir ce qu'il cherchait. Autrefois, Surâme avait la capacité de se déplacer, mais quarante millions d'années avaient passé depuis, et l'usure avait joué malgré le champ de stase qui l'entourait. Surâme ne pouvait se lancer seul dans sa quête. Il lui fallait une assistance humaine.

Deux semaines durant, le maître ordinateur examina son immense base de données, évaluant l'utilité potentielle de chaque être humain actuellement en vie. La plupart étaient trop stupides ou trop peu réceptifs ; et même si certains se révélaient encore capables de recevoir des communications directes, seuls quelques-uns occupaient une position d'où ils pourraient agir efficacement.

C'est ainsi que le maître ordinateur dirigea son attention sur une poignée d'êtres humains de l'antique cité de Basilica. Dans l'obscurité de la nuit, alors qu'un de ses satellites les plus fiables passait dans le ciel de la cité, il se mit au travail et transmit par rayon compact un flux régulier d'informations et d'instructions à ceux qui pouvaient l'aider à sauver un monde nommé Harmonie.

1

CHEZ LE PÈRE

Avant l'aube, Nafai s'éveilla sur sa natte, chez son père. À quatorze ans, il n'avait plus le droit de dormir chez sa mère. Aucune femme de Basilica qui se respectait n'accepterait jamais de placer sa fille chez Rasa si un garçon de quatorze ans y résidait – surtout depuis que Nafai, à douze ans, avait été pris d'une crise de croissance qui ne semblait pas devoir s'arrêter, bien qu'il mesurât déjà presque deux mètres.

Hier encore, il avait entendu sa mère parler avec son amie Dhelembuvex. « Les gens commencent à se demander quand tu vas lui trouver une cousinette, disait Dhel.

— Ce n'est qu'un enfant », avait répondu Mère.

Dhel avait émis un hululement de rire. « Rasa, ma chérie, as-tu donc si peur de vieillir que tu refuses de voir que ton bébé est un homme ?

— Ce n'est pas ça, dit Mère. On aura le temps de penser aux cousinettes, aux compagnes et à tout ça quand il commencera à s'y intéresser lui-même.

— Oh, il s'y intéresse déjà, rétorqua Dhel. C'est juste qu'il ne t'en parle pas, à toi. »

C'était tout à fait exact ; Nafai avait rougi en entendant ces mots, et il rougissait encore en se les rappelant. Comment Dhel pouvait-elle savoir, rien qu'en l'ayant regardé un instant, qu'il pensait si souvent à « tout ça » ? Mais non, Dhel n'avait rien vu chez Nafai : elle était au courant parce qu'elle connaissait les hommes. C'est simplement une crise que je traverse, se dit Nafai. Tous ceux de mon âge passent par là. Devant un garçon de près de deux mètres, sans poil au menton, on peut se dire, presque à coup sûr : « Celui-là, en ce moment, il pense au sexe. »

Mais je ne suis pas comme les autres, songea Nafai. Quand j'entends Mebbekew et ses copains discuter, ça me rend malade. Je n'aime pas cette façon grossière de voir les femmes, de les évaluer comme si c'étaient des juments. « C'est une bête de somme ou est-ce que je peux la monter ? Faut-il la mener au pas ou puis-je la lancer au galop ? Je la garde à l'écurie ou je la sors pour la montrer aux copains ? »

Ce n'était pas ainsi que Nafai voyait les femmes, pas du tout. Peut-être parce qu'il allait encore à l'école, que chaque jour il parlait sérieusement avec des femmes. Ce n'est pas parce qu'Eiadh est la plus jolie fille de Basilica et donc, très probablement, du monde entier que je suis amoureux d'elle. Je l'aime parce qu'on peut parler ensemble, à cause de sa tournure d'esprit, du son de sa voix, de sa façon de pencher la tête de côté quand j'expose une idée avec laquelle elle n'est pas d'accord, sa façon de poser sa main sur la mienne quand elle essaye de me convaincre.

Nafai s'aperçut brusquement que le ciel s'éclairait à sa fenêtre ; il rêvait d'Eiadh, alors que s'il était un peu plus futé, il se lèverait et se rendrait en ville pour la voir.

Sitôt pensé, sitôt fait. Il se redressa, s'agenouilla à côté de sa natte, frappa ses cuisses et sa poitrine nues et offrit la douleur à Surâme, puis roula sa literie et la rangea dans son coffre. Je n'ai pas vraiment besoin de lit, se dit-il. Si j'étais un homme, je dormirais par terre et ça ne me dérangerait pas. Voilà comment je deviendrai sec et maigre comme Père et comme Elemak. Ce soir, je ne prends pas ma natte.

Il sortit dans la cour et s'approcha de la citerne. Plongeant les mains dans le petit évier, il humecta le savon et se le passa sur tout le corps. L'air était frais et l'eau plus encore, mais il ne s'en soucia pas. Ce n'était rien à côté de ce qui l'attendait. Il se plaça sous la douche, saisit le cordon... et hésita, rassemblant son courage pour l'épreuve à venir.

« Allez, tire et qu'on en parle plus ! » dit Issib.

Nafai se tourna vers la chambre d'Issib, qui flottait devant la porte. « C'est facile à dire, pour toi ! » répliqua-t-il.

Issib, infirme, ne pouvait se servir de la douche ; il ne fallait pas mouiller ses flotteurs. Aussi, tous les soirs, un serviteur les lui enlevait et le baignait. « Tu te conduis comme un vrai gosse, devant l'eau froide, dit Issib.

— Toi, tu vas te retrouver avec de la glace dans le cou ce soir au dîner, répliqua Nafai.

— Étant donné que tu m'as réveillé, à frissonner et à jacasser comme ça...

— Je n'ai pas fait un bruit, protesta Nafai.

— ... j'ai décidé de t'accompagner en ville.

— Chouette, chouette. Chouette, mon hibou.

— Tu as l'intention de laisser sécher le savon ? Ça donne à ta peau une blancheur charmante, mais dans quelques heures, ça risque de démanger. »

Nafai tira le cordon.

Une averse d'eau glacée lui tomba sur la tête. Il hoqueta – cela faisait toujours un choc – puis se pencha, se tourna, se tordit et aspergea d'eau tous les creux et replis de son corps pour en rincer le savon. Il ne disposait que de trente secondes avant que la douche cesse, et s'il n'avait pas fini à temps, il avait le choix entre supporter le savon toute la journée – et ça démangeait vraiment, comme mille piqûres de puces – et attendre quelques minutes en se pelant de froid que l'eau de la citerne remplisse le petit réservoir. Peu tenté par cette alternative, il avait depuis longtemps appris ce qu'il fallait faire, si bien qu'il était toujours rincé avant l'arrêt de la douche.

« J'adore ta petite danse, dit Issib.

— Ma danse ?

— On se penche à gauche pour rincer l'aisselle droite, à droite pour rincer l'aisselle gauche, on se penche en avant et on s'écarte les fesses pour se rincer le derrière, on se penche en arrière...

— Ça va, j'ai compris, l'interrompit Nafai.

— Sans rire, je le trouve génial, ton numéro. Tu devrais le proposer au directeur du Théâtre en Plein Air. Ou à l'Orchestre, même. Tu pourrais finir vedette.

— Un gars de quatorze ans qui danse à poil sous une douche ? À mon avis, ce n'est pas dans ce genre de salles qu'on montre ça.

— Mais à Dollville, alors ! Tu ferais un malheur à Dollville ! »

Nafai s'était séché – à part les cheveux, qui lui glaçaient encore la tête. Il avait envie de courir jusqu'à sa chambre comme il faisait quand il était petit, en criant des mots dénués de sens – ses préférés étaient « ouga-bouga lougabouga » – tout en enfilant ses vêtements et en se frottant pour se réchauffer. Mais c'était un homme à présent, et on n'était qu'en automne, pas en hiver ; aussi s'imposa-t-il de regagner sa chambre d'un pas posé, ce qui explique pourquoi il était encore dans la cour, tout nu et glacé jusqu'à la moelle, quand Elemak franchit le portail.

« Cent-vingt-huit jours ! brailla ce dernier.

— Elemak ! s'écria Issib. Tu es revenu !

— Et pas grâce aux voleurs des collines », rétorqua Elemak. Il marcha droit vers la douche tout en ôtant ses vêtements. « Ils nous sont tombés dessus il y a deux jours à peine, bien trop près de Basilica à mon goût. Je crois qu'on en a tué un, cette fois.

— Tu n'en es pas sûr ? demanda Nafai.

— Je me suis servi du pulsant, évidemment. »

Évidemment ? songea Nafai. C'est évident de servir d'une arme de chasse contre un homme ?

« Je l'ai vu tomber, mais je n'allais pas faire demi-tour pour vérifier ; alors, peut-être qu'il a simplement trébuché pile au moment où j'ai tiré. »

Elemak déclencha la douche avant de s'être savonné. À l'instant où l'eau le frappa, il poussa un hurlement, puis exécuta sa petite danse personnelle, en agitant la tête et en éclaboussant la cour, tout en criant des « ouga-bouga lougabouga », comme un gosse.

Elemak pouvait se permettre de se conduire ainsi. Il avait vingt-quatre ans, venait de ramener sans accroc sa caravane de Tishchetno, la ville de la jungle où il était allé acheter des plantes exotiques (et c'était la première fois depuis des années que quelqu'un de Basilica se rendait là-bas), et il avait peut-être bien tué un voleur en chemin. Personne ne pouvait considérer Elemak autrement que comme un homme. Nafai connaissait la règle : quand un homme agit comme un enfant, c'est qu'il est jeune d'esprit, et tout le monde est enchanté ; quand un adolescent fait la même chose, il est puéril, et tout le monde lui intime de se conduire en homme.

Elemak se savonnait, à présent. Nafai, toujours gelé malgré ses bras croisés sur sa poitrine, s'apprêtait à regagner sa chambre pour y chercher ses vêtements quand Elemak reprit la parole.

« Tu as grandi depuis mon départ, Nyef.

— Oui, je m'en occupe depuis quelque temps.

— Ça te va bien. Tu te muscles drôlement. Tu tiens du paternel pour les bons côtés. Mais de visage, tu ressembles à ta mère. »

Nafai apprécia le ton approbateur d'Elemak, mais c'était un peu humiliant aussi de rester là, nu comme un ver, pendant que son frère le jaugeait.

Issib, bien entendu, mit son grain de sel. « Il a le trait le plus saillant de Père, heureusement, dit-il.

— On l'a tous, répliqua Elemak. Tous les enfants que le paternel a eus sont des garçons – enfin, tous ceux qu'on connaît. » Il éclata de rire.

Nafai détestait qu'Elemak parle de Père comme ça. Père était un homme chaste, tout le monde le savait, qui n'avait de rapports qu'avec sa compagne légitime. Et depuis quinze ans, cette compagne était Rasa, la mère de Nafai et d'Issib ; elle reconduisait son contrat chaque année. Il était si fidèle que les autres femmes avaient cessé, quand le contrat arrivait à son terme, de venir lui signifier à mots couverts leur disponibilité. Naturellement, Mère était tout aussi fidèle ; pourtant il se trouvait encore quantité d'hommes pour l'accabler de présents et de sous-entendus – mais on n'y pouvait rien : la fidélité en excitait certains encore plus que le libertinage, comme si Rasa ne demeurait si fidèle à Wetchik que pour les inciter à la poursuivre. Et puis, s'apparier avec Rasa signifiait partager ce que certains considéraient comme la plus belle maison, et tous comme la plus belle vue, de Basilica. Je ne m'apparierai jamais avec une femme rien que pour sa maison, songea Nafai.

« Tu es dingue ou quoi ? dit Elemak.

— Quoi ?

— Il fait un froid à ne pas mettre dehors un téton de

sorcière et tu restes là, tout dégoulinant et complètement à poil !

— Ouais, c'est vrai », répondit Nafai. Mais il ne se précipita pas vers sa chambre ; ç'aurait été avouer qu'il ne supportait pas le froid. Il fit d'abord un grand sourire à Elemak. « Bienvenue à la maison, dit-il.

— Arrête de frimer, Nyef, lança Elemak. Je sais que tu pèles de froid ; tu as les pendouilles qui se ratatinent. »

Nafai regagna sa chambre d'un pas nonchalant et enfila son pantalon et sa chemise. Elemak semblait toujours savoir ce qui se passait dans sa tête, et cela l'ennuyait. Elemak était incapable d'imaginer que Nafai, endurci et viril, pût se montrer insensible au froid. Non, il partait toujours de l'idée que si Nafai agissait en homme, c'est qu'il frimait. Bien sûr, Elemak avait raison, mais ce n'en était que plus énervant. Comment devenait-on un homme, si ce n'est en faisant d'abord semblant, jusqu'à ce qu'une habitude se forme, puis, pour finir, un trait de caractère ? D'ailleurs, ce n'était pas entièrement de la frime. Pendant une minute, en voyant Elemak de retour, en l'entendant parler d'un homme qu'il avait peut-être tué, Nafai avait oublié qu'il avait froid ; il avait tout oublié.

Une ombre se tenait dans l'encadrement de la porte. C'était Issib. « Tu ne devrais pas te laisser faire comme ça, Nafai.

— Qu'est-ce que tu veux dire ?

— Le laisser te mettre en colère, quand il te taquine. »

Nafai resta interdit. « Comment ça, en colère ? Je n'étais pas en colère.

— Quand il a plaisanté sur le froid que tu devais ressentir, dit Issib. J'ai cru que tu allais lui sauter dessus et lui démonter la tête !

— Mais je n'étais pas furieux.

— Alors, c'est que tu es vraiment frappé, mon vieux, rétorqua Issib. Moi, je t'ai cru furieux, lui aussi, et même Surâme l'a cru !

— Surâme sait que je n'étais pas du tout en colère.

— Alors, apprends à contrôler tes expressions, Nyef ! On jurerait que tu affiches des émotions que tu ne ressens même pas. Tu n'avais pas tourné le dos qu'Elemak t'a fait un bras d'honneur ; c'est te dire à quel point il te croyait en rogne. »

Issib s'éloigna sur ses flotteurs. Nafai mit ses sandales et entrecroisa les lacets sur les jambes de son pantalon. La mode chez les jeunes gens des environs de Basilica voulait qu'on porte de longs lacets jusqu'en haut des cuisses, noués à l'entrejambe, mais Nafai coupait les siens et les attachait au niveau du genou, comme un travailleur sérieux. Avec ces gros nœuds de cuir entre les jambes, les jeunes gens prenaient une démarche de sénateur, ils roulaient d'un bord sur l'autre pour éviter de s'irriter les cuisses contre les nœuds. Nafai, lui, ne marchait pas comme un sénateur et méprisait l'idée d'une mode qui rendait les vêtements moins confortables.

Ce rejet de la mode ne facilitait évidemment pas son intégration dans des groupes de son âge, mais Nafai n'en avait cure. C'était la compagnie des femmes qu'il appréciait le plus, et celles dont il estimait l'opinion n'erraient pas au gré des modes. Eiadh, par exemple, s'était souvent jointe à lui pour se moquer des sandales à haut laçage. « Imagine que tu portes ça pour monter à cheval, avait-elle dit un jour.

— Il y aurait de quoi changer un taureau en bœuf », avait répondu Nafai du tac au tac, et Eiadh avait éclaté de rire et repris sa plaisanterie plusieurs fois au cours de la journée. Avec une femme comme ça, quel besoin de se tracasser pour des modes ridicules ?

Quand Nafai entra dans la cuisine, Elemak mettait au four un gâteau de riz surgelé assez gros pour nourrir toute la maisonnée ; mais Nafai savait par expérience qu'Elemak se le réservait. Il avait voyagé pendant des mois et mangé froid la plupart du temps, car il se déplaçait surtout de nuit... Elemak engloutirait le gâteau en six bouchées environ, puis irait s'écrouler sur son lit pour dormir jusqu'au lendemain matin.

« Où est Père ? s'enquit-il.

— Parti faire un petit voyage », dit Issib, qui cassait des œufs sur son pain grillé avant de les passer au four. Il s'y prenait très habilement, pour quelqu'un qui avait besoin de toutes ses forces pour soulever un œuf. Il tenait l'œuf à dix centimètres au-dessus de la table, crispait juste le bon muscle pour couper le flotteur qui maintenait son bras en l'air, et tout dégringolait, l'œuf et le reste, sur la table. L'œuf s'ouvrait exactement comme il fallait – à chaque coup – alors Issib crispait un autre muscle, le flotteur amenait son bras au-dessus de l'assiette, et de son autre main il faisait couler l'œuf sur le pain. Il y avait peu de choses qu'Issib était incapable de faire seul, grâce aux flotteurs qui contrebalançaient la gravité à sa place. Mais cela impliquait qu'il ne voyagerait jamais comme le faisaient Père, Elemak et, parfois, Mebbekew. Éloigné des magnétiques de la ville, Issib était obligé d'utiliser son fauteuil, lourde machine capable de le transporter mais non de l'aider à faire quoi que ce soit. Loin de la ville, bloqué dans ce fauteuil, Issib était vraiment infirme.

« Où est Mebbekew ? » demanda Elemak. Le gâteau était cuit – trop, en fait, mais c'était toujours ainsi qu'Elemak prenait son petit-déjeuner, si moelleux qu'il était inutile de le mâcher. Sans doute pour l'avaler plus vite, supposait Nafai.

« Il a passé la nuit en ville », répondit Issib.

Elemak éclata de rire. « C'est ce qu'il racontera en rentrant. Mais à mon avis, Meb laboure beaucoup et ne plante pas. »

Pour un homme de l'âge de Mebbekew, il n'y avait qu'un moyen de passer la nuit dans les murs de Basilica : c'était qu'une femme l'emmène chez elle. Elemak pouvait se moquer des conquêtes dont Mebbekew se vantait, Nafai avait vu la façon dont Meb se comportait, avec certaines femmes du moins. Mebbekew n'avait pas à feindre de passer la nuit en ville ; il recevait probablement plus d'invitations qu'il n'en acceptait.

Elemak avala une énorme bouchée de gâteau. Puis il poussa un cri, ouvrit la bouche et y versa directement du vin de la cruche. « C'était brûlant, dit-il quand il put enfin parler.

— Parce que c'est froid, d'habitude ? » demanda Nafai.

C'était une plaisanterie, une petite blague entre frères. Mais pour une raison quelconque, Elemak la prit de travers, comme si Nafai l'avait traité d'imbécile. « Écoute, morveux, dit-il, quand tu auras voyagé en bouffant froid et en roupillant dans la poussière et la boue pendant deux mois et demi, peut-être que toi aussi tu oublieras qu'un gâteau, ça peut être chaud !

— Excuse-moi, dit Nafai. Je ne voulais pas me moquer de toi.

— Alors, fais gaffe, et ne va pas rigoler de n'importe qui, rétorqua Elemak. Tu n'es que mon demi-frère, après tout.

— Ce n'est pas grave, dit Issib d'un ton enjoué. Il a le même effet sur ses vrais frères. » Issib tentait visiblement de détendre l'atmosphère et d'empêcher une querelle d'éclater.

Elemak eut l'air de vouloir aller dans le même sens. « J'imagine que ça doit être encore pire pour toi, dit-il. Une chance que tu sois infirme, sinon Nafai n'aurait jamais atteint ses dix-huit ans. »

Si la mention de son infirmité heurta Issib, il n'en montra rien. Mais elle mit Nafai en fureur. Issib essayait de maintenir la paix, et voilà qu'Elemak l'insultait, sans même s'en rendre compte. Si jusque-là Nafai n'avait pas la moindre envie de déclencher une bagarre, il était maintenant prêt à s'y mettre. Elemak avait cité son âge en années de plantation au lieu d'années de temple ; il tenait donc là un assez bon prétexte. « J'ai quatorze ans, dit-il. Pas dix-huit.

— Années de temple, années de plantation... répondit Elemak. Si tu étais un cheval, tu aurais dix-huit ans. »

Nafai s'approcha à un pas de la chaise d'Elemak. « Mais je ne suis pas un cheval, dit-il.

— Tu n'es pas non plus encore un homme, répliqua Elemak. Et aujourd'hui, je suis trop fatigué pour te casser la figure. Alors, va te préparer ton petit-déjeuner et laisse-moi terminer le mien. » Il s'adressa à Issib : « Père a emmené Rashgallivak ? »

La question surprit Nafai. Comment Père aurait-il pu emmener l'intendant du domaine en l'absence d'Elemak ? Bien sûr, Trujnisha tiendrait la maisonnée ; mais sans Rashgallivak, qui s'occuperait des serres, des écuries, des échoppes, des potins des clients ? Sûrement pas Mebbekew : il ne s'intéressait pas à la routine des affaires de Père. Et les hommes n'accepteraient certainement pas de recevoir des ordres d'Issib ; ils le considéraient avec tendresse ou pitié, mais pas avec respect.

« Non, Père a laissé Rash, dit Issib. Rash devait dormir près de la serre froide, cette nuit. Mais tu sais bien que Père ne part jamais sans vérifier que tout est en ordre. »

Elemak lança un coup d'œil en biais à Nafai. « Je me demandais juste pourquoi certains se poussent tellement du col. »

Nafai comprit brusquement : la question d'Elemak était en fait un compliment à rebours ; il s'était demandé si Père avait confié la responsabilité du domaine à Nafai en son absence. Et visiblement, il n'appréciait pas l'idée que Nafai dirige tel ou tel secteur de l'affaire familiale de plantes rares.

« Ça ne m'intéresse pas de reprendre l'entreprise, dit Nafai, si c'est ce qui t'inquiète.

— Il n'y a rien qui m'inquiète, répondit Elemak. Ce n'est pas l'heure que tu ailles à l'école, chez ta maman ? Elle va avoir peur que son bébé se soit fait enlever sur la route. »

Nafai savait qu'il ferait mieux de laisser passer le sarcasme d'Elemak, de ne plus le provoquer. Il n'avait surtout pas envie de se faire un ennemi de son aîné. Mais du fait même qu'il l'estimait tellement, qu'il voulait tellement lui ressembler, Nafai était incapable de ne pas répondre à la pique. Tout en se dirigeant vers la cour, il se retourna pour lancer : « J'ai des buts bien plus élevés dans la vie que de courir les routes, de tirer sur des voleurs, de coucher avec des chameaux ou de transporter des plantes de la toundra sous les tropiques et des plantes tropicales jusque sur les glaciers. Ce petit jeu-là, je te le laisse. »

Elemak se leva d'un bond, projeta sa chaise à travers la pièce et fit deux pas avant d'écraser le visage de Nafai contre le chambranle. Le coup fut violent, mais Nafai ressentit à peine la douleur et ne s'inquiéta pas qu'Elemak pût lui faire encore plus mal. Au contraire, il éprouva un étrange sentiment de triomphe. J'ai mis Elemak en colère ! Il ne fait plus semblant de me prendre pour quantité négligeable !

« Ce "petit jeu", comme tu dis, te paye tout ce que tu as et tout ce que tu es, dit Elemak. Sans l'argent qu'on rapporte, Père, Rash et moi, tu crois que quelqu'un ferait attention à toi, à Basilica ? Tu crois ta mère si honorable que son honneur se transmette à ses fils ? Si tu crois ça, c'est que tu ne sais pas comment marche le monde. Elle fera peut-être des championnes de ses filles, mais la seule chose qu'une mère peut faire de son fils, c'est un savant. » Il cracha pratiquement le mot "savant". « Et crois-moi, morveux, tu ne seras jamais autre chose ! Je ne sais pas pourquoi Surâme s'est cassé la nénette à te coller des organes de garçon, gonzesse, parce que tout ce qui t'arrivera en grandissant dans ce monde, c'est des trucs de femme. »

Là encore, Nafai savait qu'il ferait mieux de garder le silence et de laisser le dernier mot à Elemak. Mais à peine la réplique lui fut-elle venue à l'esprit qu'elle s'échappa de ses lèvres : « Quand tu me traites de femme, c'est une façon subtile de me dire que je t'excite ? À mon avis, tu es resté sur les routes trop longtemps si tu commences à me trouver irrésistible. »

Elemak le lâcha sur-le-champ. Nafai se retourna, s'attendant presque à le voir éclater de rire en secouant la tête, devant la façon dont leurs jeux finissaient parfois par déraper. Mais non ; son frère se tenait devant lui, cramoisi, la respiration lourde, comme un animal prêt à bondir. « Sors de cette maison, gronda-t-il, et n'y remets pas les pieds tant que j'y serai.

— Ce n'est pas ta maison, fit remarquer Nafai.

— La prochaine fois que je te trouve ici, je te tue !

— Allez, Elya, tu sais bien que je rigolais. »

Issib vint se placer entre eux d'un air enjoué et passa maladroitement un bras autour des épaules de Nafai. « On est en retard pour aller en ville, Nyef. Mère va s'inquiéter pour de bon. »

Cette fois, Nafai eut assez de jugeote pour se taire sans insister. Il savait tenir sa langue ; mais il oubliait toujours de le faire à temps. Et maintenant, Elemak était furieux contre lui, peut-être pour des jours entiers. Où est-ce que je vais dormir si je ne peux pas rentrer à la maison ? se demanda-t-il. Immédiatement jaillit l'image d'Eiadh qui lui murmurait : « Pourquoi est-ce que tu ne passerais pas la nuit dans ma chambre ? Après tout, nous serons sûrement compagnons un jour. Une femme éduque bien ses nièces préférées pour en faire les compagnes de ses fils, non ? Je le sais depuis que je te connais, Nafai. Pourquoi attendre encore ? En réalité, tu es l'homme le plus bête de tout Basilica, voilà ! »

Nafai sortit de sa rêverie pour s'apercevoir que c'était Issib qui lui parlait, et non Eiadh. « Pourquoi tu cherches toujours Elemak ? disait-il. Tu sais pourtant qu'il doit se tenir à quatre pour ne pas te tuer, quelquefois.

— Il y a des trucs qui me viennent, et parfois je les sors quand il ne faudrait pas, répondit Nafai.

— Il y a des trucs idiots qui te viennent, tu veux dire, et tu es tellement débile que tu les sors à chaque fois !

— Pas à chaque fois.

— Ah, tu veux dire qu'il y a des trucs encore plus idiots que tu ne dis pas ? Quel cerveau ! Un vrai bijou ! » Issib flottait loin devant lui, comme toujours sur la route de la Corniche. Il oubliait que pour qui devait affronter la gravité, il pourrait être agréable de marcher moins vite.

« J'aime bien Elemak, dit Nafai, malheureux. Je ne comprends pas pourquoi lui ne m'aime pas.

— Je lui demanderai de te faire une liste, un de ces jours, répondit Issib. Je la rajouterai en bas de la mienne. »

2

CHEZ LA MÈRE

Le chemin était long entre la maison de Wetchik et Basilica, mais Nafai le connaissait bien. Jusqu'à l'âge de huit ans, il avait fait le trajet en sens inverse quand Mère les emmenait, Issib et lui, passer des vacances chez Père. À cette époque, se retrouver dans une maisonnée d'hommes avait quelque chose de magique. Père, avec sa crinière de cheveux blancs, c'était presque un dieu ; pour tout dire, jusqu'à ses cinq ans, Nafai crut que Père était Surâme. Mebbekew, qui n'avait que six ans de plus que lui, se montrait déjà taquin, méchamment, sans nulle indulgence, mais Elemak, lui, était gentil et joueur. De dix ans l'aîné de Nafai, Elya avait déjà stature d'homme au yeux de son petit frère, lors de ces premiers séjours au domaine Wetchik ; il n'avait pourtant pas l'allure inspirée de Père ; il était au contraire d'apparence rude et bourrue, comme un lutteur, un homme qui serait doux par choix et non par faiblesse. C'est à cette époque que Nafai avait imploré qu'on lui laissât quitter la maison de Mère pour habiter chez Wetchik, et surtout chez Elemak. Évidemment, il lui faudrait supporter Mebbekew, mais c'était le prix à payer pour vivre chez les dieux.

Mère et Père s'étaient rencontrés en sa présence pour lui expliquer leur refus de le laisser abandonner ses études. « Ce sont les garçons sans avenir qu'on envoie chez leur père à ton âge, dit Père, ceux qui sont trop violents pour s'intégrer à une maison d'études, trop irrévérencieux pour obéir dans une maison de femmes.

— Et les garçons stupides vont chez leur père à huit ans, oui, renchérit Mère. À part savoir vaguement lire et calculer, quel intérêt présente l'instruction pour un sot ? »

À ce souvenir, Nafai ressentait encore aujourd'hui un petit élancement de plaisir, car Mebbekew s'était souvent fait gloire d'être entré chez Père à huit ans, au contraire de Nyef, d'Issya et d'Elya. Nafai ne doutait pas que Meb eût en effet rempli toutes les conditions pour intégrer très jeune une maison d'hommes.

Ses parents finirent donc par convaincre Nafai qu'il valait mieux pour lui rester chez sa mère. D'autres raisons avaient pesé : il fallait tenir compagnie à Issib, penser au prestige de la maisonnée de Mère, à l'avantage d'être auprès de ses sœurs – mais en réalité c'était l'ambition qui l'avait persuadé de ne rien changer à sa vie. Moi, je fais partie de ceux qui ont de l'avenir. Un jour, Basilica et peut-être même le monde entier auront besoin de moi. Et, qui sait ? on enverra mes textes au ciel pour que Surâme en fasse profiter les gens des autres cités, dans d'autres langues. Peut-être même que je ferai partie des grands hommes dont les idées sont encodées dans le verre et archivées, et pour le restant de l'histoire humaine on me considérera comme un des géants d'Harmonie !

Toutefois, devant son ardeur à vouloir habiter avec Père, on l'avait dès lors et jusqu'à l'âge de treize ans envoyé passer la plupart de ses fins de semaine avec Issib à la propriété de Wetchik, qui lui était devenue aussi familière que la demeure citadine de Rasa. Père avait exigé qu'il travaille dur afin d'apprendre comment un homme gagne sa vie, si bien que ces congés n'étaient en rien des vacances. « Six jours par semaine, tu étudies, tu travailles avec ton esprit pendant que ton corps se repose. Ici, tu travailleras avec ton corps aux écuries et aux serres, tandis que ton esprit découvrira la paix qui naît d'un labeur honnête. »

Père parlait toujours de la sorte, comme s'il faisait un éternel sermon ; d'après Mère, il prenait ce ton parce qu'il n'était pas à l'aise avec les enfants. Mais Nafai avait surpris assez de conversations d'adultes pour savoir que Père s'exprimait ainsi avec tout le monde, sauf avec Rasa. Ce qui indiquait qu'il n'était jamais à l'aise, jamais vraiment lui-même avec personne ; mais avec le temps, Nafai avait également appris qu'aussi moralisante que fût sa conversation, Père n'était pas un imbécile ; ses paroles n'étaient jamais creuses, ni stupides, ni inconsidérées. Dans son jeune âge, Nafai croyait que les hommes parlaient tous ainsi ; il usait donc d'un style élégant et mettait son point d'honneur à apprendre l'emeznetyi classique tout comme le basyat familier, qui était à cette époque la langue des arts et du commerce à Basilica. Plus récemment, Nafai s'était rendu compte que pour bien communiquer, mieux valait parler la langue commune ; mais les rythmes et les mélodies de l'emeznetyi transparaissaient encore dans son écriture et dans son discours, et même dans les plaisanteries idiotes qui lui valaient la colère d'Elemak.

« Je viens de comprendre quelque chose », dit-il.

Issib ne répondit pas ; il était loin devant et Nafai n'était même pas sûr d'avoir été entendu. Mais il poursuivit néanmoins, d'une voix plus basse, sans doute parce qu'il se parlait à lui-même. « Je crois que si je dis toutes ces choses qui mettent les gens en colère, ce n'est pas que je les pense, mais simplement que j'ai trouvé une façon astucieuse de les dire. C'est comme un art, inventer une façon parfaite d'exprimer une idée, et une fois qu'elle est inventée, il faut l'utiliser, parce que les mots n'existent pas tant qu'on ne les a pas prononcés.

— C'est plutôt faiblard, comme art, Nyef, et si j'étais toi, j'y renoncerais avant de me faire assassiner à cause de lui. »

Tiens, Issib l'écoutait, finalement.

« Pour un grand costaud, il t'en faut, du temps, pour monter la route de la Corniche ! ajouta-t-il.

— Je réfléchissais.

— Alors, débrouille-toi pour marcher tout en réfléchissant. »

Nafai arriva en haut de la route, où l'attendait Issib. C'est vrai que je lambine, songea-t-il. Je ne suis même pas essoufflé.

Mais Issib s'était arrêté ; Nafai l'imita et se retourna comme son frère vers la route de la Corniche qu'ils venaient de gravir et qui portait bien son nom : elle courait le long d'une corniche qui descendait vers la vaste plaine côtière souvent arrosée par les pluies venues de la mer. Ce matin, l'air était limpide, et du haut de la crête on pouvait voir jusqu'à l'océan la marqueterie des fermes et des vergers, traversée de routes qu'épaississaient çà et là des villes et des villages, étalée comme un couvre-lit entre les montagnes et la mer. Sur la route de la Corniche montait une longue file de fermiers qui allaient au marché, suivis par des colonnes d'animaux de bât. Si Nafai et Issib étaient partis ne fût-ce que dix minutes plus tard, ils auraient dû voyager dans le bruit et l'odeur âcre des chevaux, des ânes, des mules et des kurelomi, au milieu des jurons des hommes et des cancans des femmes. Autrefois, c'était un plaisir, mais Nafai avait assez souvent fait la route avec eux pour savoir que les commérages et les gros mots ne variaient jamais. Tout ce qui vient d'un jardin n'est pas une rose.

Issib se tourna vers l'ouest, et Nafai l'imita : ils étaient face à un paysage complètement différent : le chaotique plateau rocheux du Besporyadok, désert aride qui se déroulait à l'infini vers l'occident. Mille poètes au moins avaient fait la même observation : le soleil s'élevait de la mer, environné de joyaux de lumière qui dansaient sur les eaux ; puis il se couchait dans un flamboiement rouge à l'ouest et disparaissait dans la poussière qui survolait sans cesse le désert. Mais Nafai songeait toujours qu'au regard de la météo, le soleil aurait dû inverser son trajet : il n'apportait pas à la terre l'eau de l'océan, mais répandait le feu desséchant du désert jusqu'à la mer.

L'avant-garde de la foule était maintenant assez proche pour que les deux garçons entendent les conducteurs et les ânes. Ils reprirent donc le chemin de l'enceinte de roche rouge de Basilica, que les premiers rayons du soleil illuminaient par places. Basilica, point de rencontre des montagnes boisées du nord, du désert de l'ouest et de la côte fertile de l'est ; comme les poètes l'avaient chantée ! Basilica, Cité des Femmes, Havre des Brumes, Jardin aux Rouges Murailles de Surâme, port où toutes les eaux du monde s'unissent pour concevoir les nuées et se déverser, renouvelées, sur la terre !

Ou, comme disait Mebbekew, ville rêvée pour prendre une cuite.

Le chemin qui menait de la porte du Marché de Basilica à la propriété de Wetchik sur la route de la Corniche n'avait pas changé pendant toutes ces années ; quand une simple pierre avait été déplacée, Nafai le savait immédiatement. Mais son treizième anniversaire fut un tournant dans sa vie et donna un sens nouveau à la route : à treize ans, les garçons, même les plus prometteurs, abandonnaient leurs études pour toujours et allaient habiter chez leur père. Seuls restaient ceux qui refusaient tout métier d'homme pour devenir savants. À huit ans, Nafai avait supplié qu'on lui permît de vivre chez son père ; à treize, il plaida pour l'inverse. « Non, dit-il, je n'ai pas décidé de me faire savant, mais je n'ai pas non plus décidé le contraire. Pourquoi me faudrait-il déjà choisir ? Laissez-moi habiter chez vous, Père, s'il le faut ; mais laissez-moi aussi rester à l'école de Mère le temps que j'y voie plus clair. Vous n'avez pas besoin de moi pour votre travail comme vous avez besoin d'Elemak. Et je n'ai pas envie de suivre la voie de Mebbekew. »

Aussi, bien que le chemin qui allait de la demeure de Père à la cité fût inchangé, Nafai l'empruntait dans l'autre sens. Le trajet n'était plus de chez Rasa en ville vers la campagne et retour, mais de chez le Wetchik jusqu'à la cité. La plupart de ses affaires étaient à Basilica – tous ses livres, ses papiers, ses instruments et ses jouets – et il y dormait souvent trois ou quatre nuits sur les huit de la semaine, mais c'était chez Père qu'il vivait désormais.

C'était inévitable. Aucun homme ne possédait rien en propre à Basilica ; toute chose lui venait de la générosité d'une femme. Et même celui qui, comme Père, avait toutes les raisons de se croire à l'abri, avec une compagne régulière depuis de longues années, même celui-là ne se sentait jamais vraiment chez lui à Basilica, à cause du lac. Le profond fossé tectonique du cœur de la cité, raison même de son existence, occupait la moitié de l'espace enclos par les murs de Basilica, et aucun homme n'avait le droit d'y descendre, ni même de s'aventurer assez loin dans le bois qui l'entourait pour apercevoir l'eau scintillante. Si elle scintillait ! D'après ce que Nafai en savait, la fracture était si profonde que la lumière du soleil ne touchait jamais les eaux du lac de Basilica.

On ne peut se sentir chez soi quelque part où l'on n'a pas accès à tout. Aucun homme n'est jamais complètement citoyen de Basilica. Et moi, je deviens un étranger dans la maison de ma mère.

Naguère, Elemak avait souvent parlé de cités où les hommes possédaient tout, de pays où ils avaient de nombreuses épouses et où l'on ne consultait pas les femmes pour le renouvellement des contrats de mariage ; il avait même parlé d'une ville où le mariage n'existait pas, mais où les hommes pouvaient prendre les femmes qu'ils voulaient sans qu'elles aient le droit de refuser, à moins d'être enceintes. Nafai se demandait néanmoins si ces histoires étaient vraies, car pourquoi les femmes accepteraient-elles de se soumettre à de tels traitements ? Celles de Basilica étaient-elles tellement plus fortes que les autres ? Ou bien étaient-ce les hommes d'ici qui étaient plus faibles et plus timorés que ceux des autres cités ?

Soudain, une question pressante vint à l'esprit de Nafai : « Tu as déjà couché avec une femme, Issya ? »

Issib ne répondit pas.

« J'aurais bien aimé le savoir », insista Nafai.

Mais Issib ne dit rien.

« J'essaye de comprendre ce que les femmes de Basilica ont de si extraordinaire pour que quelqu'un comme Elya y revienne toujours, au lieu de s'installer dans une des villes où les hommes sont les maîtres. »

Issib répondit enfin : « D'abord, Nafai, mets-toi dans le crâne qu'il n'y a pas de ville où les hommes sont les maîtres. Il y a des endroits où les hommes font semblant de régner et où les femmes jouent à les laisser faire, tout comme les femmes d'ici font semblant de régner et les hommes de les laisser faire. »

Tiens, c'était intéressant. Les choses pouvaient donc être plus complexes qu'il n'y paraissait ? Nafai n'y avait jamais pensé. Mais Issib n'en avait pas terminé, et Nafai avait envie d'en entendre davantage. « Et ensuite ?

— Ensuite, Nyef, eh bien, oui, Mère et Père m'ont trouvé une cousinette il y a plusieurs années, et pour être franc, ça ne correspond guère à ce qu'on en dit. »

Mais ce n'était pas là ce que Nafai voulait entendre. « Meb a l'air de penser le contraire, dit-il.

— Meb n'a pas de cervelle ; il va simplement là où la partie la plus protubérante de sa personne le conduit. Quelquefois, ça veut dire qu'il suit son nez, mais c'est rare.

— C'était comment ?

— C'était agréable. Elle était très douce. Mais je ne l'aimais pas. » Issib prit un air un peu triste. « J'ai eu l'impression qu'on me faisait quelque chose, mais que nous ne faisions rien ensemble.

— C'est peut-être à cause de...

— De mon infirmité ? En partie, j'imagine, bien que cette femme m'ait appris à donner du plaisir ; elle a même dit que je m'en sortais de façon étonnante. Toi, ça te plaira, comme à Meb.

— J'espère bien que non !

— Mère dit que les hommes les meilleurs ne jouissent pas tant que ça de leur cousinette, parce qu'ils ne veulent pas recevoir leur plaisir comme une leçon, mais se le faire donner librement, par amour. Mais elle dit aussi que les moins bons n'apprécient pas non plus leur cousinette, parce qu'ils ne supportent pas qu'une autre contrôle la situation.

— Moi, je ne veux pas de cousinette du tout, dit Nafai.

— Ah, ça, c'est génial ! Et comment tu comptes apprendre, alors ?

— Je veux qu'on apprenne ensemble, moi et ma compagne.

— Tu es un romantique doublé d'un crétin, dit Issib.

— Les oiseaux et les lézards apprennent bien sans personne.

— Nafai ab Wetchik mag Rasa, le célèbre lézard érotomane !

— Une fois, j'ai regardé deux lézards faire l'amour pendant toute une heure.

— Et tu as appris des techniques intéressantes ?

— Oui. Mais elles ne sont utilisables que si on est proportionné comme un lézard.

— Ah ?

— Leur truc est long comme la moitié de leur corps. »

Issib éclata de rire. « Ça doit être pratique, pour acheter un pantalon !

— Et pour lacer ses sandales !

— Il doit falloir se l'enrouler autour de la taille !

— Ou se le passer sur l'épaule ! »

Cette conversation les conduisit jusqu'au marché, où les échoppes commençaient à ouvrir dans l'attente de l'arrivée imminente des fermiers de la plaine. Père en possédait quelques-unes dans le marché extérieur, bien qu'aucun fermier ne fût assez riche ni assez raffiné pour avoir envie d'acheter des plantes aussi difficiles à garder en vie, et qui de surcroît ne donnaient pas de récolte intéressante. Les seules ventes du marché extérieur se faisaient auprès de boutiquiers de Basilica ou, plus rarement, d'étrangers fortunés qui flânaient au marché en arrivant dans la cité ou en la quittant. Père en voyage, c'était Rashgallivak qui supervisait l'ouverture des échoppes ; et en effet, il était là, en train d'installer des plantes de climats froids dans une vitrine réfrigérée. Ils le saluèrent de la main, mais lui se contenta de les regarder sans même leur faire un signe de reconnaissance. Rash était comme ça : en cas de problème, il serait là ; mais pour l'instant, toute son attention était vouée aux plantes. Pourtant, rien ne pressait : les meilleures ventes n'auraient lieu qu'en fin d'après-midi, au moment où les Basilicains cherchaient des cadeaux pour impressionner leur compagne ou leur amant, ou pour conquérir le cœur de quelqu'un.

Meb avait un jour plaisanté sur les plantes exotiques qu'on n'achetait jamais pour soi-même – trop difficiles à entretenir – mais seulement pour les offrir, à cause de leur prix. « C'est le cadeau parfait : les plantes restent belles et impressionnantes exactement le temps que dure une liaison, c'est-à-dire une semaine, en général. Ensuite, elles meurent, à moins que leurs propriétaires ne nous payent, nous, pour venir nous en occuper. Dans les deux cas, leurs sentiments envers les plantes s'harmonisent toujours avec ce qu'ils éprouvent pour les donateurs : exaspération parce que l'autre s'accroche, ou dégoût de l'affreux souvenir tout desséché. Si une histoire d'amour doit devenir définitive, les amoureux feraient mieux de s'acheter un arbre. » Quand Meb avait commencé à tenir ce genre de propos aux clients,

Père l'avait renvoyé de ses échoppes. Nul doute que ce fût là exactement ce que souhaitait Meb.

Nafai comprenait son désir d'éviter de travailler dans l'entreprise familiale. Se décarcasser à vendre des plantes capricieuses n'avait rien de réjouissant.

Si j'arrête mes études, songeait-il, je serai obligé de faire chaque jour un boulot minable comme celui-là, et qui en plus ne me mènera nulle part. À la mort de Père, Elemak deviendra le nouveau Wetchik, or il ne me laissera jamais conduire une caravane à moi, alors que c'est le seul côté intéressant du métier. Et je n'ai pas envie de passer ma vie dans une serre chaude, sèche ou froide, à greffer, à nourrir et à multiplier des plantes qui mourront à peine vendues. Il n'y a aucune grandeur là-dedans.

Le marché extérieur prenait fin à la première porte, dont les vastes vantaux étaient ouverts, comme toujours ; Nafai se demanda si on pouvait encore les fermer. Non que cela eût la moindre importance : cette porte était la mieux gardée de toutes, car la plus passante. La rétine de chacun était examinée et le résultat confronté à la liste des citoyens et des usagers. Issib et Nafai, fils de citoyens, étaient techniquement citoyens eux-mêmes, bien qu'ils n'aient pas le droit de posséder des biens à l'intérieur de la cité, et à leur majorité ils auraient droit de vote. Aussi les gardes les traitèrent-ils avec respect.

Entre les portes extérieure et intérieure, dans l'espace séparant les hautes murailles rouges et protégé de tous côtés par des gardes, se tenait l'activité la plus lucrative de Basilica : le marché de l'or. Ce n'était pourtant pas l'or qui se vendait et s'achetait le plus ici, bien que les prêteurs fussent toujours aussi nombreux. Ce qui s'échangeait, c'étaient toutes les formes de richesses aisément transportables et, par conséquent, aisément volables. Pierres précieuses, or, argent, platine, bases de données, bibliothèques, actes de propriété, actes fiduciaires, certificats d'actionnariat et garanties de dettes non recouvrables : tout cela se négociait ici, et chaque échoppe avait son ordinateur qui transmettait les transactions à l'archiviste municipal, le maître ordinateur de la cité. L'agitation constante de tous ces écrans holographiques provoquait un étrange effet de scintillement, qui donnait l'impression, où qu'on tournât le regard, de toujours apercevoir du coin de l'œil quelque chose qui bougeait. Meb disait que c'était à cause de ça que les prêteurs et les vendeurs du marché de l'or se croyaient sans cesse espionnés.

Nul doute que la plupart des ordinateurs avaient repéré Nafai et Issib dès leur examen de rétine, et affiché à l'écran leurs nom, statut et position financière. Un jour, tout cela aurait son importance, Nafai le savait, mais pour l'heure, cela n'avait aucun sens. Depuis que Meb, qui avait dix-huit ans depuis l'année dernière, s'était affreusement endetté, la famille de Wetchik subissait une sévère restriction bancaire, et comme Nafai n'avait d'autre moyen que le crédit pour se procurer de l'argent, personne ici ne devait s'intéresser à lui. Père aurait pu faire lever cette restriction, mais comme il traitait toutes ses affaires en liquide et sans jamais emprunter, il n'en était pas gêné ; et de cette façon, Meb n'était pas tenté d'accroître ses dettes. Nafai avait assisté aux scènes de jérémiades, de hurlements, de bouderies et de pleurs qui s'étaient succédé pendant des mois, semblait-il, avant que Meb ne comprît enfin que Père ne s'attendrirait pas et ne lui laisserait jamais son indépendance financière. Ces derniers mois, Meb n'y avait pas fait allusion une seule fois. Et voilà qu'il se mettait à porter des habits neufs qu'il prétendait empruntés à des amis compatissants ; Nafai était sceptique. Meb continuait à dépenser de l'argent comme s'il en possédait, et comme il était impossible de l'imaginer travaillant, il fallait en conclure qu'il avait trouvé à emprunter sur sa part de la propriété de Wetchik.

Cela lui ressemblerait bien, de tabler sur la mort anticipée de Père. Mais celui-ci, à cinquante ans seulement, était encore vigoureux et plein de santé. Un jour ou l'autre, les créanciers de Meb se lasseraient, et il devrait alors revenir supplier Père de le libérer de ses dettes.

Il y eut un deuxième contrôle de rétine à la porte intérieure. Mais les deux garçons étaient citoyens et, d'après les ordinateurs, non seulement ils n'avaient rien acheté, mais ils ne s'étaient arrêtés à aucune échoppe ; ils échappèrent donc à l'examen corporel destiné à détecter, selon l'euphémisme habituellement employé, les « emprunts illicites ».

Quelques instants plus tard, ils passaient la porte et pénétraient dans la cité proprement dite.

Plus précisément, ils entrèrent dans le marché intérieur, qui était plus grand que le marché extérieur, mais là s'arrêtait la ressemblance : au lieu de viande et d'aliments, de coupes de drap et de bois, on vendait ici des articles finis : pâtisseries, glaces, épices et herbes ; meubles, literie, draperies et tapisseries ; chemises et pantalons finement cousus, sandales, gants et anneaux pour les orteils, les oreilles et les doigts ; colifichets, animaux et plantes exotiques rapportés à grands frais et à grands risques des quatre coins du monde. C'était ici que Père proposait ses végétaux les plus précieux, dans des échoppes ouvertes jour et nuit.

Mais rien de tout cela n'avait de charme particulier pour Nafai : à force de traverser le marché pendant tant d'années les poches presque vides, ce spectacle lui était devenu indifférent. Seules comptaient pour lui les nombreuses échoppes vendant des myachiks, ces petites boules de verre qui contenaient des enregistrements de musique, de danse, de sculpture, de peinture ; tragédies, comédies et spectacles réalistes, récités sous forme de poèmes, mis en scène, ou transformés en airs d'opéra ; œuvres d'historiens, de scientifiques, de philosophes, d'orateurs, de prophètes et de satiristes ; leçons et démonstrations de tous les arts ou techniques imaginables ; et, naturellement, célèbres chansons d'amour qui faisaient la renommée de Basilica dans le monde entier, car elles combinaient la musique à des jeux de scène érotiques et muets qui se répétaient indéfiniment, de façon aléatoire, telles des sculptures autogènes, dans les chambres et les jardins privés de chaque maisonnée de la cité.

Bien entendu, Nafai était trop jeune pour s'acheter des chansons d'amour, mais il en avait souvent vu chez des amis dont la mère ou les professeurs n'étaient pas aussi discrets que Rasa. Elles le fascinaient, tant par leur musique et leur sujet que par leur érotisme. Mais en fait il passait tout son temps au marché à chercher de nouvelles œuvres de poètes, de musiciens, d'artistes et comédiens basilicains, ou de pièces classiques remises au goût du jour, ou encore des ouvrages inconnus importés de l'étranger, traduits ou en version originale. Père ne laissait peut-être que peu d'argent à ses fils, mais Mère allouait à tous ses enfants – à ses fils et ses nièces ni plus ni moins qu'à de simples élèves – une somme honnête pour l'achat de myachiks.

Sans bien s'en rendre compte, Nafai se dirigeait vers une échoppe où un jeune homme chantait d'une adorable voix de ténor, haute et douce ; la mélodie aurait pu être une nouvelle composition de celui qui se faisait appeler Levant, ou d'un très bon imitateur.

« Non, dit Issib. Tu pourras revenir cet après-midi.

— Continue, je te suis.

— On n'est déjà pas en avance !

— Eh bien, alors, ce n'est pas grave si je prends un peu plus de retard.

— Il faudrait que tu mûrisses, Nafai, rétorqua Issib. Chaque fois que tu rates un cours, tu dois le rattraper, ou ton professeur doit le refaire.

— De toute façon, je n'apprendrai jamais rien. J'ai envie d'écouter la chanson.

— Alors, écoute-la en marchant. À moins que ça ne soit au-dessus de tes capacités ? »

Et Nafai se laissa emmener hors du marché. La chanson s'éteignit rapidement, perdue dans les bavardages, les conversations et la musique qui sortait des autres échoppes. À la différence de l'autre, le marché intérieur ne dépendait pas des fermiers des plaines, et ne fermait donc jamais ; la moitié des gens présents ici, Nafai en était certain, n'avaient pas fermé l'œil de la nuit et se faisaient au matin un dîner tardif de pâtisseries et de thé avant de rentrer se coucher. Peut-être même Meb en était-il. Et, un court instant, Nafai envia son existence. Si jamais je deviens un grand historien ou un grand scientifique, est-ce que je bénéficierai d'une telle liberté ? La liberté de me lever en milieu d'après-midi, d'écrire jusqu'au crépuscule, puis d'aller le nez au vent dans la nuit de Basilica voir les ballets et les pièces de théâtre, entendre les concerts, ou peut-être réciter des passages de mon œuvre écrits le jour même, devant un public de choix que ma récitation laisserait bourdonnant de commentaires, de disputes, de louanges et de critiques... Comment les voyages épuisants d'où Elemak revient tout crotté pourraient-ils se comparer à une telle vie ? Et puis rentrer à l'aube chez Eiadh et lui faire l'amour, tandis qu'en riant nous nous raconterions tout bas nos aventures et nos triomphes de la nuit !

Il manquait deux ou trois éléments pour faire de ce rêve une réalité. D'abord, Eiadh n'avait pas encore de maison, et si elle s'était fait une petite réputation de chanteuse et de diseuse, il était clair que sa carrière n'aurait jamais rien d'éblouissant ; ce n'était pas un prodige, et sa maison resterait sans doute modeste pendant de nombreuses années. Ce n'est pas grave, je l'aiderai à en acquérir une plus belle, même si, quand un homme aide une femme à acheter du bien à Basilica, l'argent ne peut être reçu qu'en cadeau. Eiadh est une femme trop loyale pour annuler un jour mon contrat et me jeter à la porte d'une maison que j'aurais contribué à payer.

Ce qui manquait aussi au rêve de Nafai, c'est qu'il n'avait jamais rien écrit de particulièrement brillant. Evidemment, il n'avait pas encore choisi son domaine d'élection, et, se cherchant encore, il touchait un peu à tout. Mais très bientôt, il ferait son choix, il découvrirait son don, et alors il y aurait des myachiks de ses œuvres à lui dans les échoppes du marché intérieur.

Une procession descendait la route Sainte vers le fond de la Fracture, et parce qu'ils étaient des hommes, ils durent la contourner ; malgré ce détour, ils arrivèrent à l'heure chez Mère. Issib quitta immédiatement Nafai et gagna sur ses flotteurs l'escalier extérieur qui menait à la salle des ordinateurs ; en ce moment, il y passait tout son temps. Une classe d'enfants plus jeunes avait déjà commencé sous les piliers de la courbe sud de l'auvent, éclairée par les rayons obliques du soleil. Ils faisaient leurs dévotions, les garçons s'assenant de temps en temps de violentes claques sur le corps, tandis que les filles chantonnaient à mi-voix. La classe de Nafai devait faire la même chose quelque part à l'intérieur de la maison ; il n'était pas pressé de la rejoindre, car on considérait comme vaguement sacrilège de déranger une séance de dévotion.

C'est donc d'un pas lent qu'il contourna la classe de l'auvent, puis fit halte, appuyé contre un pilastre qui le dissimulait ; il écouta les douces voix des filles qui fredonnaient sans coordination, avec des accords perdus aussitôt que trouvés, et les rythmes saccadés, syncopés des garçons qui se frappaient les joues et les cuisses, les bras et la poitrine à travers leurs vêtements.

Soudain, une élève apparut à côté de lui. Il l'avait déjà vue au gymnase, naturellement. C'était Luet, la sorcerette, dont les visions, disait la rumeur, étaient si remarquables que les dames de la Terrasse lui donnaient déjà le titre de sibylle. Nafai n'ajoutait pas grande foi à ces histoires de magie : Surâme ne pouvait pas plus connaître l'avenir que les humains, et pour ce qui était des visions, les gens ne se rappelaient que celles qui, par pur hasard, coïncidaient plus ou moins avec la réalité.

« Tu es celui qui est couvert de feu », dit-elle.

De quoi parlait-elle ? Que répondre à cela ?

« Non, je suis Nafai.

— Pas vraiment de feu. De petites étincelles de diamant qui se transforment en éclairs quand tu es en colère.

— Il faut que j'y aille. »

Elle lui toucha la manche ; ce geste l'arrêta aussi sûrement que si elle lui avait agrippé le bras. « Elle ne s'appariera pas avec toi, tu sais.

— Qui ?

— Eiadh. Elle te le proposera, mais tu refuseras. »

Oh, l'humiliation ! Cette fille, qui n'avait sûrement pas plus de douze ans et n'était évidemment pas femme, à en juger par sa taille et ses formes, qu'est-ce qu'elle pouvait bien savoir de ses sentiments pour Eiadh ? Son amour était-il à ce point flagrant ? Eh bien, parfait, soit ! Il n'avait rien à cacher. Il n'y avait rien que d'honorable à être connu pour aimer une telle femme. Quant au talent de prophétesse de cette fille, il était bien peu crédible si elle affirmait qu'Eiadh s'offrirait à lui et qu'il la rejetterait ! Je m'arracherais un doigt avec les dents plutôt que de refuser comme compagne la femme la plus parfaite de Basilica ! songea Nafai.

« Excuse-moi », dit-il en retirant son bras. Il n'appréciait pas qu'elle le touchât. On disait que sa mère était une Sauvage, une des ces solitaires crasseuses qui sortaient de leur désert pour entrer à Basilica ; Nafai savait bien que ces soi-disant saintes femmes couchaient avec le premier homme qui le leur demandait, au milieu des rues de la cité, et que n'importe quel homme avait le droit de les posséder, même s'il était déjà sous contrat avec une compagne. Les mâles de noble extraction n'y touchaient pas, bien entendu ; même Meb ne s'était jamais vanté d'avoir participé à « l'adoration du désert » ni à des « fêtes de la poussière », comme on désignait grossièrement l'accouplement avec des Sauvages. Nafai ne voyait rien de sacré dans toute cette affaire, et à ses yeux, cette Luet n'était qu'une bâtarde conçue par une folle et un homme bestial dans un coït plus proche du viol que de l'amour. Il n'y avait aucune chance que Surâme eût rien à voir là-dedans.

« C'est toi, le bâtard », dit la fillette avant de s'éloigner. Les autres avaient fini leurs dévotions, à moins qu'ils n'aient fait silence pour entendre ce que Luet lui racontait, ce qui signifiait que l'histoire aurait fait le tour de la maison avant le déjeuner, de tout Basilica avant le dîner ; Issib le taquinerait sans doute sur le sujet en rentrant, après quoi Elemak et Mebbekew en feraient longtemps des gorges chaudes. Pourquoi les femmes de Basilica ne gardaient-elles pas les folles comme Luet sous clé, au lieu de prendre au sérieux toutes les idioties qu'elles débitaient ?

3

LE FEU

À l'entrée, il se dirigea vers la salle de la fontaine, où ses cours devaient se tenir tout au long de l'automne. Près de la cuisine, il sentit les parfums du dîner en préparation et se rappela brusquement qu'après sa dispute avec Elemak, il avait complètement oublié de manger. Pas le moins du monde affamé jusque-là, il se découvrit soudain une faim de loup et fut même pris d'un léger vertige. Mieux valait s'asseoir. La salle de la fontaine n'était plus qu'à quelques pas ; on comprendrait qu'il arrive en retard s'il n'était pas bien ; personne ne lui ferait de reproches, personne ne le prendrait pour un flemmard s'il était malade. Inutile qu'on sût qu'il était malade de faim.

Il pénétra dans la salle d'un pas traînant, pitoyable, jouant lourdement de sa faiblesse ; il s'appuya même un instant contre un mur. Il devina les yeux des élèves sur lui, mais ne les regarda pas ; il imaginait vaguement qu'un vrai malade ne rendait pas facilement leurs regards aux gens. Il espérait presque que le professeur de service l'interrogerait : « Qu'y a- t-il, Nafai ? Tu n'es pas bien ? »

Mais le silence se poursuivit et il se laissa glisser le long du mur jusque par terre, où il s'assit.

« On va faire venir les pompes funèbres, Nafai, au cas où tu rendrais brusquement l'âme. »

Oh non ! Ce n'était pas un professeur, une de ces jeunes femmes faciles à tromper, intimidées que Nafai fût le propre fils de Rasa. Non, c'était Mère elle-même, aujourd'hui. Il leva les yeux et croisa son regard. Elle lui souriait d'un air malicieux, pas dupe le moins du monde de sa comédie.

« Je t'attendais. Issib est déjà sous mon portique. Il n'a pas fait allusion à ton agonie, mais c'est sûrement un oubli de sa part. »

Il ne restait plus qu'à faire contre mauvaise fortune bon cœur. Nafai se releva en soupirant. « Vous savez, Mère, que la mauvaise volonté que vous mettez à me croire retardera ma carrière de comédien de plusieurs années.

— Tant mieux, Nafai, mon chéri. Ta carrière de comédien retarderait le théâtre basilicain de plusieurs siècles ! »

Les élèves éclatèrent de rire. Nafai sourit – tout en observant la classe pour repérer qui riait le plus fort de la repartie. Eiadh était là, près de la fontaine ; de minuscules gouttelettes s'étaient prises dans ses cheveux et reflétaient le soleil comme des diamants. Elle au moins ne riait pas ; avec un magnifique sourire, elle lui lança même un clin d'œil. Il le lui renvoya – ridicule comme un clown, à coup sûr – et trébucha sur la marche de la porte qui menait au couloir de derrière. Les rires redoublèrent, bien entendu ; Nafai se retourna et fit une profonde révérence, puis il s'éloigna avec dignité et se cogna exprès au chambranle pour déclencher un nouveau fou rire avant de quitter enfin la salle.

« Qu'est-ce qu'il y a ? demanda-t-il à Mère en la rattrapant.

— Une affaire de famille », répondit-elle.

Puis ils franchirent la porte qui donnait sur le portique privé de Mère. Comme toujours, ils allaient s'installer dans la zone protégée par l'écran ; au-delà, près de la balustrade, le portique offrait une vue splendide sur la Fracture, aussi était-il strictement interdit aux hommes. Dans les maisons, on ignorait souvent ce genre d'interdictions ; Nafai connaissait plusieurs garçons qui parlaient de la Fracture en affirmant qu'elle n'avait rien de particulier, si ce n'était ses pentes raides et crevassées couvertes de pins et de plantes grimpantes et des bancs de brume ou de brouillard qui empêchaient d'en voir le centre, où s'étendait probablement le lac sacré. Mais chez Mère, on respectait les conventions, et Nafai était convaincu que Père lui-même n'avait jamais franchi l'écran.

Quand il se fut habitué à l'éclat du soleil, il distingua les personnes présentes sous le portique. Issib, naturellement ; mais, à la grande surprise de Nafai, Père aussi, retour de son voyage. Pourquoi était-il passé chez Rasa, au lieu de rentrer d'abord à la maison ?

Père se leva pour le saluer d'une accolade.

« Elemak est revenu, Père.

— Issya m'en a informé. »

Père avait l'air très grave, très distant. Quelque chose le tracassait. Rien de bon, sûrement.

« Maintenant que Nafai est enfin arrivé, dit Mère, peut-être pourrions-nous savoir à quoi rime tout ceci. »

Nafai s'assit dans un coin d'ombre inoccupé et s'aperçut alors qu'il y avait deux filles avec eux. D'abord, ébloui par le soleil, il les avait prises pour ses sœurs, Sevet et Kokor, les filles de Rasa ; s'il s'agissait d'une réunion de Rasa et de ses filles, la présence de Père était surprenante, puisqu'il n'était le père que d'Issib et Nafai. Mais en fait, c'étaient deux élèves de l'école : Hushidh, une nièce de Mère, du même âge qu'Eiadh, et la sorcerette de l'auvent, Luet. Consterné, il se demanda comment elle avait pu arriver aussi vite. Il est vrai qu'il ne s'était pas pressé ; Mère avait dû envoyer chercher cette fille avant même de savoir que Nafai était là.

Pourquoi diable Luet et Hushidh assistaient-elles à une conférence familiale ?

« Mon cher compagnon Wetchik a quelque chose à nous dire, annonça Mère. Nous espérons que vous pourrez... enfin, que Luet ou Hushidh, du moins...

— Si je commençais, tout simplement ? » dit Père.

Mère sourit et leva les mains avec un haussement d'épaules gracieux et élégant.

« J'ai vu quelque chose de troublant ce matin, poursuivit Père. Ou plutôt juste avant l'aube. Je rentrais à la maison sur la route du Désert (j'étais allé dans le désert, hier, pour réfléchir et délibérer en moi-même, et avec Surâme) quand soudain j'eus le violent désir – le besoin, plutôt – de quitter la piste, bien que ce fût très imprudent entre le coucher de la lune et le lever du soleil. Mais je n'allai pas loin : je n'eus qu'à contourner un gros rocher, et je sus qu'à l'évidence j'avais été conduit là. Car devant moi je vis Basilica. Mais pas la Basilica à laquelle je m'attendais, toute brillante des lumières de la fête de Dollville ou du marché intérieur. Ce que je vis, ce fut Basilica embrasée.

— En feu ? demanda Issib.

— C'était une vision, bien entendu. Mais je ne m'en suis pas rendu compte tout de suite : je me suis précipité ; je voulais courir jusqu'à la cité, courir jusqu'ici pour m'assurer que vous étiez sauve, ma chère...

— Je n'en attendrais pas moins de vous, glissa Mère.

— ... mais la cité disparut aussi soudainement qu'elle était apparue. Seul subsista le feu, qui s'éleva pour former comme un pilier sur le rocher devant moi. Il demeura là un temps infini, véritable colonne de flammes. Et il était aussi brûlant que s'il avait été réel : je le sentais roussir mes vêtements, qui n'en portent évidemment pas la trace. Et puis le pilier de feu s'est élevé dans le ciel, lentement d'abord, puis de plus en plus vite ; et il s'est changé en une étoile, qui se déplaçait dans le firmament, et qui disparut enfin complètement.

— Vous étiez fatigué, Père, dit Issib.

— J'ai déjà bien souvent connu la fatigue, répondit Père, mais je n'ai encore jamais vu de piliers de feu. Ni de cités en flammes. »

Mère reprit la parole : « Ton père est venu me voir, Issya, parce qu'il espérait que je pourrais l'aider à comprendre sa vision, à savoir si elle venait de Surâme ou s'il ne s'agissait que d'un rêve éveillé un peu fou.

— Je vote pour le rêve, dit Issib.

— Même la folie peut venir de Surâme », murmura Hushidh.

Tout le monde la regarda. C'était une fillette pas très jolie, qui n'ouvrait jamais la bouche en classe. Maintenant que Nafai les voyait côte à côte, elle et Luet, il était frappé de leur ressemblance. Étaient-elles sœurs ? Et pour en revenir au sujet, que faisait Hushidh ici, et de quel droit se mêlait-elle de questions de famille ?

« Elle peut venir de Surâme, en effet, dit Père. Mais est-ce le cas ? Et si oui, dans quel but ? »

Père ne s'adressait ni à Rasa ni même à Hushidh, mais à Luet ! Il ne croyait tout de même pas ce que les femmes disaient d'elle, si ? Une seule vision suffisait-elle à transformer un homme d'affaires rationnel en pèlerin superstitieux qui cherche un sens à tout ce qui lui arrive ?

« Je ne peux pas vous dire ce que signifie votre rêve, dit Luet.

— Ah, répondit Père. De toute façon, je ne pensais pas...

— Si Surâme vous a envoyé ce rêve, et si elle voulait que vous le compreniez, elle vous en a sûrement envoyé l'interprétation aussi.

— Mais il n'y a pas eu d'interprétation !

— Ah non ? C'est la première fois que vous faites un tel rêve, n'est-ce pas ?

— Évidemment ! Je n'ai pas accoutumé d'avoir des visions sur les routes, la nuit.

— Donc, vous n'avez pas non plus l'habitude de saisir les signes qui les éclairent.

— Je ne crois pas.

— Pourtant, vous avez bien reçu des messages.

— Moi ?

— Eh bien, oui : avant de voir la flamme, vous avez senti que vous deviez vous écarter de la route.

— Ah, ça, oui, en effet.

— À quoi croyiez-vous que ressemble la voix de Surâme ? Pensiez-vous qu'elle parlait basyat ou qu'elle installait des panneaux le long des routes ? »

Le ton de Luet était vaguement méprisant ; parler ainsi à un homme de l'importance de Wetchik, c'était vraiment choquant. Il ne parut pourtant pas s'en offusquer et il accepta la rebuffade comme si Luet avait le droit de le reprendre.

« Surâme instille dans nos esprits la connaissance pure, sans mélange d'aucun langage humain, dit-elle. Il nous est toujours donné plus que nous ne pouvons comprendre, et nous pouvons comprendre bien plus que ce que nos mots expriment. »

On sentait dans la voix de Luet une force fondamentale, qui n'avait rien à voir avec les psalmodies dont usaient les sorcières et les prophètes du marché intérieur pour appâter le chaland. Elle parlait avec autorité, comme si le doute n'était pas possible.

« Maintenant, reprit Luet, une question, monsieur : quand vous avez vu la cité en flammes, comment avez-vous su que c'était Basilica ?

— Parce que je l'ai vue mille fois sous cet angle, en revenant du désert.

— Mais est-ce que vous avez vu la forme de la cité, ce qui vous a permis de la reconnaître, ou bien saviez-vous déjà qu'il s'agissait de Basilica en feu, et votre esprit a-t-il ensuite appelé l'image de la cité présente dans votre mémoire ?

— Je l'ignore... comment le saurais-je ?

— Pensez-y bien. La connaissance a-t-elle précédé la vision, ou l'inverse ? »

Au lieu de mettre Luet à la porte, Père ferma les yeux et s'efforça de rappeler ses souvenirs.

« Maintenant que vous m'en parlez, je crois que je le savais avant de le voir. Il me semble n'avoir rien vu avant de me mettre à courir. J'ai vu la flamme, mais pas la cité qui brûlait en elle. Et je savais aussi que Rasa et mes enfants couraient un terrible danger. C'est même ce que j'ai senti dès l'abord, alors que je contournais le rocher ; de là naissait pour une part mon impression d'urgence. Je savais que si je quittais la piste et me rendais en ce lieu précis, je pourrais les sauver du danger. Ensuite, j'ai compris de quel danger il s'agissait, et ce n'est qu'à la fin que j'ai vu la flamme et la cité qui brûlait.

— C'est une vraie vision », dit Luet.

Comme ça ? Rien qu'à partir de ça ? La simple chronologie des événements suffisait à l'en assurer ? Bah ! elle aurait sans doute dit la même chose quels qu'eussent été les souvenirs de Père. Et après tout, c'était peut-être elle qui les lui avait suggérés. Nafai était furieux de voir Père acquiescer, alors que cette gamine de douze ans le traitait avec condescendance, comme un apprenti dans un art dont elle était un maître respecté.

« Mais je me trompais, dit Père. Quand je suis arrivé ici, à l'évidence il n'y avait pas trace de danger.

— C'est bien ce que je pensais, répondit Luet. Et quand vous avez eu le sentiment que votre compagne et vos enfants étaient menacés, qu'avez-vous eu l'intention de faire ?

— Les sauver, bien sûr.

— Mais les sauver comment ? »

Il ferma les yeux. « Pas en les tirant d'un bâtiment en flammes, non. Ça ne m'est venu à l'esprit que plus tard, alors que j'entrais dans la cité. Sur l'instant, j'ai eu envie de crier que Basilica brûlait et qu'il fallait...

— Quoi ?

— Eh bien, quitter la ville ! Mais en réalité, ça n'a pas été ma première idée. Quand tout a commencé, je me suis senti poussé à aller avertir tout le monde qu'un incendie se préparait.

— Et qu'il fallait se sauver ?

— Je suppose, dit Père. Que dire d'autre, d'ailleurs ? »

Luet resta muette, mais elle ne quittait pas Père des yeux.

« Non, reprit-il tout à coup d'un air étonné. Non, ce n'était pas du tout ça. Je n'allais pas dire aux gens de se sauver. »

Luet se pencha en avant avec une expression plus tendue, moins... analytique. « Monsieur, il y a un instant, alors que vous disiez vouloir conseiller la fuite aux gens...

— Mais ce n'était pas ça que j'allais faire !

— Oui, mais quand vous avez cru un instant... quand vous avez supposé que vous alliez leur dire de quitter la cité... que ressentiez-vous ? Quand vous nous avez raconté ça, comment saviez-vous que c'était faux ?

— Je l'ignore. Simplement, ça ne sonnait pas juste.

— C'est très important, ça, dit Luet. Que ressent-on quand ça ne sonne pas juste ? »

Il ferma de nouveau les yeux. « Je n'ai pas l'habitude de m'analyser. Et voilà que j'essaye de me rappeler ce que j'ai ressenti quand j'ai cru me rappeler quelque chose que je ne me rappelais pas réellement...

Luet lui coupa la parole.

« Silence », dit-elle.

Et il se tut.

Nafai avait envie de hurler. Mais à quoi pensaient-ils tous, à écouter ce petit laideron borné qui se permettait de dire à Père de la fermer – à Père, le Wetchik lui-même, au cas où on l'aurait oublié ?

Mais tout le monde était si attentif que Nafai n'ouvrit même pas la bouche. Issib serait fier de lui en apprenant qu'il s'était ainsi retenu.

« Rien, reprit enfin Père ; voilà ce que j'ai ressenti : rien. » Il hocha lentement la tête. « Juste après que vous avez posé la question et que j'y ai répondu... je me suis aperçu que vous me regardiez et que j'avais la tête vide.

— Idiot », dit Luet.

Il leva un sourcil. Enfin ! songea Nafai, soulagé, enfin, il a remarqué avec quel manque de respect elle lui parle !

« Vous vous êtes senti idiot, continua-t-elle. C'est ainsi que vous avez su que ce que vous disiez était faux. »

Il acquiesça. « Oui, je crois que c'est cela.

Alors, Issib intervint.

« Mais à quoi est-ce que vous jouez ? Vous analysez votre analyse des analyses d'une hallucination complètement subjective ? »

Bien joué, Issya ! pensa Nafai. Tu m'enlèves les mots de la bouche !

« Écoutez, on peut jouer à ça toute la matinée, mais vous ne ferez qu'accumuler des couches de sens sur une expérience qui n'en a aucun. Les rêves, ce n'est rien d'autre que des explosions aveugles de souvenirs ; ensuite, le cerveau les interprète pour y trouver des rapports fortuits qui créent des histoires à partir de rien. De rien ! »

Père regarda longuement Issib, puis il hocha la tête. « Tu as certainement raison. J'avais beau être bien éveillé et n'avoir jamais eu d'hallucinations jusque-là, il ne s'agissait que d'une décharge aveugle des synapses de mon cerveau. »

Père faisait de l'ironie, Nafai le savait, comme Issib et Mère ; il affirmait à Issib que sa vision d'une colonne de feu sur un rocher était bien plus qu'un simple rêve sans signification. Mais Luet ne connaissait pas Père et elle crut qu'il s'écartait du mysticisme et se réfugiait dans la réalité.

« Vous vous trompez, dit-elle. C'était une véritable vision, parce qu'elle vous est venue selon le processus normal. La compréhension a précédé la vision ; c'est pourquoi je posais toutes ces questions. Le sens vient en premier, et ensuite votre cerveau fournit les images qui vous permettent de le comprendre. C'est de cette façon que Surâme nous parle.

— Qu'il parle aux dingues, tu veux dire ! » jeta Nafai.

Il regretta immédiatement ses paroles, mais c'était trop tard.

« Aux dingues comme moi, par exemple ? demanda Père.

— Je t'assure que Luet est au moins aussi normale que toi », susurra Mère.

Issib ne pouvait laisser passer cette chance de lancer une pique.

« Aussi normale que Nyef ? Elle est mal partie ! »

Mais Père lui rabattit son caquet sans attendre. « Tu disais la même chose que lui il y a une minute !

— Mais moi, je n'ai traité personne de dingue.

— Non, tu n'y as pas mis... comment dire ?... l'éloquence mordante de Nafai. »

Nafai savait pouvoir se tirer d'affaire en se taisant, pour laisser Issib dévier le coup. Mais il était porté au scepticisme, et la maîtrise de soi n'était pas son fort. « Vous ne voyez donc pas comment cette fille vous fait marcher, Père ? s'écria-t-il. Elle pose une question, mais elle ne dit pas ce que la réponse signifiera ; à partir de là, peu importe ce qu'on répond, elle n'a qu'à affirmer : “C'est ça, c'est une vraie vision, c'est la parole de Surâme”. »

Père ne réagit pas tout de suite. Nafai jeta un coup d'œil triomphant à Luet avec l'espoir de la voir se tortiller d'un air gêné. Mais elle ne se tortillait pas du tout. Elle le regardait même très sereinement. La tension qui l'habitait avait disparu et elle était très calme. Ces yeux imperturbables agacèrent Nafai. « Qu'est-ce que tu regardes ? demanda-t-il sèchement.

— Un imbécile », répondit-elle.

Nafai bondit. « Je ne vais pas rester là à me faire traiter...

— Assis ! » rugit Père.

Nafai retomba à sa place, bouillant de colère.

« Elle, elle t'a écouté la traiter de truqueuse sans broncher, dit Père. Je suis content de constater que mes deux fils font exactement ce que j'attendais d'eux : fournir un public sceptique à mon histoire. Vous avez très intelligemment analysé le processus, et votre version des faits explique tout ce que vous en savez, aussi bien que celle de Luet. »

Nafai voulut l'aider à en tirer la bonne conclusion. « Alors, la loi de la simplicité exige que vous...

— La loi de ton père exige que tu tiennes ta langue, Nafai. Ce que vous oubliez tous deux, c'est qu'il existe une différence fondamentale entre vous et moi. »

Père se pencha vers Nafai : « Moi, j'ai vu le feu. »

Il se redressa.

« À ce moment-là, Luet ne m'a pas dit que penser ou ressentir. Mais ses questions m'ont aidé à me souvenir – à me souvenir, moi – de la façon dont les choses se sont réellement passées, plutôt que de la manière dont je les modifiais déjà pour les adapter à mes préjugés. Luet savait que mes souvenirs seraient étranges... exactement comme ils l'ont été. Bien entendu, je ne peux pas t'en convaincre.

— Non, dit Nafai. Vous ne pouvez que vous convaincre vous-même.

— En fin de compte, Nafai, on ne peut convaincre que soi-même. »

Si Père commençait à parler par aphorismes, le combat était perdu. Nafai se radossa en attendant la fin de la discussion et se consola en songeant qu'il ne s'agissait finalement que d'un rêve. Ni sa vie ni rien n'en serait changé.

Mais Père n'en avait pas fini. « Savez-vous ce que j'ai vraiment eu envie de faire, quand je me suis senti tellement poussé à regagner la cité ? J'ai eu envie de dire aux gens qu'ils devaient suivre les anciennes coutumes et revenir aux lois de Surâme, sous peine que tout brûle.

— Quoi, tout ? demanda Luet, à nouveau concentrée.

— Tout. Basilica. La cité. C'est ça que j'ai vu brûler. »

Père se tut, le regard plongé dans les yeux ardents de Luet.

« Non, pas la cité, dit-il enfin. La cité, c'était seulement l'image fournie par mon esprit, n'est-ce pas ? Non, pas la cité. Le monde. Harmonie tout entière, en flammes. »

Rasa eut un hoquet d'horreur. « La Terre, souffla-t-elle.

— Oh, pitié ! » dit Nafai. Et voilà ! Mère allait rapprocher la vision de Père de cette vieille histoire de planète originelle que Surâme aurait détruite par le feu ; le crime ainsi châtié variait suivant le péché que le conteur du moment souhaitait flétrir. C'était le type même du mythe coercitif multi-usages : si vous ne faites pas ce que je dis – enfin, ce que Surâme dit – le monde entier partira en fumée.

« Moi, je n'ai pas vu le feu lui-même, dit Luet sans prêter attention à Nafai. Je n'ai peut-être même pas vu ce que vous avez vu.

— Alors, qu'avez-vous vu ? » demanda Père. Nafai frémit du respect qu'il marquait à cette gamine.

« J'ai vu le lac profond de Basilica recouvert d'une croûte de sang et de cendres », dit-elle.

Nafai attendit qu'elle poursuivît. Mais elle se tut.

« C'est fini ? C'est tout ? » Nafai se leva, prêt à s'en aller. « Ça vaut le coup de vous écouter comparer vos visions, tous les deux ! Moi, j'ai vu une ville en feu. Et moi, un lac couvert de crasse ! »

Luet se leva et le toisa en se tordant le cou, car il était nettement plus grand qu'elle.

« C'est uniquement après moi que tu en as, dit-elle vivement, parce que tu refuses de croire ce que j'ai dit à propos d'Eiadh.

— Tu déraillles ! » répondit Nafai.

Rasa dressa l'oreille. « Tu as eu une vision sur Eiadh ?

— Quel rapport entre Eiadh et Nyef ? » s'enquit Issib.

Nafai était furieux : Luet remettait le sujet sur le tapis devant sa famille ! « Tu peux raconter ce que tu veux sur les autres, mais tu as intérêt à ne pas t'en prendre à moi !

— Assez ! dit Père. Nous en avons fini. »

Rasa leva les yeux, surprise. « Ma parole, seriez-vous en train de me congédier dans ma propre maison ?

— Ce sont mes fils que je congédie.

— Vous avez naturellement toute autorité sur vos fils. » Mère souriait, mais la douceur même de son ton disait à Nafai qu'elle était très agacée. « Pourtant je ne vois actuellement dans ma maison que mes élèves. » Elle avait insisté sur les possessifs.

Père hocha la tête : il acceptait la rebuffade ; puis il se leva. « Dans ce cas, je me congédie moi-même ; j'en ai le droit, j'espère.

— Vous pouvez toujours partir, mon compagnon adoré, tant que vous promettez de me revenir. »

Il lui déposa un baiser sur la joue en guise de réponse.

« Qu'allez-vous faire ? demanda-t-elle.

— Ce que Surâme m'a ordonné.

— Et qu'est-ce donc ?

— Avertir les gens d'avoir à revenir à ses lois, sous peine de voir le monde s'embraser. »

Issib fut épouvanté. « Mais c'est dingue, Père !

— Je suis las d'entendre ce mot sur les lèvres de mes fils.

— Mais enfin ! Les prophètes de Surâme ne disent pas des choses de ce genre. Ce sont comme des poètes, sauf que leurs métaphores expriment une morale, ou célèbrent Surâme, ou...

— Issya, dit Wetchik, toute ma vie j'ai écouté ces prétendues prophéties – les psaumes aussi, les légendes et ce que disent les prêtres des temples – et j'ai toujours pensé que si c'était là tout ce que Surâme avait à dire, ça ne valait pas la peine de perdre son temps à l'écouter. Mieux encore, pourquoi Surâme se donnerait-il le mal de parler, si ses préoccupations sont aussi mesquines ?

— Alors, pourquoi nous avez-vous appris à parler à Surâme ? demanda Issib.

— Mais parce que j'avais foi dans les anciennes lois ! Et même, je m'adressais personnellement à Surâme, davantage pour clarifier mes propres pensées, à vrai dire, que parce que je croyais qu'il m'écoutait. Et puis cette nuit, ce matin, plutôt, j'ai vécu une expérience à laquelle je ne m'attendais pas, que je n'avais pas demandée. Je ne comprenais même pas ce qu'elle signifiait avant de parler à Luet, à l'instant. Maintenant je le sais ! Je sais ce qu'on éprouve à entendre résonner en soi la voix de Surâme. Et cela n'a rien à voir avec ce que racontent tous ces poètes, tous ces rêveurs et ces charlatans qui écrivent ce qui leur passe par la tête en prétendant que ce sont des prophéties ! Ce qui était en moi, alors, ce n'était pas moi, et Luet m'a prouvé qu'elle entendait la même voix au fond d'elle. Cela signifie que Surâme est réel et vivant.

— D'accord, admettons que c'est réel, dit Issib. Et alors ? Ça ne nous dit pas ce que c'est.

— C'est le gardien du monde, répliqua Wetchik. Il m'a demandé mon aide. Il m'a ordonné de l'aider, positivement ! Et c'est ce que je vais faire. »

Issib bouillait de rage.

« Tout ça, c'est des histoires de prêtres ! s'écria-t-il. Vous n'y connaissez rien du tout : vous cultivez des plantes exotiques ! »

Père écarta d'un geste les objections d'Issib. « Si Surâme veut que je connaisse quelque chose, il me le fera savoir. » Sur quoi il se dirigea vers la porte.

Nafai le suivit, quelques pas en arrière. « Père ! »

Père attendit.

L'ennui, c'est que Nafai ignorait tout à fait ce qu'il allait dire. Et pourtant, il fallait qu'il le dise : c'était une question très importante dont il devait obtenir la réponse avant le départ de Père. Seulement, voilà, cette question, il ne la connaissait pas.

« Père, répéta-t-il.

— Oui ? »

Et comme il était incapable de trouver la vraie question, profonde, importante, Nafai posa la seule qui lui vint à l'esprit à ce moment : « Et moi, qu'est-ce que je dois faire ?

— Respecter les anciennes coutumes de Surâme, Nafai.

— Mais qu'est-ce que ça peut bien vouloir dire ?

— Sinon, le monde brûlera », poursuivit Père. Et il s'en alla.

Nafai resta un moment les yeux fixés sur la porte. Comme elle ne se rouvrait pas, il revint auprès des autres. Tous le regardèrent comme s'ils attendaient quelque chose de lui.

« Qu'est-ce qu'il y a ? lança-t-il d'un ton hargneux.

— Rien », dit Mère. Elle se leva de son siège à l'ombre d'un kaplya. « Remettons-nous tous au travail.

— Et c'est tout ? demanda Issib. Notre père – votre compagnon – vient de nous annoncer que Surâme lui parle, et nous, on se contente de retourner à nos études ?

— Mais alors, s'écria Mère, vous ne comprenez vraiment pas ? Comment ? Vous, mes fils, mes élèves depuis si longtemps, vous n'êtes toujours que de petits godelureaux qui rôdent dans les rues de Basilica en quête d'une femme accueillante et d'un lit pour la nuit ?

— Qu'est-ce que nous ne comprenons pas ? demanda Nafai. Ce n'est pas parce que vous autres, les femmes, vous prenez cette sorcerette au sérieux que...

— Je suis moi-même descendue dans l'eau, dit Mère d'une voix métallique. Vous, les hommes, vous pouvez vous persuader que Surâme est distraite ou endormie, ou que ce n'est qu'une machine qui collecte nos informations pour les envoyer aux bibliothèques de cités lointaines ; quelle que soit votre théorie, elle ne change rien à la vérité. Car je sais, moi, comme la plupart des femmes de notre cité, que Surâme est bel et bien vivante. En tant que gardienne des souvenirs de notre monde, en tout cas, elle est vivante, car nous recevons ces souvenirs quand nous nous plongeons dans l'eau. Parfois on a l'impression qu'ils viennent au hasard, mais parfois aussi nous obtenons exactement le souvenir désiré. Surâme préserve l'histoire du monde telle que l'ont vue d'autres peuples. Seules quelques-unes parmi nous – comme Luet et Hushidh – reçoivent la sagesse de l'eau, et plus rares encore sont celles qui ont la vision d'événements futurs. Depuis la mort de la grande Izumina, Luet est la seule sibylle que je connaisse à Basilica ; alors oui, nous la prenons vraiment très au sérieux. »

Les femmes descendent dans l'eau et reçoivent des visions ? C'était la première fois que Nafai entendait décrire une partie du culte du lac. Il avait toujours supposé que le culte des femmes était semblable à celui des hommes, qu'il s'agissait donc d'un moyen physique, ascétique, douloureux et sans nulle passion de se décharger de ses émotions. Mais non, c'étaient toutes des mystiques. Ce qui pour les hommes n'était que légendes et folie était aux yeux d'une femme le pivot même de sa vie. Nafai eut soudain l'impression d'avoir découvert que les femmes formaient une espèce à part. Mais alors, qui étaient les vrais humains ? Les hommes ou les femmes ? Les hommes, rationnels mais brutaux ? Ou les femmes, irrationnelles mais douces ?

« Il n'y a qu'une chose plus rare qu'une jeune fille comme Luet, poursuivit Mère, c'est un homme qui entend la voix de Surâme. Nous savons maintenant que c'est le cas de votre père ; Luet l'a confirmé. J'ignore ce que Surâme veut et pourquoi elle a parlé à votre père, mais moi, j'ai assez de sagesse pour savoir que c'est important. »

En passant devant Nafai, elle l'attrapa par l'oreille, fermement mais sans lui faire mal. « Quant à l'embrasement mythique de la Terre, mon cher enfant, j'y ai assisté. Oui, il a eu lieu. Il y a combien de temps, je ne le sais pas exactement ; on estime que l'histoire humaine remonte au moins à trente millions d'années sur ce monde que nous avons nommé Harmonie. Mais j'ai vu voler les missiles, éclater les bombes, et le monde exploser en flammes. La fumée a empli le ciel, éteint la lumière du soleil, et sous ce manteau fuligineux, les océans ont gelé, la Terre s'est couverte de glace, et seuls quelques êtres humains ont survécu ; il se sont échappés hors des ténèbres alors que la planète mourait, et ont emporté leurs espoirs, leurs regrets et leurs gènes vers d'autres mondes en comptant sur un nouveau départ. Ils ont réussi. Nous sommes là. Et aujourd'hui, Surâme a prévenu votre père que le nouveau départ qu'avait pris Harmonie risque de mener à la même fin que celle de la Terre. »

Nafai connaissait le visage officiel de Mère, enjoué, brillant, analytique, gracieux, et son visage familial, franc mais toujours bienveillant, prompt à la colère mais encore plus au pardon. Il avait toujours cru qu'en famille, elle montrait sa véritable personnalité sans rien dissimuler. Et voilà que derrière ces visages connus, elle celait un secret, sa vision atroce de l'agonie de la Terre. « Vous ne nous en avez jamais parlé, souffla-t-il.

— Oh si, je vous en ai parlé, répliqua Rasa. Ce n'est pas ma faute si vous avez cru que je vous racontais une légende. » Elle lui lâcha l'oreille et rentra dans la maison.

Issib passa en flottant devant Nafai ; il marmonnait qu'on peut très bien se lever un matin et s'apercevoir qu'on a passé sa vie dans un asile de fous. Hushidh le suivit en évitant de croiser le regard de Nafai ; il imagina aussitôt le genre de cancans qu'elle allait répandre dans sa classe pendant toute la journée.

Il se retrouva seul avec Luet.

« Je n'aurais pas dû te parler avant, dit-elle.

— Et tu ne devrais pas recommencer, répondit-il du tac au tac.

— Certains entendent un mensonge quand on leur dit la vérité. Tu es très fier de ton statut de fils de Rasa et Wetchik, mais visiblement, ce ne sont pas les bons gènes que tu as hérités de tes parents.

— Alors que toi, tu as reçu les meilleurs que pouvaient t'offrir les tiens, je suppose ! »

Elle le dévisagea avec un mépris évident, puis s'éloigna.

« Une journée magnifique en perspective », dit-il. Il ne parlait à personne, puisqu'il était seul. « Toute ma famille me déteste. » Il réfléchit un instant. « Au fond, je ne sais même pas si j'ai envie qu'ils m'aiment. »

Dangereusement, seul sous l'auvent, il joua un moment avec l'idée de passer les écrans et de s'approcher de la balustrade pour contempler le spectacle interdit de la vallée des Saintes Femmes, qu'on appelait familièrement la Fracture, et plus grossièrement le ravin des Commères. « Je parie que je n'en serais même pas aveuglé », pensa-t-il.

Il fut longuement tenté, mais il ne céda pas. Chaque fois qu'il était sur le point de faire un pas vers la balustrade, il avait l'impression que son esprit s'égarait soudain, et il hésitait, hébété, son but oublié. Pour finir, il se désintéressa de la question et rentra dans la maison.

Il aurait dû retourner en classe, et c'est ce qu'il pensait faire. Mais il ne put s'y résoudre. Il erra jusqu'à la porte d'entrée, sortit sous l'auvent et s'éloigna dans les rues de Basilica. Mère serait furieuse, sans doute, mais tant pis.

Il savait sûrement où il mettait les pieds, car il ne se cogna nulle part, mais il ne conserva aucun souvenir de ce qu'il vit ni des lieux qu'il traversa. Et il se retrouva dans le quartier des Fontaines, non loin de chez Rasa ; son esprit, lui aussi, avait tourné en rond et se retrouvait à son point de départ.

Il y avait pourtant une certitude : toute cette affaire ne se résumait pas à une simple crise de folie. Père n'était pas fou, pas fou du tout, même s'il apparaissait soudain sous un jour nouveau et bizarre ; quant à Mère, si sa vision de la Terre en train d'exploser relevait de la folie, alors elle était déjà folle bien avant la naissance de Nafai. Par conséquent, il existait quelque chose qui instillait des idées, des désirs et des visions dans la tête de ses parents, et dans celle de Luet aussi, il ne fallait pas l'oublier, celle-là. On appelait cette chose Surâme, mais ce n'était qu'un nom, une étiquette. Qu'était-ce, en réalité ? Que voulait-elle ? De quoi était-elle capable ? Si elle pouvait communiquer avec certaines personnes, pourquoi pas avec tout le monde ?

Sur une large avenue, Nafai fit halte en face d'une grande maison, peut-être la plus grande de Basilica. Il la connaissait bien, car le chef du clan Palwashantu était apparié avec la femme qui l'habitait. Nafai ne parvint pas à se rappeler son nom ; elle n'était rien du tout, personne n'ignorait qu'elle avait acheté cette maison avec l'argent de son compagnon, et si elle ne renouvelait pas leur contrat, même avec la maison elle ne serait rien du tout ; mais lui, c'était Gaballufix. Nafai et lui étaient parents éloignés, par la mère de Gaballufix, Hosni, devenue plus tard la cousinette de Wetchik et la mère d'Elemak. Grâce à cette parenté et au rang de Père, second du clan Palwashantu de Basilica, la famille de Nafai pénétrait dans cette maison au moins une fois l'an, et d'habitude deux ou trois, aussi loin que Nafai pût s'en souvenir.

Il resta planté là, à contempler bêtement la façade de ce bâtiment, point de repère de toute la ville, puis revint soudain à lui, car il avait reconnu quelqu'un dans l'avenue. Elemak aurait dû être en train de dormir à la maison, épuisé par son voyage de la nuit. Pourtant, il était là, en plein après-midi ; en un instant d'affolement, Nafai se demanda si ce n'était pas lui qu'Elya cherchait : peut-être Mère, ne l'ayant pas trouvé, s'était-elle inquiétée et, à l'heure qu'il était, toute la famille et jusqu'aux employés de Père passaient la cité au peigne fin pour mettre la main sur lui.

Mais non, Elemak ne cherchait personne ; il y avait trop de désinvolture, trop d'aisance dans sa démarche, et son regard n'était à l'affût de rien.

Soudain, il disparut.

Ah non, il avait tourné dans la ruelle qui séparait la maison de Gaballufix du bâtiment voisin. Il allait donc bien quelque part.

Nafai voulut en savoir plus et se mit à trotter le long de l'avenue : arrivé à l'étroite allée, il eut juste le temps de voir

Elemak se baisser et franchir une porte basse sur le flanc de la maison.

Qu'est-ce qu'Elya pouvait bien avoir à faire chez Gaballufix, jusqu'à se rendre chez lui le jour même de son retour d'un long voyage ? Gaballufix était son demi-frère, c'est vrai, mais ils avaient seize ans de différence et jamais Gaballufix n'avait officiellement reconnu Elya comme son frère. Cela n'empêchait évidemment pas qu'ils commencent à se comporter comme des parents. Mais qu'Elemak n'en eût jamais rien dit et voulût encore aujourd'hui le garder secret, voilà qui tracassait Nafai.

Mais, tracassé ou non, Nafai savait que poser de but en blanc la question à Elemak serait une très mauvaise idée. Quand Elya désirerait qu'on connût ses relations avec Gaballufix, il le dirait ; en attendant, le secret resterait enfermé dans sa tête.

Un secret dans la tête de quelqu'un...

Comme Luet, qui savait que Nafai était amoureux d'Eiadh. Mais ce n'était pas vraiment secret ; elle avait pu le deviner à la façon dont il la regardait. Par contre, sous l'auvent de chez Mère, Luet avait dit : « C'est toi, le bâtard », comme s'il l'avait traitée de bâtarde, alors qu'il n'avait fait que le penser. De surcroît, c'était la première fois qu'il pensait cela, et seulement parce que Luet l'énervait. Et pourtant, elle l'avait entendu.

Était-ce encore un tour de Surâme, qui, non content de glisser des idées dans la tête des gens, leur racontait aussi les secrets des voisins ? Surâme ne faisait donc pas que fournir des rêves bizarres, c'était aussi un espion et une pipelette !

Nafai fut pris de terreur : non seulement Surâme était réel, mais il avait aussi le pouvoir de lire ses pensées les plus secrètes, les plus fugitives et d'en faire part à quelqu'un d'autre. Et à qui ? À cette répugnante petite bâtarde de sorcerette, rien de moins !

Son effroi lui rappela soudain le jour où il s'était aventuré seul dans la mer, pour la première fois. Père avait emmené tout le monde en vacances ; à la plage, ils s'étaient tous aussitôt mis à l'eau et, entouré de son père et de ses frères – sauf Issib, naturellement, qui les regardait de sa chaise sur la plage –, il avait senti la mer jouer avec lui, les vagues le pousser vers le rivage, puis essayer de le tirer dans l'autre sens. C'était drôle et très excitant. Il s'était même enhardi à nager là où il n'avait presque plus pied, tout en jouant avec Meb, Elya et Père. Ç'avait été une belle et bonne journée, à une époque où ses grands frères l'aimaient encore. Mais le lendemain matin, il s'était levé tôt, avait quitté la tente et gagné tout seul le bord de l'eau. Il nageait comme un poisson : il n'y avait aucun danger. Pourtant, en entrant dans la mer, il avait ressenti un inexplicable malaise. L'eau le tirait et le poussait, comme la veille ; il n'était qu'à quelques mètres du rivage, mais sans personne autour de lui cette fois, seul, et il avait eu l'impression de n'être plus là, comme si déjà il avait été entraîné au large, comme s'il était étreint par quelque chose de si vaste qu'il risquait partout de se faire avaler. Alors, il avait été pris de panique et s'était mis à courir vers la plage, luttant contre les flots qui sûrement allaient refuser de le lâcher, qui cherchaient à l'entraîner, à l'aspirer. Il s'était retrouvé sur le sable, le sable sec au-dessus de la ligne de marée ; alors il était tombé à genoux et il avait pleuré parce qu'il était sain et sauf.

Mais pendant ces quelques secondes de terreur dans l'eau, il avait pris conscience de sa petitesse, de son impuissance et de la force énorme que recèle le monde, une force qui pouvait faire de lui ce qu'elle voulait, sans qu'il fût en rien capable de lui résister.

C'était le même effroi que Nafai ressentait aujourd'hui, moins violent et moins précis, évidemment : il n'avait plus cinq ans et savait mieux négocier avec sa peur. Non, Surâme n'avait rien d'une légende ! Il était vivant, il pouvait imposer des visions à ses parents et extirper des secrets de la tête de Nafai pour les révéler à d'autres, d'autres que Nafai n'aimait pas et qui ne l'aimaient pas non plus.

L'antipathie de Luet tenait probablement à ce que Surâme lui avait dit de ses pensées ; c'était le plus affreux : ses pensées les plus intimes dévoilées à ce petit monstre répugnant ! Et jusqu'où cela irait-il ? Les fantasmes de Nafai à propos d'Eiadh, Père les percevrait-il ? Ou, pire encore, Mère ?

Dans l'eau, il avait réussi à regagner la plage. Mais où aller pour échapper à Surâme ?

Nulle part. Impossible aussi de se cacher ; comment déguiser ses propres pensées jusqu'à ignorer soi-même ce qu'on pense ?

La seule solution, Nafai le voyait bien, c'était de percer à jour la nature de Surâme, d'essayer de comprendre ce qu'il voulait, ce qu'il cherchait à faire à sa famille et à lui en particulier. Oui, il fallait qu'il arrive à comprendre Surâme et, si possible, à le convaincre de le laisser en paix.

4

LES MASQUES

Nafai jugea inutile de rentrer chez Mère pour l'école, il était trop tard. Ses explications lui prendraient sans doute le peu de temps qui lui restait, et les excuses pouvaient attendre le lendemain.

À moins qu'il ne rentre jamais... Ça, c'était une idée ! Après tout, Mebbekew n'allait pas à l'école. À vrai dire, il ne faisait rien du tout et ne rentrait même pas à la maison si l'envie l'en prenait.

Quand cela avait-il commencé ? Meb agissait-il déjà ainsi à quatorze ans ? De toute façon, Nafai, lui, pouvait s'y mettre dès aujourd'hui : qui l'en empêcherait ? Il était grand comme un homme, et assez âgé pour faire un métier d'homme ; mais pas celui de Père ; les plantes, jamais ! À force, on finissait par voir des choses, la nuit, le long des routes du désert...

Mais il y avait d'autres métiers ; par exemple, Nafai pourrait peut-être entrer comme apprenti auprès d'un artiste ? Un poète, ou un chanteur ; Nafai avait une voix juvénile, mais il savait suivre une mélodie, et en s'exerçant, il pourrait arriver à quelque chose. À moins qu'il ne fût destiné à devenir danseur, ou comédien, malgré la plaisanterie de Mère ce matin. Tous ces arts-là n'avaient rien à voir avec les études ; donc, s'il devait se lancer dans cette voie, il perdrait son temps à rester chez Mère.

Cette idée le poursuivit tout l'après-midi ; d'abord, il alla au sud de la cité, vers le marché intérieur où il pourrait entendre des chansons et des poèmes, peut-être acheter un bon myachik tout neuf à écouter chez lui. Naturellement, s'il cessait l'école, Mère lui couperait sûrement son allocation-myachik ; mais en tant qu'apprenti, il aurait sans doute de l'argent de poche ; sinon, eh bien tant pis ! il pratiquerait lui-même, en chair et en os, un vrai métier d'art. Bientôt il n'aurait même plus envie de ces petites boules de verre.

Quand il arriva au marché, il s'était convaincu que les enregistrements ne l'intéressaient plus, maintenant qu'il allait faire carrière lui-même dans la création. Il prit alors vers l'est, par les quartiers de l'Enclos, des Jardins et de l'Oliveraie, formés de quelques ruelles coincées entre l'enceinte de la cité et le bord de la vallée où les hommes étaient interdits. Enfin, il parvint dans la plus étroite, petite rue isolée bordée de maisons qui s'adossaient à un haut mur blanc, si bien qu'un homme posté sur l'enceinte rouge de la cité, de l'autre côté de la travée, ne pouvait apercevoir la vallée au-delà des toits. Nafai n'était venu par ici que rarement, et jamais seul.

Jamais seul, parce que Dollville était un lieu convivial, où l'on s'asseyait au milieu d'un public serré pour voir de la danse et du théâtre, ou pour écouter de la poésie et des concerts. Mais aujourd'hui, c'est en artiste que Nafai venait à Dollville et non en spectateur. Il ne cherchait pas de la compagnie, mais sa vocation.

Le soleil n'était pas encore couché, si bien qu'on circulait aisément dans les rues. Le crépuscule attirerait les apprentis et les écoliers joyeux, et le soir verrait apparaître les amoureux, les connaisseurs et les fêtards. Mais maintenant, en fin d'après-midi, certaines salles étaient déjà ouvertes et dans les galeries on faisait de bonnes affaires à la lumière du jour.

Nafai s'y arrêta plusieurs fois, plus parce qu'elles étaient ouvertes que parce qu'il pensait sérieusement se placer chez un peintre ou un sculpteur. Il n'avait jamais été doué pour le dessin, et quand, enfant, il avait tâté de la sculpture, il fallait toujours donner des titres à ses essais pour en expliquer le sujet. Tout en se promenant dans les galeries, Nafai tentait de prendre l'air pensif et studieux ; les vendeurs n'étaient cependant pas dupes : il avait la taille d'un homme, mais il était encore bien trop jeune pour faire un client sérieux. Aussi ne s'approchaient-ils jamais pour lui parler comme ils procédaient avec les adultes. Il dut glaner les renseignements qu'il cherchait en écoutant les conversations, et les prix le stupéfièrent ; les originaux étaient évidemment hors de portée de sa bourse, mais même les copies holographiques à haute résolution restaient trop chères pour qu'il pût rêver de s'en offrir une. Et le pire, c'est que les peintures et les sculptures qu'il préférait s'avéraient invariablement les plus coûteuses. Preuve peut-être qu'il avait très bon goût... ou que les artistes qui savaient impressionner les ignorants gagnaient bien leur vie.

Enfin, lassé des galeries et décidé à découvrir quel art serait le sien, Nafai déambula jusqu'au théâtre en plein air, suite d'estrades minuscules qui parsemaient les larges pelouses le long de l'enceinte.

On répétait quelques pièces. Comme il n'y avait pas encore de vrai public, les bulles soniques n'avaient pas été allumées, et Nafai, passant entre les scènes, entendait les répliques et les bruits d'une pièce se glisser dans les silences d'une autre. Cependant, il remarqua bientôt qu'en suivant une répétition assez longtemps pour s'y intéresser vraiment, il cessait d'entendre les sons extérieurs.

Ce qui l'intrigua le plus fut une troupe de chansonniers. Il avait toujours tenu la satire pour la forme la plus attrayante du théâtre, parce que les textes étaient toujours au fait des derniers ragots. Et, comme il l'avait imaginé, le chansonnier assistait à la répétition et griffonnait ses vers sur des bouts de papier – de papier ! – avant de les donner à un assistant qui grimpait en vitesse sur l'estrade pour les remettre au comédien concerné. Les acteurs qui n'étaient pas sur scène faisaient les cent pas sur la pelouse ou bien, accroupis, ils répétaient leur texte indéfiniment en prévision du spectacle du soir. Voilà donc pourquoi les satires étaient toujours bancales et mal minutées, pleines de silences soudains et de fausses conclusions absurdes ! Mais on ne demandait pas à une satire d'être soignée ; il lui suffisait d'être drôle, méchante et toute nouvelle.

Celle qu'écoutait Nafai évoquait un vieillard qui vendait des potions d'amour. L'acteur qui le jouait était apparemment très jeune, pas plus de vingt ans, et il avait du mal à prendre une voix de vieux. Mais cela contribuait à la drôlerie du spectacle ; les comédiens masqués – on disait les « masques » – étaient presque toujours des débutants qui n'avaient pas encore réussi à obtenir un rôle dans une compagnie sérieuse. Ils prétendaient préférer le masque au maquillage pour éviter les représailles de leurs victimes ; mais à bien les observer, Nafai soupçonna que le masque servait aussi à les protéger des moqueries de leurs camarades.

L'après-midi était devenu brûlant, et certains comédiens avaient enlevé leur chemise ; ceux qui avaient la peau claire ne semblaient pas conscients qu'ils viraient au rouge tomate, et Nafai rit sous cape en songeant que les masques étaient probablement les seules personnes à Basilica capables de prendre un coup de soleil partout, sauf sur la figure.

L'assistant remit un texte à un comédien accroupi sur l'herbe. Le jeune homme y jeta un coup d'œil, puis se leva et s'approcha du chansonnier.

« Je ne peux pas dire ça ! » protesta-t-il.

Le chansonnier tournait le dos à Nafai, si bien que celui-ci n'entendit pas sa réponse.

« Enfin, est-ce que j'ai un rôle si insignifiant que mon texte ne rime même pas ? »

Cette fois, Nafai put saisir quelques phrases de la réponse, qui finit par l'argument massue : « Écris-le toi-même ! »

Le jeune homme, furieux, retira son masque et s'écria : « En tout cas, je ne ferais pas pire que ça ! »

Le chansonnier éclata de rire. « Sans doute pas, dit-il. Vas-y, essaye, moi, je n'ai pas le temps d'être toujours génial ! »

Le jeune homme se calma et remit son masque. Mais Nafai en avait assez vu ; car le jeune comédien qui voulait un texte rimé n'était autre que son frère Mebbekew.

C'était donc de là que venait son argent, et non d'emprunts faits à droite et à gauche ! Entrer en apprentissage auprès d'un artiste pour gagner son indépendance... cette idée qui avait paru si neuve et astucieuse à Nafai, Mebbekew l'avait eue depuis longtemps, et il la mettait en pratique. En un sens, c'était encourageant (si Mebbekew le fait, pourquoi pas moi ?) mais décourageant aussi : dire que de tous les habitant de Basilica, c'est Mebbekew qu'il avait choisi d'imiter ! Meb, le frère qui le détestait depuis toujours, au contraire d'Elya qui venait juste de s'y mettre. Et c'est pour ça que je suis né ? Pour devenir un nouveau Mebbekew ?

Alors lui vint une pensée perfide : Et si je débutais comme comédien des années après Meb et que je décroche tout de suite un contrat dans une grande compagnie ? Ça, ce serait marrant ! Et quel délice d'humilier Meb ! Il n'aurait plus qu'une idée : se suicider.

Mais ça restait à voir ; avec le caractère qu'il avait, Meb nourrirait plutôt des envies de meurtre.

La reprise de la répétition tira Nafai de sa rêverie vengeresse. Un vieux marchand de potions s'efforçait de persuader une jeune femme hésitante de lui acheter un simple.

« Mettez les feuilles dans son thé,
Mettez la fleur dans votre lit,
Et à trois heures et demie,
Il sera cuit... euh, épris !
Pardon, ma langue a fourché. »

L'intrigue devenait enfin claire. Le vieillard voulait empoisonner l'amant de la jeune fille en lui faisant croire que l'herbe fatale était une potion d'amour. Elle n'avait pas l'air de comprendre – les personnages des satires étaient d'une bêtise effarante – mais elle renâclait à l'achat pour d'autres raisons.

« Oh ! je préférerais être pendue
Que prendre des simples par vous vendus.
Avec vous je ne veux aucune affaire.
Mais de lui je veux un amour sincère. »

Soudain, le vieillard entonna un air d'opéra. Il n'avait pas une vilaine voix, même en tenant compte de l'exagération du ton et de son effet comique.

« Le rêve de l'amour tue la grisaille ! »

À cet instant, Mebbekew, son masque sur le visage, bondit sur scène et s'adressa au public :

« Écoutez le vieux qui déraille ! »

Tous deux entamèrent alors un étrange duo, le vieux marchand de potions chantant une ligne de texte et le jeune homme joué par Mebbekew répondant par un commentaire parlé destiné aux spectateurs.

« Mais l'amour connaît bien des tours !
(— Je le suis depuis plusieurs jours.)
— L'un se montre glacial !
(— Il veut la mort de son rival.)
— L'autre est tout à fait prêt !
(— Écoutez l'âne qui brait !)
— Oh, prends la bonne décision
(— Je vais donner à ce fou une vision.)
— Devant le but que je montre du doigt !
(— Il croira que Surâme la lui envoie.)
— Des jeux des amants voyez toute la gamme !
(— Une vision demande une petite flamme...)
— Qu'importe la manière,
Car ton cœur est sincère,
Tu aimeras l'amour de ton amant de toute ton âme. »

Une vision envoyée par Surâme. Une flamme. Nafai n'aimait pas le tour que prenait la satire. Il n'aimait pas la blanche crinière hirsute et la grosse barbe chenue du masque du vieillard. Se pouvait-il que la rumeur se fût répandue si vite et si loin ? Certains chansonniers étaient célèbres pour leur talent à s'emparer des cancans avant tout le monde ; bien souvent, les gens n'assistaient aux satires que pour se tenir au courant des événements de la ville – et beaucoup ressortaient en se demandant : « Mais de quoi s'agissait-il, en fait ? »

Mebbekew tripotait une boîte sur la scène. Le chansonnier lui lança : « Laisse tomber l'effet pyrotechnique ; on fera semblant.

— Il faudra bien l'essayer à un moment ou un autre, répondit Mebbekew.

— Mais pas maintenant.

— Quand, alors ? »

Le chansonnier se leva, s'avança à grandes enjambées jusqu'au pied de la scène, devant Meb, et, mettant ses mains en porte-voix, brailla : « On-s'occupera-de-la-pyrotechnie-plus-tard !

— Très bien », dit Meb.

Tout en regagnant sa place sur l'herbe, le chansonnier ajouta : « De toute façon, ce n'est pas toi qui le déclencherais.

— Excuse-moi. » Meb reprit son poste derrière la boîte d'où s'échapperait sans doute une colonne de flamme, ce soir. Les autres masques se remirent en place.

« Fin de la chanson, dit Meb. Effet pyrotechnique. »

Là-dessus, le marchand de potions et la jeune fille levèrent les bras au ciel en un geste de surprise parodique.

« Un pilier de feu ! s'écria le vieillard.

— Comment du feu peut-il soudain apparaître sur un rocher nu en plein désert ? s'exclama la jeune fille. Mais c'est un miracle ! »

Le marchand se tourna brusquement vers elle. « Tu ne sais pas ce que tu dis, catin ! Il n'y a que moi qui puisse le voir ! C'est une vision !

— Non ! cria Mebbekew de sa voix la plus grave. C'est un effet spécial !

— Un effet spécial ! dit le marchand. Mais alors, tu es...

— Tu y es !

— Ce vieux farceur de Surâme !

— Je suis fier de toi, vieil escroc ! Cette bécasse a bien failli l'avoir dans le dos !

— Oh, ce n'était pas difficile ; c'est vous le roi des ficelles !

— Non ! beugla le chansonnier. Pas "difficile", idiot ! C'est "diffi*celle*", sinon ça ne rime pas !

— Désolé, répondit le jeune masque qui jouait le marchand. Tu as raison : comme ça, ça ne veut rien dire, mais au moins ça rime.

— On s'en fout que ça veuille dire quelque chose, jeune coq prétentieux ; l'important, c'est que ça rapporte ! »

Tout le monde éclata de rire, mais visiblement les comédiens n'en aimaient pas mieux le chansonnier. Ils reprirent la scène, et quelques instants plus tard, Meb et le marchand de potions se lançaient dans un numéro chanté et dansé, où ils se félicitaient de leur habileté à tromper les gens et s'émerveillaient de la crédulité générale, féminine en particulier. On eût dit que chaque couplet était conçu pour offenser mortellement l'une ou l'autre partie du public, et la chanson se poursuivit jusqu'à ce que tous les groupes imaginables de Basilica eussent été épinglés. Tandis qu'ils chantaient et dansaient, la jeune fille faisait semblant de rôtir de la viande dans les flammes.

Meb se rappelait mieux son texte que l'autre masque, et bien qu'à l'évidence la scène eût pour but d'humilier Père, Nafai ne put s'empêcher d'observer que Meb était finalement très doué, surtout pour chanter en détachant clairement ses mots. J'y arriverai, moi aussi, songea-t-il.

Le même refrain revenait sans cesse :

« Je me tiens tout près d'un bûcher
Avec mon menteur préféré
Et plus personne n'a sa chance
Quand commence sa drôle de danse. »

À la fin de la chanson, Surâme – Meb – avait persuadé le marchand que le meilleur moyen de mettre les femmes de Basilica à ses pieds était de leur faire croire que Surâme lui envoyait des visions. « Elles sont toutes prêtes à croire, disait Meb, il n'y a qu'à cueillir ces poires. »

La scène se terminait avec le marchand qui emmenait la jeune fille en coulisses en lui racontant sa vision de Basilica en flammes. Le chansonnier était passé à une versification allitérative que Nafai trouva plus naturelle que les vers rimés, mais aussi moins amusante. « Veux-tu vraiment vivre les moindres et ultimes moments du monde acoquinée à quelque canaille de coq encore à la coquille ? Ne préfères-tu pas prendre plaisir avec un pépé pas propre, mais dans les petits papiers du puissant Surâme ?

— Parfait, dit le chansonnier. Ça ira. Passons à la scène de la rue, maintenant. »

Un nouveau groupe de masques monta sur l'estrade. Nafai traversa immédiatement la pelouse et se dirigea vers Meb qui, encore masqué, commençait déjà à griffonner un dialogue sur un bout de papier.

« Meb », dit-il.

Meb leva la tête, surpris, en essayant de voir par les trous du masque. « Comment m'avez-vous appelé ? » Puis il reconnut Nafai. Il se redressa d'un bond et s'éloigna. « Ne t'approche pas de moi, espèce de petit bouffeur de rats !

— Meb, il faut que je te parle... »

Mais Mebbekew ne s'arrêta pas.

« ... Avant que tu ne joues cette pièce ce soir ! » ajouta Nafai.

Meb pivota sur ses talons. « Ce n'est pas une pièce, c'est une satire ! Et je ne suis pas un comédien, mais un masque ! Et tu n'es pas mon frère, mais un crétin ! »

Nafai resta abasourdi de cette fureur. « Mais qu'est-ce que je t'ai fait ?

— Je te connais, Nyef ! Je peux faire ce que je veux, tu finiras par le raconter à Père ! »

Comme si Père n'allait jamais apprendre que son fils jouait dans une satire destinée à le ridiculiser aux yeux de toute la cité ! « Alors, tout ce qui t'inquiète, dit Nafai, c'est les ennuis que tu risques, toi ? Tu m'écœures ! Tu n'as aucune loyauté envers la famille !

— Ce que je fais ne porte pas préjudice à la famille. Le masque, c'est un moyen parfaitement légitime de débuter comme comédien, qui me permet de vivre et qui me rapporte de temps en temps quelques miettes de respect et de plaisir ; c'est bien plus que ce que j'ai jamais obtenu en travaillant pour Père ! »

Mais de quoi parlait-il donc ? « Je me fiche que tu fasses le masque, dit Nafai, et même, je trouve ça génial. Justement, j'étais dans le coin parce que je pensais à l'essayer moi-même. »

Meb ôta son masque et toisa Nafai. « Pour le physique, ça pourrait aller. Mais tu as encore une voix de gosse.

— Mebbekew, ce n'est pas la question pour le moment.

Masque ou pas, l'important, c'est que tu n'as pas le droit de faire ça à Père !

— Mais je ne lui fais rien ! C'est pour moi que je fais ça ! »

C'était toujours ainsi, les discussions avec Mebbekew. On avait toujours l'impression qu'il ne suivait pas le fil. « Que tu fasses le masque, parfait, insista Nafai. Mais te moquer de ton propre père, c'est trop mesquin, même pour toi ! »

Meb le regarda d'un air ahuri. « Me moquer de mon père ?

— Ne viens pas me dire que tu n'es pas au courant !

— Mais qu'est-ce qui le ridiculise, dans cette satire ?

— La scène que tu viens de répéter, Meb !

— Voyons, Père n'est pas le seul à Basilica à croire en Surâme. D'ailleurs, j'ai l'impression par moments qu'il n'y croit pas si sérieusement que ça, à toutes ces histoires.

— Mais la vision, Meb ! Le feu dans le désert, la prophétie à propos de la fin du monde ! Qui est-ce que tu crois que ça vise ?

— Je n'en sais rien. Le vieux Drotik ne nous dit jamais de quoi ses textes parlent. Si on n'est pas au courant des ragots, quelle importance ? Ça ne nous empêche pas de réciter. »

Soudain, Meb prit une expression interrogatrice. « Mais qu'est-ce que Père vient faire dans ces histoires de Surâme et compagnie ?

— Ce matin avant l'aube, il a reçu une vision sur la route du Désert, en rentrant de voyage. Il a vu un pilier de feu sur un rocher, et aussi Basilica en train de brûler, et il est persuadé que ça présage la destruction du monde, comme pour la Terre, tu sais, dans la vieille légende. Mère le croit aussi et il a déjà dû en parler autour de lui ; sinon, comment ton chansonnier aurait-il été au courant ?

— Mais c'est complètement dingue ! s'exclama Mebbekew.

— Je n'invente rien. J'étais ce matin sous l'auvent de Mère et...

— La scène de l'auvent ! C'est... Il a décrit comment l'apothicaire... Alors, ce serait Père, en réalité ?

— Ça fait un quart d'heure que je me tue à te le dire !

— Quel salaud, souffla Meb. Non, mais quel salaud ! Et il me fait jouer le rôle de Surâme, en plus ! »

Meb tourna les talons et se précipita vers le masque qui tenait le rôle de l'apothicaire. Il resta un instant devant lui à examiner son costume. « C'était pourtant évident ! Il faut vraiment que j'aie un cerveau de mouche... Mais une vision !

— Et de quoi tu parles ? demanda le comédien.

— Donne-moi ce masque ! dit Mebbekew. Donne-le moi, je te dis !

— Bien sûr, d'accord ; tiens, le voilà. »

Meb le lui arracha des mains ; puis il se rua, Nafai sur ses talons, vers le chansonnier, plus haut sur la colline, et lui brandit le masque sous le nez. « Comment est-ce que tu as pu me faire ça, Drotik, espèce de vieux furoncle répugnant ?

— Oh, dis, ne fais pas comme si tu ne savais pas, petit !

— Et comment est-ce que je l'aurais su ? J'ai dormi jusqu'au début des répétitions ! Tu me mets en scène pour ridiculiser mon père, et ce serait une simple coïncidence, et tu aurais oublié de me prévenir ? Tu crois vraiment que je vais avaler ça ?

— Ben, c'est fait pour attirer le public !

— Et ensuite, qu'est-ce que tu aurais fait ? Tu aurais dit aux gens qui j'étais, après toutes tes promesses de préserver mon anonymat ? Et puis à quoi riment ces masques ? » Meb se tourna vers les comédiens visiblement abasourdis. « Écoutez, vous autres ; vous savez ce que cette vieille fripouille allait faire ? Il allait se moquer de mon père, pour ensuite révéler au public que c'était moi qui jouais Surâme ! Il allait me démasquer ! »

Le chansonnier s'inquiétait manifestement de la tournure que prenaient les événements. Sous leurs masques, les comédiens devaient être furieux qu'il eût projeté de révéler leur identité. Il fallait impérativement reprendre les choses en main. « Ne faites pas attention à ce qu'il dit ! C'est absurde ! Je viens de virer ce garçon parce qu'il a eu l'audace de réécrire mon texte, et pour se venger, il essaye de couler le spectacle, voilà tout ! »

Les masques se détendirent.

Meb comprit alors qu'il avait perdu la bataille : les masques voulaient croire le chansonnier, parce qu'il était leur gagne-pain.

« Le menteur, ce n'est pas mon père, cria Meb, c'est toi !

— Ah, répondit Drotik, la satire, c'est merveilleux, jusqu'au moment où on tape là où ça fait mal, hein ? »

Meb brandit le masque à crinière blanche au-dessus de sa tête, comme s'il allait en frapper le chansonnier, lequel se protégea de ses bras et recula. Mais Meb n'avait pas l'intention de le frapper : il abattit brutalement le masque sur son genou et le brisa en deux. Puis il lui jeta les morceaux.

Drotik baissa les bras et soutint le regard de Mebbekew. « Il faudra dix minutes à mon fabricant de masques pour m'en faire un nouveau avec une barbe. Mais c'était peut-être une menace métaphorique, simplement ?

— Je ne sais pas, répondit Meb. Est-ce que tu essayais de me pousser à tuer métaphoriquement mon père ? »

Le chansonnier secoua la tête, incrédule. « Il ne s'agit que d'une pique, d'une plaisanterie, petit. Ce ne sont que des mots. Rien que quelques éclats de rire.

— Et quelques billets supplémentaires !

— Qui te rapportent de l'argent.

— Et qui font ta fortune. »

Meb lui tourna le dos et s'éloigna. Nafai lui emboîta le pas. Derrière eux, Drotik demandait qu'on lui trouve un masque capable d'apprendre un rôle en trois heures.

Mebbekew ne se laissait pas rattraper par Nafai. Il allait vite, toujours plus vite, et il se retrouvèrent à courir comme des fous par les rues hautes et basses de la cité. Mais Mebbekew n'avait pas l'endurance de son frère, et il finit par s'arrêter à l'angle d'une maison, plié en deux, pantelant, le souffle coupé.

Nafai ne savait pas quoi lui dire. Il n'avait pas eu l'intention de le forcer à la course ; il voulait seulement lui faire savoir combien il l'admirait d'avoir remis le chansonnier à sa place, de l'avoir traité de menteur bien en face et d'avoir démoli chacun de ses arguments. Quand tu as cassé le masque, j'ai failli applaudir, voilà ce que Nafai avait envie de lui dire.

Mais quand il s'approcha de Meb, il s'aperçut que ce n'était pas seulement la course qui lui coupait le souffle. Il pleurait, non de chagrin mais de rage, et il se mit soudain à taper du poing contre le mur.

« Mais pourquoi est-ce qu'il a fait ça, répétait Meb, cet espèce d'égoïste, ce vieux salaud !

— Voyons, ne te mets pas dans un état pareil ! dit Nafai pour le consoler. Drotik n'en vaut pas la peine !

— Je ne parle pas de Drotik, crétin ! Je ne m'attendais pas à autre chose de lui, sauf que j'ai perdu mon boulot et que je n'en retrouverai jamais d'autre ; Drotik va raconter à tout le monde que j'ai quitté un spectacle trois heures avant le lever de rideau.

— Mais alors, contre qui en as-tu ?

— Contre Père ! Évidemment ! Une vision ! Je n'arrive pas à y croire ; j'espérais que Drotik me dirait que ce n'était pas Père qu'il visait, que c'était quelqu'un d'autre, que mon idée qu'il s'agissait de Wetchik ne tenait pas debout, qu'il fallait avoir du fromage à la place du cerveau pour croire que l'honorable Wetchik se payait des visions envoyées par l'incroyable, le stupéfiant Surâme !

— Mère le croit, elle, dit Nafai.

— Mère renouvelle son contrat tous les ans depuis ta conception, alors tu penses comme elle est impartiale ! Et toi, tu le crois aussi ? Est-ce que les gens qui ne couchent pas avec lui le croient ?

— Mais je n'en sais rien ! Je ne sais même pas qui est au courant.

— Je vais te dire une bonne chose : dans six heures, tout Basilica sera au courant ; ça répond à ta question ? Je voudrais pouvoir la tuer, cette vieille baderne boursouflée !

— Calme-toi ; tu ne le penses pas vraiment...

— Tu crois ça ? Tu crois que je n'ai pas envie de lui flanquer mon poing dans la gueule ? » Meb se retourna et cria aux passants : « Je t'en foutrai, moi, des visions, tête de pioche, colporteur de luzerne ! »

Dans la rue, les gens s'arrêtaient, médusés.

« D'accord, dit Nafai, c'est Père qui t'embête...

— Je ne t'ai pas demandé de me suivre ! C'est toi qui m'as couru après, alors si ça ne te plaît pas, tu peux t'étouffer avec ta propre morve, moi, je m'en tape !

— Allez, viens, rentrons », fit Nafai. Il ne trouva rien d'autre à dire.

5

LES ROUES

Ce soir pourtant, Nafai n'avait vraiment pas envie de rentrer. Il avait espéré que Père serait ailleurs, et que Meb se calmerait avant de le voir. Mais non, bien entendu : Père voulait justement parler à Meb. Il venait de passer une heure avec Elemak (Nafai ne regretta pas trop de ne pas avoir assisté à la scène) et l'idée bizarre lui était venue qu'il arriverait peut-être à convaincre Meb de croire en sa vision.

Les hurlements commencèrent dès que Mebbekew aperçut Père dans l'étude. Nafai connaissait bien ce genre de discussions, et il battit aussitôt en retraite dans sa chambre. En traversant la cour, il aperçut Issib qui risquait un œil par sa porte entrouverte. Tiens, un réfugié comme moi, songea Nafai.

Pendant la première heure, on n'entendit que le murmure bas de la voix de Père qui essayait sans doute de parler de sa vision, interrompu toutes les deux ou trois minutes par les commentaires stridents de Mebbekew, tantôt accusateurs et tantôt ironiques. Puis, comme Mebbekew se plaignait de l'humiliation que Père imposait à la famille, celui-ci plaça enfin un argument : c'était Meb qui avait déshonoré la famille en travaillant comme masque. Et le Wetchik se mit à hurler à son tour, et Meb tenta de s'expliquer, ce qui prolongea la dispute d'une bonne heure, avant que Meb, furibond, ne quitte enfin la maison ; quant à Père, il se rendit aux écuries pour s'occuper des animaux en attendant de retrouver son calme.

Alors seulement, Nafai, mourant de faim, osa s'aventurer jusqu'à la cuisine pour son premier repas sérieux de la journée et eut la surprise d'y trouver Elemak attablé en compagnie d'Issib.

« Je ne savais pas que tu étais là, Elya », dit-il.

Elemak lui adressa un regard inexpressif, puis il se rappela soudain. « Oh, laisse tomber, répondit-il. Ce matin, j'étais en colère, mais ce n'est rien ; oublie ça. »

Avec ce qui s'était passé depuis le petit-déjeuner, Nafai avait de toute façon oublié les menaces d'Elemak. « Je crois que c'est déjà fait », avoua-t-il.

Elemak lui lança un regard dégoûté, puis revint à son assiette.

« Qu'est-ce que j'ai dit de mal ? demanda Nafai.

— Peu importe, dit Issib. On essaye de réfléchir à ce qu'on va faire. »

Nafai ouvrit le congélateur et examina les aliments que Trujnisha y avait stockés en prévision de telles occasions. Il avait une faim de loup, mais rien ne l'attirait. « C'est tout ce qu'il y a ?

— Non, j'ai planqué le reste dans mon pantalon », répondit Issib.

Nafai choisit un plat qui lui plaisait d'habitude, mais n'avait rien d'appétissant ce soir. Il le mit à chauffer et se tourna vers ses frères. « Alors, qu'est-ce qu'on a décidé ? »

Elemak ne leva même pas les yeux.

« Nous, nous n'avons rien décidé, dit Issib.

— Ah, ça y est ! D'un seul coup, je suis le gamin de la maison, pendant que les hommes prennent toutes les décisions, c'est ça ?

— Il y a de ça, oui, répondit Issib.

— Et qu'est-ce que les grands doivent prendre, comme décision ? De toute façon, qui doit prendre des décisions, ici, à part Père ? C'est sa maison, son entreprise, son argent et son nom dont tout le monde se moque à Basilica en ce moment ! »

Elemak fit non de la tête. « Pas tout le monde, dit-il.

— Quoi, quelqu'un n'aurait pas encore entendu parler de cette histoire ?

— Non, reprit Elemak, je veux dire que tout le monde ne se moque pas de lui.

— Ça ne durera pas, si cette satire fait long feu. J'en ai vu une répétition ; Meb était vraiment très bon. Naturellement, comme il s'agissait de Père, il a laissé tomber, mais je crois qu'il a un vrai talent. Vous saviez qu'il chantait ? »

Elemak lui lança un regard méprisant. « Tu es vraiment superficiel, Nyef, ou tu fais semblant ?

— Oui, répondit Nafai. Je suis superficiel, mon vieux, tellement que votre embarras n'a pour moi aucune importance, si Père a vraiment eu cette vision.

— Mais nous savons bien qu'il en a eu une, dit Elemak. Le problème, c'est ce qu'il en fait.

— Eh bien, quoi ? Surâme lui envoie une vision pour l'avertir de la destruction du monde, et il devrait la garder pour lui ?

— Fiche-nous la paix et mange, ordonna Elemak.

— Il raconte à tout le monde que Surâme veut que nous en revenions aux anciennes lois, dit Issib.

— Lesquelles...

— Toutes.

— Non, je voulais dire : tu en connais qu'on ne suit pas déjà ? »

Elemak n'y alla par quatre chemins. « Père s'est présenté au conseil clanique et s'est élevé contre notre décision de collaborer avec Potokgavan dans sa guerre contre les Têtes Mouillées.

— Contre qui ?

— Les Gorayni. Les Têtes Mouillées. »

Ce surnom venait de l'habitude des Gorayni de porter les cheveux longs et dégouttants d'huile parfumée. Mais c'étaient des guerriers réputés pour leur sauvagerie : ils considéraient comme déshonorés les prisonniers qui se rendaient à eux sans blessure grave et les massacraient. « Mais ils vivent à des centaines de kilomètres au nord de chez nous, se récria Nafai, et les Potoku sont loin au sud-est ; pourquoi est-ce qu'ils se battraient ?

— Qu'est-ce qu'on t'apprend donc à ta petite école ? demanda Elemak. Les Potoku ont étendu leur protection sur toute la plaine côtière jusqu'au fleuve Mochai.

— Ah, d'accord. Leur protection contre quoi ?

— Contre les Gorayni, Nafai. Nous, on est entre les deux. Ça s'appelle de la géographie.

— Je connais ma géographie, dit Nafai. Mais je ne vois pas pourquoi il y aurait la guerre entre les Gorayni et les Potoku, et si elle se déclenchait, comment ils feraient pour se battre : Potokgavan possède une flotte – mieux que ça : leurs maisons sont des bateaux – mais comme Goraynivat n'a pas d'accès à la mer...

— N'avait pas d'accès. Maintenant, ils ont annexé Usluvat.

— Ah, ça, j'ai dû le savoir...

— Oh, je n'en doute pas, dit Elemak. Les Gorayni ont des chariots tirés par des chevaux. Tu as entendu parler de ça ?

— Des roues, fit Nafai pensivement. Des chevaux qui tirent des boîtes à la bataille, avec des hommes dedans.

— Et qui transportent de quoi nourrir toute une armée durant une longue marche. Une très longue marche. Ces chariots à chevaux sont en train de tout changer. » Le ton d'Elemak était soudain devenu enthousiaste. Il y avait des années que Nafai n'avait pas vu Elya s'exciter autant. « Je vois d'ici le jour où on élargira la route de la Corniche, celle des Plaines, et la rue des Marchés pour permettre aux fermiers d'apporter leurs produits jusqu'ici avec des chariots de ce genre, qui déplacent dix fois plus de poids : un homme, deux chevaux et un chariot peuvent transporter autant qu'une dizaine d'hommes et vingt chevaux actuellement. Le prix des denrées qui chute ; le coût du transport de nos produits qui tombe encore plus bas... ça rapporte, tout ça. Je vois des routes qui s'étendent sur des centaines de kilomètres, à travers le désert... moins d'animaux dans nos caravanes, moins de vivres à traîner et moins de problèmes pour trouver de l'eau au cours des voyages. Le monde rapetisse, et voilà que Père essaye de l'en empêcher !

—' Et le rapport avec sa vision, dans tout ça ?

— Eh bien, les vieilles lois de Surâme, justement ! Les roues sont interdites, sinon pour les engrenages et les jouets. Ce serait un sacrilège, une abomination. Tu te rends compte qu'on connaît le principe du chariot depuis des millénaires et que personne, je dis bien personne, n'en a jamais construit un ?

— Jusqu'à présent, dit Issib.

— Il y avait peut-être une bonne raison pour ça, murmura Nafai.

— La superstition ! La voilà, la raison, rétorqua Elemak. Mais maintenant, nous avons l'occasion de construire deux cents chariots, payés par Potokgavan qui nous en fournit les plans ; et le prix que Gaballufix a négocié est assez élevé pour que nous puissions en fabriquer deux cents autres pour nous-mêmes.

— Et pourquoi donc les Potoku ne font-ils pas leurs chariots eux-mêmes ?

— Parce qu'ils viennent ici en bateau, répondit Elemak. Plutôt que de les fabriquer à Potokgavan, puis de les transporter ici par mer, ils ont préféré que les chariots attendent sagement que leurs soldats arrivent chez nous.

— Mais pourquoi chez nous ?

— Parce que c'est ici qu'ils vont tracer la ligne de démarcation : interdiction aux Gorayni d'aller plus loin, sous peine d'affronter la colère des Potoku. Et puis, ne cherche pas à comprendre, Nafai, ce sont des histoires d'adultes.

— Moi, j'ai l'impression que Père fait bien d'essayer d'arrêter tout ça pour des raisons de principes, dit Nafai. C'est vrai : si les Gorayni s'aperçoivent que nous construisons des chariots pour les Potoku, est-ce qu'ils ne vont pas envoyer une armée pour nous en empêcher ?

— Ils n'en sauront rien avant qu'il ne soit trop tard.

— Et pourquoi donc ? Basilica est si douée que ça pour garder les secrets ?

— Même s'ils s'en aperçoivent, Nyef, les Potoku seront ici pour empêcher leurs représailles.

— Mais si les Potoku ne venaient pas, c'est-à-dire si nous ne fabriquions pas de chariots pour eux, les Gorayni ne chercheraient pas à exercer de représailles ! »

Elemak posa le front contre la table, pour bien montrer qu'il désespérait d'expliquer quoi que ce soit à Nafai.

« Le monde change, dit Issib. Nous avons l'habitude de guerres qui ne sont que des querelles locales. Mais les Gorayni ont modifié tout ça : ils s'emparent de pays qui ne leur ont jamais fait de mal. »

Elemak poursuivit son argumentation. « Un jour ou l'autre, ils arriveront chez nous, que les Potoku soient ici ou non pour nous protéger. Personnellement, je préfère laisser les Potoku se battre à ma place.

— Je n'arrive pas à croire qu'il se passe tant de choses sans que personne en parle à Basilica, dit Nafai. Je n'ai pourtant pas les oreilles ensablées, mais je n'ai encore entendu aucune allusion à la construction de chariots pour Potokgavan. »

Elemak hocha la tête. « C'est un secret. Enfin, c'en était un avant que Père ne l'évoque devant le conseil clanique tout entier.

— Ça veut dire qu'on faisait tout ça sans que le conseil soit au courant ?

— C'était un secret, je te dis, répondit Elemak. Combien de fois faut-il que je le répète ?

— Donc, quelqu'un allait faire tout ça au nom de Basilica et du clan Palwashantu, sans consulter personne au conseil clanique ni au conseil de la cité ? »

Issib eut un rire sans joie. « Dit comme ça, c'est plutôt bizarre, en effet !

— Ça n'est pas du tout bizarre, rétorqua Elemak. À ce que je vois, tu es déjà passé du côté de Roptat !

— Qui est-ce, Roptat ?

— C'est un Palwashantu de l'âge d'Elya, répondit Issib, qui a profité de ces histoires de guerre pour se bâtir une réputation de prophète. Pas comme Père : aucune vision ne lui vient de Surâme, lui, mais il écrit des prophéties ; quand tu les lis, tu as l'impression qu'un requin t'arrache la jambe. Et il parle exactement comme toi.

— Alors, comme ça, votre plan secret est si bien connu qu'il existe déjà un parti mené par ce Roptat qui essaye de le faire capoter ?

— Ce n'était pas secret à ce point-là, quand même, dit Elemak. Il n'y a ni complot ni conjuration. Il y a simplement des gens de bonne volonté qui veulent faire quelque chose dans l'intérêt vital de Basilica, et quelques traîtres qui se démènent pour les en empêcher. »

Manifestement, Elemak avait une vue très partiale des choses, et Nafai se sentit obligé de proposer un autre point de vue :

« À moins que ce ne soient, d'un côté, de sales profiteurs qui placent notre cité dans une situation extrêmement dangereuse pour s'enrichir, et de l'autre, quelques personnes de bonne volonté qui s'efforcent de sauver Basilica en leur mettant des bâtons dans les roues. Mais c'est une simple possibilité, que je ne fais que suggérer. »

Elemak était furieux. « Les gens qui travaillent à ce projet sont déjà si riches qu'ils n'ont sûrement pas besoin de plus. Et ce que je ne comprends pas, c'est comment un « savant » de quatorze ans qui n'a jamais été obligé de travailler comme un homme peut tout d'un coup avoir des opinions sur des problèmes politiques dont il ignorait jusqu'à l'existence il y a encore dix minutes !

— Je posais une question, c'est tout, dit Nafai. Je ne t'accusais de rien.

— Et pour cause ! répliqua Elemak. Je ne suis pas dans le projet !

— Évidemment, fit Nafai. Puisque c'est un projet secret.

— J'aurais dû te faire sauter toutes les dents ce matin ! »

Pourquoi fallait-il toujours que ça finisse par des menaces ? « Tu fais sauter les dents à tous ceux qui te posent des questions auxquelles tu ne sais pas répondre ?

— Ça ne m'est encore jamais arrivé, répondit Elemak en se levant. Mais cette fois-ci, je vais rattraper le temps perdu !

— Arrêtez ! cria Issib. Vous trouvez qu'on n'a pas assez de problèmes comme ça ? »

Elemak hésita, puis se rassit. « Ah ! Je ne devrais pas le laisser me mettre en boule. »

Nafai reprit son souffle. Il l'avait retenu sans s'en rendre compte.

« Ce n'est qu'un gosse ; que peut-il savoir ? ajouta Elemak. C'est Père qui devrait se montrer un peu plus avisé. Il agace beaucoup de gens. Des gens très dangereux.

— Tu veux dire qu'ils le menacent ? demanda Nafai.

— Personne ne menace personne. Ce serait grossier. Non, simplement, ils... ils s'en font à cause de Père.

— Mais si tout le monde se moque de Père, pourquoi

s'inquiéter de ce qu'il dit ? C'est plutôt de ce Roptat qu'ils devraient se méfier, j'ai l'impression.

— C'est à cause de cette histoire de vision, répondit Elemak. De Surâme. La plupart des hommes ne prennent pas ça trop au sérieux, mais les femmes... le conseil de la cité... et ta Mère ne fait rien pour arranger les choses.

— Ou bien elle fait tout pour les arranger, au contraire ; ça dépend du camp dans lequel tu te places.

— Exact », dit Elemak. Il se leva de table, mais cette fois son attitude n'avait rien de menaçant. « Je vois bien ton camp à toi, Nyef, et je dois te prévenir que si on laisse à Père les coudées franches, on se retrouvera tous dans les chaînes gorayni.

— Qu'est-ce qui t'en rend si sûr ? Surâme t'a envoyé une vision ou quoi ?

— J'en suis sûr, mon petit demi-ami (Nafai ne releva pas l'allusion à leur lien de parenté), parce que je comprends les choses. Quand tu grandiras, tu verras peut-être ce que je veux dire par là. Mais je n'y crois pas beaucoup. » Et Elemak quitta la cuisine.

Issib soupira. « Est-ce qu'il y a des gens qui s'aiment vraiment dans cette famille ? »

La nourriture était trop cuite, mais Nafai n'en avait cure. Il tremblait si fort qu'il eut du mal à porter son plateau jusqu'à la table.

« Pourquoi est-ce que tu trembles ?

— Je n'en sais rien, répondit Nafai. J'ai peur, peut-être.

— D'Elemak ?

— Pourquoi aurais-je peur de lui ? demanda Nafai. Ah oui, parce qu'il pourrait me briser le cou entre deux doigts.

— Alors, pourquoi persistes-tu à le provoquer ?

— J'ai peut-être peur pour lui aussi.

— Pourquoi ça ?

— Tu ne trouves pas ça drôle, Issib ? Elya nous raconte que Père est menacé par des gens puissants – mais sa solution, ce n'est pas de dénoncer ces gens, c'est d'essayer d'empêcher Père de parler.

— Personne n'est rationnel, dans cette affaire.

— Tu sais, je m'y entends, en politique, en fait, reprit Nafai. Je passe mon temps à étudier l'histoire. Il y a longtemps que j'ai dépassé le niveau de la classe. Je sais parfaitement comment débutent les guerres et qui les gagne. Et le plan d'Elya est le plus débile que je connaisse. Potokgavan n'a pas une chance de protéger efficacement notre région, et aucune raison valable de le faire. Voilà ce qui va se passer : les Potoku vont envoyer une armée ici, provoquer les Gorayni qui attaqueront, et à ce moment-là, ils se rendront compte qu'ils ne peuvent pas gagner ; alors, ils rentreront chez eux, dans leur plaine inondable où les Têtes Mouillées ne pourront pas les atteindre, et ils nous laisseront, nous, supporter la colère des Gorayni. Construire des chariots de guerre pour eux va nous mener à la catastrophe, c'est absolument évident : il faut être complètement aveuglé par la cupidité pour soutenir une idée pareille. Et si Surâme demande à Père de s'opposer à la fabrication des chariots, eh bien, Surâme a raison !

— Il doit être bien soulagé d'avoir ton approbation, j'en suis sûr.

— C'est normal, j'aime rendre service.

— Nafai, tu n'as que quatorze ans.

— Et alors ?

— Alors, Elemak n'a pas envie d'entendre ça de ta bouche.

— Toi non plus, si je ne me trompe pas ?

— Je suis à plat. La journée a été longue. » Et Issib sortit de la cuisine.

Nafai se mit enfin à table et s'aperçut avec dépit qu'il n'avait pas d'appétit. « Laisse tomber », se dit-il. Il jeta la nourriture aux égouts et plaça l'assiette dans le casier à laver.

Puis il traversa la cour pour regagner sa chambre ; la nuit était déjà froide : la proximité du désert provoquait de brusques chutes de température au coucher du soleil. Nafai tremblait toujours, sans savoir pourquoi. Ce n'était pas à cause de la vision qu'avait reçue Père, la destruction du monde, ni de la guerre que connaîtrait sans doute Basilica si l'alliance imbécile avec Potokgavan était maintenue. C'étaient là de vrais dangers, certes, mais lointains. Et ce n'était pas non plus à cause des menaces d'Elemak : il les avait toujours connues.

Il tremblait encore en se couchant sur sa natte, bien qu'il ne fît pas froid dans sa chambre. C'est alors qu'il comprit enfin ce qui le tracassait : Elemak avait mentionné que Gaballufix avait négocié le prix des chariots auprès des Potoku. Donc, le projet avait le soutien de Gaballufix : en effet, qui d'autre que le chef du clan pouvait se permettre d'engager les Palwashantu dans une voie aussi dangereuse sans même consulter le conseil ? Et par conséquent, lorsqu'Elemak mettait Père en garde contre les ennemis qu'il se faisait, il était raisonnable de supposer qu'il parlait de Gaballufix.

Gaballufix, chez qui Elemak s'était secrètement rendu aujourd'hui même !

Envers qui Elemak était-il loyal ? Envers Père ? Ou bien son demi-frère Gaballufix ? Manifestement, Elya trempait dans ce projet de chariots de guerre. Dans quoi d'autre était-il encore mouillé ? Les gens dangereux ne profèrent pas de menaces, avait-il dit ; que faisaient-ils alors ? Des plans ? Elya était-il donc mêlé à un plan dirigé contre Père, et ses insinuations tentaient-elles d'éloigner Père pour le protéger ?

Meb n'avait-il pas parlé justement aujourd'hui de parricide symbolique ?

Non, se dit Nafai. Non, c'est seulement que je suis tourneboulé parce que tout s'est passé trop vite, en une seule journée. Père a une vision, et d'un seul coup, le voilà embarqué comme jamais dans des imbroglios politiques ; on dirait presque que Surâme lui a envoyé cette vision tout exprès, à cause du projet stupide et dangereux de Gaballufix, parce qu'il fallait y réagir tout de suite.

Mais pourquoi ? En quoi le sort de Basilica intéressait-il Surâme ? D'innombrables cités et nations avaient connu la gloire et le déclin, des dizaines par siècles, des milliers et des milliers depuis le début de l'histoire humaine ; et Surâme n'avait pas levé le petit doigt. Ce n'était pas la guerre qui inquiétait Surâme, et certainement pas la souffrance humaine non plus. Alors pourquoi s'interposait-il aujourd'hui ? Qu'y avait-il donc là de si pressant ? Et cela valait-il la peine de déchirer une famille ? Même dans l'affirmative, qui pouvait en décider ? Personne n'avait rien demandé à

Surâme ; alors, si les membres de la famille n'étaient que les jouets d'un maître plan, Surâme serait bien aimable de leur faire part de ce qu'il mijotait.

Nafai était couché sur sa natte, tremblant.

Il se rappela soudain sa promesse : je ne devais pas dormir sur une natte, ce soir ; je devais essayer d'être un homme.

Il faillit éclater de rire. Dormir sur le sol nu, c'est ça qui ferait de lui un homme ? Ah, quel idiot ! Quel âne !

À présent qu'il riait de lui-même, il réussit à s'endormir.

6

LES ENNEMIS

« Où étais-tu donc passé, toute la journée d'hier ? » Nafai n'avait pas souhaité cette conversation, mais elle était inévitable. Mère n'était pas femme à laisser un de ses élèves disparaître un jour entier sans explication.

« J'ai marché. »

Comme il l'avait prévu, cette réponse ne satisfit pas sa mère. « Je me doute bien que tu n'as pas volé, dit-elle. Je m'étonne cependant que tu ne te sois pas roulé en boule dans un coin pour dormir. Où es-tu allé ?

— Dans des endroits très instructifs. » Il pensait au domicile de Gaballufix et au théâtre en plein air, mais Mère interpréterait naturellement ses paroles à sa façon.

— À Dollville ? demanda-t-elle.

— Il ne se passe pas grand-chose là-bas pendant la journée, Mère.

— Et tu n'as rien à y faire. À moins que tu ne croies tout savoir, ce qui te dispenserait désormais d'étudier ?

— Vous ne nous apprenez pas tout ici, Mère. » La vérité, à nouveau... mais pas tout à fait.

« Tiens donc, dit-elle. Dhelembuvex ne se trompait pas. »

Ah, d'accord, parfait. Il était donc temps de trouver une cousinette pour le petit garçon.

« J'aurais dû m'en rendre compte. Ton corps mûrit si vite... trop vite, je le crains ; il laisse tout le reste à la traîne. »

C'en fut trop. Nafai s'était promis d'écouter calmement sa mère, de la laisser tirer ses propres conclusions, puis de retourner en classe une fois l'affaire réglée. Mais l'entendre dire que c'étaient ses gonades qui guidaient sa vie alors que, si quelque chose en lui avait mûri, c'était son esprit plus que son corps...

« Votre intelligence ne va pas plus loin que ça, Mère ? »

Elle leva un sourcil.

Il avait déjà dépassé les bornes ; mais maintenant qu'il avait commencé, les mots étaient là, et il fallait qu'il les dise. « Vous voyez quelqu'un se conduire de façon inexplicable, et s'il s'agit d'un garçon, vous êtes persuadée que c'est à cause de ses désirs sexuels, c'est ça ? »

Elle eut un demi-sourire. « J'ai une certaine connaissance des hommes, Nafai, et l'hypothèse que le comportement d'un garçon de quatorze ans puisse être lié au désir sexuel est amplement prouvée.

— Mais je suis votre fils, moi, et vous ne me connaissez toujours pas !

— Donc, tu n'es pas allé à Dollville ?

— Pas pour les raisons que vous pourriez croire.

— Ah ! dit-elle. Des raisons, j'en imagine beaucoup. Mais aucune n'indique que tu possèdes un jugement très sûr.

— Tiens donc ! Et vous, vous êtes experte en jugements très sûrs, je suppose ? »

Le sarcasme passa mal. « Nafai, tu oublies que je suis ta mère et ton professeur.

— C'est vous, Mère, et non moi, qui avez invité ces deux filles à la réunion d'hier – réunion familiale, je précise.

— Et c'est un signe de mauvais jugement ?

— Tout à fait. Quand je suis arrivé au théâtre en plein air, bien longtemps avant la nuit, on parlait déjà de la vision de Père.

— Ça n'a rien d'étonnant. Ton père est allé tout droit au conseil clanique ; il n'était évidemment plus question de secret, après ça.

— Il ne s'agit pas que de sa vision, Mère. On répétait déjà une satire – de Drotik lui-même, s'il vous plaît – qui comprenait une extraordinaire petite scène sous un auvent. Comme les seules personnes étrangères à la famille étaient ces deux sorcerettes...

— Silence ! »

Nafai se tut immédiatement, mais non sans un indéniable sentiment de victoire. Mère était furieuse, et il devait avoir marqué un point pour la mettre ainsi en colère.

« Les désigner par ce terme dégradant et bien masculin est injurieux à l'extrême », dit Mère. Sa voix glaciale attestait qu'elle était vraiment en colère. « Luet est sibylle et Hushidh déchiffreuse. De plus, toutes les deux ont été parfaitement discrètes et n'ont rien révélé à personne.

— Ah, parce que vous ne les avez pas quittées des yeux depuis...

— Je t'ai dit de te taire ! » Sa voix était de glace. « Pour ta gouverne, mon petit garçon si brillant, si avisé et surtout si mûr, s'il y avait une scène sous un auvent dans la satire de Drotik – que j'ai vue, à propos, et qui est bien mal faite, ce qui me retire toute inquiétude –, s'il y avait cette scène, donc, c'est parce qu'alors que ton père allait au conseil clanique, j'étais, moi, en train de raconter l'histoire au conseil de la cité, et que j'y ai inclus ce qui s'est passé sous l'auvent. Mais pourquoi ? demande mon génie de fils d'un air délicieusement stupide. Eh bien, voilà : le conseil n'a pris au sérieux la vision de ton père que parce que Luet l'a cru et considère que cette vision converge avec la sienne. »

C'était donc Mère qui avait tout raconté ! Mère qui avait appelé le ridicule et la ruine sur la famille ! Incroyable !

« Ah ! souffla Nafai.

— Je pense que tu vois maintenant les choses un peu différemment.

— Je vois en effet qu'il n'y avait aucun mal à ce que Luet et Hushidh assistent à la réunion, dit Nafai. C'est vous qu'on aurait dû en exclure. »

La main de Mère lui cingla le visage. Si elle avait visé la joue, elle la manqua, peut-être parce qu'il recula machinalement la tête. Un ongle le griffa au menton, arrachant la peau. L'éraflure le piqua et se mit à saigner.

« Vous vous oubliez, monsieur, dit-elle.

— Pas autant que vous, madame », répondit-il. Du moins, c'est ce qu'il voulut répondre. Il ouvrit même la bouche, mais soudain, l'énormité du geste de sa mère, le choc et la douleur qu'il en avait ressentis, l'humiliation absolue d'avoir été frappé par elle, tout cela le fit éclater en larmes. « Excusez-moi », dit-il. En réalité, il aurait voulu crier : « Comment osez-vous me traiter ainsi ? Je suis trop grand pour ça ! Je vous déteste ! » Mais impossible de parler aussi crûment alors qu'il pleurait comme un gosse. C'était exaspérant : les larmes lui étaient toujours venues facilement, et cela ne s'arrangeait pas avec les années.

« La prochaine fois, vous n'oublierez peut-être pas de vous adresser à moi avec respect », dit-elle. Mais pas plus que lui elle ne parvint à rester cassante, et en même temps qu'elle parlait, il la sentit passer son bras autour de lui ; puis elle s'assit à ses côtés et le consola.

Elle ne comprenait pas qu'en attirant la tête de Nafai dans le creux de son épaule, elle ne faisait qu'ajouter à son humiliation ; il se sentit conforté dans sa décision de la considérer désormais comme une ennemie. Si elle avait le pouvoir de le faire pleurer par amour pour elle, il n'avait plus qu'une solution : cesser de l'aimer. Ainsi n'aurait-elle plus jamais l'occasion de lui infliger pareil tourment.

« Tu saignes, dit-elle.

— Ce n'est pas grave.

— Laisse-moi t'essuyer ; là, avec un mouchoir propre, pas cet affreux chiffon que tu traînes dans ta poche, gros bêta. »

Je ne serai donc jamais autre chose dans cette maison, hein ? songea-t-il. Un gros bêta ! Il s'écarta de sa mère pour éviter le contact du mouchoir. Mais elle insista et tamponna la blessure ; aussitôt, le tissu blanc se colora d'une quantité étonnante de sang ; aussi le prit-il lui-même et le pressa-t-il sur l'éraflure. « C'est profond, j'ai l'impression, dit-il.

— Si tu n'avais pas retiré ta tête, je ne t'aurais pas griffé comme ça. »

Si vous ne m'aviez pas giflé, vos griffes seraient restées sur vos genoux, songea Nafai. Mais il garda le silence.

« Je vois que tu prends la situation de notre famille très à cœur, Nafai, mais tes valeurs sont un peu faussées. Que nous importe la dérision des chansonniers ? On sait bien que chaque grande figure de l'histoire de Basilica s'est fait moquer à un moment ou un autre, et généralement pour cela même qui l'a rendue grande. Nous pourrons le supporter. Ce qui compte, c'est que la vision de Père était un avertissement très clair de Surâme, avec des implications immédiates dans la ligne d'action que devra suivre notre cité lors des prochains jours, des prochaines semaines ou des prochains mois. La gêne qui peut naître de cette situation finira par passer. Et chez les femmes importantes de notre ville, Père est considéré comme un homme tout à fait remarquable, digne d'un respect qui va croissant. Essaye donc de surmonter l'embarras que te cause la mise en avant de ton père. À la puberté, tous les enfants sont atrocement susceptibles, mais avec le temps, tu apprendras que la critique et la dérision ne sont pas toujours négatives. Être dans l'inimitié des méchants peut même te valoir une excellente réputation. »

C'était incroyable : fallait-il qu'elle le tînt en piètre estime pour lui infliger un tel sermon ! Croyait-elle réellement que c'étaient les vexations qu'il redoutait ? Si elle avait su écouter au lieu de pérorer, il aurait pu lui parler du danger qui menaçait Père, de la visite secrète d'Elemak chez Gaballufix. Mais aux yeux de Mère, il n'était à l'évidence qu'un enfant. Elle ne prendrait pas ses avertissements au sérieux. Mieux, elle lui infligerait sans doute un autre sermon sur la nécessité de ne pas succomber à l'appréhension et de se concentrer sur ses études en laissant aux adultes le soin de se tourmenter pour les vrais problèmes du monde.

Pour elle, j'ai encore six ans, et je les aurai toujours, se dit-il. Puis, à voix haute : « Excusez-moi, Mère ; je ne vous parlerai plus jamais de cette façon. » (D'ailleurs, je crois que je ne vous dirai plus rien de sérieux ni d'important de toute votre vie.)

« J'accepte tes excuses, Nafai, comme j'espère que tu accepteras les miennes pour t'avoir giflé dans ma colère.

— Bien sûr, Mère. » (J'accepterai vos excuses quand vous les présenterez vraiment et quand je serai sûr qu'elles sont sincères. Car à la vérité, chère bedaine adorée dont je suis issu, vous ne vous êtes excusée à aucun moment de la conversation.)

« J'espère, Nafai, que tu vas reprendre tes études sans plus permettre aux événements de la cité de perturber le cours normal de ta vie. Tu as l'esprit très vif, mais tu dois l'aiguiser encore sans te laisser distraire. »

(Et une petite pincée de louange ! Merci, Mère ! Vous m'avez dit que j'étais puéril, que j'étais l'esclave de mes désirs, que je devais taire mes avis et non les écouter. Vous prêtez une oreille attentive au moindre mot qui tombe de la bouche de la sorcerette, mais vous partez du principe que ce que j'ai à dire, moi, n'a pas de valeur.)

« Oui, Mère, répondit Nafai. Mais j'aimerais mieux ne pas rentrer en classe tout de suite, si ça ne vous gêne pas.

— Bien sûr. Je comprends très bien. »

(Surâme adoré, faites que je n'éclate pas de rire !)

« Je ne veux plus que tu traînes dans les rues, Nafai ; tu le comprends, j'en suis sûre. La vision de Père a suffisamment attiré l'attention pour que quelqu'un en parle en termes qui te mettront en colère, et je ne veux pas que tu te battes. »

(Vous avez peur que je me batte, moi, Mère ? Rappelez-vous, s'il vous plaît, qui a commencé à frapper l'autre sous votre auvent, aujourd'hui même.)

« Pourquoi ne passerais-tu pas la journée à la bibliothèque avec Issib ? Il aurait une bonne influence sur toi, je pense ; il est toujours si calme. »

(Issib, toujours calme ? Pauvre Mère... elle ne connaît rien à ses propres fils ! Les femmes ne comprennent jamais les hommes. Évidemment, les hommes ne comprennent pas mieux les femmes, mais au moins, nous ne nous faisons pas d'illusions à ce sujet, nous.)

« Oui, Mère. La bibliothèque, c'est parfait. »

Elle se leva. « Alors, vas-y tout de suite. Tu peux garder le mouchoir, naturellement. »

Et elle quitta l'auvent sans attendre de voir s'il lui obéissait.

Il bondit alors sur ses pieds, fit le tour de l'écran et se dirigea droit vers la balustrade ; de là, il plongea le regard dans la Fracture.

Il ne vit pas signe du lac. Un épais brouillard baignait la partie inférieure de la vallée, et comme les parois semblaient plus escarpées là où il commençait, le lac était peut-être invisible de l'endroit où se tenait Nafai, même par temps clair.

Il ne voyait que le nuage de brume blanche et la verdure luxuriante de la forêt qui bordait la vallée. Çà et là, un filet de fumée montait d'une cheminée, car des femmes vivaient sur les pentes de la Fracture. L'intendante de Père, Trujnisha, en faisait partie. Elle possédait une maison dans le quartier de la Terrasse Occidentale, un des douze quartiers de Basilica où seules les femmes avaient le droit d'habiter et même de pénétrer. Les quartiers des femmes étaient beaucoup moins peuplés qu'aucun des vingt-quatre autres où les hommes étaient admis (sans pouvoir toutefois être propriétaires, naturellement) ; mais au conseil municipal, ces quartiers pesaient d'un poids énorme, car leurs représentantes votaient en bloc. Conservatrices, dévotes – sans nul doute, c'étaient ces conseillères qui avaient été le plus impressionnées quand Luet avait confirmé la vision de Père. Si elles tombaient d'accord avec lui sur la question des chariots de guerre, il suffirait des voix de six autres conseillères pour bloquer le vote, et de sept pour prendre des mesures contre Gaballufix et ses plans.

C'étaient ces mêmes représentantes des quartiers des femmes qui refusaient depuis des milliers d'années d'autoriser la subdivision des quartiers ouverts, pourtant surpeuplés, de donner voix au chapitre aux quartiers situés hors de l'enceinte et de permettre aux hommes d'être propriétaires intra-muros, ou de faire quoi que ce soit qui risquait d'affaiblir le pouvoir absolu des femmes à Basilica. Le regard plongé dans la vallée secrète, bouillant de colère contre sa mère, Nafai ne percevait pas la beauté de ce paysage plein de mystère et de vie ; tout ce qu'il constatait, c'était le nombre infime de maisons qui s'y trouvaient.

Comment diable peuvent-elles diviser ça en douze quartiers ? Dans certains, il ne doit pas y avoir plus de trois femmes, qui deviennent sans doute conseillères à tour de rôle.

Et hors de la ville, dans les box minuscules et hors de prix où étaient forcés de vivre les hommes célibataires et sans famille, il n'existait aucun recours légal pour exiger un traitement plus juste, pour faire appliquer les lois qui protégeaient les hommes seuls contre leurs propriétaires, contre les femmes dont les promesses s'évanouissaient avec leur intérêt pour eux, ou même contre les violences de leurs voisins. L'espace d'un instant, les yeux fixés sur la végétation indisciplinée de la Fracture, Nafai comprit comment un Gaballufix parviendrait facilement à réunir des hommes autour de lui et les pousser à se battre pour un peu de pouvoir, dans cette cité où les femmes les émasculaient chaque jour, à chaque heure de leur vie.

Puis le vent eut une saute et le nuage se déplaça ; il y eut un miroitement de lumière : un reflet sur le lac, non pas au centre de la Fracture, dans sa partie la plus profonde, mais plus haut, plus loin. Instinctivement, Nafai détourna les yeux. Défier sa Mère et s'approcher de la balustrade, c'était une chose, mais de là à oser regarder le lac sacré où les femmes rendaient leur culte... Ce qui devenait clair dans toute cette affaire, c'est que Surâme était sans doute bien réel. Inutile de s'attirer ses foudres pour la satisfaction stupide d'apercevoir un lac par-dessus la rambarde du portique de Mère.

Nafai s'arracha donc à sa contemplation et contourna rapidement l'écran, tout en se sentant parfaitement ridicule. Et si on me surprenait là ? Eh bien, quoi ? Non, non, le jeu n'en valait pas la chandelle. Il avait mieux à faire que de défier Mère. Si elle refusait d'écouter ses craintes au sujet de Père, il devrait se débrouiller seul. Mais d'abord, il fallait en savoir plus, sur Gaballufix, Surâme, sur tout.

Il envisagea un instant d'aller trouver Luet pour l'interroger. Elle était spécialiste de Surâme, non ? Elle avait des visions tout le temps, pas seulement une fois, comme Père. Elle pourrait sûrement lui expliquer tout cela.

Mais c'était une femme, et Nafai savait qu'il n'obtiendrait aucune aide des femmes. Au contraire : on apprenait dès l'enfance aux Basilicaines à opprimer les hommes et à les avilir. Luet se moquerait de lui et puis elle irait répéter ses questions à Mère.

S'il pouvait donner sa confiance à quelqu'un, c'était aux hommes – et encore, à bien peu d'entre eux, puisque le danger que courait Père venait du parti de Gaballufix. Peut-être qu'il pourrait s'assurer l'aide de ce Roptat dont Elya avait parlé ? Ou alors, commencer par découvrir ce que manigançait Surâme.

Issib ne bondit pas de joie en le voyant. « Je suis occupé ; je ne veux pas qu'on me dérange.

— C'est la bibliothèque de la maison, ici, dit Nafai. On y vient toujours quand on a des recherches à faire.

— Tu vois ? Tu me déranges déjà !

— Hé là, je n'ai rien dit, moi ! C'est toi qui as commencé à me chercher des poux dès l'instant où je suis entré !

— J'espérais que tu t'en irais.

— Impossible. C'est Mère qui m'envoie. » Nafai s'approcha d'Issib qui lui tournait le dos, flottant confortablement devant son écran d'ordinateur. Une trentaine de pages de texte y apparaissaient, mais comme chacune ne comptait que quelques mots, Nafai put lire presque tout d'un seul coup d'œil. On eût dit un jeu de solitaire, dont Issib se contentait de déplacer des pièces sur l'écran.

Ces pièces étaient des mots tirés de langues bizarres. Ceux que Nafai reconnut se révélèrent très anciens.

« C'est quoi, comme langue ? » demanda-t-il en indiquant un mot.

Issib soupira. « C'est vraiment sympa de ne pas me déranger !

— C'est quoi ? Une forme archaïque de vijati ?

— Gagné. C'est du slucajan, qui dérive de l'obilazati, la forme originelle du vijati. C'est une langue morte, aujourd'hui.

— Je lis le vijati, tu sais ?

— Moi pas.

— Ah ? Alors, tu te spécialises dans des langues anciennes et inconnues que plus personne ne parle, à commencer par toi ?

— Je n'essaye pas de les apprendre, je cherche des mots perdus.

— Mais si une langue est morte, tous ses mots sont perdus, non ?

— Je parle de mots qui avaient un certain sens, un sens qui a disparu ou qui ne survit que dans des expressions idiomatiques. Par exemple, “danser comme un éléphant”. Tu sais ce que c'est, toi, un éléphant ?

— Non. J'ai toujours cru que c'était une espèce d'oiseau, très gracieux.

— Raté. C'est un ancien mammifère, qui n'a existé que sur Terre, je crois, et qu'on n'a jamais acclimaté chez nous. Ou alors, il s'est éteint tout de suite. C'était un animal beaucoup plus grand qu'un homme et très puissant. Mais herbivore.

— Et tu dis qu'il dansait ? Un éléphant ?

— Mais non ! L'expression s'appliquait à quelqu'un de maladroit et de ridicule. Comme un chien qui marcherait sur les pattes de derrière, si tu veux.

— Mais aujourd'hui, elle veut dire juste le contraire. C'est bizarre. Comment ça se fait ?

— C'est qu'il n'existe plus d'éléphants de nos jours. Le sens était évident autrefois, parce que tout le monde savait à quoi ressemblait un éléphant et qu'un éléphant qui danse, c'est maladroit. Mais quand ils ont disparu, le sens s'est retrouvé sans support. Maintenant, on s'en sert pour désigner quelqu'un de très adroit à se tirer d'une situation sociale gênante. C'est le seul cas où l'on utilise encore le mot "éléphant". Et beaucoup de gens l'orthographient mal.

— Génial ! Tu travailles à un projet linguistique ?

— Non.

— Alors, à quoi ça sert, tout ça ?

— Ça me sert à moi.

— Tu recueilles de vieux idiomes, c'est ça ?

— Des mots perdus.

— Comme "éléphant" ? Mais le mot n'est pas perdu, Issya. Ce sont les éléphants qui ont disparu !

— Très bien, Nyef. Tout l'honneur de la découverte te revient. Maintenant, va-t-en.

— Ce ne sont pas des mots perdus que tu recherches, mais des mots qui ont perdu leur signification parce que les choses qu'ils désignaient n'existent plus. »

Issya tourna lentement la tête vers Nafai. « Ne me dis pas qu'il t'est poussé un cerveau ? »

Nafai désigna l'écran. « "Kolesnisha". C'est un terme kunic. Tu as la traduction ici : chariot de guerre. Plus personne ne parle le kunic depuis dix millions d'années. C'est une langue uniquement écrite aujourd'hui. Or, ces gens-là avaient un mot pour désigner le chariot de guerre, qu'on vient pourtant juste d'inventer. Ça veut dire qu'il existait des chariots de guerre il y a très longtemps de ça. »

Issib se mit à rire, d'un rire bas mais qui dura longtemps.

« Quoi ? Je me trompe ? demanda Nafai.

— Je suis sidéré, c'est tout. Sidéré par l'évidence. Même toi, tu regardes un écran d'ordinateur et tu comprends tout, d'un seul coup. Alors, pourquoi personne ne l'a-t-il remarqué avant ? Pourquoi personne n'a-t-il remarqué que nous possédions déjà le mot "chariot" et que nous savions tous ce qu'il signifie, alors que, pour autant qu'on le sache, il n'y a jamais eu aucun chariot nulle part dans le monde ? Jamais.

— C'est vrai, c'est curieux.

— Ce n'est pas curieux, c'est effrayant ! Regarde ce qui se passe avec les Têtes Mouillées et leurs chariots, leurs "kolesnishety". Ça leur donne un avantage crucial à la guerre. Ils sont en train de bâtir un véritable empire ; il ne s'agit pas d'un simple système d'alliances, mais bel et bien du contrôle de nations situées à six journées de voyage de leur cité. Alors, si des chariots de guerre réussissent un coup pareil, et si les gens les connaissaient il y a quelques millions d'années, comment diable se fait-il que nous ayons oublié ce que c'était ? »

Nafai réfléchit un moment. « Il faudrait être complètement abruti, dit-il enfin. Des choses comme ça, ça ne s'oublie pas. Même si la paix régnait pendant un millier d'années, il resterait des images dans les bibliothèques.

— Il n'existe aucune image de chariot de guerre, répliqua Issib.

— Mais enfin, c'est idiot !

— Tiens, regarde ce mot, dit Issib.

— "Zrakoplov", lut Nafai. C'est un mot obilazati, à coup sûr.

— Exact.

— Et qu'est-ce que ça veut dire ? Ça a quelque chose à voir avec l'air, non ?

— En le décomposant et en le traduisant librement, oui, ça veut dire "nageur aérien". »

Nafai se plongea dans une longue réflexion. Une image

jaillit dans son esprit : celle d'un poisson se déplaçant dans l'air. « Un poisson volant ?

— Il s'agit d'une machine, dit Issib.

— Un navire très rapide ?

— Mais écoute-toi donc, Nafai ! Ça devrait être évident pour toi ! Et pourtant, tu refuses de voir le sens tout simple de ce terme.

— Un bateau sous-marin ?

— Pourquoi donc appellerait-on ça un nageur aérien, Nyef, aérien ?

— Je n'en sais rien, répondit Nafai, qui se sentit idiot. J'avais oublié la partie aérienne.

— Tu l'avais oubliée... et pourtant, tu l'avais reconnue du premier coup, sans que je t'aide. Tu savais parfaitement que “zraky” est la racine obilazati signifiant “air”, mais ça ne t'a pas empêché d'oublier la “partie aérienne”.

— Il faut croire que je suis complètement bouché.

— Mais non, Nyef ! Tu es au contraire très intelligent, et pourtant, malgré mes explications, tu es incapable de comprendre le sens de ce mot, même avec le nez dessus.

— Et celui-ci, qu'est-ce qu'il veut dire ? demanda Nafai en montrant “puscani prah”. Je ne reconnais pas cette langue. »

Issib hocha la tête, incrédule. « Si ce n'était pas à toi que ça arrivait, et devant moi encore, je n'y croirais pas !

— À quoi donc ?

— Ça ne t'intéresse pas de savoir ce qu'est un “zrakoplov” ?

— Mais tu me l'as dit : c'est un nageur aérien.

— C'est une machine appelée nageur aérien, nuance !

— Bon, bon, d'accord ! Alors, c'est quoi, un “puscani prah” ? »

Issib pivota lentement et fit face à Nafai. « Assieds-toi, mon cher frère adoré, brillant et stupide, ô fidèle serviteur de Surâme ! Il faut que je t'explique quelque chose à propos de machines qui nagent dans l'air.

— Je te dérange, je crois, dit Nafai.

— Je veux te parler, répliqua Issib. Tu ne me déranges pas. Je veux seulement t'expliquer le concept du vol...

— Je t'assure, il vaut mieux que je m'en aille.

— Pourquoi ? Qu'est-ce qui te presse tant ?

— Je ne sais pas. » Nafai se dirigea vers la porte. « J'ai besoin d'air. J'ai du mal à respirer. » Il sortit. Immédiatement, il se sentit mieux. Ses étourdissements disparurent. Mais d'où cela provenait-il ? La bibliothèque était étouffante, c'est ça. Bondée.

« Pourquoi es-tu sorti ? » demanda Issib.

Nafai se retourna brusquement. Issib passait silencieusement la porte de la bibliothèque à sa suite. Nafai fut immédiatement saisi par la même claustrophobie qui l'avait fait fuir dans le couloir. « C'est surpeuplé, là-dedans, dit-il. J'ai besoin d'être seul.

— Il n'y avait que moi dans la bibliothèque.

— Ah ? » Nafai s'efforça de se souvenir. « Peu importe ; je veux sortir. Laisse-moi tranquille.

— Attends, réfléchis un peu. Tu te rappelles la discussion entre Luet et Père, hier ? »

Nafai se détendit aussitôt, et sa crise de claustrophobie disparut. « Bien sûr !

— Luet sondait Père à propos de ses souvenirs. Quand il s'est aperçu que celui qu'il gardait de sa vision était faux, il s'est senti idiot, d'accord ?

— C'est bien ce qu'il a dit.

— Il s'est senti idiot, débranché. Il est resté les yeux dans le vague.

— J'imagine.

— Tout comme toi, dit Issib, quand je t'ai asticoté sur le sens de "zrakoplov". »

Nafai eut soudain la sensation qu'on avait chassé l'air de ses poumons. « Il faut que je sorte !

— Tu es vraiment sensible à ce truc-là, poursuivit Issib, encore plus que Père et Mère quand j'ai voulu leur en parler !

— Arrête de me suivre ! » cria Nafai. Mais Issib flotta à sa suite dans le couloir et descendit les escaliers derrière lui jusque dans la rue. Puis il le dépassa sans difficulté et resta à planer devant lui, comme s'il repoussait un mouton vers son enclos.

« Arrête ! » s'écria Nafai, mais il ne pouvait échapper à son frère. Il n'avait jamais ressenti une telle terreur. Il se retourna, trébucha et tomba à genoux.

« Ça va, ça va, dit Issib d'une voix apaisante. Calme-toi. Ce n'est rien. Calme-toi. »

Nafai respira plus librement. La voix d'Issib n'était plus menaçante et la panique s'éteignit. Nafai releva la tête et regarda autour de lui. « Qu'est-ce qu'on fait dans la rue ? Mère va me tuer !

— Tu t'es enfui, Nafai.

— Moi ?

— C'est Surâme, Nyef.

— Quoi, Surâme ?

— La force qui t'a fait sortir au lieu de m'écouter parler de... de ce dont Surâme ne veut pas que les gens soient au courant.

— C'est idiot, répondit Nafai. Surâme répand l'information, il ne la dissimule pas. On lui soumet nos écrits, notre musique, tout, et Surâme se charge de les transmettre de cité en cité, de bibliothèque en bibliothèque, partout dans le monde.

— Tu as eu une réaction beaucoup plus violente que Père, reprit Issib sans l'écouter. Évidemment, j'y suis allé plus fort avec toi.

— Qu'est-ce que tu racontes ?

— Surâme est dans ta tête, Nafai. Dans notre tête à tous. Mais il est plus présent chez certains d'entre nous. Il est là, et il surveille nos pensées. C'est difficile à croire, je sais. »

Mais Nafai se souvenait de la façon dont Luet avait deviné ce qu'il pensait. « Non, Issya, j'étais déjà au courant.

— Ah bon ? Très bien ; alors, dès que Surâme a compris que tu t'approchais d'un sujet interdit, il a fait le nécessaire pour te bloquer.

— Un sujet interdit ? Mais lequel ?

— Peu importe. Si je t'y refais penser, il va encore te débrancher, dit Issib.

— Alors comme ça, je suis devenu stupide, d'un seul coup ?

— Crois-moi, Nafai : complètement idiot ! Tu t'es mis à changer de sujet sans même t'en rendre compte. Normalement, tu es très intelligent et extrêmement perspicace, Nafai. Tu sens parfaitement les choses. Mais cette fois-ci, à la bibliothèque, tu es resté les bras ballants comme un crétin, alors que la vérité t'aveuglait ; tu ne l'as même pas vue. Quand je te l'ai rappelée, que j'ai insisté, tu as été pris d'une crise de claustrophobie, je ne me trompe pas ? Tu avais du mal à respirer, il fallait que tu sortes. Alors je t'ai suivi, j'ai encore insisté, et tu as vu le résultat. »

Nafai essaya de se souvenir de ce qui s'était passé. L'ordre des événements tel que le décrivait Issib était exact. Sauf que Nafai n'avait pas fait le rapprochement entre son besoin de sortir du bâtiment et ce que disait son frère. D'ailleurs, il était totalement incapable de se rappeler ce dont Issib avait parlé. « Tu as insisté ?

— Oui, je sais, répondit Issib ; j'ai eu le même problème moi aussi, la première fois que je suis tombé sur la piste, il y a quelques années. Je m'amusais avec mes fameux mots perdus, comme l'histoire de l'éléphant, je dressais des listes. J'en avais une très longue de termes similaires, avec des définitions et des explications pour chacun, et mes conjectures quant à leur sens. Et puis un jour, alors que je vérifiais une liste que je croyais terminée, je me suis aperçu qu'une vingtaine de mots n'avaient pas de traduction. C'est idiot, je me suis dit, ça gâche ma liste. Alors, ces mots, je les ai détruits.

— Tu les as détruits ? s'écria Nafai, horrifié. Au lieu de faire des recherches sur eux ?

— Tu vois comme ça rend débile ? Et au moment où je finissais de les effacer, je me suis dit : « Mais qu'est-ce je suis en train de faire ? » Alors j'ai voulu appuyer sur la commande d'annulation, mais au lieu de ça, j'ai tapé sur la touche de confirmation, ce qui a complètement effacé la mémoire de sécurité, et pour finir, j'ai sauvegardé le nouveau fichier sur l'ancien.

— C'est trop compliqué pour être de la simple maladresse, dit Nafai.

— Exact. Je savais que c'était une erreur d'effacer ces mots, mais au lieu de réparer mon erreur et de les retrouver, je les ai détruits ; ils ont entièrement disparu.

— Et tu penses que c'est Surâme qui t'a fait faire ça ?

— Nafai, tu ne t'es jamais demandé qui est Surâme ? Et à quoi il sert ?

— Si, bien sûr.

— Moi aussi. Et maintenant, je le sais.

— À cause de ces mots ?

— Je n'ai pas réussi à les retrouver tous, mais j'ai retracé ce que j'ai pu de mes recherches et j'ai abouti à une liste de huit mots. Tu n'imagines pas le mal que ça m'a donné ; c'est que maintenant, j'y étais sensibilisé. Avant, j'avais dû simplement les oublier, tomber abruti en les lisant – comme Père quand il se trompait sur sa vision. C'est comme ça qu'ils s'étaient retrouvés sans définition sur ma première liste : je tombais en hébétude chaque fois que j'y pensais. Mais à présent, quand je les voyais, j'avais une impression d'étouffement, j'avais besoin d'air, il fallait que je sorte de la bibliothèque. Alors je m'obligeais à rentrer. Je n'avais jamais rien fait d'aussi difficile : je me forçais à rester à l'intérieur et à penser à l'impensable, à conserver à l'esprit des concepts que Surâme veut qu'on oublie, des concepts autrefois si courants que toutes les langues du monde ont eu des termes pour les désigner. D'anciens mots. Des mots perdus.

— Surâme nous cache des choses ?

— Oui.

— Quoi, par exemple ?

— Si je te le dis, Nafai, tu vas encore décrocher.

— Mais non !

— Mais si, répliqua Issib. Tu crois que je ne le sais pas ? Tu crois que je ne me suis pas moi-même battu au cours de cette année ? Alors, tu imagines ma surprise hier soir quand Elemak nous a parlé d'un des interdits : les chariots de guerre.

— Interdits ? Pourquoi est-ce qu'ils seraient interdits ? On vient de les inventer !

— Tu vois ? Tu as déjà oublié : le mot "kolesnisha".

— Ah oui ! C'est vrai. Non, ça, je m'en souviens.

— Mais tu ne t'en souviens que depuis que je te l'ai rappelé. »

C'est exact, songea Nafai. J'ai eu un trou de mémoire.

« Hier soir, vous étiez là, Elemak et toi, à discuter tranquillement de chariots de guerre, alors qu'il m'avait fallu des mois entiers avant d'arriver à étudier le terme "kolesnisha" sans hoqueter tout le temps.

— Mais nous n'avons pas prononcé ce mot.

— Ce que je veux dire, Nafai, c'est que Surâme est en train de se détraquer.

— Ce n'est pas nouveau, comme théorie.

— Mais elle est exacte, dit Issib. Surâme a certains concepts qu'il protège, auxquels il ne permet pas aux humains de réfléchir. Dans les dernières années, les Têtes Mouillées, tout à coup, sont devenus capables de réfléchir à un de ces concepts. Les Potoku également. Et nous aussi. Et hier soir, en écoutant Elemak en parler, je n'ai pas ressenti la moindre trace de panique.

— Mais Surâme m'a quand même fait oublier le mot "kolesnisha".

— Simple effet résiduel. Tu t'en es souvenu à l'instant, non ? Nafai, Surâme a renoncé à nous écarter du concept de chariot de guerre. Après des millions d'années d'effort, il baisse les bras.

— Et le reste ? demanda Nafai. Quels sont les autres concepts ?

— Il n'a pas encore renoncé sur ce point. Et tu m'as l'air très sensible à Surâme, Nyef. Je ne sais pas si je peux t'en parler, ni si tu t'en souviendrais cinq minutes plus tard si je te le disais.

— En somme, j'ai le droit de savoir que Surâme nous cache des choses, mais pas lesquelles, parce que Surâme m'empêche encore de les connaître, c'est bien ça ?

— C'est bien ça.

— Mais alors, pourquoi Surâme n'empêche-t-il pas les gens de penser au meurtre ? Et aussi à la guerre, au viol et au vol ? S'il a ce pouvoir, pourquoi n'en fait-il pas quelque chose d'utile ? »

Issib hocha la tête, songeur. « C'est vrai, ce n'est pas juste. Mais j'y ai réfléchi – j'ai eu toute une année pour ça – et voici la meilleure explication que j'aie trouvée : Surâme ne veut pas nous empêcher d'être humains, et ça comprend toutes les saloperies que nous sommes capables de nous faire les uns aux autres. Il cherche seulement à maintenir au plus bas l'échelle de nos saloperies. Toutes ces choses qui sont interdites... comment te dire ça sans te faire décrocher ?... si nous possédions encore les machines que décrivent les mots perdus, tous nos actes auraient une plus grande portée, les armes feraient plus de dégâts, et tout se déroulerait beaucoup plus vite.

— Le temps s'accélérerait ?

— Non », répondit Issib. Il choisissait manifestement ses mots avec soin. « Imagine... imagine que les Gorayni puissent transporter cinq mille hommes de Yabrev à Basilica en un jour.

— Ne me fais pas rigoler !

— Mais s'ils en étaient capables ?

— On serait fichus, évidemment.

— Pourquoi ça ?

— On n'aurait pas le temps de mettre une armée sur pied, tiens !

— Donc, si nous savions que d'autres nations en sont capables, il faudrait entretenir une armée permanente, d'accord ? juste pour le cas où quelqu'un nous attaquerait subitement.

— Je suppose, oui.

— Et maintenant, sachant ça, imagine que les Gorayni trouvent le moyen d'acheminer, non pas cinq mille, mais cinquante mille soldats chez nous, et pas en un jour, mais en six heures.

— Impossible.

— Et si je te disais que ça a été fait ?

— Le pays qui pourrait faire ça serait le maître du monde !

— Exactement, Nyef, sauf si toutes les autres nations avaient la même capacité. Mais quel genre de monde est-ce que ça donnerait ? Ce serait comme s'il avait rapetissé, comme si chacun vivait tout contre son voisin. Une nation cruelle, violente et dominatrice comme celle des Gorayni pourrait dépêcher ses armées aux portes de n'importe quel pays ; si bien que les autres nations du monde seraient obligées de s'allier pour l'en empêcher. Et dans une guerre, au lieu de quelques milliers de morts, il y aurait un million, dix millions de victimes...

— C'est donc à cause de ça que Surâme nous empêche de réfléchir à... à des moyens rapides... de transporter beaucoup de soldats d'un endroit à un autre.

— Ç'a été difficile à dire, hein ?

— Je n'arrêtais pas de... Mon esprit s'égarait tout le temps.

— C'est un concept difficile à garder à l'esprit, et pourtant tu ne penses à rien de précis.

— C'est exaspérant, dit Nafai. Et tu ne peux même pas me dire comment quelqu'un a réussi un coup pareil : j'ai déjà du mal à me rappeler le concept lui-même. J'ai horreur de ça !

— Je ne crois pas que Surâme ait l'habitude qu'on y fasse attention. À mon avis, le simple fait que tu sois capable d'imaginer des concepts inimaginables indique que Surâme est en train de lâcher la rampe.

— Issya, je ne me suis jamais senti aussi impuissant ni aussi stupide de toute ma vie !

— Et il ne s'agit pas que de guerres et d'armées, dit Issib. Tu te rappelles les histoires de Klati ?

— Le massacreur ?

— Celui qui entrait chez les femmes par leurs fenêtres, la nuit, et qui les éventrait comme des bœufs à l'abattoir.

— Pourquoi est-ce que Surâme ne l'abrutissait pas, lui, quand ce genre d'idées lui venait ?

— Parce que le boulot de Surâme n'est pas de nous rendre parfaits, répondit Issib. Mais imagine que Klati ait pu mettre la main sur... enfin, qu'il ait pu voyager très vite et aller d'une cité à l'autre en six heures ?

— Eh bien, les habitants l'auraient regardé comme un étranger et surveillé de si près qu'il n'aurait rien pu faire, c'est tout.

— Non, tu ne comprends pas ; des milliers, des millions de personnes feraient la même chose tous les jours...

— Ils éventreraient des femmes ?

— Mais non : ils voyageraient en volant.

— C'est trop délirant ! Je ne veux pas y penser ! » s'écria Nafai. Il se dressa d'un bond et se dirigea vers la maison.

« Reviens ! cria Issib. Ce n'est pas toi qui penses ça ; on te le fait penser ! »

Nafai s'adossa contre un pilier de l'auvent. Issib avait raison. Tout allait très bien, quand soudain Issib avait dit quelque chose (quoi ? mystère) ; et Nafai s'était brusquement senti obligé de s'en aller, et il se retrouvait haletant, adossé à ce pilier, le cœur lui martelant si fort la poitrine qu'on devait l'entendre à un mètre au moins. Surâme avait-il réellement ce pouvoir de l'hébéter et de l'effrayer à ce point ? Dans ce cas, Surâme était son ennemi, et Nafai ne capitulerait pas. Il avait le droit de réfléchir, que cela plaise ou non à Surâme. Il avait le droit de réfléchir à tout ce dont Issib avait parlé, sans pour autant être contraint à s'enfuir.

Il reconstitua mentalement les derniers instants de sa conversation avec Issib. Voyons... ils parlaient de Klati, qui aurait pu aller d'une cité à l'autre en quelques heures ; les autres cités l'auraient remarqué, naturellement... Mais alors, Issib avait dit : « Et si des milliers de gens... pouvaient... voler. »

Une image grotesque se présenta à l'esprit de Nafai : des gens en l'air, qui s'élevaient et piquaient comme des oiseaux. Il aurait dû en rire, mais non : au contraire, sa gorge se serra. Il avait l'impression d'avoir la tête dans un étau. Une douleur fulgurante prit naissance dans sa nuque et lui remonta dans le crâne. Mais il parvint à conserver cette pensée : des gens qui volaient. Et à partir de là, il put achever l'idée d'Issib : des gens qui volaient d'une cité à l'autre, par milliers, si bien que les autorités de chaque ville étaient bien incapables de surveiller une personne en particulier.

« Klati aurait pu tuer dans chaque cité et on ne l'aurait jamais découvert », dit Nafai.

Issib était revenu à côté de lui et lui avait passé un bras léger – si léger ! – autour des épaules. « Oui, répondit-il.

— Mais qu'est-ce que ça voudrait dire, être citoyen d'une cité, alors ? Si un millier de personnes arrivaient en... en volant... à Basilica... aujourd'hui ?

— Du calme, dit Issib. Ne te force pas.

— Si ! J'ai le droit de penser à ce que je veux. Il ne peut pas m'en empêcher.

— J'essaye seulement de t'expliquer que Surâme n'empêche pas le mal d'exister dans le monde ; il l'empêche seulement d'échapper à tout contrôle. Il le maintient à un niveau réduit, local. Mais le bon côté des choses – penses-y, Nafai –, c'est que nous donnons notre art, notre musique, notre littérature à Surâme, et lui les distribue aux autres nations. Les choses positives se propagent, grâce à lui. Donc, il rend effectivement le monde meilleur.

— Non, rétorqua Nafai. Dans un certain sens, c'est vrai, mais comment ne serait-ce pas un bien de vivre dans un monde où les gens... où on pourrait... voler ? »

Il faillit s'étrangler sur le dernier mot, mais il le prononça ; il eut le plus grand mal à ne pas s'enfuir en courant, et l'air lui parut soudain oppressant, irrespirable, mais il ne bougea pas d'un pouce.

« Tu es doué, dit Issib. Tu m'impressionnes, tu sais. »

Nafai ne se sentait pas du tout impressionnant, mais nauséeux, furieux et trahi, ça oui ! « Enfin, de quel droit est-ce que Surâme nous prive de tout ça ?

— De quoi ? D'armées qui surgissent à nos portes sans prévenir ? Je suis plutôt content de ne pas vivre ça ! »

Nafai secoua la tête. « Il décide de ce que j'ai le droit de penser, tu te rends compte ?

— Nyef, je sais ce que tu ressens ; je suis passé par là il y a des mois, et je sais parfaitement que tu es scandalisé et que ça te fait peur. Mais je sais aussi que tu es capable de surmonter cette crise. Hier, Père a parlé de sa vision, d'une planète qui brûlait. Il y a un mot pour... peu importe, tu ne pourrais pas l'entendre, je le sais ; mais ce que je peux te dire, c'est que Surâme nous protège de ce désastre, et cela depuis trente ou quarante millions d'années ; tu imagines le temps que ça représente ? C'est une durée historique bien plus longue qu'on ne peut le concevoir. Ce qui s'est passé pendant ce temps-là est archivé quelque part, mais tout ce qu'on peut en saisir, tout ce que notre esprit est capable d'en retenir, c'est à peine une vague esquisse de ce qui s'est produit pendant les dix derniers millions d'années, à peu près... et il faut déjà toute une vie d'études pour digérer ne serait-ce que cette esquisse. Il a existé des royaumes et des langues, au cours du dernier million d'années, dont nous n'avons jamais eu connaissance, et pourtant, rien n'est réellement perdu de tout ça. Quand j'ai fait des recherches à la bibliothèque, j'ai découvert des références d'ouvrages qui se trouvent dans d'autres cités ; je suis remonté le plus loin possible et j'ai fini par tomber sur une mauvaise traduction d'un livre écrit voici trente-deux millions d'années. Tu sais ce dont il parlait ? Eh bien, l'auteur disait déjà que l'histoire était trop longue, trop dense pour que l'esprit humain puisse l'embrasser tout entière, et que si toute l'histoire de l'humanité était ramenée à un volume de mille pages, le séjour de l'homme sur la Terre n'en représenterait qu'une seule. Et on avait écrit ça il y a trente-deux millions d'années !

— Ça veut dire qu'on est ici depuis longtemps, dis donc !

— Ça veut surtout dire, si je prends l'auteur au pied de la lettre, que l'histoire de l'homme sur Terre n'aurait duré que huit mille ans avant que la planète ne... ne brûle. »

Alors, Nafai comprit : Surâme avait empêché les humains d'accroître leurs moyens de destruction, et l'humanité avait duré cinq mille fois plus longtemps sur la planète Harmonie que sur la Terre. « Mais alors, pourquoi Surâme n'a-t-il pas empêché l'anéantissement de la Terre ? dit-il.

— Je n'en sais rien, répondit Issib. Mais j'ai ma petite idée là-dessus.

— Et c'est quoi ?

— C'est que... je ne suis pas sûr que tu auras le droit d'y penser.

— Essaye toujours.

— Eh bien, Surâme n'existerait que depuis l'arrivée des hommes sur Harmonie. Le nom de la planète a le même sens dans toutes les langues, tu sais : Sklad, Endrakt, Soglassye, etc. Peut-être qu'en arrivant ici, avec la Terre en cendres derrière eux, les humains ont décidé de ne plus jamais laisser se produire une telle catastrophe. C'est peut-être à ce moment-là que Surâme a été mis en place, pour nous empêcher de posséder un jour une puissance aussi terrifiante.

— Surâme serait donc... artificiel ?

— Oui, dit Issib. Ce n'est pas trop pénible de penser ça ?

— Non, répondit Nafai. C'est facile. On a déjà imaginé que Surâme était une machine, ce n'est donc pas une notion très nouvelle.

— Eh bien, pour moi, ç'a été dur. Mais c'est peut-être parce que je suis parvenu à cette idée par un biais différent, par des chemins qui m'étaient interdits : par exemple, le concept d'une modification génétique du cerveau humain, qui lui permettrait de recevoir des pensées émises par des satellites de communication en orbite autour de la planète, et d'en transmettre d'autres à ces mêmes satellites. »

Nafai entendit ces mots, mais ils n'avaient aucun sens pour lui.

« Tu n'as rien compris à ce que je viens de dire, n'est-ce pas ? demanda Issib.

— Non.

— C'est bien ce que je pensais.

— Issya, qu'est-ce que Surâme est en train de nous faire ?

— C'est justement à ça que je travaille. J'essaye de voir au-delà des mots interdits, de découvrir le plan d'ensemble, de comprendre pourquoi Père a eu la vision d'un monde réduit en cendres. Et il y a la vision de Mère, aussi, et le rêve de sang et de cendres qu'a reçu Luet.

— Mais ça signifie que nous ne sommes que des marionnettes !

— Non, Nafai, non ! Ne te force pas à haïr Surâme. Ça ne te fera aucun bien ; aujourd'hui, je le sais. Ce qu'il faut, c'est le comprendre, comprendre ce qu'il fait, parce que le monde est vraiment en danger si Surâme se détraque. Et il est en train de se détraquer. S'il a laissé passer les chariots de guerre, que laissera-t-il passer la prochaine fois ? Quel empire sera le prochain à refuser d'obéir ? Lequel découvrira le... ce mot sur lequel tu m'as interrogé... le “puscani prah”. C'est une poudre qui explose quand on l'enflamme ; elle éclate comme un ballon, mais avec une puissance mille fois supérieure, suffisante pour abattre un mur et pour tuer des gens.

— Arrête, s'il te plaît », souffla Nafai. La panique que lui inspiraient ces paroles et qu'il essayait en vain de repousser était insupportable. Mais Issib continua :

« Surâme n'est pas notre ennemi. En fait, je pense... je pense qu'il s'est adressé à Père parce qu'il a besoin d'aide.

— Mais pourquoi n'en as-tu rien dit avant ?

— Je l'ai dit : à Père, et à Mère. À certains professeurs, aussi, à d'autres élèves, et à des savants. Je l'ai même écrit dans un article, mais comme personne ne se souvient de l'avoir reçu, on ne le retrouve jamais. Après l'avoir réexpédié quatre fois de suite à la même personne, j'ai laissé tomber.

— Mais tu me l'as bien dit, à moi.

— Tu es venu à la bibliothèque, lui rappela Issib. Je me suis dit : après tout, pourquoi pas ?

— "Zrakoplov", articula Nafai.

— Je n'en reviens pas que tu te souviennes de ce mot !

— Une machine. Les gens ne... ne volent pas. Ils utilisent une machine.

— Ne force pas, dit Issib. Tu ne réussirais qu'à te rendre malade. Déjà, tu as mal à la tête, non ?

— Mais c'est bien ça, dis ?

— Ce que je peux imaginer de mieux, c'est un objet creux, comme une maison, dans lequel les gens s'installaient pour voler. Ou comme un bateau, mais en l'air ; et avec des ailes. Je pense d'ailleurs qu'il y en a eu chez nous, des machines comme ça. Tu connais le quartier des Champs-Noirs ?

— Oui, bien sûr, juste à l'ouest du marché.

— Autrefois, il s'appelait Cielport. Ce nom lui est resté jusqu'il y a environ vingt millions d'années. Cielport. Quand on l'a changé, plus personne ne se rappelait ce qu'il signifiait.

— Ça y est, je n'arrive plus à y penser, dit Nafai.

— Mais tu veux quand même te souvenir de ce nom ? demanda Issib.

— Comment est-ce que je l'oublierais ?

— Tu l'oublieras, sois tranquille, si je ne te le rappelle pas chaque jour. Tu tiens à ce que je le fasse ? Tu auras la même impression chaque fois : ça te rendra malade. Tu préfères l'oublier, ou tu veux que je te le rappelle sans arrêt ?

— Et toi, qui t'a empêché d'oublier ?

— Je me laissais des messages à moi-même, répondit Issib, dans les ordinateurs de la bibliothèque. Des pense-bête, si tu veux. Pourquoi crois-tu qu'il m'ait fallu un an pour en arriver là ?

— Je veux me rappeler, dit Nafai.

— Tu te mettras en rogne contre moi, je te préviens.

— Rappelle-moi d'éviter de le faire.

— Ça te rendra malade aussi.

— Eh bien, je m'évanouirai souvent. » Nafai glissa le long du pilier et s'assit par terre, les yeux tournés vers la rue. « Pourquoi est-ce que personne ne nous a remarqués ? On n'a pas été vraiment discrets. »

Issib éclata de rire. « Oh, on nous a remarqués ! Mère est sortie une fois, et quelques profs aussi. Ils nous ont entendus parler quelques minutes, et puis ils ont... comment dire ?... oublié pourquoi ils étaient là.

— C'est génial ! Si on a envie d'avoir la paix, on n'a qu'à parler des "zrakoplovs".

— Oui, mais en réalité, ça ne marche qu'avec les gens qui sont encore étroitement liés à Surâme.

— Il y en a qui ne le sont pas ?

— Tous ceux qui ont pensé aux chariots de guerre, par exemple.

— Tu disais que pour ceux-là, Surâme avait renoncé.

— Bien sûr, récemment, dit Issib en insistant sur le dernier mot. Mais à Basilica, il y a des gens qui projettent de construire des chariots de guerre, des gens qui négocient à ce sujet avec les Potoku, depuis longtemps, depuis plus d'un an. Ceux-là n'ontt pas de problèmes avec Surâme. Ils sont comme sourds à ce qu'il dit. Pourtant ce n'est pas le cas de la majorité, ce qui explique que Gaballufix et ses hommes aient pu garder le secret si longtemps. La plupart de ceux qui entendaient parler de chariots de guerre en oubliaient tout, complètement. Et même, ajouta Issib, il est possible que Surâme ait levé l'interdiction pendant un tout petit moment, précisément parce qu'il fallait déclencher un débat ouvert sur l'affaire des chariots, de façon à pouvoir y mettre fin.

— Donc, les gens qui sont sourds à Surâme... pour les empêcher de continuer, Surâme doit cesser de nous contrôler, nous aussi.

— C'est une double contrainte, dit Issib. Pour gagner, Surâme doit capituler. À mon avis, Surâme a un gros problème sur les bras. »

Nafai commençait à y voir plus clair, sauf sur un point. « Mais pourquoi est-ce que c'est à Père qu'il a parlé ?

— C'est ce qu'il va falloir déterminer. Et aussi ce qu'il va dire à Père la prochaine fois.

— Hé, ho, laissons-lui quand même quelques surprises à nous faire ! » Nafai éclata de rire, mais au fond de lui-même, il ne trouvait pas cela drôle.

Issib non plus. « Même si on prend parti pour Surâme, Nafai, rien ne nous dit qu'on ne s'apercevra pas en cours de route qu'il fait plus de mal que de bien. Et qu'est-ce qu'on fera, alors ?

— Écoute, Issya, peut-être bien qu'il patauge en ce moment, mais ça ne veut pas dire qu'on ferait mieux sans lui.

— De toute façon, on n'en saura jamais rien, n'est-ce pas ? »

7

LA PRIÈRE

Pendant une semaine, Nafai travailla chaque jour avec Issib. Ils dormaient chez Mère tous les soirs (sans lui en avoir demandé la permission, mais Mère ne les renvoya pas). Ce fut une période épuisante, moins à cause de la difficulté de la tâche que des pénibles interférences de Surâme. Cependant, Issib avait raison : on pouvait y résister ; et si Nafai avait d'abord réagi plus mal que lui, il s'adapta plus vite, surtout parce qu'Issib était là pour l'aider, l'assurer que le jeu en valait la chandelle et lui rappeler le but de toute l'opération.

Ils finirent donc par obtenir une image assez claire de tout ce que les humains avaient autrefois possédé et que Surâme leur avait interdit si longtemps de réinventer :

Un système de communication instantanée grâce auquel on pouvait se parler directement d'un bout à l'autre de la planète ;

Des machines capables de transmettre par ondes des œuvres d'art, des pièces de théâtre et des textes, et cela non seulement de bibliothèque à bibliothèque, mais chez les particuliers eux-mêmes ;

Des machines qui se déplaçaient à grande vitesse au sol, sans chevaux ;

D'autres qui volaient, non seulement dans l'air, mais jusque dans l'espace, ce qui paraissait évident ; sinon, comment les humains seraient-ils venus de la Terre sur Harmonie ? Mais Nafai dut d'abord, et à grand-peine, surmonter son aversion avant de parvenir à concevoir de tels objets.

Et les armes de guerre ! Explosifs, projectiles, certains si petits qu'ils tenaient dans le creux de la main, d'autres si terribles qu'ils pouvaient ravager des cités entières et même dévaster une planète. Maladies auto-mutantes, gaz toxiques, disrupteurs sismiques, missiles, plates-formes orbitales de lancement, virus destructeurs des gènes.

L'image qui se formait était à la fois magnifique et terrifiante.

« Je comprends mieux pourquoi Surâme agit ainsi, dit Nafai. C'est pour nous sauver de ces armes. Mais à quel prix, Issya ! Toute la liberté que nous avons perdue ! »

Issya se contenta de hocher la tête. « Surâme nous a quand même laissé la capacité de tirer de l'énergie du soleil, les ordinateurs, les bibliothèques, la réfrigération ; toutes les machines de la cuisine, les serres ; et puis les magnétiques qui permettent à mes flotteurs de fonctionner. En plus, nous avons quelques armes de poing sacrément perfectionnées : les épées électriques et les pulsants. Comme ça, les grands costauds ne disposent d'aucune supériorité particulière sur les petits maigrichons. Surâme aurait pu ne rien nous laisser du tout, à part des outils en pierre et en métal, sans parties mobiles, et des arbres à abattre pour nous chauffer.

— On ne serait même plus des hommes, alors.

— L'homme reste l'homme, rétorqua Issib. Mais quant à être civilisé... C'est ça, tu vois, le don de Surâme : la civilisation sans l'auto-destruction. »

Une fois, ils voulurent en parler à leur mère, mais ce fut peine perdue. Hébétée, elle ne comprit rien à leurs explications et les quitta en plaisantant joyeusement : quel plaisir de les voir s'amuser ensemble malgré leur différence d'âge ! Quant à leur père, ils n'eurent pas l'occasion de s'entretenir avec lui.

Mais il y avait pourtant quelqu'un qui s'intéressait à eux.

« Pourquoi ne viens-tu plus en classe ? » demanda un jour Hushidh à Nafai.

Elle s'assit sur les marches de l'auvent à côté de lui et mordit dans son sandwich au fromage ; elle en emporta un large morceau, non une bouchée délicate comme l'aurait fait Eiadh. Bien sûr, c'était Mère qui apprenait à toutes ses élèves à se servir de leur bouche pour manger et à ne pas grignoter comme le voulait la mode chez les jeunes Basilicaines. Mais Nafai n'était pas obligé de trouver séduisante la manière dont Hushidh suivait les préceptes de Mère.

« Je travaille sur un projet avec Issib.

— Les autres disent que tu te caches », déclara Hushidh.

Qu'il se cachait ? Ah, à cause de la célébrité malvenue et controversée de Père ! « Je n'ai pas honte de mon père.

— Bien sûr que non, dit Hushidh. Ce sont les autres qui disent ça. Pas moi.

— Et toi, qu'est-ce que tu crois que je fais ? À moins que Surâme ne te l'ait dit ?

— Je suis déchiffreuse, rétorqua-t-elle, pas sibylle.

— C'est vrai, j'avais oublié. » Comme s'il allait se rappeler à quelle catégorie de sorcières elle appartenait !

« Surâme n'a pas à me dire comment ta vie se tisse dans la trame du monde.

— Ah, parce que tu vois ça ? »

Elle acquiesça. « Et aussi que tu es très courageux. »

Il la regarda, atterré. « Je travaille à la bibliothèque avec Issya, c'est tout !

— Ta vie s'entrelace dans la trame du plus petit des partis qui s'opposent dans Basilica ; mais c'est aussi le meilleur, celui qui doit gagner, même si personne ne voit encore comment.

— Mais je ne suis d'aucun parti ! »

Elle hocha la tête. « Bon, je me tais, puisque tu ne veux pas entendre la vérité. »

Elle se prenait pour une fontaine de sagesse, ma parole !

« J'écouterais un cochon péter si c'était la vérité qu'il lâchait », dit Nafai.

Elle se leva aussitôt et s'éloigna sans un mot.

Bravo ! Quel imbécile ! se gourmanda Nafai. Elle essaye de t'aider, et toi, tu te moques bêtement d'elle ! Il courut derrière elle. « Excuse-moi », fit-il.

Elle s'écarta avec un haussement d'épaules.

« Je n'arrête pas de faire des blagues débiles comme ça, poursuivit-il. C'est une mauvaise habitude, je sais, mais je ne pensais pas à mal. Écoute, je sais maintenant par expérience que Surâme existe.

— Je sais que tu le sais, dit-elle d'une voix glacée. Mais

visiblement, savoir que Surâme existe, ça ne rend pas plus intelligent ni plus aimable, ni même mieux élevé.

— C'est mérité, et j'accepte les autres gentillesses qui te viendraient aussi. » Nafai la contourna pour lui faire face. Cette fois, elle ne se détourna pas.

« Je vois des trames, dit-elle. Je vois comment les choses s'emboîtent. Je vois où tu t'ajustes. Toi, et Issib aussi.

— Ça fait un moment que je ne me tiens plus au courant de ce qui se passe dans la cité, répondit Nafai. J'ai trop de travail avec notre projet. Je ne connais pas les dernières nouvelles.

— Tu t'épuises à la tâche, dit-elle.

— Oui, c'est bien possible.

— Écoute : Gaballufix est le chef d'un parti. C'est le groupe le plus puissant, pour de multiples raisons. Il ne s'agit plus seulement des chariots de guerre, ni même de l'alliance avec Potokgavan. Il s'agit des hommes. Surtout des hommes extérieurs à la cité. Gaballufix est donc puissant par le nombre de ses partisans, et aussi parce que ses hommes s'imposent par la violence. »

Nafai se rappela des conversations qu'il avait entendues aux repas, à propos des tolchocks, ces hommes qui assommaient sans raison des femmes dans les rues. « Ce sont les hommes de Gaballufix, les tolchocks ?

— Il le nie, évidemment. Il va même jusqu'à prétendre qu'il envoie ses soldats dans Basilica pour protéger les femmes contre les tolchocks.

— Des soldats ?

— Officiellement, il s'agit de la milice du clan Palwashantu. Mais en fait, c'est à Gaballufix qu'elle obéit, et le conseil clanique n'est pas arrivé à se réunir pour discuter de l'usage qu'il fait de la milice. Tu es un Palwashantu, n'est-ce pas ?

— Oui, mais je suis trop jeune pour entrer dans la milice.

— Oh, ce n'est plus une vraie milice aujourd'hui, dit Hushidh. Ce sont des mercenaires, des hommes d'au-delà des murs, des irrécupérables, dont très peu appartiennent réellement au clan. C'est Gaballufix qui les paye. C'est lui aussi qui a payé les tolchocks.

— Mais comment est-ce que tu sais tout ça ?

— J'y ai été forcée. J'ai vu les soldats. Je sais comment ils s'ajustent. »

Encore de la sorcellerie. Mais comment en douter ? N'avait-il pas senti l'influence de Surâme quand il pensait à des mots interdits ? Il transpirait rien qu'à l'idée de ce qu'il avait subi au cours de cette dernière semaine. Alors, qu'est-ce qui empêchait Hushidh d'examiner un soldat et un tolchock et de tout savoir sur eux ? Et pourquoi les chameaux ne voleraient-ils pas, aussi ? Tout était possible, à présent !

Oui, mais l'influence de Surâme faiblissait. Issib et lui n'avaient-ils pas réussi à se rappeler certains mots interdits ?

« Et tu sais que je ne suis pas de leur parti.

— Mais tes frères le sont.

— Ce sont des tolchocks ?

— Ils sont avec Gaballufix. Pas Issib, bien sûr, mais Elemak et Mebbekew.

— Comment les connais-tu, eux ? Ils ne viennent jamais ici ; ce ne sont pas les fils de Mère.

— Elemak est passé plusieurs fois dans la semaine, dit Hushidh. Tu n'étais pas au courant ?

— Allons donc ! Pourquoi viendrait-il ici ? » Mais avant même d'avoir eu le temps de réfléchir, Nafai sut sans l'ombre d'un doute pourquoi Elemak fréquentait la maison de Rasa. Mère jouissait d'une très haute réputation dans la cité ; bien des hommes courtisaient ses nièces, et Elemak était à l'âge – un âge déjà bien avancé – où l'on s'unit pour de bon, afin d'engendrer un héritier.

Nafai tourna le regard vers la cour, où de nombreuses filles et quelques garçons prenaient leur dîner. Tous les externes étaient partis, et les plus jeunes mangeaient plus tôt, si bien que la plupart des filles présentes étaient admissibles à l'appariement, y compris les nièces de Rasa, si elle les mettait en disponibilité. Laquelle Elemak pouvait-il bien courtiser ?

« Eiadh, souffla Nafai.

— On peut le supposer, dit Hushidh. En tout cas, ce n'est pas moi. »

Nafai la regarda, étonné. Évidemment, que ce n'était pas elle ! Puis l'embarras le saisit : et si elle se rendait compte à quel point l'idée que son frère puisse la désirer, elle, lui avait paru ridicule ?

Mais Hushidh poursuivit comme si elle n'avait pas senti la muette insulte. Que Nafai puisse souffrir si Elemak courtisait vraiment Eiadh, cela ne l'effleurait visiblement pas. « Quand ton frère est arrivé, j'ai compris tout de suite qu'il était très proche de Gaballufix. Je suis sûre que tante Rasa en est très peinée, parce qu'elle sait qu'Eiadh lui dira oui : ton frère jouit d'un tel prestige !

— Malgré le scandale des visions de Père ?

— Il est du côté de Gaballufix, répondit Hushidh. Dans le parti des Hommes – ceux qui soutiennent Gaballufix – plus l'image de ton père se dégrade, plus on apprécie Elemak : il deviendrait très riche et très puissant s'il arrivait malheur à ton père. »

Ces paroles réveillèrent les pires craintes de Nafai au sujet de son aîné. Mais c'était là une pensée monstrueuse, insupportable. Gaballufix veut qu'Elya influence Père, c'est tout, se dit-il.

Hushidh hocha la tête. Mais était-ce pour l'approuver ? ou bien pour le faire taire et poursuivre ? « L'autre parti important, reprit-elle, c'est celui de Roptat. On l'appelle maintenant le parti des Femmes, mais c'est un homme qui le dirige. Ses partisans veulent une alliance avec les Gorayni ; ils veulent aussi qu'on retire le droit de vote aux hommes, sauf à ceux qui sont actuellement appariés avec une citoyenne, et ils exigent que les hommes célibataires soient obligés de quitter la cité chaque soir, au coucher du soleil, avec interdiction d'y rentrer avant l'aube. Voilà leur solution au problème des tolchocks... et de Gaballufix, par la même occasion. Ils ont une vaste audience, chez les hommes et les femmes appariés.

— C'est à ce groupe-là que Père appartient ?

— C'est ce que croient tous ceux du parti des Hommes, mais les partisans de Roptat, eux, savent ce qu'il en est vraiment.

— Alors, quel est le troisième groupe ?

— Il se fait appeler le parti de la Cité, mais c'est en réalité le parti de Surâme. Ses partisans refusent de s'allier avec aucune nation belliqueuse. Ils prônent le retour aux anciennes valeurs, afin de protéger le Lac. Ils veulent que la cité se hausse au-dessus de la politique et des conflits, qu'on se débarrasse de l'immense richesse de la ville et qu'on vive simplement, pour qu'aucune autre nation ne désire ce que nous possédons.

— Mais personne ne souscrira à ce programme, voyons !

— Eh bien, tu te trompes, répondit Hushidh. Beaucoup y souscrivent, justement. Ton père et tante Rasa, par exemple, y ont converti presque toutes les femmes des quartiers du Lac.

— Mais ça ne fait presque personne ! Elles ne sont qu'une poignée à vivre dans la Fracture.

— Oui, mais elles tiennent le tiers des voix du conseil. »

Nafai réfléchit à cet aspect des choses. « Je crois que ce parti de la Cité s'expose à un grand danger, dit-il enfin.

— Comment ça ?

— Réfléchis : ses partisans n'ont pour tout soutien que la tradition. Plus Gaballufix s'opposera à la tradition et sèmera la crainte avec ses tolchocks et ses soldats, plus les gens exigeront qu'on prenne des mesures. Tout ce que Père et Mère vont gagner, c'est qu'il sera impossible de dégager une majorité au conseil. Ils empêcheront Roptat d'arrêter Gaballufix, et tout sera bloqué. »

Hushidh sourit. « Tu es vraiment doué, tu sais.

— C'est la politique que j'étudie le plus.

— Oui, mais si tu as vu le danger, tu ne m'as pas encore dit comment nous y échapperons.

— Nous ?

— Basilica.

— Eh bien, je n'en ai aucune idée, répondit Nafai. Mais tu prétendais savoir à quel parti j'appartenais ?

— Tu es du côté de Surâme, naturellement.

— Je n'en sais rien. Moi-même, je n'en sais rien, alors... Je n'apprécie pas trop la façon dont Surâme nous manipule. »

Hushidh hocha la tête. « Ton esprit ne prendra peut-être pas de décision avant plusieurs jours, mais elle est déjà prise dans ton cœur. Tu rejettes Gaballufix. Et tu es attiré par Surâme.

— Ce n'est pas vrai, dit Nafai. Enfin, si, je suis attiré par

Surâme ; Issib l'a accepté pour lui-même il y a longtemps et ses raisons sont valables. Ce serait encore plus dangereux de rejeter Surâme, même s'il manipule secrètement l'esprit des gens. Mais ça ne veut pas dire que je suis prêt à livrer l'avenir de Basilica aux délires de l'infime minorité de fanatiques et de visionnaires qui vivent dans la Fracture.

— Mais c'est nous qui sommes les plus proches de Surâme !

— Surâme est dans le cerveau de tout le monde, sur cette planète, rétorqua Nafai. On ne peut pas être plus proche que ça !

— Nous, nous choisissons Surâme, insista-t-elle. Et elle n'est évidemment pas dans le cerveau de tout le monde, car alors personne n'aurait commencé à porter la guerre dans des nations lointaines. »

L'espace d'un instant, Nafai se demanda si elle n'avait pas découvert elle aussi comment Surâme avait empêché si longtemps l'invention des chariots de guerre. Puis il comprit qu'elle se référait au septième codicille : « Tu n'auras pas de querelle avec la voisine de la voisine de ta voisine ; quand elle se dispute, reste chez toi et ferme ta fenêtre. » Depuis toujours, on interprétait cette phrase comme interdisant de passer des alliances contraignantes ou d'entamer des conflits avec des pays si éloignés que le résultat ne pouvait rien changer à la vie des citoyens. Mais aujourd'hui, Nafai et Issib connaissaient le but et l'origine de cette loi, et la façon dont Surâme l'avait gravée dans l'esprit des hommes. Toutefois, aux yeux d'Hushidh, c'était la loi elle-même qui avait évité des guerres impérialistes durant tant de millénaires. Peu lui importait que maintes nations eussent essayé de créer des empires et que seule l'absence de moyens de transport et de communication les en eût empêchées.

« Je ne suis pas dans votre camp, dit Nafai. On ne peut pas remonter le temps.

— Dans ce cas, répondit-elle, autant dire que nous n'existons déjà plus.

— C'est possible. Imaginons que Roptat gagne ; alors, quand les Potoku arriveront ici avec leur flotte, ils franchiront les montagnes et nous extermineront avant que les

Têtes Mouillées ne parviennent chez nous. Et si c'est Gaballufix qui l'emporte, quand les Têtes Mouillées arriveront enfin, ils décimeront les Potoku avant de passer les montagnes et de nous exterminer en représailles.

— Eh bien, voilà ! dit Hushidh. Tu vois bien que tu es avec nous !

— Non, répondit Nafai. Parce que si le parti de la Cité maintient son blocage, Gaballufix – ou Roptat – va perdre patience et il y aura des morts. Et crois-moi, on n'aura pas besoin d'étrangers pour nous massacrer ; on s'en chargera tout seuls. Combien de temps crois-tu que les femmes gouverneront encore cette ville, s'il se déclenche une guerre civile entre deux hommes aussi puissants ? »

Hushidh détourna les yeux. « C'est vraiment ce que tu penses ?

— Je ne suis peut-être pas déchiffreur, dit Nafai, mais je m'y connais en histoire.

— Il y a tant de siècles que cette cité est une cité de femmes, un lieu de paix...

— Vous n'auriez jamais dû accorder le droit de vote aux hommes !

— Mais ça fait un million d'années qu'ils l'ont ! »

Nafai acquiesça. « Je sais. Tout ce qui se passe aujourd'hui... c'est la faute de Surâme. »

C'est alors qu'il comprit : Hushidh détournait le regard parce qu'elle avait les yeux pleins de larmes. « Elle est en train de mourir, n'est-ce pas ? » murmura-t-elle.

Nafai n'aurait jamais cru qu'on pût prendre la situation tellement à cœur, comme si Surâme était un parent, un être cher. Mais c'était peut-être le cas pour quelqu'un comme Hushidh. D'ailleurs, c'était la fille d'une Sauvage, d'une soi-disant sainte femme. On savait les enfants des Sauvages le plus souvent le fruit d'un viol ou d'un accouplement à la sauvette dans les rues de la cité, mais cela n'empêchait pas qu'on les baptisât « enfants de Surâme ». Peut-être Hushidh prenait-elle vraiment Surâme pour son père. Non, non, c'était impossible ; les femmes parlaient de Surâme au féminin. Et Hushidh savait pertinemment que sa mère était une Sauvage.

Pourtant, elle avait du mal à contenir ses larmes.

« Que veux-tu donc que je fasse ? demanda Nafai. Je ne sais pas à quoi joue Surâme ! Adresse-toi à ta sœur ; comme tu l'as dit, c'est elle la sibylle !

— Surâme ne lui a pas adressé la parole de la semaine. À personne, d'ailleurs. »

Nafai resta interdit. « Même pas au lac ?

— Je savais qu'Issib et toi étiez très intimement reliés à Surâme tout au long de cette semaine. Elle vous faisait travailler dur, comme elle le fait avec Lutya et... et avec moi aussi, quelquefois. Les femmes vont dans l'eau, toujours plus nombreuses, mais elles n'en ramènent rien, sauf des rêves absurdes. Et elles ont peur. Je les ai prévenues, pourtant ; je leur ai dit : "Ce sont Nafai et Issib qui sont en contact avec Surâme, en ce moment. Donc elle n'est pas morte." Alors, elles m'ont demandé... de me renseigner auprès de toi.

— De te renseigner à propos de quoi ? »

Les larmes d'Hushidh débordèrent enfin et coulèrent sur ses joues. « Je n'en sais rien, dit-elle, soudain pitoyable. À propos de ce qu'il faut faire. De ce que Surâme attend de nous. »

Nafai posa timidement la main sur son épaule pour la consoler. « Je l'ignore moi aussi, tu sais, dit-il. Tu as raison sur un point : Surâme se détraque, il s'épuise à la tâche. Mais je m'étonne quand même qu'il ait cessé d'envoyer des visions. Il est peut-être occupé ailleurs. Il est peut-être...

— Quoi ? »

Il secoua la tête. « Laisse-moi d'abord parler à Issib, d'accord ? »

Elle acquiesça en baissant la tête pour essuyer ses larmes. « Oui, je t'en prie. Moi, je n'arriverais pas à lui... à lui parler. »

Et pourquoi donc ? Mais Nafai ne posa pas la question. Ce qu'elle lui avait dit lui embrouillait trop l'esprit. Dire qu'Issib et lui avaient cru leurs recherches secrètes ! Et pendant ce temps, Hushidh claironnait à toutes les Basilicaines que Surâme les faisait trimer ! Pourtant, s'il avait bien compris, les femmes étaient dans le brouillard complet, tout comme eux : comment Issib et lui auraient-ils pu savoir pourquoi leurs visions avaient cessé ?

Nafai se rendit tout droit à la bibliothèque et répéta à son frère tout ce qu'il se rappelait de sa conversation avec Hushidh. « Voilà ce que je pense : imagine que Surâme ne soit pas aussi puissant qu'on le croit ; si les visions ont cessé, c'est peut-être qu'il ne peut pas à la fois s'occuper de nous et transmettre des visions, non ? »

Issib éclata de rire. « Arrête, Nyef ! On n'est quand même pas le centre du monde !

— Mais je ne plaisante pas ! De quelle puissance Surâme a- t-il besoin, en fait ? La plupart des gens sont tellement ignorants, stupides ou indécis que même s'ils pensaient à l'un des sujets interdits, ils n'en tireraient rien du tout ; à quoi bon les surveiller, dans ces conditions ? Donc, Surâme n'a finalement que peu de personnes à tenir à l'œil. Et même s'il ne les contrôle que de temps à autre, il a largement le temps de les détourner de leurs projets dangereux. Mais maintenant qu'il a commencé à s'affaiblir, tu as réussi à te désensibiliser à lui. C'était une course entre lui et toi, et c'est toi qui as gagné, Issib ! Et pendant tout ce temps-là, Surâme s'est concentré sur toi, sans envoyer de visions et sans surveiller personne. Pourtant tu progressais si lentement qu'il lui restait encore du temps.

— Mais avec nous deux, qui travaillions ensemble, dit Issib, ça l'a obligé à une concentration sans faille. Et il perd quand même... Ça signifie qu'il s'affaiblit encore.

— Alors voilà ce que je pense, Issib : en attirant sur nous toute son attention, on ne l'aide pas, on lui fait du mal. »

Issib éclata encore de rire. « C'est impossible, voyons ! C'est de Surâme qu'on parle en ce moment, je te signale, pas d'un prof en face d'une classe indisciplinée !

— Mais Surâme a déjà échoué une fois ; sinon, il ne serait pas question de chariots de guerre.

— Qu'est-ce qu'il faut faire, alors ?

— Tout arrêter, dit Nafai. Arrêter une journée, ne plus toucher aux sujets interdits, et voir si les gens recommencent à avoir des visions ou non.

— Tu crois vraiment qu'à nous deux, on a pris tellement du temps de Surâme qu'il ne peut plus envoyer de visions ? Qu'est-ce qui se passe pendant qu'on dort et qu'on mange, alors ? Il y a des temps morts, quand même !

— Peut-être qu'on l'a embrouillé, je ne sais pas. Peut-être qu'il s'affole parce qu'il se demande quoi faire de nous.

— D'accord, dit Issib. Dans ce cas-là, ne nous contentons pas de tout arrêter ; on va donner des conseils à Surâme ! Hein, pourquoi pas ?

— Oui, c'est vrai, pourquoi pas ? répondit Nafai. Ce sont des humains qui l'ont fabriqué, après tout.

— Enfin, on le suppose. C'est possible.

— Alors, on lui dit de cesser de perdre son temps à essayer de nous bloquer et de s'inquiéter parce qu'il n'y arrive pas ; on lui dit que ça ne sert à rien, parce que même si on pouvait penser sans difficulté à tous les sujets interdits du monde, on ne le dirait à personne et on n'essaierait pas de les mettre en pratique. D'accord ?

— D'accord.

— Jure-le, alors, Issib ! Je le jure, moi aussi. Je fais le serment – tu m'écoutes, Surâme ? – que nous ne sommes pas tes ennemis et que tu n'as donc pas à t'inquiéter de nous une seconde de plus. Retourne envoyer des visions aux femmes. Et utilise plutôt ton temps à empêcher de nuire les gens dangereux, les Têtes Mouillées, par exemple, Gaballufix, et Roptat aussi, sans doute. Et si tu n'arrives pas à les arrêter toi-même, dis-nous au moins comment le faire à ta place.

— Mais à qui est-ce que tu parles ? demanda Issib.

— À Surâme, tiens !

— Ça fait vraiment débile !

— Depuis notre naissance, il nous dit ce qu'il faut penser, répondit Nafai. Qu'est-ce qu'il y a de débile à lui faire une suggestion de temps en temps ? Allons, prête serment, Issya.

— D'accord, je promets, je prête le plus solennel des serments. Tu m'écoutes, Surâme ?

— Il écoute, intervint Nafai. Ça au moins, on en est sûrs.

— Bon, dit Issib. Tu crois qu'il va faire comme on lui dit ?

— Je n'en sais rien. Mais je suis sûr d'une chose : on n'apprendra rien de plus en traînant dans cette bibliothèque. Sortons d'ici, et ce soir, allons passer la nuit chez Père.

On aura peut-être l'idée du siècle, ou lui une vision. On verra bien. »

Ce ne fut que dans l'après-midi, alors qu'il quittait la maison de Mère, que Nafai se rappela qu'Elemak courtisait Eiadh. Bien sûr, il n'avait aucun droit d'en vouloir à son aîné : il n'avait rien dit de ses sentiments à personne, après tout ! Et à quatorze ans, il était beaucoup trop jeune pour prétendre au statut de compagnon légal. Il était bien normal qu'Eiadh désire Elemak, et cela expliquait pourquoi elle était si gentille avec Nafai sans pourtant jamais se rapprocher de lui : elle voulait rester dans ses bonnes grâces au cas où il aurait de l'influence sur Elemak. Mais il ne lui viendrait jamais à l'esprit de proposer un contrat à Nafai. Ce n'était qu'un enfant, au bout du compte.

Il se rappela soudain ce qu'Hushidh avait dit à propos d'Issib. « Je n'arriverais pas à lui parler. » Parce qu'il était infirme ? C'était peu vraisemblable. Non, Hushidh était timide parce qu'elle considérait Issib comme un compagnon possible. Même moi, j'en sais assez long sur les femmes pour deviner ça, songea Nafai.

Hushidh a mon âge, mais entre Issib et moi, c'est le plus âgé qu'elle regarde quand il s'agit d'appariement. Vu l'intérêt sexuel que je présente pour une fille de mon âge, je pourrais aussi bien être un arbre ou une brique. Et Eiadh est plus vieille que moi, c'est même une des plus vieilles de la classe, alors que je suis parmi les plus jeunes. Dire que je me suis imaginé...

Il se sentit les joues brûlantes, bien qu'il fût seul à connaître son humiliation.

Marchant à travers Basilica, Nafai s'aperçut qu'en dehors d'une promenade occasionnelle dans la rue de la Pluie, il n'était pas sorti de chez sa mère depuis le début de ses recherches avec Issib. Or, à cause des paroles d'Hushidh peut-être, il s'aperçut que la ville avait changé. Y avait-il moins de monde dans les rues ? Possible ; mais la vraie différence, c'était l'allure des gens : les Basilicains se déplaçaient souvent d'un pas résolu, sans pour autant perdre une miette de ce qui se passait autour d'eux. Même les gens pressés prenaient le temps de s'arrêter un moment, au moins de sourire devant un musicien des rues, un jongleur

ment, car les flotteurs exagéraient les moindres crispations de ses muscles. « Je crois que je vais attendre dans l'Oreillette de Récupération.

— Allez, ne fais pas ta mijaurée, dit Nafai. Ça ne va pas te tuer de méditer une minute !

— Parce que toi, tu as l'intention de prier ? Vraiment ?

— Je crois bien, oui », répondit Nafai.

À vrai dire, Nafai ignorait pourquoi. Tout ce qu'il savait, c'est que sa relation avec Surâme devenait chaque jour plus compliquée ; il comprenait Surâme mieux qu'avant, et Surâme se mêlait maintenant de sa vie. Il était donc important d'essayer de communiquer clairement et directement, et de cesser d'avancer à l'estime. Il ne suffisait pas de mettre un frein aux recherches sur les mots interdits en espérant que Surâme saisirait l'allusion. Il devait y avoir autre chose à faire.

Les prêtres piquèrent le doigt d'Issib et frottèrent la petite blessure sur la pierre-de-sang. Issib le prit assez bien : il n'avait rien d'une mijaurée, en réalité, et il avait assez souffert dans sa vie pour ne pas faire cas d'une légère piqûre. Simplement, il ne s'intéressait pas aux rites du culte masculin. Il les qualifiait de « grand-guignol » et les comparait aux combats de requins, qui commençaient toujours par une blessure infligée à chaque requin du bassin.

Dès que la petite tache rouge apparut sur la pierre rugueuse, Issib se dirigea vers le banc adossé au mur que le soleil éclairerait encore une bonne demi-heure. Le banc était occupé, naturellement, mais il s'installa à côté, soutenu par ses flotteurs. « Dépêche-toi », murmura-t-il en passant devant Nafai.

Comme Nafai était là pour prier, le prêtre ne lui piqua pas le doigt mais lui fit signe de plonger la main dans le bol d'or contenant les bagues de prière. Le récipient était rempli d'un puissant désinfectant qui avait pour but d'empêcher les bagues barbelées de propager des maladies, mais aussi de prolonger douloureusement l'effet des entailles. D'habitude, Nafai prenait deux bagues, une pour le majeur de chaque main, mais cette fois il sentit qu'il lui en fallait davantage : même s'il ignorait le but de sa prière, il devait faire comprendre à Surâme qu'il ne plaisantait pas. Aussi prit-il des bagues de prière pour les cinq doigts des deux mains.

« Allons, ce n'est tout de même pas grave à ce point ! dit le prêtre.

— Ce n'est pas pour obtenir le pardon que je prie, répondit Nafai.

— Oui, mais moi, je n'ai pas envie que vous vous évanouissiez ici ; on est à court de personnel, aujourd'hui.

— Je ne m'évanouirai pas. » Nafai gagna le centre de la cour, près de la fontaine. L'eau n'avait pas sa couleur rosâtre habituelle ; elle était d'un rouge presque sombre. Nafai se rappela qu'il avait violemment frissonné le jour où il avait compris d'où l'eau tirait sa coloration. Père lui avait dit que quand Basilica était en grand danger – durant une sécheresse, par exemple, ou quand un ennemi la menaçait – la fontaine était pleine de sang presque pur. En ôtant ses sandales et ses vêtements, puis en s'agenouillant dans le bassin, Nafai fut pris d'une émotion étrange et puissante à l'idée que le liquide tiède qui tourbillonnait autour de sa taille s'épaississait de la ferveur sanglante d'autres hommes.

Ses mains hérissées de barbelures levées devant lui, il se recueillit longuement en prévision de sa conversation avec Surâme. Puis il se frappa vigoureusement les avant-bras, comme lors de ses prières matinales ; mais cette fois, les bagues barbelées mordirent sa chair et les piqûres furent profondes et douloureuses. C'était un bon début, énergique, et des soupirs et des murmures s'exhalèrent des méditants. Il savait qu'ils avaient entendu le claquement sec de ses mains et remarqué sa maîtrise de soi : il n'avait pas eu une plainte, et ils respectaient cette prière pour sa force et sa vertu.

Surâme, dit-il intérieurement, c'est toi qui as tout déclenché. Ta faiblesse ne t'a pas empêché de t'immiscer dans la vie de ma famille. Maintenant, j'espère que tu as un plan ; et si c'est le cas, est-ce qu'il ne serait pas temps de nous le communiquer ?

Il se frappa encore, cette fois à la poitrine, là où la peau est plus sensible. Quand la douleur se calma, il sentit le sang ruisseler parmi les jeunes poils encore peu visibles qui poussaient là. Je t'offre ce sacrifice, Surâme, je t'offre ma souffrance si tu la désires, je ferai tout ce que tu veux, mais en retour j'attends une promesse. J'attends que tu protèges mon père. J'attends que tu aies un but bien défini et que tu l'exposes à Père. J'attends que tu empêches mes frères de se retrouver mêlés à un crime terrible contre la cité et surtout à un meurtre contre mon père. Si tu le défends et si tu nous mets au courant de ce qui se passe, je ferai mon possible pour t'aider à réaliser ton plan, parce que je sais que ton but est d'empêcher l'humanité de se détruire elle-même, et je ferai tout pour servir ce but. Je suis à toi, tant que tu nous traites équitablement.

Alors, il se frappa le ventre ; la douleur surpassa toutes les autres, et il entendit les méditants commenter ses gestes à haute voix ; le prêtre s'approcha de lui par-derrière. Ne m'interromps pas, songea Nafai. Surâme m'entend ou ne m'entend pas ; mais s'il m'entend, je veux qu'il sache que je ne plaisante pas et que je suis prêt à me découper moi-même en lanières s'il le faut. Non que je croie que ces effusions de sang m'amèneront à la sainteté, mais parce qu'elles expriment ma volonté d'obéissance, même si le coût en est rude pour moi. Je ferai ce que tu veux, Surâme, mais tu dois garder confiance.

« Jeune homme... souffla le prêtre.

— Du vent », rétorqua Nafai aussi bas.

Le bruissement des sandales s'éloigna.

Nafai passa les mains par-dessus ses épaules et se racla le dos. Il se déchirait les chairs à présent, et les blessures ne seraient pas bénignes. Tu vois, Surâme ? Tu es dans ma tête, tu sais ce que je pense et ce que je ressens. On te laisse tranquille, maintenant, Issib et moi, pour que tu puisses recommencer à envoyer des visions aux gens. Alors, au travail, et reprends la situation en main. Je ferai tout ce que tu voudras, je te le jure. Si je peux supporter cette douleur, tu sais que je supporterai tout ce que tu m'infligeras. Et maintenant que je connais exactement la douleur, je peux recommencer.

De nouveau, il se racla le dos. Les nouvelles blessures croisèrent les précédentes, et la souffrance fit monter des larmes à ses yeux ; mais pas un gémissement ne s'échappa de ses lèvres.

C'était assez. Surâme l'avait entendu, ou bien il était complètement sourd.

Nafai se laissa tomber dans l'eau ensanglantée, les yeux clos. Le liquide se referma sur lui, et il fut un instant totalement immergé. Puis il remonta comme un bouchon et sentit l'air frais du soir sur son dos et ses fesses qui dépassaient de la surface.

Encore un instant. Retiens ta respiration encore un instant. Encore. Encore un peu. Attends la voix de Surâme. Écoute dans le silence de l'eau.

Mais aucune réponse ne lui vint ; il ne sentit que la douleur qui grandissait en haut de son dos et sur ses épaules.

Il se remit sur pieds, dégoulinant, et, se tournant vers le bord de la fontaine, ouvrit les yeux pour la première fois depuis qu'il y était descendu. Quelqu'un lui tendait une serviette. Des mains voulaient l'aider à regagner le dallage sec. Quand il se fut essuyé les yeux, il s'aperçut que presque tous les méditants avaient quitté le mur et lui avaient apporté des serviettes et ses vêtements. « Ce fut là une prière puissante, murmuraient-ils. Puisse Surâme t'entendre. » Ils refusèrent de le laisser se sécher seul, et même de s'habiller sans aide. « Tant de vertu chez un être si jeune ! » D'autres mains tamponnaient doucement les blessures de son dos et lui frottaient vigoureusement les cuisses. « Basilica est bénie d'avoir vu pareille prière dans ce temple. » D'autres mains encore lui enfilèrent sa chemise et son pantalon. « Quelle fierté pour un père, un jeune fils que la piété abaisse mais que le courage élève ! » On lui laça ses sandales sur les jambes, et quand on vit que les lanières s'arrêtaient sous le genou, ce furent des hochements de tête et de nouveaux murmures. « Pas de fantaisies ridicules chez ce jeune homme. » « Il porte des sandales de travailleur. »

Et tout en s'éloignant de la fontaine derrière Issib, Nafai entendit les murmures continuer. « Surâme était au milieu de nous, aujourd'hui. »

À la porte qui donnait sur le Ventricule d'Expulsion, Nafai vit son chemin bloqué par un homme qui franchissait la porte en sens inverse. Comme il avait la tête inclinée, il ne vit que les pieds de l'homme. Avec sa chemise tachée du sang de la prière, Nafai aurait dû avoir préséance, mais l'autre ne paraissait pas vouloir s'écarter.

« Meb ! » souffla Issib.

Nafai leva les yeux. C'était Mebbekew, en effet. Durant un instant de perception intense, Nafai eut l'impression de voir son frère dans sa globalité. Celui-ci ne portait plus le costume flamboyant qui avait longtemps été son image de marque ; il était maintenant vêtu en négociant, et ses habits devaient avoir coûté une somme considérable. Mais Nafai ne s'intéressait pas à sa tenue, ni à la provenance mystérieuse de tout cet argent – car cela n'avait rien d'un mystère. Non, en observant le visage de Mebbekew, Nafai sut – il sut d'une façon où ni les mots ni la raison n'avaient de part – qu'à présent, Mebbekew était l'homme de Gaballufix. Peut-être cela tenait-il à son expression : au lieu du petit sourire effronté qu'il avait toujours, de l'habituelle étincelle de malice dans ses yeux, il affichait un air sérieux, important et vaguement effrayé de... de quoi ? De lui-même, oui. De l'homme qu'il était en train de devenir.

Et aussi de l'homme à qui il appartenait. Rien dans son expression ni dans son vêtement ne le désignait comme la créature de Gaballufix, mais Nafai le savait. Ça doit se passer comme ça pour Hushidh, songea-t-il : elle voit les relations entre les gens. La raison n'intervient pas, mais le doute non plus.

« Pour quoi est-ce que tu priais ? demanda Mebbekew.

— Pour toi », répondit Nafai.

D'inexplicables larmes montèrent aux yeux de Mebbekew, mais son visage et sa voix refusèrent de trahir les sentiments, quels qu'ils fussent, qui les faisaient naître. « Prie plutôt pour toi-même, dit-il, et pour notre cité.

— Et pour Père », ajouta Nafai.

Les yeux de Mebbekew s'agrandirent, un peu, à peine, mais Nafai sut qu'il avait frappé juste.

« Ecarte-toi », dit une voix basse mais lourde de colère derrière lui, peut-être celle d'un des méditants. Celle d'un inconnu, en tout cas. « Fais place au jeune homme à la prière généreuse. »

Mebbekew recula dans l'ombre profonde du temple. Nafai passa devant lui et rejoignit Issib, qui attendait dans le couloir juste derrière Meb.

« Qu'est-ce qu'il pouvait bien faire ici ? demanda Issib, quand ils furent hors de portée de voix.

— Il y a peut-être des choses qu'on ne peut pas faire sans en parler d'abord à Surâme, répondit Nafai.

— À moins qu'il n'ait jugé utile de se donner une image de dévot. » Issib eut un petit rire. « C'est d'abord un comédien, tu sais, et on dirait bien que quelqu'un lui a fourni un nouveau costume. J'aimerais savoir quel rôle il se prépare à jouer. »

8

L'AVERTISSEMENT

Quand Nafai et Issib rentrèrent chez leur père, Trujnisha était encore là. Elle avait passé la journée à cuisiner et à remplir le congélateur de repas tout prêts, mais elle n'avait rien prévu de chaud pour ce soir. Père n'était pas homme à laisser sa gouvernante gâter ses fils.

Naturellement, Trujnisha vit tout de suite que Nafai était déçu. « Tu es drôle ! Comment pouvais-je savoir que vous veniez dîner ce soir ?

— Parce que ça nous arrive, parfois !

— Alors, il faudrait que je dépense l'argent de votre père pour faire des courses, puis que je prépare de bons petits plats, tout ça pour que personne ne vienne les manger ? Voilà ce qui se passe le plus souvent, et après, mes plats sont bons à jeter ; quand je veux les congeler, je les prépare autrement.

— C'est vrai : tout est trop cuit, dit Issib.

— Pour que les aliments soient doux et moelleux à tes faibles mâchoires », répondit-elle.

Issib lui adressa un grondement venu du fond de la gorge, à la manière d'un chien. C'était leur façon de jouer ensemble. Trujya était la seule à pouvoir s'amuser avec lui en exagérant ses faiblesses ; et ce n'était qu'avec Trujya qu'Issib se laissait aller à grogner ou à gronder, en parodiant une force virile qu'il ne posséderait jamais.

« Sérieusement, tes trucs congelés sont très bons quand même, dit Nafai.

— Ah, merci ! C'est vraiment trop gentil ! » répondit-elle.

À son ton ironique, Nafai comprit qu'il l'avait vexée ; pourtant, il avait sincèrement voulu lui faire un compliment. Pourquoi est-ce que tout le monde prenait ses attentions pour des moqueries ou des insultes ? Il faudrait un jour qu'il essaye de découvrir ce que les gens croyaient déceler dans ses paroles et qui leur donnait l'impression d'être agressés.

« Votre père est aux écuries, mais il veut vous parler à tous les deux.

— Séparément ? demanda Issib.

— Comment est-ce que je le saurais ? Vous voulez peut-être que je vous colle en file indienne devant sa porte ?

— Tiens, ce serait une bonne idée ! » dit Issib. Puis il fit claquer ses mâchoires, comme s'il voulait la mordre. « Ah ! si tu n'étais pas une vieille chèvre aussi minable !...

— Écoutez qui me traite de minable ! » répliqua-t-elle en riant.

Nafai regardait la scène, sidéré. Issib pouvait insulter Trujnisha, elle s'en amusait ; mais si Nafai lui faisait compliment de sa cuisine, elle prenait ses paroles pour une insulte. « Je ferais mieux de me perdre dans le désert et de me faire Sauvage », songea-t-il. Sauf qu'évidemment, seules les femmes pouvaient devenir Sauvages, protégées de tout préjudice par la coutume et par la loi. Mieux encore : dans le désert, une Sauvage était mieux traitée que dans la cité ; les gens du désert n'osaient jamais lever la main sur ces saintes femmes, et ils leur laissaient de l'eau et de la nourriture quand ils les apercevaient. Mais un homme qui voudrait vivre seul dans le désert aurait toutes les chances de se faire dépouiller et tuer dans la journée. D'ailleurs, se dit Nafai, je n'ai pas la moindre idée de la façon dont on survit dans le désert. Elemak et Père y arrivent, eux, mais seulement parce qu'ils emportent des masses de provisions. La différence avec moi, c'est qu'ils seraient drôlement étonnés de mourir en plein désert, parce qu'ils croient savoir comment y survivre.

« Tu dors, Nafai ? demanda Issib.

— Mm ? Non, bien sûr.

— Alors, tu attends que ta bouffe se mette à faire le beau en remuant la queue ? »

Nafai baissa les yeux et vit que Trujya avait glissé devant lui une assiette pleine. « Merci, dit-il.

— Pour ce que tu apprécies ma cuisine, je pourrais aussi bien la déposer sur les tombes de tes ancêtres ! jeta Trujya.

— Mes ancêtres ne diraient pas merci, rétorqua Nafai.

— Oh, merveille : il a dit merci ! grommela-t-elle.

— Eh bien quoi ? Qu'est-ce qu'il faut dire ?

— Rien, mange, dit Issib.

— Je veux savoir ce qu'il y a de mal à dire merci !

— Mais elle plaisantait ! Elle s'amusait ! Tu n'as aucun sens de l'humour, Nyef. »

Nafai prit une bouchée et la mâcha avec colère. Ah, vraiment, elle plaisantait ! Mais comment diable pouvait-il le savoir ?

Le portail tourna sur ses gonds. Il y eut un bruissement de sandales, puis une porte s'ouvrit et se referma aussitôt. C'était Père : seul de la famille, il pouvait accéder à sa chambre sans passer devant la porte de la cuisine. Nafai voulut se lever.

« Finis de manger d'abord, dit Issib.

— Il n'a pas dit que c'était urgent, ajouta Trujnisha.

— Il n'a pas dit le contraire non plus », répliqua Nafai. Il se leva et sortit.

De la cuisine, Issib lui cria : « Dis-lui que j'arrive dans une seconde ! »

Dans la cour, Nafai passa devant le portail et pénétra dans le salon d'audience de son père. Celui-ci n'y était pas, mais à la bibliothèque, en train de lire un livre sur le terminal ; Nafai reconnut sans hésiter le Testament de Surâme, le texte sacré qui passait pour le plus ancien de tous ; il remontait à une époque si reculée qu'en ce temps-là, disait-on, les hommes et les femmes n'avaient qu'une seule et même religion.

« *Elle vient à toi dans les ombres du sommeil,* dit Nafai en lisant la première ligne de l'écran.

— *Elle murmure à ton oreille dans les peurs de ton cœur,* répondit Père.

— *Dans la lumineuse conscience de tes yeux et dans la sombre stupeur de ton ignorance, là réside sa sagesse,* continua Nafai.

— *Dans son silence seul, tu es seul. Dans son silence seul, tu erres. Dans son silence seul, tu dois désespérer.* » Père soupira. « Tout est là, n'est-ce pas, Nafai ?

— Surâme n'est ni homme ni femme, dit Nafai.

— C'est vrai, j'oubliais : tu sais tout sur Surâme, maintenant. »

Père avait un ton si las que Nafai jugea inutile de discuter théologie avec lui ce soir. « Vous vouliez me voir ?

— Toi, et Issib aussi.

— Il arrive tout de suite. »

Comme répondant à un signal, Issib passa la porte, la bouche encore pleine de pain de fromage.

« Je te remercie d'apporter des miettes dans ma bibliothèque, dit Père.

— Pardon », répondit Issib ; il fit demi-tour vers la porte.

« Non, reste, dit Père. Les miettes ne me gênent pas. »

Alors Père en vint au fait.

« Tout Basilica ne parle plus que de vous deux. »

Nafai échangea un regard avec Issib. « On a juste fait quelques recherches à la bibliothèque.

— Les femmes disent que Surâme ne s'adresse plus qu'à vous.

— Peut-être, mais on ne peut pas dire qu'on reçoive des messages très clairs de sa part, dit Nafai.

— Nous avons surtout monopolisé son attention en l'obligeant à provoquer chez nous des réflexes d'aversion, renchérit Issib.

— Mmm, fit Père.

— Mais nous avons arrêté, reprit Issib. C'est pour ça que nous sommes rentrés.

— On ne voulait pas le gêner, ajouta Nafai.

— Mais Nafai a quand même prié en chemin, dit Issib. C'était quelque chose ! »

Père soupira. « Ah, Nafai, si mes leçons ont laissé quelques traces en toi, pourquoi n'as-tu pas retenu que se blesser et tout éclabousser de sang n'a rien à voir avec une prière à Surâme ?

— Bien, bien ! dit Nafai. Et celui qui me dit ça, c'est l'homme qui a eu la vision d'un pilier de feu au-dessus d'un rocher. Nous sommes à égalité.

— Je ne me suis pas fait saigner pour avoir ma vision, rétorqua Père. Mais peu importe. J'espérais que vous aviez reçu de Surâme quelque chose qui pourrait m'aider. »

Nafai secoua la tête.

« Non, dit Issib. Ce qu'on a surtout reçu de lui, c'est la stupeur habituelle. Il essayait de nous empêcher d'avoir des pensées interdites.

— Alors tout est fini, soupira Père. Je suis tout seul.

— Tout seul vis-à-vis de quoi ? demanda Issib.

— Gaballufix m'a contacté par le biais d'Elemak aujourd'hui ; apparemment, la situation actuelle de Basilica ne lui plaît pas plus qu'à moi. S'il avait su que cette affaire de chariots de guerre déclencherait une telle polémique, il ne s'y serait jamais lancé. Il désire que je lui ménage une entrevue avec Roptat. En fait, tout ce qu'il veut à présent, c'est un moyen de battre en retraite sans perdre la face, et il lui suffit, dit-il, que Roptat fasse machine arrière lui aussi ; ainsi, nous ne passerons d'alliance avec aucun autre pays.

— Alors, vous avez obtenu un rendez-vous avec Roptat ?

— Oui, dit Père. À l'aube, près de la serre froide à l'est de la porte du Marché.

— On dirait que Gaballufix a fini par se rendre aux idées du parti de la Cité, remarqua Nafai.

— C'est ce qu'on dirait, oui.

— Mais vous n'y croyez pas », dit Issib.

Père haussa les épaules.

« Je n'en sais rien. Il a choisi la seule position raisonnable et intelligente. Mais depuis quand Gaballufix se conduit-il de manière raisonnable ou intelligente ? Je le connais depuis des années, depuis sa jeunesse, à vrai dire, avant l'époque où il s'est mis à intriguer pour parvenir à la tête du clan, et il ne fait jamais rien qui ne soit destiné à l'élever. Il y a deux façons d'arriver à ce but : en se hissant à la force du poignet ou en éliminant ses concurrents. Au bout de bien des années, j'ai fini par comprendre que Gaballufix a une préférence certaine pour la deuxième méthode.

— Donc, dit Nafai, vous pensez qu'il se sert de vous pour se débarrasser de Roptat.

— Oui ; peu importe comment, mais il trahira Roptat et l'abattra, acquiesça Père. Et au bout du compte, je m'apercevrai qu'il s'est servi de moi pour parvenir à ses fins. Ce n'est pas nouveau.

— Mais pourquoi est-ce que vous l'aidez, alors ? demanda Issib.

— Parce qu'il y a toujours une chance pour qu'il soit sincère. Si je refuse d'intervenir entre eux et que les choses empirent à Basilica, ce sera ma faute. Je suis donc bien obligé de lui faire confiance, n'est-ce pas ?

— Vous ne pouvez faire que de votre mieux, dit Nafai, reprenant la phrase favorite de son père.

— Et garder les yeux ouverts, ajouta Issib en citant une autre expression de Père.

— Oui, dit celui-ci. Vous avez raison. »

Issib hocha la tête d'un air entendu.

« Père, reprit Nafai, est-ce que je pourrai vous accompagner demain matin ? » Père fit un signe de dénégation, mais Nafai insista. « Je veux y aller ! Je verrai peut-être quelque chose qui vous aura échappé pendant que vous parlerez ou que vous ferez Surâme sait quoi ; je peux observer les gens et leurs réactions, et vous être utile, vraiment !

— Non, répondit Père. Je ne serai pas crédible comme médiateur si on m'accompagne. »

Mais ce n'était pas la vraie raison, Nafai le savait. « En réalité, vous avez peur qu'il se passe quelque chose de grave et vous ne voulez pas que j'y assiste. »

Père haussa les épaules. « J'ai mes inquiétudes. Je suis un père, après tout.

— Mais je n'ai pas peur, moi, Père !

— Alors, c'est que tu es plus bête que je ne le craignais. Allez vous coucher maintenant, tous les deux.

— Mais il est beaucoup trop tôt ! s'insurgea Issib.

— Alors, n'allez pas vous coucher. »

Père se retourna face à l'écran.

C'était un congédiement clair et net, mais Nafai ne put s'empêcher de poser une question. « Si Surâme ne vous parle pas directement, Père, pourquoi espérer trouver de l'aide dans ses paroles d'autrefois, mortes aujourd'hui ? »

Père soupira sans rien dire.

« Nafai, intervint Issib, laisse Père méditer en paix. »

Nafai suivit son frère qui sortait de la bibliothèque. « Pourquoi est-ce que personne ne veut jamais me répondre ?

— Parce que tu n'arrêtes pas de poser des questions, répliqua Issib, et surtout dans les moments où il est évident que personne ne connaît les réponses.

— Et comment savoir que personne ne connaît les réponses si je ne demande rien ?

— Écoute, va dans ta chambre et pense à des trucs cochons, ou à ce que tu voudras. Pourquoi est-ce tu ne peux pas te conduire normalement, comme tous les gamins de quatorze ans ?

— C'est ça, répondit Nafai : c'est moi qui devrais être la seule personne normale de cette famille !

— Il faut bien qu'il y en ait une. »

Nafai changea de sujet.

« Dis donc, pourquoi Meb était-il au temple, à ton avis ?

— Il priait pour que tu attrapes des hémorroïdes chaque fois que tu poses une question.

— Non, c'est toi qui étais au temple pour ça. Mais sans rire, tu vois Meb en train de prier ?

— Et de faire plein de vilaines marques sur sa splendide anatomie ? » Issib s'esclaffa.

Ils étaient dans la cour, devant la chambre d'Issib. Ils entendirent un bruit de pas et, se retournant, aperçurent Mebbekew à la porte de la cuisine. Comme la pièce était dans le noir, ils avaient supposé qu'elle était restée vide après le départ de Trujnisha. Mais Meb avait dû surprendre toute leur conversation.

Nafai ne savait plus que dire, ce qui naturellement ne l'empêcha pas de parler. « Tu n'as pas dû rester longtemps au temple, je parie, Meb ?

— Non. Mais j'ai prié quand même, si vous tenez à le savoir.

— Excuse-moi. » Nafai était confus.

Mais Issib ne l'était pas. « Allons, ne raconte pas de blagues ! dit-il. Ou alors, montre-moi une de tes balafres !

— Je peux d'abord te poser une question, Issya ?

— Vas-y.

— Tu as un flotteur accroché au zizi pour te le redresser

quand tu pisses ? Ou bien tu le laisses couler, comme les filles ? »

Il faisait sombre et Nafai ne put voir si Issib rougissait ou non. En tout cas, il regagna sa chambre sur ses flotteurs, sans un mot.

« Ah, ça... ça, c'est courageux de se moquer d'un infirme ! siffla Nafai.

— Il m'a traité de menteur ! Tu voulais peut-être que je l'embrasse ?

— Mais il plaisantait !

— Ce n'était pas drôle. » Et Meb rentra dans la cuisine.

Dans sa chambre, Nafai n'eut pas envie de se coucher. Il avait l'impression d'être en nage, malgré le froid de la nuit, et sa peau le démangeait. Ce devait être à cause du sang et du désinfectant de la fontaine du temple. L'idée de passer du savon sur ses plaies ne le réjouissait pas, mais ce serait plus supportable que les viscosités irritantes qu'il sentait partout sur son corps. Il se dévêtit et se dirigea vers la citerne. Cette fois, il se doucha d'abord ; l'eau, pourtant un peu réchauffée par le soleil, lui fit un choc. Et ses blessures le brûlèrent quand il se savonna, plus encore peut-être qu'au moment où il se les était infligées ; mais, il le savait, c'était sans doute purement subjectif. « La douleur de l'instant est toujours la pire », disait souvent Père.

Seul et misérable, il se lavait dans l'obscurité quand il vit Elemak arriver, se rendre tout droit dans les appartements de Père, et en ressortir peu après pour fermer et barrer le portail : pas seulement le portail extérieur, mais celui de l'intérieur également. C'était pour le moins inhabituel ; Nafai n'avait pas souvenir qu'on eût jamais fermé le portail intérieur, sauf peut-être lors d'une tempête, ou lorsqu'on dressait un chien, pour lui faire passer la nuit entre les deux portails. Mais aujourd'hui il n'y avait en vue ni tempête ni chien.

Elemak entra dans sa chambre. Nafai tira le cordon et se replongea sous l'eau glacée, en frottant ses plaies avant l'arrêt de la douche. Maudits soient Père et son obstination absurde à endurcir ses fils pour en faire des hommes ! Il n'y avait que les pauvres qui se douchaient comme ça sous une brutale averse d'eau froide !

Cette fois, il fallut deux rinçages, entrecoupés d'une longue attente dans la brise glacée pendant que la citerne se remplissait. Quand enfin il regagna sa chambre, Nafai claquait des dents et tremblait violemment ; et même une fois sec et vêtu, il ne parvint pas à se réchauffer. Il faillit fermer la porte, ce qui aurait déclenché le chauffage ; mais ses frères et lui jouaient toujours à qui la fermerait le dernier en hiver, et il n'avait pas l'intention de perdre le combat ce soir, ni d'avouer qu'une petite prière l'avait affaibli à ce point. Il sortit donc tous ses vêtements de son coffre et, s'étant couché, s'en recouvrit entièrement.

Bien entendu, il ne trouva aucune position confortable pour dormir, mais c'était allongé sur le côté qu'il souffrait le moins. La colère, la douleur et l'inquiétude l'empêchèrent de trouver le sommeil, si bien qu'il eut l'impression de n'avoir pas dormi quand il perçut les bruits légers que firent ses frères en se couchant, puis le silence infini de la cour la nuit. Il entendait de temps en temps le cri d'un oiseau, celui d'un chien sauvage dans les collines, qui couvraient un instant l'incessant bruissement des chevaux à l'écurie et des animaux de bât dans les granges.

Il dut néanmoins finir par s'endormir, car il se réveilla soudain, plein de frayeur. Était-ce un bruit qui l'avait tiré de son sommeil ? Ou bien un rêve ? De quoi rêvait-il, à propos ? De... oui, de quelque chose de sombre et d'angoissant. Il tremblait, mais pas de froid ; d'ailleurs, il transpirait abondamment sous son tas de vêtements.

Il se leva et fourra les habits en vrac dans le coffre, qu'il s'efforça d'ouvrir et de refermer sans bruit ; il n'avait pas envie de réveiller ses voisins. Chaque mouvement lui était douloureux : à la raideur de ses muscles et à la chaleur qu'il avait ressentie couvert comme il l'était, il comprit qu'il devait avoir la fièvre. Pourtant, son esprit et ses sens étaient d'une acuité remarquable. S'il avait vraiment la fièvre, c'était une fièvre étrange, car jamais il ne s'était senti aussi vif et plein d'énergie. Malgré la douleur, ou peut-être à cause d'elle, il avait l'impression de pouvoir entendre une souris courir sur une poutre de l'écurie.

Il sortit dans la cour et s'immobilisa. La lune n'était pas encore levée, mais les étoiles brillaient nombreuses dans la nuit claire. Le portail était toujours barré. Mais au fait, pourquoi l'avait-il vérifié ? Que craignait-il donc ? Et qu'avait-il vu dans son rêve ?

Les portes de Meb et d'Elya étaient closes. Quelle dérision ! Couvert de blessures et le corps endolori, Nafai gardait sa chambre ouverte, tandis que ses deux frères, sans vergogne, fermaient leurs portes comme des bébés !

Au fait, il n'y avait peut-être que des bébés pour s'intéresser à ces ridicules proclamations de virilité...

Il faisait plus froid que jamais, et la fièvre qui avait éveillé Nafai s'était calmée. Mais, bien qu'il eût envie de regagner sa chambre, il n'en fit rien. Il s'aperçut même qu'à plusieurs reprises déjà il avait décidé de rentrer, et que chaque fois son esprit s'était mis à vagabonder ; il n'avait pas fait un pas.

C'est Surâme, songea-t-il. Surâme ne veut pas que je me recouche. Il attend peut-être que je fasse quelque chose. D'accord, mais quoi ?

La lune ne s'était pas encore levée ; à cette époque du mois, cela signifiait qu'il restait encore trois bonnes heures avant l'aube, donc deux heures avant que Père ne s'éveille et ne parte pour son rendez-vous à la serre froide, où l'on cultivait et multipliait la flore du Nord glacé.

Mais pourquoi la réunion avait-elle lieu là, précisément ?

Alors, Nafai fut pris du désir inexplicable de sortir de la propriété et de se tourner vers le nord-est, face à la vallée de Tsivet et aux hautes collines, plus loin, là où la porte de la Musique marquait la limite sud-est de Basilica. C'était une idée ridicule, il le savait, et de plus le bruit des portails risquait de réveiller quelqu'un. Mais à présent, Nafai avait compris que Surâme essayait de l'empêcher de regagner son lit ; ce besoin de sortir n'était-il pas une autre de ses manifestations ? Nafai avait prié aujourd'hui : peut-être recevait-il enfin la réponse, semblable à l'impulsion qui avait poussé Père à s'écarter de la route du Désert jusqu'à l'endroit où il avait eu sa vision.

Nafai allait-il lui aussi en connaître une ?

À pas de loup, il s'approcha du portail et souleva la lourde barre. Il ne fit aucun bruit grâce à la vivacité inaccoutumée de ses sens et de ses réflexes. Le vantail craqua légèrement en pivotant, mais il n'eut qu'à l'entrebâiller pour se faufiler de l'autre côté.

Le second portail, plus utilisé et mieux entretenu, s'ouvrit plus aisément et dans un silence absolu. Nafai se retrouva dehors à l'instant où le bord de la première lune apparaissait au-dessus des monts Seggidugu, à l'est. Il entreprit de contourner la maison pour apercevoir la serre tempérée, mais à peine eut-il fait quelques pas qu'il entendit du bruit dans la chambre des voyageurs.

Comme le voulait la coutume dans cette région du monde, chaque maison possédait une pièce dont la porte toujours ouverte donnait sur l'extérieur, une chambre modeste où le voyageur de passage pouvait s'abriter de l'orage ou du froid, ou simplement se reposer. Père était plus attaché que la plupart des gens à cette tradition d'hospitalité : outre l'abri, il fournissait un lit, du linge propre et un buffet rempli de provisions. Nafai ignorait quel serviteur était responsable de la pièce, mais il savait qu'elle était souvent occupée et qu'on la réapprovisionnait régulièrement ; il n'aurait donc pas dû s'étonner que quelqu'un s'y trouvât.

Et pourtant, il se sentit obligé de s'arrêter à la porte et de jeter un coup d'œil à l'intérieur.

Une vague clarté filtra dans la chambre par l'entrebâillement. Il poussa la porte et la lumière tomba sur le lit, où il aperçut des yeux écarquillés : Luet !

« Toi ! souffla-t-il.

— Toi ! » répondit-elle. Elle paraissait soulagée.

« Qu'est-ce que tu fais ici ? Qui t'accompagne ?

— Je suis seule, dit-elle. Je ne savais pas chez qui j'allais. Je n'étais encore jamais sortie de l'enceinte de la cité.

— Mais quand es-tu arrivée ?

— À l'instant. C'est Surâme qui m'a guidée ici. »

(Évidemment !) « Pour quoi faire ?

— Je n'en sais rien, répondit-elle. Pour raconter mon rêve, je suppose. C'est lui qui m'a réveillée. »

Et Nafai pensa à son propre rêve, qu'il n'arrivait pas à se rappeler.

« Je suis vraiment très heureuse, reprit-elle, que Surâme ait recommencé à me parler. Et pourtant mon rêve était affreux !

— De quoi s'agissait-il ?

— C'est à toi que je dois le raconter ? demanda-t-elle.

— Comment veux-tu que je le sache ? Mais en tout cas, je suis ici.

— C'est Surâme qui t'a fait venir ? »

La question était si directe qu'il ne put l'esquiver. « Oui, dit-il. Enfin, je crois. »

Elle hocha la tête. « Alors je vais te raconter mon rêve. En fait, c'est logique qu'il s'agisse de ta famille ; il y a tellement de gens qui détestent ton père à cause de sa vision et du courage qu'il a eu de l'annoncer à tous !

— C'est vrai, dit-il. Puis : Alors, ce rêve ?

— Eh bien, j'ai vu un homme qui marchait seul, droit devant lui. Il marchait dans la neige, mais je savais que ça se passait cette nuit, alors qu'il n'y a en ce moment pas la moindre trace de neige par terre. Tu comprends que je puisse être sûre de quelque chose, même si c'est différent de ce que me montre le rêve ? »

Nafai se rappela la conversation sous l'auvent, une semaine plus tôt, et il acquiesça.

« Donc, il y avait de la neige, et pourtant c'était cette nuit ; la lune était levée et je savais que l'aube n'allait pas tarder. Et deux silhouettes avec des capuchons et des épées ont bondi sur la route devant l'homme. Il a eu l'air de les reconnaître malgré les capuches, et il a dit : “Voici ma gorge. Je n'ai pas d'arme. Mais vous auriez pu me tuer quand vous le vouliez, quand je vous savais mes ennemis. Pourquoi a-t-il fallu que vous gagniez d'abord ma confiance par la ruse ? Craigniez-vous que la mort ne me soit indifférente si je ne me sentais pas trahi ?” »

Nafai n'avait pas tardé à faire le rapprochement entre ce rêve et le rendez-vous de son père, dans quelques heures. « Gaballufix ! » dit-il.

Luet acquiesça. « Oui, c'est ce que j'ai fini par comprendre, maintenant que je sais que je suis chez ton père.

— Gaballufix a fixé un rendez-vous à Père et à Roptat, ce matin, à la serre froide.

— Ah ! la neige, dit-elle, voilà !

— Oui. Il y a toujours de la gelée blanche dans les coins.

— Et Roptat... souffla-t-elle. Ça explique l'autre partie de mon rêve.

— Vas-y, raconte.

— Un des deux hommes encapuchonnés a dévoilé le visage de l'autre. L'espace d'un instant, j'ai cru y voir un sourire ; mais alors, la scène est devenue plus nette et j'ai compris que ce n'était pas un sourire : c'était sa gorge, tranchée jusqu'à la nuque. À ce moment, sa tête a basculé en arrière et la blessure s'est complètement ouverte, comme une bouche béante prête à hurler. Et l'autre homme – celui qui était moi dans le rêve...

— Je comprends, l'interrompit Nafai : c'était Père.

— C'est ça. Sauf que je ne le savais pas.

— D'accord, d'accord », dit Nafai. Il était pressé de connaître la fin du rêve.

« Donc, ton père, si c'était bien lui, a dit : "On croira que c'est moi qui l'ai tué, je suppose." Et l'homme au capuchon a répondu : "Et en vérité, vous l'avez tué, mon cher cousin."

— Ce serait bien de lui, ce genre de phrase, dit Nafai. Donc, Roptat doit mourir, lui aussi.

— Attends, je n'ai pas fini. Ou plutôt, le rêve n'est pas fini, parce que l'homme, enfin, ton père, a dit : "Et moi, qui croira-t-on qui m'a tué ?" Et l'autre a répondu : "Pas moi, en tout cas ! Jamais je ne lèverais la main sur vous, car je vous aime tendrement. Je me contenterai de découvrir votre cadavre ici, entouré de vos assassins aux mains rouges de sang." Et il a éclaté de rire, avant de disparaître dans l'ombre.

— Alors, il n'a pas tué Père ?

— Non. À ce moment, ton père s'est retourné et il a vu derrière lui deux autre hommes, encapuchonnés aussi. Et sans qu'ils aient parlé ni ôté leurs capuches, il les a reconnus. J'ai senti la terrible tristesse qui l'envahissait alors. "Tu n'as pas pu attendre", a-t-il dit au premier. Et au second : "Tu n'as pas pu me pardonner !" Alors ils ont brandi leurs épées et ils l'ont tué.

— Oh, par Surâme, non ! s'écria Nafai. Non, ils ne feraient pas ça !

— Qui ça ? Tu sais qui ?

— Ne parle à personne de la dernière partie de ton rêve ! dit Nafai. Tu dois me le jurer sur ce que tu as de plus sacré !

— Moi ? Sûrement pas !

— Écoute, tous mes frères sont ici ce soir, reprit Nafai. Ils ne sont pas dehors, à attendre Père pour lui faire un mauvais parti.

— Alors, ce sont eux, les hommes aux capuchons ? Ce sont tes frères ?

— Non ! C'est impossible ! »

Luet hocha la tête. « Je ne te ferai aucun serment, mais je vais quand même te promettre quelque chose : si ton père échappe à la mort grâce à ma venue, je ne parlerai à personne de cette partie de mon rêve.

— Même à Hushidh, ajouta-t-il.

— Mais je te fais une autre promesse, poursuivit-elle. Si jamais ton père meurt, je saurai que tu ne l'as pas mis en garde, et que tu faisais donc partie des meurtriers, parce que si tu ne préviens pas ton père maintenant que tu es au courant du complot, c'est exactement comme si tu brandissais toi-même l'épée électrique sur lui.

— Tu crois peut-être que je ne le sais pas ? » s'exclama Nafai. Il était furieux : il n'avait vraiment pas besoin qu'on lui fasse un sermon ! Mais bientôt sa colère reflua, car l'avertissement de Luet faisait apparaître certains événements récents sous un jour nouveau.

« C'est donc pour ça que Meb est allé prier, dit Nafai, et qu'Elya a fermé le portail intérieur. Ils étaient au courant de quelque chose – ou bien ils n'avaient que des soupçons – mais ils avaient peur d'en parler. C'est ça que veut dire ton rêve : non qu'ils vont faire du mal à Père, mais plutôt qu'ils savent ce qui l'attend et n'osent pas l'avertir. »

Luet acquiesça. « Oui, les rêves fonctionnent souvent ainsi, dit-elle. Ce pourrait être en effet la véritable signification, mais ma tête ne se vide pas quand j'y pense.

— Peut-être que Surâme lui-même n'en est pas sûr. »

Luet lui tapota gentiment la main. Il eut l'impression d'être redevenu un enfant, alors que la fillette était plus jeune et beaucoup plus petite que lui, et cela l'agaça.

« Surâme sait tout, dit-elle.

— Pas tout ; c'est impossible, rétorqua-t-il.

— Tout ce qui peut être connu », corrigea-t-elle. Puis elle se dirigea vers la porte de la chambre des voyageurs. « Ne dis à personne que je suis venue.

— Sauf à Père, répondit Nafai.

— Tu ne pourrais pas prétendre que c'est toi qui as fait ce rêve ?

— Et pourquoi ? demanda Nafai. Il y croira si c'est toi qui as rêvé ; un rêve à moi, ça n'aurait aucune valeur pour lui.

— Tu sous-estimes ton père, et aussi Surâme, à mon avis. Et enfin, tu te sous-estimes toi-même. » Elle sortit devant la maison baignée de lune et voulut prendre à droite, vers la route de la Corniche.

« Non », souffla Nafai en l'attrapant par le bras – un bras mince et fragile ; elle était si petite et si menue, cette gamine ! « Ne passe pas devant le portail. »

Elle leva vers lui de grands yeux interrogateurs qui reflétaient la lune à demi levée au-dessus des monts. « J'ai peut-être réveillé quelqu'un en l'ouvrant », expliqua- t-il.

Elle acquiesça. « Je vais faire le tour de la maison par l'autre côté.

— Luet ?

— Oui.

— Tu ne risques rien, en rentrant maintenant ?

— La lune est là, répondit-elle. Et le garde de la porte du Goulet ne me gênera pas : Surâme l'a fait dormir quand je suis passée à l'aller. »

Il la rappela.

« Luet ! »

Elle s'arrêta encore et se retourna.

« Merci », dit-il. Mais ce mot était impuissant à exprimer ce qu'il ressentait. Elle avait sauvé la vie de son père et, pour quelqu'un qui n'avait jamais quitté la cité, elle avait eu bien du courage à faire tout ce chemin, à la seule lumière des étoiles, guidée par un simple rêve.

Luet haussa les épaules. « C'est Surâme qui m'a envoyée, dit-elle. C'est elle qu'il faut remercier, pas moi. » Puis elle s'éloigna.

Nafai revint au portail, et cette fois il ne prit aucune précaution pour entrer et le bloquer, au contraire : si un de ses frères était vraiment à l'affût, il ne voulait pas le surprendre par un retour inopiné. Comme ça, il m'entendra et rentrera dans sa chambre avant que j'aie passé le portail intérieur.

Comme il l'avait espéré, la cour était déserte. Il se dirigea droit vers la chambre de Père, par le salon d'audience et la bibliothèque. Wetchik était allongé à même le sol, sans natte, sa barbe blanche étalée sur la pierre. Nafai l'imagina un instant, la gorge ouverte, avec sa barbe d'un rouge brunâtre, imbibée de sang.

Puis il remarqua que les yeux de son père brillaient. Il était éveillé.

« C'est donc toi ? murmura Père.

— Que voulez-vous dire ? » demanda Nafai.

Père se redressa lentement, d'un air las. « J'ai fait un rêve. Ce n'était rien... rien que mes craintes.

— Quelqu'un d'autre a fait un rêve cette nuit, dit Nafai. Je viens de lui parler dans la chambre des voyageurs. Mais il vaudrait mieux que vous ne disiez à personne qu'elle était ici.

— De qui s'agit-il ?

— De Luet. Et d'après son rêve, il ne faut absolument pas que vous alliez à votre rendez-vous de ce matin. Vous risquez de vous y faire assassiner. »

Père se leva d'un bond et alluma la lumière. « Ce n'est donc pas un simple rêve que j'ai fait !

— Je commence à croire qu'il n'y a pas de simples rêves, dit Nafai. Moi aussi, j'ai rêvé, Père ; ça m'a même réveillé, et Surâme m'a fait sortir pour parler à Luet.

— Je risque donc de me faire assassiner... J'imagine la suite. Gaballufix va aussi faire tuer Roptat et maquiller la scène pour donner l'impression que l'un des deux a tué l'autre ; il ne se présentera qu'après, sans doute avec plusieurs témoins crédibles pour jurer que les meurtres ont eu lieu avant son arrivée. Bien sûr, ils seront tous horriblement choqués à la vue de ce carnage. Ah ! comment ai-je pu me montrer aussi aveugle ? C'était évidemment le meilleur moyen pour nous réunir, Roptat et moi, au même endroit et au même moment, sans témoins gênants !

— Donc, vous n'irez pas à ce rendez-vous ? dit Nafai.

— Mais si ! répondit Père. Si, j'irai !

— Non !

— Mais pas à la serre froide, reprit Père. Parce que mon rêve à moi m'a montré autre chose.

— Et quoi donc ?

— Des tentes. Mes tentes, dressées sous le soleil du désert. Si nous restons ici, Gaballufix n'aura de cesse de réitérer sa tentative, sous une autre forme. Et puis d'autres raisons me poussent à partir, à arracher mes fils à cette cité avant qu'elle ne les détruise. »

Nafai sentit que le rêve de son père avait dû être affreux ; aurait-il vu qu'un de ses fils allait le tuer ? Cela expliquerait ses premiers mots : « C'est donc toi ? »

« Alors, on va dans le désert ? demanda Nafai.

— Oui, Nafai, dit Père.

— Et quand ça ?

— Mais tout de suite, évidemment !

— Tout de suite ? Vous voulez dire demain matin ?

— Non, non ! Tout de suite, cette nuit même ! Avant l'aube, en tout cas, afin de passer la crête sans que les hommes de Gabya nous repèrent.

— Mais en allant par là, est-ce qu'on ne passe pas juste devant chez Gaballufix, au croisement de la Piste-en-Lacets et de la route du Désert ?

— Il existe un chemin écarté, répondit Père. Ce n'est pas le meilleur pour les chameaux, mais il faudra bien le prendre. Il nous amènera sur la route du Désert bien au-delà de chez Gabya. Allons, maintenant, aide-moi à réveiller tes frères.

— Non », dit Nafai.

Père se retourna, avec une expression où l'ébahissement le disputait à la colère.

« Luet, reprit Nafai, a demandé qu'on ne dise à personne que le rêve venait d'elle, et elle avait raison. Il ne faut pas non plus qu'on sache, à propos de moi. Il faut que ce soit votre rêve, à vous seul.

— Mais pourquoi ? Trois personnes contactées cette nuit par Surâme...

— Père, si c'est votre rêve, vos fils se demanderont ce que vous savez exactement et ce que vous avez vu. Alors que si nous sommes plusieurs, ils auront l'impression qu'on vous manipule ; ils résisteront, ils discuteront, alors que vous devez absolument les emmener avec vous ! »

Père acquiesça. « Tu es très avisé, dit-il, pour un garçon de quatorze ans. »

Mais Nafai savait bien qu'il n'était pas avisé du tout ; il connaissait simplement la fin du rêve de Luet. Si Meb et Elya restaient ici, Gaballufix les entraînerait définitivement dans ses machinations ; ils perdraient le peu d'honnêteté qu'ils possédaient encore. Pourtant, il devait y avoir du bon en eux ; peut-être même avaient-ils l'intention de prévenir Père. Était-ce pour cela qu'Elya avait barricadé le portail intérieur ? Pour être réveillé par le bruit que ferait Père en sortant et l'avertir de ne pas y aller ?

À moins qu'il ne veuille le suivre, afin d'être juste derrière lui quand il découvrirait le corps de Roptat dans la serre...

Non ! hurla Nafai intérieurement. Pas Elemak ! Rien que de penser ça de lui, c'est monstrueux ! Mes frères ne sont pas des meurtriers !

« Va dans ta chambre, dit Père. Ou mieux, aux cabinets. Ensuite, sors-en et montre-toi un modèle d'obéissance muette. Mais pas envers moi : envers Elya. Il sait ce qu'il faut emporter pour ce genre de voyage.

— Oui, Père », répondit Nafai.

Il sortit aussitôt ; dans la cour, il constata que les portes d'Elemak et de Mebbekew étaient toujours closes, et se dirigea vers les latrines. À peine arrivé, il entendit Père frapper à la porte de Mebbekew. « Lève-toi, mais sans bruit », dit Père. Puis, à Elemak : « Viens dans la cour. »

Tous sortirent, même Issib, sans qu'on l'ait appelé.

« Où est Nyef ? s'enquit Issib.

— Aux latrines, répondit Père.

— Ah ! génial ! s'exclama Mebbekew.

— Tu peux attendre un instant, tout de même ? » dit Père.

Nafai sortit alors du kiosque en laissant les toilettes se nettoyer automatiquement derrière lui. Père ne les obligeait quand même pas à vivre une existence complètement primitive.

« Excusez-moi, fit Nafai. Je ne voulais pas vous faire attendre. » Meb lui lança un regard noir, mais aussi trop endormi pour l'inquiéter.

« Nous partons, annonça Père. Dans le désert.

— Tous ? demanda Issib.

— Oui, tous, j'en suis navré. Tu prendras ton fauteuil ; ça ne vaut pas tes flotteurs, je sais, mais c'est mieux que rien.

— Mais pourquoi ? demanda Elemak.

— Parce que Surâme m'a averti d'un danger, à travers un rêve que je viens de faire. »

Meb émit un bruit méprisant et s'apprêta à regagner sa chambre.

Père se redressa. « Tu vas rester ici et m'écouter, Mebbekew, car si tu ne m'accompagnes pas, je ne te considérerai plus comme mon fils. »

Meb s'immobilisa, mais il ne se retourna pas.

« On complote pour m'assassiner, reprit Père. Pour me tuer ce matin même. Je devais aller à un rendez-vous avec Gaballufix et Roptat, pour y mourir. »

Elemak se récria : « Mais Gabya m'avait donné sa parole qu'il ne serait fait de mal à personne ! »

Tiens, tiens ! Elemak appelait Gaballufix par son petit nom, maintenant ?

« Surâme connaît mieux le cœur de Gaballufix que Gaballufix ne connaît sa propre bouche, rétorqua Père. Si je vais à ce rendez-vous, je meurs. Et même si je n'y vais pas, ce ne sera qu'une question de temps : maintenant qu'il a résolu de me tuer, ma vie ne vaut plus rien. Je n'ai pas peur de mourir, et je resterais volontiers en ville si je pensais que ma mort puisse servir à quelque chose. Mais Surâme m'a ordonné de fuir.

— Bah ! Dans un rêve ! fit Elemak.

— Je n'ai pas besoin d'un rêve pour savoir que Gaballufix est dangereux quand on contrecarre ses projets, répondit Père, et toi non plus. Je ne sais pas quelle sera sa réaction quand il s'apercevra que je ne suis pas venu à la serre ; il faudra donc que je sois déjà loin dans le désert à ce moment-là. Nous prendrons le chemin de Rocrouge. »

Elemak était indigné.

« Mais les chameaux ne passeront jamais ! dit-il.

— Ils passeront parce qu'il le faut, répliqua Père. Et nous emporterons des vivres pour une année.

— Mais c'est du délire ! s'exclama Mebbekew. Je refuse de partir !

— Que se passera-t-il au bout d'un an ? demanda Elemak.

— Surâme me révélera quoi faire, à ce moment, répondit Père.

— Les choses se seront peut-être calmées à Basilica, assez pour revenir, insinua Issib.

— Si nous partons maintenant, dit Elemak, Gaballufix croira que vous l'avez trahi, Père.

— Ah oui ? L'ennui, c'est que si je reste, c'est lui qui va me trahir.

— C'est du moins ce que prétend un rêve...

— C'est ce qu'affirme mon rêve à moi ; ce n'est pas la même chose. Écoute, j'ai besoin de toi. Alors, reste si tu veux, mais dans ce cas tu ne seras plus mon fils. »

Mebbekew ricana.

« Moi, je m'en suis plutôt bien tiré, de n'être pas votre fils ! »

Elemak le reprit :

« Non ; si tu t'en es bien tiré, c'est en faisant semblant de ne pas être son fils, nuance ! Mais personne n'était dupe.

— Je vivais de mon talent !

— Mais non ! Tu vivais de l'espoir de tes théâtreux que ton père investirait dans leurs spectacles – ou que tu investirais, toi, après avoir hérité ! »

Une gifle en pleine face n'aurait pas eu plus d'effet sur Mebbekew. « Alors, toi aussi, tu t'y mets, Elya ?

— On en parlera plus tard, répondit son frère. Si Père dit que nous partons, nous partons, et il n'y a pas de temps à perdre. » Puis, s'adressant au Wetchik : « Je ne fais pas ça parce que vous avez menacé de me déshériter, Père, mais parce que vous êtes mon père et que je ne peux pas vous laisser aller dans le désert avec seulement ces trois zozos pour vous aider à survivre !

— Je te rappelle que c'est moi qui t'ai appris tout ce que tu sais, Elya.

— Vous étiez plus jeune alors, répondit Elemak, et nous emmenions toujours des serviteurs. Je suppose que cette fois, nous les laissons ici ?

— Tous les domestiques de la maison seront congédiés, acquiesça Père. Pendant que tu t'occuperas des animaux et des provisions, Elya, je laisserai des instructions à Rashgallivak. »

Au cours de l'heure suivante, Nafai travailla dans une hâte qu'il n'aurait jamais crue possible. Elemak avait affecté des missions à chacun, même à Issib, et une fois encore Nafai admira le talent de son frère : il savait toujours avec exactitude quelles tâches étaient à exécuter, par qui, et en combien de temps. Il savait aussi très bien réprimander Nafai qui n'apprenait pas assez vite les gestes nécessaires ; Nafai était pourtant certain de s'en tirer au moins aussi bien que les autres ; mais il était novice, tout simplement.

Enfin, la caravane fut prête, une vraie caravane du désert, constituée uniquement de chameaux ; c'étaient pourtant les plus capricieux des animaux de bât et les moins confortables à monter. Le fauteuil d'Issib était sanglé sur le flanc d'un chameau, des paquets d'eau en poudre sur l'autre. L'eau ne servirait que plus tard, en cas d'urgence ; Père et Elemak connaissaient tous les points de ravitaillement de la première partie du voyage, et d'ailleurs, il pleuvait de temps en temps sur le désert en automne, et l'eau ne manquerait pas. L'été prochain, cependant, il ferait plus sec, et il serait alors trop tard pour retourner à Basilica faire provision de la précieuse poudre. Et puis, si on les poursuivait, s'ils devaient fuir jusque dans des régions reculées du désert, ils auraient peut-être besoin de cette poudre qu'il suffisait de verser dans une casserole et de faire chauffer ; en se consumant, elle captait l'oxygène de l'air et se transformait en eau. Une fois, Nafai en avait bu : c'était infect ; l'eau avait un goût métallique et nauséabond, à cause des produits chimiques utilisés qui maintenaient l'hydrogène sous forme pulvérulente. Mais les fugitifs seraient bien aise d'en avoir sous la main en cas de besoin.

Le fauteuil d'Issib ne lui apporterait pas la même satisfaction. Il y serait cloué, privé de ses flotteurs, et c'est pour lui que ce voyage serait le plus dur, Nafai le savait. Avec les flotteurs, il avait l'impression de posséder un corps puissant et léger ; dans le fauteuil, la gravité l'écrasait et il avait besoin de toutes ses forces rien que pour manipuler les commandes. Au bout d'une journée de cette épreuve, Issya était toujours blême d'épuisement ; qu'en serait-il dans plusieurs jours, plusieurs semaines, plusieurs mois ? Peut-être deviendrait-il plus fort... à moins qu'au contraire il ne s'affaiblisse, ou même qu'il ne meure. Mais peut-être Surâme le soutiendrait-il, qui sait ?

Et peut-être aussi que des anges viendraient les emporter dans la lune, tant qu'on y était !

Il restait encore une bonne heure avant l'aube quand la caravane se mit en route. Les voyageurs n'avaient pas fait trop de bruit et les serviteurs ne s'étaient apparemment pas réveillés ; dans le cas contraire, comme personne n'avait demandé leur aide et qu'ils n'éprouvaient aucune envie de prêter volontairement la main à des activités déraisonnables à cette heure de la nuit, ils avaient dû se retourner discrètement sur leur natte et se rendormir.

Le chemin de Rocrouge était dangereux, mais grâce au clair de lune et aux conseils d'Elemak, ils parvinrent à le suivre sans trop de difficulté. Nafai fut encore une fois rempli d'admiration pour son frère aîné. N'y avait-il donc rien qu'Elya ne sût faire ? Nafai pouvait-il espérer devenir un jour aussi fort et aussi efficace que lui ?

Enfin, ils croisèrent la Piste-en-Lacets, juste au sommet de la crête la plus élevée, et le désert s'étendit à leurs pieds. Les premières lueurs de l'aube naissaient déjà à l'orient, mais ils avaient bien avancé. Le chemin, toujours difficile, descendait désormais, et ils ne tardèrent pas à atteindre le vaste plateau du désert occidental. Il serait très malaisé de les suivre ici, pour quelqu'un de la cité, en tout cas. Elemak distribua des pulsants à tous et les fit s'exercer à toucher des rochers avec le rayon de lumière compacte. Issib n'obtint guère de résultats – il ne parvenait pas à tenir le pulsant assez fermement ; Nafai, lui, ne fut pas peu fier de constater qu'il visait mieux que Père.

Quant à abattre un brigand pour de bon, songea-t-il, c'était une autre affaire. Mais il n'y serait sûrement pas obligé ; après tout, ils étaient dans le désert sur l'ordre de Surâme, non ? Donc Surâme détournerait les brigands de la caravane, de même qu'il la guiderait vers l'eau et le ravitaillement quand elle tomberait en panne de provisions.

Alors Nafai se rappela que tout avait commencé justement parce que Surâme avait perdu de son efficacité. Qu'est-ce qui lui disait que Surâme était capable de quoi que ce soit ? Et qu'il avait un plan ? Bien sûr, il avait envoyé Luet prévenir le Wetchik, réveillé Nafai afin qu'il entende l'avertissement, et suscité son rêve à Père. Mais tout cela ne signifiait pas que Surâme eût la moindre intention de les protéger ni même de les guider ailleurs que loin de la cité. Qui savait le but que poursuivait Surâme ? Il voulait peut-être simplement se débarrasser de Wetchik et de sa famille.

La tête pleine de ces sombres pensées, Nafai dominait le désert, les jambes repliées autour du pommeau de sa selle, et fouillait le paysage du regard, à la recherche de brigands, de poursuivants, de signes de Surâme... enfin, de tout élément incongru dans ce décor. Pour seule musique, il entendait les plaintes de Mebbekew, les ordres que lançait Elemak, et de temps en temps le bruit mou que produisaient les chameaux en se vidant les entrailles. Sa propre bête, sans autre souci que de poser les pattes où il fallait, avançait dans la chaleur du jour de sa démarche chaloupée.

9

LES MENSONGES ET LES DÉGUISEMENTS

Avec la lune montante, Luet eut beaucoup moins de mal au retour qu'à l'aller. Et puis, cette fois, elle connaissait sa destination ; il est toujours plus facile de rentrer chez soi que d'atteindre un but inconnu.

Mais curieusement, ce ne fut qu'une fois dans la cité qu'elle se sentit menacée. Le garde de la porte du Goulet n'était pas à son poste : peut-être l'avait-on surpris à dormir, ou bien Surâme lui avait insufflé un besoin pressant. La jeune fille ne put s'empêcher de sourire en pensant que Surâme pouvait donner à un homme l'envie soudaine de soulager sa vessie simplement pour que Luet puisse passer sans difficulté !

À l'intérieur de la cité, la lune lui fit défaut. Encore basse dans le ciel, elle projetait des ombres profondes, et le pavé des rues nord-sud était encore plongé dans une obscurité totale. À cette heure de la nuit, on pouvait rencontrer n'importe qui ; certes, les tolchocks sortaient ordinairement plus tôt, alors que les rues grouillaient encore de femmes ; mais à ces heures désolées qui précèdent l'aube, on risquait de tomber sur bien pire que des tolchocks.

« Tiens ! ne serait-ce pas la jolie petite ? »

La voix la fit sursauter. Mais c'était celle d'une femme, une femme enrouée. Il fallut quelques instants à Luet pour la distinguer dans l'ombre.

« Je ne suis pas jolie, répondit-elle. Vos yeux vous ont joué un tour dans le noir. »

Ce devait être une sainte femme, pour être dehors à cette heure. Elle sortit du coin obscur où elle avait cherché refuge contre la brise nocturne, et sa peau sale apparut très pâle dans l'ombre. Elle était nue de la tête aux pieds. À cette vue, Luet sentit soudain le froid de cette nuit d'automne. Elle avait eu chaud tant qu'elle avait marché ; mais à présent, elle se demandait comment la femme pouvait vivre ainsi, sans rien d'autre que sa crasse pour la protéger de l'air glacé.

Ma mère était une Sauvage, se dit Luet. Je descends d'une femme comme celle-ci. Elle dormait dans le désert pendant que j'étais dans son ventre, et puis elle m'a emportée, aussi nue qu'elle, dans la cité pour m'abandonner chez tante Rasa. Mais ce n'est pas celle que j'ai devant moi. Ma mère – Surâme sait où elle se trouve – n'est plus une sainte femme. À peine un an après ma naissance, elle a délaissé Surâme pour suivre un homme, un fermier, et gagner une vie de misère sur la terre caillouteuse de la vallée de Chalvasankhra. Enfin, c'est ce que raconte tante Rasa.

La femme entonna une sorte de mélopée.

« Magnifiques sont les yeux de l'enfant sainte qui voit dans les ténèbres et brûle d'un feu éclatant dans la nuit glacée ! »

Luet la laissa lui toucher le visage, mais lorsque ses mains froides commencèrent à tirer sur ses vêtements, elle les recouvrit des siennes. « Non, s'il vous plaît, dit-elle, je ne suis pas sainte, et Surâme ne me protège pas du froid.

— Ni des yeux indiscrets, enchaîna la sainte femme. Surâme voit loin en toi, et tu es sainte. Oh oui, tu es sainte ! »

Des yeux indiscrets ? Les yeux de qui ? De Surâme ? Des hommes qui évaluent les femmes comme si c'étaient des chevaux ? Les yeux des commères de la cité ? Ou ceux de la sainte femme ? Et quant à la sainteté, Luet savait à quoi s'en tenir. Surâme l'avait choisie, c'est vrai, mais pas à cause d'une vertu particulière. C'était plutôt une punition d'être toujours entourée de gens qui voyaient en elle un oracle et non une jeune fille. Hushidh, sa propre sœur, lui avait dit un jour : « J'aimerais avoir ton don ; tout est si clair pour toi ! » Luet avait eu envie de lui répondre : « Mais non, rien n'est clair, en réalité ! Surâme ne me fait pas de confidences ; elle se sert simplement de moi pour transmettre des messages que je ne comprends pas moi-même ! » Tout comme elle ne comprenait pas ce que cette sainte femme lui voulait ; en tout cas, si Surâme l'avait envoyée, c'était elle, Luet, la destinataire.

« Ne crains pas qu'il t'accompagne au bord de l'eau, dit la femme.

— Qui ça ?

— Surâme veut que tu le gardes en vie, quel que soit le danger. Il n'est pas sacrilège d'obéir à Surâme.

— Mais de qui parlez-vous donc ? » demanda encore Luet. Cette confusion, cette terreur d'avoir à décoder l'énigme que constituaient ces mots, sous peine d'une perte affreuse... était-ce donc ce que ressentaient les gens face à ses propres visions ?

« Tu penses que toutes les visions doivent te venir, à toi, dit la sainte femme. Mais certaines choses sont trop claires pour que tu les voies toi-même. Hein ? »

Ce n'est pas du tout ce que je pense, sainte femme, se dit Luet. Je n'ai jamais demandé de visions, et je regrette souvent que d'autres ne les reçoivent pas à ma place. Mais si tu veux absolument me délivrer un message, aie au moins la décence de le rendre aussi compréhensible que possible. Moi, en tout cas, c'est ce que je m'efforce de faire.

Luet, tout en essayant de garder un ton neutre, ne put résister au besoin de demander une réponse claire : « Qui est cet homme dont vous me parlez depuis tout à l'heure ? »

La femme la gifla durement. Luet sentit les larmes lui monter aux yeux, des larmes d'humiliation autant que de douleur. « Mais qu'est-ce que j'ai fait ?

— Je t'ai punie maintenant pour la profanation que tu feras plus tard, répondit la femme. C'est fait, et personne ne peut exiger que tu payes encore. »

Luet n'osa pas poser d'autres questions ; la réponse n'était pas de son goût. En revanche, elle dévisagea la femme : était-ce de la compréhension qu'on lisait dans ses yeux ? Ou bien de la folie ? Exprimait-elle vraiment la voix de Surâme ? Ah, tout serait tellement plus simple si elle était folle !

La vieille femme tendit de nouveau la main vers la joue de Luet, qui recula un peu. Mais cette fois, le geste fut doux, et la femme essuya une larme sous son œil. « N'aie pas peur du sang qu'il a sur les mains. Surâme le recevra comme une prière, à l'instar de l'eau de la vision. »

Soudain, le visage de la sainte femme devint flasque et las, et ses yeux perdirent leur éclat. « Oh ! quel froid sans pareil, dit-elle.

— Oui.

— Je suis beaucoup trop vieille. »

Ses cheveux n'étaient même pas grisonnants, mais Luet songea que, en effet, elle était vieille, très vieille.

« Et tout se dépareille, reprit la sainte femme. Et l'or et le vermeil. Qu'on le vole ou le paye. »

C'était une rimeuse. Beaucoup de gens le croyaient, quand une sainte femme se mettait à rimer, c'était Surâme qui parlait par sa bouche. Mais maintenant Luet savait qu'ils se trompaient : ces mots rimés composaient une espèce de musique, la voix de la transe qui permettait à certaines saintes femmes de s'abstraire de leur vie morne et misérable. Par contre, quand elles cessaient leur rimaillage, il y avait une chance pour que leurs paroles prennent un sens.

La femme commençait à s'éloigner, comme si elle avait oublié la présence de Luet. Elle semblait ne plus savoir où était son abri ; Luet la prit par la main, la ramena vers son coin, puis l'encouragea à s'asseoir et à se blottir contre le mur qui la protégeait du vent. « Enfin abritée ! souffla la sainte femme. Comme ils ont péché ! »

Luet l'abandonna à son sort et s'en fut dans la nuit. La lune s'était élevée et dispensait une lumière plus vive qui pourtant ne la réconforta pas. La sainte femme était inoffensive, mais elle avait rappelé à Luet tous les rôdeurs qui se cachaient peut-être parmi les ombres, et à quel point elle était vulnérable. On parlait d'hommes qui traitaient les citoyennes comme la loi leur permettait de le faire avec les saintes femmes. Mais ce n'était pas là sa pire crainte.

Le meurtre règne dans cette cité, songea Luet. Le meurtre, non la sainteté, et c'est Gaballufix qui l'y a introduit. Sans la vision et l'avertissement de Surâme, des hommes de bien seraient morts. Elle revit la gorge tranchée de son rêve, et un frisson la parcourut de nouveau.

Enfin, elle parvint là où la route Sainte s'élargissait, puis s'encaissait en descendant dans la vallée ; des marches usées, taillées dans la roche, menaient tout droit là où des vapeurs légèrement soufrées montaient du lac bouillant. Les femmes qui choisissaient d'y rendre leur culte gardaient ensuite cette odeur plusieurs jours. C'était peut-être une odeur sacrée, mais Luet la trouvait excessivement désagréable et elle ne faisait jamais ses dévotions à cet endroit. Elle préférait se rendre là où les eaux chaudes et froides se mêlaient, il s'en dégageait la brume la plus épaisse, et des courants de températures différentes tourbillonnaient autour d'elle. Là, son corps dansait sur l'eau, dépourvu de volonté, et elle pouvait s'abandonner totalement à Surâme.

De qui parlait donc la sainte femme ? Qui était l'homme aux mains couvertes de sang, l'homme qu'elle avait le droit d'emmener près de l'eau – l'eau du lac, sans doute ?

Mais non, il n'y avait sûrement rien de tel. La sainte femme était une folle, et ses paroles n'avaient aucun sens.

Luet ne connaissait qu'un seul homme aux mains couvertes de sang, et c'était Gaballufix. Comment Surâme pourrait-elle vouloir qu'un homme pareil s'approchât du lac ? Un jour viendrait-il où Luet devrait lui sauver la vie ? Comment un tel événement cadrerait-il avec les buts de Surâme ?

Elle tourna à gauche dans la rue de la Tour, puis à droite dans celle de la Pluie, dont elle suivit la courbe jusqu'à la maison de Rasa. Et voilà, elle était rentrée, saine et sauve, naturellement : Surâme l'avait protégée, parce qu'elle avait encore d'autres projets pour elle. C'était un grand soulagement pour Luet, car sa propre mère avait dit en remettant son nourrisson à Rasa : « Cette enfant ne vivra qu'aussi longtemps qu'elle servira la Mère des Mères. » Eh bien, la Mère des Mères l'avait une nouvelle fois préservée du danger.

Luet avait cru pouvoir rentrer chez tante Rasa sans réveiller quiconque, mais le nouveau climat de peur qui régnait sur la cité avait changé jusqu'à la maison maîtresse de Basilica : la porte d'entrée était fermée de l'intérieur. Avec l'espoir de ne pas se faire remarquer, elle chercha une fenêtre ouverte et s'aperçut soudain, et seulement à cet instant, que les fenêtres donnant sur la rue ne servaient qu'à laisser entrer l'air et la lumière. C'étaient des fentes verticales pratiquées dans le mur, gravées ou sculptées de dessins délicats, mais étroites au point d'interdire même le passage de la tête et des épaules d'un enfant.

Ce n'est pas première fois que Basilica connaît la peur, se dit-elle. La maison est conçue pour que personne ne puisse y entrer subrepticement. Il s'agissait d'une protection contre les cambrioleurs, bien entendu ; mais le but premier de ce genre de fenêtres était peut-être d'empêcher les prétendants et les compagnons déchus de pénétrer par la force dans une maison qu'ils avaient fini par considérer comme la leur.

Malgré sa frêle silhouette, Luet ne parvint pas à forcer le passage. Et pas question de passer par les côtés, puisque les maisons voisines s'appuyaient aux épais murs de pierre de la résidence de Rasa.

Comment n'avait-elle pas deviné que rentrer serait beaucoup plus difficile que sortir ? Elle était partie après la tombée de la nuit, bien sûr, mais bien avant que le tumulte de la journée ne se soit apaisé dans la maison ; Hushidh était au courant de sa mission et avait promis d'empêcher qu'on découvre son absence. Mais ni l'une ni l'autre n'avait pensé à prévoir le retour de Luet ; et surtout, tante Rasa n'avait encore jamais verrouillé la porte d'entrée. Enfin, quand Surâme avait endormi le garde à la sortie de la cité, puis l'avait éloigné au retour, Luet avait supposé qu'elle lui ouvrait le chemin.

Finalement, elle envisagea de passer la nuit sous l'auvent ; mais il commençait à faire froid. Tant qu'elle marchait, elle se réchauffait et tout allait bien, mais maintenant il serait dangereux de s'endormir. Les Basilicaines de bon milieu ne portaient pas les vêtements qu'il fallait pour dormir dehors. Elle attraperait du mal à vouloir imiter les saintes femmes.

Cependant, il existait peut-être un autre moyen. Le portique de tante Rasa, du côté de la vallée, n'était-il pas complètement ouvert ? Pourquoi ne pas envisager de grimper par là ? Evidemment, la partie de la corniche juste à l'est du portique était totalement déserte et en friche ; elle ne faisait même pas partie d'un quartier, et si la rue Amère y donnait, aucune route ne la traversait ; les femmes ne passaient jamais par là pour atteindre le lac.

Mais si Luet voulait rentrer chez tante Rasa, c'était ce chemin qu'elle devait prendre.

Elle y vit encore une fois la main de Surâme, Surâme qui la guidait mais ne lui expliquait jamais rien.

Pourquoi ? demanda Luet pour la millième fois. Pourquoi ne peux-tu pas m'expliquer ton but ? Si tu m'avais dit que j'allais chez Wetchik, je n'aurais pas eu si peur tout le long du chemin ! En quoi est-ce que ma peur et mon ignorance servaient ton dessein ? Et maintenant, tu m'envoies dans la friche près de la maison de tante Rasa ! Pour quoi faire ? Ça t'amuse de jouer avec moi ? Ou bien suis-je trop bête pour comprendre ? Tu m'utilises comme un pigeon voyageur, assez bon pour porter tes messages, mais pas assez pour qu'on les lui explique !

Pourtant, malgré sa rancœur, elle quitta les derniers pavés de la rue Amère et plongea dans les bois sauvages de la corniche.

Le terrain était irrégulier, et toutes les trouées et les clairières du sous-bois semblaient mener vers le bas, loin du portique de Rasa, en direction des falaises qui surplombaient l'encaissement de la route Sainte. Pas étonnant que même les femmes de la corniche ne construisent pas de maisons par ici. Mais Luet ne se laissa pas dévier par les chemins apparents ; elle savait qu'ils disparaîtraient dès qu'elle ferait mine de les suivre. Au contraire, elle se fraya un passage dans les taillis ; les épines de zarosel s'accrochaient méchamment à ses vêtements, en laissant sur sa peau de petites zébrures qui la piqueraient pendant des jours, même sous une couche du baume de tante Rasa. Elle était exténuée, elle avait froid et sommeil, si bien qu'elle se réveillait parfois en sursaut sans avoir eu l'impression de s'endormir. Mais elle s'était engagée, et elle irait jusqu'au bout.

Elle arriva dans une petite clairière où un clair de lune lumineux s'infiltrait à travers les frondaisons. Dans un mois, toutes les feuilles seraient tombées et les taillis ne seraient plus aussi sinistres. Mais aujourd'hui, Luet voyait cette tache de lumière comme un miracle, et elle cligna des yeux.

Et durant ce battement de paupières, la clairière changea. Une femme s'y tenait à présent.

« Tante Rasa, murmura Luet. Comment a-t-elle su où me chercher ? Surâme aurait-elle encore parlé à quelqu'un d'autre ? »

Mais non, ce n'était pas tante Rasa. C'était Hushidh. Comment avait-elle pu les confondre ?

Non. Non, elle ne les avait pas confondues. Car voici qu'Hushidh venait de changer. C'était maintenant Eiadh, la belle jeune fille de la classe d'Hushidh, celle dont le pauvre Nafai était si vainement amoureux. Puis la silhouette se modifia encore, et ce fut Dol, l'actrice qui avait connu une grande heure de gloire dans sa jeunesse ; c'était une des nièces de tante Rasa, et elle était revenue chez celle-ci pour y enseigner. On avait été jusqu'à dire qu'elle avait donné son nom à Dollville (alors que ce quartier s'appelait ainsi depuis dix mille ans au moins), tant elle était belle et avait brisé de cœurs ; mais elle avait vingt ans passés maintenant, et les traits qui, chez une jeune fille, donnaient aux femmes envie de la dorloter et ravissaient les yeux des hommes ne frappaient plus chez une jeune femme. N'empêche, Luet aurait volontiers donné la moitié de sa vie si, au cours de l'autre moitié, elle avait possédé la douce et délicate beauté de Dol.

Pourquoi Surâme me montre-t-elle ces femmes ? se demanda-t-elle.

De Dol, l'apparition se transforma en Shedemei, une autre nièce de tante Rasa. Si on pouvait les comparer, Shedya était tout le contraire de Dol et d'Eiadh. À vingt-six ans, elle habitait toujours chez tante Rasa et enseignait la science aux élèves les plus anciens, cependant que sa réputation de généticienne grandissait. En fait, elle dormait la plupart du temps dans son laboratoire, à plusieurs rues de chez Rasa, plutôt que dans sa chambre, mais elle restait une figure forte et calme de la maison. Shedemei n'était pas jolie ; pas laide non plus, mais parfaitement banale, si bien que plus on étudiait son visage, moins il paraissait séduisant. Néanmoins, son esprit était comme un aimant, un aimant attiré par la vérité : dès qu'elle s'en approchait assez, elle bondissait dessus et s'y accrochait. De toutes les nièces de tante Rasa, c'est elle que Luet admirait le plus ; mais elle ne possédait pas plus l'intellect qu'il fallait pour imiter Shedemei que la beauté pour suivre les traces de Dol, et elle le savait. Surâme avait choisi d'envoyer des visions à quelqu'un qui ne pouvait servir à rien d'autre.

La femme disparut. Luet se retrouva seule dans la clairière, avec encore une fois l'impression qu'elle venait de se réveiller.

Était-ce un simple rêve, comme ceux qui surgissent alors qu'on ne sait même pas qu'on dort ?

Derrière l'endroit où l'apparition s'était dressée, Luet vit une lumière isolée qui brûlait dans la noirceur d'avant l'aube. Ce devait être le portique de tante Rasa ; dans cette direction, il ne pouvait y avoir d'autre source de clarté. Sur ce point, la vision était peut-être exacte. Tante Rasa était éveillée et l'attendait.

Elle se fraya un chemin dans les buissons. Des branchioles la cinglaient, des épines s'accrochaient à ses vêtements et à sa peau, et le sol irrégulier la faisait trébucher. Mais elle se guidait toujours sur la lumière, jusqu'au moment où celle-ci disparut, cachée par le rebord du portique.

Le mur en pierre patinée montait d'un seul élan jusqu'à la balustrade, sans aucune prise pour les mains, sur quatre mètres au moins. Même si tante Rasa attendait Luet, le portique était inaccessible, à moins d'appeler des serviteurs. Et si elle devait réveiller la maison, elle aurait aussi bien pu tirer la cloche à la porte d'entrée !

À force de tours et de détours dans les sous-bois, Luet avait finalement abordé la maison presque par le sud. La plus grande partie du portique lui était dissimulée, mais peut-être avait-on prévu, lors de la construction, un accès de l'auvent à la forêt. Les architectes ne s'étaient sûrement pas contentées d'offrir à la maison une simple vue sur la vallée de la Fracture. Et même s'il n'existait aucun moyen d'accès intentionnel, il devait bien se trouver un endroit d'où elle pourrait escalader le mur.

Contournant la face de pierre incurvée, Luet tomba enfin sur ce qu'elle cherchait : un endroit où le sol irrégulier s'élevait par rapport au portique. Là, la balustrade n'était plus éloignée que d'une longueur de bras. Et alors qu'elle s'efforçait de trouver une prise sur la rambarde, elle vit, tel un soleil qui se lève enfin, tante Rasa lui tendre les mains.

Si Luet avait été plus grande, tante Rasa n'aurait sans doute pas pu la soulever ; mais elle aurait peut-être aussi réussi à grimper toute seule.

Quand enfin elle fut assise sur le banc, à demi pelotonnée contre elle, tout près de pleurer de soulagement et d'épuisement, tante Rasa posa la seule question possible : « Au nom de la lune, que faisais-tu par ici au lieu de te présenter à la porte d'entrée comme les élèves normaux quand ils rentrent à des heures indues ? Avais-tu si peur de te faire réprimander que tu as préféré risquer de te rompre le cou à te promener dans les bois en pleine nuit ? »

Luet fit non de la tête. « Dans les bois, j'ai eu une vision, dit-elle. Mais je l'aurais peut-être aussi bien eue ailleurs, et dans ce cas-là, c'est ma propre bêtise qui m'a fait faire le tour de la maison. »

Ensuite, Luet dut raconter à tante Rasa tout ce qui s'était passé : la vision qu'elle avait décrite à Nafai, qui l'avertissait du complot contre Wetchik ; les paroles de la sainte femme dans la rue obscure ; et enfin l'apparition de Rasa et de quelques-unes de ses nièces.

« Je ne vois vraiment pas ce que peut signifier une telle vision, dit Rasa. Si Surâme ne te l'a pas dit, à toi, comment donc pourrais-je le savoir ?

— Je n'ai plus envie de me casser la tête là-dessus, répondit Luet. Je ne veux plus de visions, ni de discussions sur des visions ; je ne sais plus rien, sauf que j'ai mal partout et que j'ai envie de dormir !

— Bien sûr, c'est normal, l'approuva tante Rasa. Va dormir ; c'est à Wetchik et moi de réfléchir à la ligne de conduite à suivre, maintenant. À moins qu'il n'ait la bêtise d'estimer que l'honneur l'oblige à se présenter à ce rendez-vous perfide ! »

Luet eut soudain une pensée affreuse. « Et si Nafai ne l'avait pas prévenu ? »

Tante Rasa lui lança un regard sévère. « Nafai, ne pas prévenir son père d'un complot contre sa vie ? Je te rappelle que c'est de mon fils que tu parles ! »

Quelle importance pour Luet, qui n'avait jamais connu

sa mère et dont le père pouvait être n'importe quel homme de la cité, avec une forte probabilité pour les plus bestiaux ? La relation de mère à fils n'avait pas grand sens pour elle. Dans un monde de promesses en l'air, tout était possible.

Non ! c'était son épuisement qui lui soufflait de ne faire confiance à personne. Ce qu'elle mettait en doute ici, ce n'était pas seulement la loyauté de Nafai, mais aussi et surtout le jugement de tante Rasa. Manifestement, ses facultés étaient embrouillées. À moitié guidée, à moitié portée, elle se laissa conduire jusqu'à la propre chambre de Rasa, où celle-ci l'étendit sur son grand lit moelleux ; mais Luet s'endormit avant même de comprendre où elle se trouvait.

« Alors, tu es restée dehors toute la nuit ! » dit Hushidh.

Luet ouvrit un œil. La lumière qui entrait par la fenêtre était éclatante, mais le fond de l'air encore froid. Il faisait grand jour, et Luet se réveillait seulement.

« Et tu n'as même pas pensé à sonner à la porte d'entrée !

— Je ne me fie pas toujours à mon intelligence, répondit Luet d'un ton calme.

— J'avais remarqué. Tu aurais dû m'emmener, dans ce cas-là.

— Ben tiens : à deux, on est moins voyants que tout seul, c'est bien connu !

— Et tu allais chez Wetchik ! Il ne t'est pas venu à l'idée que je pouvais connaître le chemin ?

— Mais je ne savais pas que c'était là que j'allais !

— Et toute seule, en pleine nuit ! Il aurait pu t'arriver n'importe quoi. Et toi qui me fais jurer bêtement de ne rien dire à personne ! Tante Rasa a bien failli m'écorcher vive et me mettre à sécher sous l'auvent quand elle a compris que j'étais au courant de ta sortie et que je ne l'avais pas prévenue !

— Allons, ne me fais pas la tête, Hushidh !

— Toute la cité est en ébullition, tu le sais ? »

Une frayeur soudaine transperça Luet. « Non, Hushidh ! Ne me dis pas qu'il y a quand même eu un meurtre !

— Un meurtre ? Non, ça m'étonnerait. Mais Wetchik a disparu avec tous ses fils ; il aurait fomenté un complot pour assassiner Roptat et Gaballufix lors d'un rendez-vous secret qu'il leur aurait donné à sa serre froide, près de la porte de la Musique : c'est ce que Gaballufix prétend avoir découvert.

— Mais c'est faux ! cria Luet.

— Ça, je m'en doute, répondit Hushidh. Je t'ai simplement répété ce que les partisans de Gaballufix racontent. Les rues sont pleines de ses soldats.

— Je suis épuisée, Hushidh, et je ne peux rien faire à tout ça !

— Tante Rasa pense le contraire, dit Hushidh ; c'est pour ça qu'elle m'a envoyée te réveiller.

— C'est vrai ?

— Bah, tu la connais. Elle m'a demandé deux fois – je cite – de "voir si la pauvre Luet continue à se reposer, comme elle en a grand besoin". À la troisième fois, j'ai fini par piger qu'elle attendait que tu te lèves mais qu'elle n'avait pas le courage de m'ordonner de te réveiller.

— Quelle prévenance de ta part de lire ainsi entre les lignes, ma grande sœur chérie, mon bijou !

— Tu pourras repiquer un roupillon plus tard, ma petite sœur, ma douce baie de yagda ! »

Il ne fallut que quelques instants à Luet pour faire sa toilette et s'habiller, car elle était encore trop jeune pour que tante Rasa exige d'elle une coiffure et une tenue élégantes pour paraître en public. Elle avait ainsi le droit d'être elle-même, gauche et maigrichonne, ce qui demandait évidemment beaucoup moins d'efforts. Quand Luet descendit de la chambre, tante Rasa était dans son salon en compagnie d'un homme inconnu qu'elle lui présenta sur-le-champ.

« Voici Rashgallivak, chère Luet. C'est peut-être l'homme le plus loyal et le plus digne de confiance qui soit, d'après ce qu'a toujours répété mon compagnon bien-aimé.

— Je sers la maison du Wetchik depuis toujours, dit Rashgallivak, et je continuerai jusqu'à ma mort. Je ne viens peut-être pas d'une grande maison, mais je suis néanmoins un vrai Palwashantu. »

Tante Rasa acquiesça. Luet se demanda si elle devait la croire ou mettre en doute ce que disait cet homme ; mais

Rasa semblait lui accorder confiance, et Luet décida d'en faire autant, provisoirement.

« C'est donc vous qui avez apporté le message d'avertissement, si je ne me trompe pas ? » demanda Rashgallivak.

Luet lança un regard étonné à tante Rasa.

« Il ne le répétera à personne, dit celle-ci. J'ai sa parole. Nous ne souhaitons pas t'impliquer dans ces tristes affaires politiques, ma chérie ; mais il fallait que Rash soit au courant, afin qu'il ne crût pas que mon Wetchik avait perdu l'esprit. Wetchik, vois-tu, lui a ordonné de faire quelque chose d'insensé.

— Je dois fermer l'exploitation, expliqua Rash sur le ton de la récitation, congédier le plus possible de personnel, me débarrasser de tous les animaux de bât et liquider les stocks. Je ne dois garder que les terrains, les bâtiments et les actifs disponibles, sur des comptes bloqués. Tout ça est très suspect, si mon maître est innocent. C'est en tout cas ce que diraient certains, qui, d'ailleurs, ne s'en privent pas.

— L'absence de Wetchik, dit Rasa, n'a été constatée qu'une demi-heure avant l'arrivée de Gaballufix qui a exigé, en tant que chef du clan Palwashantu, que toutes les propriétés de la famille de Wetchik lui soient remises. Il a même eu l'audace de parler de mon compagnon en se servant de son nom de naissance, Volemak, comme s'il avait été déchu du droit de porter le titre familial.

— Si mon maître a vraiment quitté Basilica définitivement, dit Rashgallivak, Gaballufix était dans son droit. Les propriétés ne peuvent être vendues ni données hors du clan Palwashantu.

— Et je m'efforce d'en convaincre Rashgallivak : c'est parce que tu l'as averti d'un danger imminent, Luet, que Wetchik s'est enfui, il ne s'agit pas d'une machination de sa part pour filer avec la fortune familiale. »

Luet comprit enfin ce qu'on attendait d'elle.

« J'ai en effet parlé à Nafai, dit-elle. Je l'ai prévenu que Gaballufix avait l'intention de tuer Wetchik et Roptat ; c'est du moins ce que mon rêve semblait indiquer. »

Rashgallivak hocha lentement la tête. « C'est insuffisant pour inculper Gaballufix, évidemment. À Basilica, on n'envoie pas les gens au tribunal, pas même les hommes,

pour des actes demeurés à l'état d'intention. Mais cela suffit à me persuader de résister à Gaballufix et à ses tentatives de s'emparer des propriétés.

— J'ai été appariée avec Gabya autrefois, dit Rasa, et je le connais très bien. Je vous engage donc à prendre des mesures extraordinaires pour protéger cette fortune, les actifs liquides en particulier.

— Personne n'y touchera, sinon le chef de la maison de Wetchik, répondit Rashgallivak. Madame, je vous remercie, ainsi que vous, ô sage enfant ! »

Et il s'en alla sans un mot de plus. Il contrastait violemment avec les élégants – artistes, scientifiques, hommes de gouvernement et de finance – que Luet avait rencontrés jusque-là dans le salon de tante Rasa. Ceux-ci ne se décidaient jamais à partir, et Rasa était alors obligée de feindre la fatigue ou de prétexter des devoirs urgents à l'école (comme si le personnel enseignant n'avait pas la compétence voulue pour gérer les problèmes sans elle !) Mais il faut dire que Rashgallivak appartenait à une classe sociale qui ne lui permettait pas d'envisager raisonnablement un appariement avec quelqu'un comme tante Rasa, ni aucune de ses nièces.

« Je regrette que tu n'aies pu dormir plus longtemps, dit Rasa, mais je suis bien soulagée que tu te sois réveillée à un moment si opportun. »

Luet acquiesça. « La nuit dernière, j'ai tellement eu l'impression de dormir en marchant que j'avais peut-être besoin de moins de sommeil ce matin !

— Je te renverrais volontiers au lit sur-le-champ, reprit tante Rasa, mais j'ai d'abord une question à te poser.

— Je ne connais sûrement pas la réponse, ma dame, sauf si c'est un sujet qu'on a récemment étudié en classe.

— Allons ! ne fais pas semblant d'ignorer de quoi je parle, s'il te plaît.

— Allons ! n'allez pas imaginer que je comprends quelque chose de Surâme, moi ! »

Luet sentit immédiatement qu'elle avait parlé d'un ton trop désinvolte. Tante Rasa leva les sourcils, et ses narines se dilatèrent ; mais elle contint sa colère et reprit d'un ton calme : « Tu t'oublies, parfois, ma chérie. Tu prétends ne tirer aucun honneur de ce que Surâme t'a faite prophétesse, mais tu t'adresses à moi sur un ton d'impertinence qu'aucune femme de cette cité, jeune ou vieille, n'oserait employer. Que dois-je croire ? Tes humbles paroles ou tes manières orgueilleuses ? »

Luet inclina la tête. « Mes paroles, Maîtresse. Mes manières ne sont dues qu'à l'insolence naturelle d'une enfant. »

Tante Rasa éclata de rire. « C'est maintenant que j'ai le plus de mal à te croire ! Je vais néanmoins t'épargner mes questions, tout compte fait. Retourne te coucher, mais dans ton lit, cette fois ; personne ne viendra te déranger, je te le promets. »

Luet s'approchait de la porte quand elle s'ouvrit brusquement ; une jeune femme entra, repoussant Luet dans le salon.

« Mère, c'est abominable ! s'écria-t-elle.

— Sevet, je suis vraiment ravie de te revoir au bout de tant de mois – et sans un mot pour m'annoncer ta venue, ni même la courtoisie d'attendre que je t'invite dans mon salon ! »

C'était donc Sevet, la fille aînée de tante Rasa ! Luet ne l'avait vue qu'une fois auparavant. Suivant la coutume, Rasa n'élevait pas ses propres filles mais les confiait à sa grande amie Dhelembuvex ; Sevet, l'aînée donc, était appariée à un jeune savant de quelque renom – Vas, ou quelque chose dans le genre – mais cela n'avait pas gêné sa carrière de chanteuse, de plus en plus connue pour sa maîtrise des pichalnys, ces chants de deuil doux et mélancoliques d'ancienne tradition basilicaine. Cependant, il n'y avait rien de pichalny chez Sevet en ce moment ; elle était furieuse, tout autant que sa mère. Luet jugea préférable de quitter la pièce.

Mais tante Rasa ne l'entendait pas de cette oreille. « Reste, Luet. Je crois instructif que tu constates à quel point ma fille tient peu de sa mère, et pas davantage de sa tante Dhel. »

Sevet jeta un regard méprisant à Luet. « Qu'est-ce que c'est que ça ? Vous vous occupez d'orphelines, maintenant ?

— Sa mère était une sainte femme, Sevya. Tu as déjà entendu prononcer le nom de Luet, j'imagine ? »

Sevet rougit brusquement. « Je vous demande pardon », souffla-t-elle.

Luet ne sut comment répondre : elle était effectivement orpheline et ne devait donc pas montrer que l'insulte de Sevet l'avait offensée.

Rasa lui évita de se creuser la tête. « Je vais considérer que l'une a demandé pardon et que l'autre l'a accordé ; maintenant, nous pouvons entamer notre conversation sur un ton plus civil.

— Bien sûr, dit Sevet. Mais comprenez que je viens directement de chez mon père.

— À en juger par la grossièreté de tes manières, j'imaginais bien que tu avais passé au moins une heure avec lui.

— Il enrage, le pauvre. Et comment en serait-il autrement, alors que sa propre compagne répand d'horribles mensonges sur lui ?

— Le pauvre, en effet, répondit tante Rasa. Je m'étonne néanmoins que la loque qui lui sert de compagne ait le courage de s'élever contre lui – ou assez d'esprit pour inventer un mensonge, d'ailleurs. Mais que dit-elle donc ?

— Mais non ! Je parlais de vous, évidemment, Mère, pas de sa compagne actuelle ! Personne n'y pense, à elle !

— Allons, étant donné que j'ai rompu il y a quinze ans le contrat de ce cher Gabya, il ne peut tout de même pas exiger que je m'abstienne de dire la vérité sur lui.

— Mère, vous êtes impossible !

— Je ne suis jamais impossible. Je m'autorise tout au plus à être parfois légèrement improbable.

— Vous êtes la mère des deux filles de Père, toutes deux plus qu'un peu célèbres ; ce sont les plus célèbres de tous vos enfants, et pour des motifs honorables, même si Korya n'en est qu'à ses débuts et qu'elle n'a pas encore sorti un seul myachik...

— Épargne-moi tes histoires de rivalité avec ta sœur, je te prie.

— Ce n'est que de son point de vue qu'il y a rivalité, Mère ; moi, la lenteur de ses débuts de chanteuse ne me préoccupe pas. Pour une soprano lyrique, c'est toujours plus difficile de se faire remarquer : il y en a tellement qu'il faut être une sœur bien loyale pour la distinguer des autres.

— Tu as raison, et je te donne toujours à mes nièces comme un exemple de loyauté. »

Un instant, Sevet rayonna ; puis elle s'aperçut que sa mère se moquait d'elle, et elle se rembrunit. « Vous êtes vraiment trop désagréable avec moi !

— Si ton père t'a envoyée pour me persuader de retirer mes remarques sur les événements de ce matin, tu peux lui dire que je sais de source indubitable ce qu'il projetait, et que s'il ne cesse pas de raconter partout que Wetchik méditait de l'assassiner, je présenterai mes preuves devant le conseil, moi, et le ferai bannir !

— Je ne peux... je ne peux pas dire ça à Père ! bredouilla Sevet.

— Alors, ne le lui dis pas, reprit tante Rasa. Il aura la surprise quand j'agirai.

— Vous voulez le faire bannir ? Exiler Père ?

— Si tu avais davantage étudié l'histoire – encore qu'en y réfléchissant, je doute que Dhelya t'en ait tant appris, de toute façon – tu saurais que plus un homme est puissant et connu, plus il a de chances de se faire exiler de Basilica. C'est déjà arrivé, et cela arrivera encore. Après tout, ce sont les soldats de Gabya, non ceux de Wetchik ou de Roptat, qui arpentent les rues sous prétexte de nous protéger de tueurs sans doute eux-mêmes à la solde de Gabya. Les gens n'ont qu'une envie : le voir partir, et ils accepteront donc de croire aux moindres preuves que j'apporterai. »

La mine de Sevet devint grave. « Père est peut-être un peu soupe au lait et légèrement sournois en affaires, Mère, mais ce n'est pas un assassin.

— Bien sûr que ce n'est pas un assassin ! Wetchik a quitté Basilica et Gabya n'aurait jamais osé tuer Roptat sans pouvoir faire porter le chapeau à Wetchik. Je pense pourtant que si Gabya avait su à ce moment-là que Wetchik s'était enfui, il aurait certainement tué Roptat sans perdre un instant, puis se serait servi du départ précipité de Wetchik pour démontrer que mon cher compagnon était son assassin.

— À vous entendre, Père est un monstre. Pourquoi l'avoir pris comme compagnon, alors ?

— Parce que je voulais absolument une fille qui ait une voix extraordinaire et pas le moindre sens moral. Cela a si bien marché que j'ai reconduit mon contrat avec lui pour une deuxième année et que j'ai eu une autre fille. Ensuite, j'en avais fini. »

Sevet éclata de rire. « Vous êtes vraiment une grosse bête, Mère ! J'ai le sens moral, croyez-moi, et tous les autres sens qu'il me faut. C'est Vasya que j'ai épousé, pas un acteur de seconde zone !

— Cesse de dire du mal du compagnon qu'a choisi ta sœur, dit tante Rasa. Son Obring est un amour, même s'il n'a absolument aucun talent et pas l'ombre d'une chance que Koya lui donne un enfant, sans même parler de lui renouveler son contrat.

— Un amour, dit Sevet en insistant sur le mot. Il faudra que je me rappelle ce que ce terme veut dire, maintenant que vous me l'avez enfin expliqué. »

Sevet se leva pour prendre congé et Luet lui ouvrit la porte. Mais tante Rasa arrêta sa fille avant qu'elle ne sorte.

« Sevya, ma chérie, dit-elle, un temps viendra peut-être où tu devras choisir entre ton père et moi.

— Vous m'avez tous les deux fait jouer à ça au moins une fois par mois depuis que je suis toute petite. Jusqu'ici, j'ai réussi à me défiler, et j'ai bien l'intention de continuer. »

Rasa claqua des mains, provoquant une détonation sèche, comme celle de deux pierres frappées l'une contre l'autre. « Écoute-moi, enfant. Je sais quelle danse tu as dû pratiquer, je t'ai admirée pour ta façon de l'exécuter, et en même temps je t'ai plainte de ce qu'elle fût nécessaire. Mais je dis que bientôt, très bientôt, il ne te sera peut-être plus possible de danser ainsi. Aussi est-il temps pour toi de regarder tes deux parents et de décider lequel mérite ta loyauté. Je ne parle pas d'amour, parce que je sais que tu nous aimes tous les deux. Je parle de loyauté.

— J'aimerais bien que vous ne me parliez pas ainsi, Mère, dit Sevet. Je ne suis pas votre élève. Et même si vous réussissiez à faire exiler Père, ce ne serait pas une raison pour que je choisisse entre vous deux.

— Et si ton père envoyait des soldats pour me faire taire, dis-moi ? Ou bien des tolchocks, ce qui est plus probable ? Si c'était un couteau à sa solde qui tranchait la gorge de ta mère ? »

Sevet contempla Rasa en silence. « Alors, j'aurais un pichalny à chanter pour de bon, dit-elle.

— Je crois que ton père est l'ennemi de Surâme et celui de Basilica. Penses-y sérieusement, ma Sevet à la voix triste, penses-y bien et longuement, parce que quand l'heure du choix viendra, il ne sera plus temps de réfléchir.

— Je vous ai toujours honorée, Mère, parce que vous n'avez jamais essayé de me dresser contre mon père, en dépit des ignominies qu'il disait sur vous. Je regrette que vous ayez changé. » Et avec une grande dignité, Sevet quitta la pièce. Luet, encore étourdie de la brutalité dissimulée sous le vernis d'une conversation élégante, la suivit lentement.

« Luet », murmura tante Rasa.

La fillette se retourna vers la noble femme et son cœur trembla en voyant des larmes sur ses joues.

« Luet, il faut que tu me dises : qu'est-ce que Surâme nous fait ? Que prépare-t-elle ?

— Je n'en sais rien, répondit Luet. Et j'aimerais bien le savoir.

— Mais si tu le savais, me le dirais-tu ?

— Bien sûr !

— Même si Surâme t'ordonnait le contraire ? »

Luet n'avait pas songé à cette éventualité.

Tante Rasa prit son hésitation pour une réponse. « C'est donc cela, dit-elle. Je ne m'attendais pas à autre chose ; Surâme ne choisit pas des serviteurs pusillanimes ni déloyaux. Mais dis-moi ceci, si tu le peux : est-il possible, je dis bien possible, qu'il n'ait jamais existé de complot visant à tuer Wetchik ? Que Surâme ait envoyé son avertissement simplement pour l'obliger à quitter Basilica ? Il faut que tu comprennes que... enfin, j'étais en train de penser... Écoute, Lutya, et si tout ce que cherchait Surâme, c'était à se débarrasser d'Issib et de Nafai ? Ce serait logique, n'est-ce pas ? Ils la gênaient, ils l'occupaient au point qu'elle ne pouvait plus communiquer qu'avec eux. Ne t'aurait-elle pas envoyé cette vision pour leur faire quitter la cité, parce que c'étaient eux, et personne d'autre, qui la mettaient en danger ? »

La première réaction de Luet fut de crier son refus, de faire honte à tante Rasa pour oser parler de façon aussi sacrilège de Surâme, comme si Surâme pouvait agir pour son propre bénéfice !

Mais après réflexion, elle se rappela avec quelle stupéfaction Hushidh avait compris qu'Issib et Nafai étaient peut-être la cause du silence de Surâme. Et si Surâme jugeait que ces deux garçons entravaient sa capacité à guider et protéger ses filles, était-il impossible qu'elle agisse pour s'en débarrasser ?

« Non, dit enfin Luet. Non, je ne le pense pas.

— En es-tu sûre ?

— Je ne suis jamais sûre de rien, sauf de la vision elle-même, répondit Luet. Mais à ma connaissance, Surâme ne m'a jamais trompée. Toutes mes visions se sont vérifiées.

— Cependant, celle-ci, même trompeuse, resterait un instrument de la volonté de Surâme.

— Non, répéta Luet. Non, ce n'est pas possible, parce que Nafai et Issib avaient déjà cessé leurs interférences. Nafai est même allé prier...

— J'en ai entendu parler ; mais quelqu'un d'autre en a fait autant : Mebbekew, le fils que Wetchik a eu de cette lamentable petite putain de Kilvishevex...

— Et puis, Surâme a réveillé Nafai et l'a conduit à ma rencontre dans la chambre des voyageurs. Si elle avait voulu qu'il se tienne tranquille, elle le lui aurait dit et il aurait obéi. Non, tante Rasa, je suis sûre que ce message n'avait qu'un seul sens. »

Tante Rasa acquiesça. « Je sais. J'en étais persuadée. Mais ç'aurait été...

— Plus simple.

— C'est ça. » Elle sourit d'un air lugubre. « Ç'aurait été plus simple si Gaballufix avait été innocent, comme il le prétend. Mais ça ne va pas avec le personnage. Tu sais pourquoi je n'ai pas reconduit son contrat ?

— Non », répondit Luet. Et elle n'avait pas envie de le savoir ; une longue coutume voulait qu'une femme ne dévoile jamais pourquoi elle éconduisait un homme, et poser des questions ou même spéculer sur le sujet constituait un affreux manquement à l'étiquette.

« Je ne devrais pas le faire, mais je vais te le dire quand

même, parce que tu es de celles qui doivent connaître la vérité afin de tout comprendre. »

Je suis une enfant, aussi, pensa Luet. Vous ne parleriez jamais de ces choses aux autres élèves de mon âge. Vous n'en parleriez même pas à votre fille. Mais moi, je suis une prophétesse, tout est ouvert devant moi et rien ne doit me rester inconnu, sauf le bonheur...

« Je l'ai évincé parce que j'avais appris qu'il... »

Luet s'était raidie, dans l'attente d'une révélation sordide, mais rien ne vint.

« Non, mon enfant, non. Ce n'est pas parce que Surâme te parle que je dois t'accabler de mes secrets. Va, va dormir. Oublie mes questions, si tu peux. Je connais mon Wetchik. Et je connais aussi Gaballufix ; je les connais tous les deux, jusqu'aux ombres les plus profondes de leurs âmes. C'est pour l'amour de mes filles que je voulais découvrir une chose impossible, comme l'innocence de Gabya. » Elle eut un petit rire. « Je suis telle une enfant qui désire toujours l'impossible. C'est comme ta vision dans les bois, avant que je ne t'aide à monter sous le portique : tu as vu toutes mes nièces les plus brillantes, comme à l'appel d'une liste. »

Les plus brillantes ? Shedemei et Hushidh, d'accord, mais Dol et Eiadh, ces femmes peinturlurées et clinquantes ?

« Tu ne sais pas mon bonheur d'apprendre que Surâme les connaissait et les liait à toi comme à moi dans ta vision ! Mais où étaient mes filles, Lutya ? Je regrette que tu n'aies pas vu ma Sevya ni ma Koya. Je le regrette profondément... est-ce stupide de ma part ? »

Oui, pensa Luet. « Non, dit-elle.

— Tu devrais t'exercer à mentir, tu serais plus crédible. Va te coucher, ma gentille prophétesse. »

Luet obéit, mais elle dormit très peu.

Les jours suivants, l'agitation s'accrut dans la cité, au point qu'il devint presque impossible de continuer les cours chez tante Rasa, à cause de l'inquiétude générale, certes, mais surtout de la disparition d'un grand nombre d'élèves, en particulier dans les petites classes ; pourtant, seuls quelques parents retirèrent leurs enfants parce qu'ils désapprouvaient la position politique de Rasa. La plupart furent enlevés des maisons d'enseignement, grandes ou modestes, et renvoyés à leur famille, dont bon nombre partirent pour des vacances anonymes dans des endroits inconnus, sans doute en attendant la fin des heures terribles à venir.

Luet enviait, ô combien, Nafai et Issib, en sécurité au loin, affranchis de la peur constante qui régnait dans cette cité que les poètes avaient si longtemps baptisée « la Montagne de Paix ».

Tandis que la pétition pour son bannissement gagnait des voix au conseil, Gaballufix utilisait ses soldats avec une audace croissante. D'abord, ils étaient plus nombreux, et ils ne feignaient même plus de protéger les citoyennes contre les tolchocks. Ils interpellaient les gens dans la rue, renvoyaient chez eux femmes et enfants en pleurs et frappaient les hommes qui leur répondaient.

« Il est idiot ou quoi ? demanda un jour Hushidh à Luet. Il ne sait donc pas que chaque fois que ses soldats se font remarquer, ça donne une raison de plus à ses ennemis de l'exiler ?

— Il doit bien le savoir, répondit Luet ; c'est donc qu'il veut être exilé.

— Alors, que ce soit le plus tôt possible, et bon débarras ! »

Luet attendait une vision de Surâme, un message d'avertissement à présenter au conseil, mais la seule vision fut celle que reçut une vieille femme du quartier de l'Oliveraie : on l'assurait que son fils disparu était toujours vivant et revenait sur un navire attendu bientôt au port. Luet ne sut si elle devait se réjouir que Surâme prît encore le temps de répondre aux prières douloureuses de femmes brisées de chagrin, ou enrager qu'elle perdît ainsi son temps au lieu de sauver la cité avant qu'elle ne se déchire toute seule.

Enfin, le moment tant redouté arriva. La cloche de l'entrée retentit, des poings martelèrent la porte, et quand elle s'ouvrit brutalement, une dizaine de soldats apparurent. La domestique venue à la porte se mit à hurler, et ce n'était pas seulement parce qu'il s'agissait d'hommes armés en période de crise. Luet fut parmi les premières à se précipiter à l'aide de la servante, et elle vit ce qui l'avait terrorisée :

tous les soldats portaient des uniformes identiques, avec des armures, des casques et des épées électriques semblables, comme on pouvait s'y attendre ; mais sous les casques, tous les visages aussi étaient identiques.

Ce fut la nièce la plus âgée de Rasa, Shedemei, qui s'adressa aux soldats : « Vous n'avez rien à faire ici. On n'a pas besoin de vous. Allez-vous-en.

— Je ne m'en irai pas sans avoir vu la maîtresse de cette maison ! répondit le soldat qui se tenait devant les autres.

— Elle n'a rien à faire avec vous, j'ai dit ! »

Mais tante Rasa apparut à cet instant, et c'est d'une voix nette qu'elle déclara : « Ne laissez pas entrer ces mercenaires criminels ! »

Le chef des soldats éclata de rire, porta la main à sa ceinture, et en un clin d'œil il se transforma : le jeune soldat au visage inexpressif devint un homme entre deux âges avec la barbe grisonnante et des yeux à l'éclat féroce, corpulent mais sans mollesse, et vêtu non d'une armure mais d'un costume d'une élégance discrète. Un homme de goût et puissant, qui trouvait manifestement la situation d'un comique irrésistible.

« Gabya ! s'exclama tante Rasa.

— Comment trouves-tu mes nouveaux jouets ? » demanda Gaballufix en entrant à grands pas dans la maison. Femmes, fillettes et garçons s'écartèrent devant lui. « C'est un vieil instrument de théâtre qu'on n'utilise plus depuis des siècles, mais il dormait dans une bulle de stase au musée, et les machines de fabrication n'avaient pas oublié comment le dupliquer. On appelle ça des holocostumes. Tous mes soldats en ont, maintenant. Ça les rend un peu difficiles à reconnaître, c'est vrai, mais c'est moi qui détiens l'interrupteur général qui peut couper les appareils quand je le désire.

— Sors de chez moi ! dit Rasa.

— Mais je n'en ai pas envie ! répondit Gaballufix. Je veux te parler.

— Tu peux me parler quand tu veux, mais sans tes soldats. Tu le sais, Gabya.

— Je le savais, oui, autrefois, dit Gaballufix. À vrai dire, ô toi, la plus noble de mes compagnes, inoubliable occupante de mon lit, je savais que mes soldats ne t'impressionneraient pas ; je voulais simplement te montrer la dernière mode. Bientôt, les plus élégants porteront ces costumes.

— Seulement dans leur cercueil ! répliqua tante Rasa.

— Veux-tu tenir cette conversation devant les enfants, ou nous retirerons-nous sous ton portique sacré ?

— Alors, que tes soldats attendent derrière la porte, la porte fermée et barrée.

— Comme tu voudras, ô mère de mon duo de doux oiseaux chanteurs ! Mais ta porte avec toutes ses serrures ne serait pas un obstacle si je voulais qu'ils entrent.

— Les gens certains de leur force n'ont pas besoin de se vanter », répliqua tante Rasa. Elle s'engagea dans le couloir tandis que Shedemei barrait la porte au nez des soldats.

Luet put entendre la conversation qui se poursuivait, alors que Gaballufix et tante Rasa avaient disparu derrière un angle du couloir. « Je ne suis pas obligé de me vanter, disait Gaballufix. Mais ça m'amuse beaucoup. »

Au lieu de répondre, tante Rasa appela : « Luet ! Hushidh ! Venez avec moi ! J'ai besoin de témoins ! »

Sans hésiter, Luet s'élança à grands pas, et Hushidh l'imita. Tante Rasa les avait éduquées, aussi évitèrent-elles de courir ; mais leur vive allure leur permit de surprendre les derniers mots que souffla Gaballufix : « ... pas peur de tes sorcerettes ! » disait-il.

Naturellement, Luet ne manifesta pas qu'elle avait entendu. Hushidh devait avoir gardé un visage encore plus impassible.

Sous le portique, Gaballufix ne feignit même pas de respecter la barrière des écrans de tante Rasa. Il gagna directement la balustrade et contempla le domaine interdit aux hommes. Tante Rasa ne le suivit pas, et Luet et Hushidh demeurèrent derrière les écrans. Enfin, Gaballufix revint vers elles.

« C'est un spectacle magnifique, comme toujours, dit-il.

— Pour cet acte seul, tu mériterais d'être exilé », répliqua tante Rasa.

Gaballufix s'esclaffa. « Ah ! ton lac sacré ! Combien de temps crois-tu qu'il se passera avant que les bottes des hommes ne soulèvent sa vase, si les Têtes Mouillées arrivent ? Y as-tu pensé ? Et Roptat et ton Volemak bien-aimé, y ont-ils pensé ? Les Têtes Mouillées n'ont aucune révérence pour la religion des femmes !

— Encore moins que toi ? »

Gaballufix leva les yeux au ciel pour marquer le mépris que lui inspirait cette accusation. « Si on laisse faire Roptat et Volemak, les Têtes Mouillées s'empareront de cette cité, et à leurs yeux, ce qu'on voit depuis ce portique ne sera pas une terre sacrée, mais des terrains municipaux, des sites potentiels de construction, des parcs de chasse, bref un domaine inexploité, avec un lac extraordinaire, à la fois chaud et froid, pour s'y baigner par tous les temps. »

Luet était ébahie : Gaballufix en savait énormément sur le lac ! Quelle femme avait bien pu se laisser aller au point de lui parler de ce lieu sacré ?

Cependant, tante Rasa ne releva pas ces paroles indécentes. « C'est Roptat qui a eu l'idée de faire venir les Têtes Mouillées. Wetchik et moi n'avons jamais réclamé que la traditionnelle neutralité de Basilica.

— La neutralité ! Il n'y a que les imbéciles et les enfants pour y croire ! Il n'existe plus de neutralité quand les grandes puissances s'affrontent !

— Dans la puissance de Surâme, on trouve la neutralité et la paix, répondit tante Rasa, calme devant la tempête. Elle a le pouvoir de détourner les ennemis, de nous rendre invisibles à leurs regards.

— Du pouvoir ? D'accord, peut-être que ton Surâme en a ; mais je n'ai vu nulle part la preuve qu'il ait sauvé de malheureuses cités de la destruction. Comment se fait-il que je sois le seul champion de Basilica, le seul pour comprendre que la sécurité ne peut résider que dans une alliance avec Potokgavan ?

— Garde tes discours patriotiques pour le conseil, Gabya. Devant moi, inutile de te cacher derrière eux. Les chariots étaient l'occasion de profits faciles. Et quant à la guerre, tu sais si peu ce que c'est que tu t'imagines la désirer. Tu te vois aux côtés des redoutables soldats de Potokgavan, repoussant les assauts des Têtes Mouillées, et tu crois qu'on n'oubliera jamais ton nom. Mais moi, je dis que quand tu affronteras ton ennemi, tu l'affronteras seul. Et quand tu tomberas, ton nom disparaîtra des mémoires, aussi vite que la pluie de la semaine dernière.

— Mais la présente tempête, chère compagne non-reconductrice, elle porte un nom et ne sera pas oubliée de sitôt.

— Uniquement à cause des dégâts que tu auras provoqués, Gabya. Quand Basilica brûlera, chaque langue de feu sera estampillée Gaballufix, et l'ultime malédiction de chaque citoyen qui tombera reprendra ton nom.

— Eh bien ! qui se prend pour une prophétesse, maintenant ? Garde tes envolées poétiques pour ceux que la pensée de Surâme fait trembler. Et quant à vouloir m'exiler, que tu réussisses ou que tu échoues, cela n'a aucune importance.

— Tu n'as donc pas l'intention de te plier à la décision du conseil ?

— Moi ? désobéir au conseil lui-même ? Ce serait inconcevable ! Non, on ne me verra nulle part dans la cité une fois que j'aurai été banni, sois-en sûre. »

Mais en même temps qu'il disait ces mots, il activa son holocostume. Il se transforma instantanément en une illusion en armure, et son visage ne fut plus que le masque méconnaissable et vaguement menaçant d'un soldat, un parmi les centaines d'autres pareillement équipés. Luet comprit alors qu'il n'avait nulle intention d'obéir à une sentence d'exil. Il n'avait qu'à porter ce déguisement parfait et personne ne pourrait l'identifier ; il resterait donc dans la cité, y agirait à sa guise et bafouerait les édits du conseil en toute impunité. Alors, les instances politiques seraient impuissantes à libérer Basilica de sa mainmise. Ce serait la guerre civile, et les rues ruisselleraient de sang.

Luet vit aux yeux de tante Rasa que celle-ci l'avait compris également. Son regard était planté dans les yeux vides de l'holocostume de Gaballufix, et elle ne dit rien quand il se détourna et sortit. Elle garda aussi le silence lorsque Luet prit finalement Hushidh par la main et l'emmena au bord du portique pour contempler la vallée des Femmes.

« Il n'y a plus rien entre eux, dit Hushidh. J'ai vu tomber le dernier lien d'amour, ou même seulement d'intérêt. Si Gaballufix mourait cette nuit, elle s'en moquerait. »

Aux yeux de Luet, c'était la plus affreuse des tragédies. Voilà deux personnes que l'amour avait unies, ou quelque chose de proche de l'amour ; elles avaient fait deux enfants, et malgré tout, quinze petites années plus tard, le dernier lien entre elles se rompait. Tout était perdu, tout avait disparu. Rien ne durait, rien. Même ce monde vieux de quarante millions d'années que Surâme avait préservé comme dans la glace, même ce monde fondrait devant le feu. La permanence était toujours une illusion, et l'amour n'était que le masque porté par les amants pour se dissimuler quelque temps la mort de leur union.

10

LES TENTES

Wetchik avait dressé ses tentes à l'écart de toute route, dans l'étroite vallée d'une rivière, près des rivages de la mer de Rumen. Ils étaient arrivés au coucher du soleil, juste au moment où une troupe de babouins délaissait son aire d'alimentation, l'embouchure de la rivière, pour regagner ses niches-dortoirs, dans la falaise la plus raide et la plus accidentée de la vallée. Ce furent les cris et les hululements des singes qui guidèrent la caravane sur la fin de son voyage ; Elemak prit soin de la mener loin en amont des animaux.
« Pour ne pas les déranger ? avait demandé Issib.

— Non ; pour qu'ils ne salissent pas notre eau et qu'ils ne nous volent pas nos vivres », avait répondu Elemak.

Avant de laisser ses enfants décharger les chameaux et leur donner à boire, avant même qu'ils ne mangent ou boivent eux-mêmes, Père, du haut de sa monture, indiqua la rivière. « Voyez : nous sommes à la fin de la saison sèche, et l'eau coule toujours ici. Désormais, cet endroit s'appellera Elemak. Je le nomme en ton honneur, mon fils aîné. Sois comme la rivière, et que le but de ta vie soit de toujours couler vers le grand océan de Surâme. »

Nafai jeta un coup d'œil à Elemak, qui suivait le discours avec dignité. Le baptême d'un site était un moment sacré, et même si Père adorait l'occasion d'un sermon, Elemak savait que c'était un honneur, le signe que Père reconnaissait sa valeur.

« Quant à cette verte vallée, poursuivit Père, je la nomme Mebbekew, du nom de mon second fils. Sois comme cette vallée, Mebbekew, un ferme canal qui permet aux eaux de la vie de couler, afin qu'elle s'enracine et prospère. »

Mebbekew inclina gracieusement la tête.

Rien ne reçut le nom d'Issib ni de Nafai. Il n'y eut qu'un silence, puis un gémissement de Père lorsque son chameau s'agenouilla pour lui permettre de descendre. La nuit était tombée depuis longtemps quand enfin les tentes furent montées, les scorpions balayés au-dehors et les produits anti-nuisibles mis en place. Il y avait trois tentes ; celle de Père, naturellement, la plus vaste bien qu'il y fût seul, puis celle d'Elya et Meb, moins grande, et la plus petite pour Nafai et Issib, dont le fauteuil occupait pourtant une place démesurée.

Nafai ne put s'empêcher de ruminer de lugubres pensées sur l'inégalité du monde, et quand, dans l'obscurité de la tente, Issib lui demanda ce qu'il avait, Nafai se décida à exprimer sa rancœur. « Il baptise la rivière et la vallée des noms d'Elemak et de Mebbekew, alors que l'un fricotait avec Gaballufix et que l'autre lui a sorti des horreurs, qu'il a quitté la maison, et je ne sais quoi encore !

— Et alors ? demanda Issib avec une compassion intéressée.

— Alors, on se retrouve dans la plus petite tente, même si on en a deux en surplus, plus grandes que celle-ci ! » Nafai s'était dévêtu et aidait maintenant Issib, qui peinait sans ses flotteurs.

« Père voulait nous dire quelque chose, répondit Issib.

— Oh oui, et je sais quoi ! Et ça ne me plaît pas ! "Issib et Nafai, vous n'êtes rien du tout !" Voilà ce qu'il a dit !

— Et que devait-il faire, à ton avis ? Donner nos noms à des nuages ? » Issib se tut, le temps que Nafai lui retire sa chemise. « Ou aurais-tu préféré qu'il baptise un buisson à ton nom ?

— Qu'il baptise ce qu'il veut, je m'en fous ; moi, ce que je veux, c'est la justice !

— Prends un peu de recul, Nafai. Père ne va pas faire le tri entre ses enfants en fonction de leur obéissance, de leur coopération ou de leur politesse. Visiblement, l'assignation des tentes obéit à une certaine hiérarchie. » Nafai mena son frère jusqu'à sa natte, la plus éloignée de l'entrée. « Si Elya n'a pas une tente à lui mais qu'il la partage avec Meb, continua Issib, c'est pour le remettre à sa place, pour lui rappeler qu'il n'est pas le Wetchik, mais seulement le fils du Wetchik. En revanche, nous installer dans une tente aussi petite indique à Elya et Meb que Père les estime quand même et qu'il les honore comme ses fils aînés. Il leur rabat leur caquet et il les soutient en même temps. C'est plutôt habile, je trouve. »

Nafai s'allongea sur sa natte, près de l'entrée, dans la position traditionnelle du serviteur. « Et nous, alors ?

— Quoi, “et nous, alors” ? Tu veux te révolter contre Surâme parce que ton méchant papa t'a donné une tente minuscule ?

— Non, bien sûr que non.

— Père compte sur nous pour lui être loyaux pendant qu'il s'occupe d'Elya et de Meb. Avoir la confiance de Père, c'est le plus grand honneur de tous. Je suis fier d'être dans cette tente.

— Évidemment, vu sous cet angle, dit Nafai, moi aussi.

— Allons, dors, maintenant.

— Réveille-moi si tu as besoin de quelque chose.

— De quoi est-ce que je pourrais avoir besoin, rétorqua Issib, ironique, avec mon fauteuil à côté de moi ? »

Son fauteuil était en fait à ses pieds et ne servait presque à rien quand Issib n'y était pas assis. Nafai resta un instant perplexe avant de s'apercevoir que son frère venait de lui décocher une légère réprimande : De quoi te plains-tu, Nafai, alors que moi, loin des magnétiques de la cité, je ne peux plus utiliser mes flotteurs et qu'il faut s'occuper de moi comme d'un bébé ?

Quelle humiliation ce doit être pour Issib de se faire déshabiller par moi ! songea alors Nafai. Et pourtant, il le supporte sans rien dire, pour l'amour de Père.

Dans la nuit, Nafai s'éveilla brusquement, tous les sens en alerte. Il resta couché, l'oreille tendue. Était-ce Issib qui l'avait appelé ? Non ; son frère avait toujours la respiration lourde et rythmée du sommeil. Alors, s'était-il réveillé par manque de confort ? Non, le sable sous sa natte rendait le sol plutôt plus agréable que celui de sa chambre. Et ce n'était pas non plus le froid, ni le hurlement d'un chien sauvage au loin, et ce ne pouvait pas être les babouins, qui dormaient toujours dans un silence total.

La dernière fois que cela lui était arrivé, Nafai avait trouvé Luet dans la chambre des voyageurs, et la même nuit, Surâme avait parlé à Père.

Est-ce que j'aurais rêvé, alors ? Surâme m'aurait enseigné quelque chose dans mon sommeil ? Mais Nafai ne se rappelait aucun rêve ; il n'y avait que ce soudain état d'éveil.

Il se leva sans bruit pour ne pas déranger Issya et se faufila sous le tissu maillé qui fermait l'entrée. Dehors, il faisait plus frais, naturellement, mais ils étaient descendus loin dans le sud et l'automne n'était pas encore là ; et puis les eaux de la mer de Rumen étaient beaucoup plus chaudes et plus calmes que celles de l'océan qui baignait les côtes de Basilica.

Les chameaux dormaient paisiblement dans leur petit enclos provisoire. Les gardiens placés aux angles repoussaient jusqu'aux plus petits animaux, qui n'étaient pas encore habitués aux fréquences sonores et aux phéromones qu'émettaient ces appareils. La rivière jouait une musique syncopée sur les rochers, les feuilles des arbres bruissaient çà et là au gré de la brise nocturne. S'il existe un endroit sur toute Harmonie où l'on peut dormir en paix, c'est bien ici ! se dit Nafai. Et voilà que je n'ai plus sommeil !

Il remonta la rivière, puis s'assit sur une pierre au bord du courant. La brise fraîche le fit frissonner ; il regretta fugitivement de ne pas s'être habillé avant de sortir. Mais s'il s'était levé, il n'avait pas pour autant l'intention d'attaquer la journée. Il ne tarderait pas à aller se recoucher.

Observant le paysage autour de lui, il s'arrêta sur les collines basses non loin de là. À moins de se tenir au sommet, on ne pouvait deviner qu'il existait par ici une vallée et un cours d'eau. Il était quand même étonnant qu'à part la troupe de babouins en aval, personne n'y fût installé, qu'on n'y vît nulle trace d'habitation humaine. La vallée se trouvait-elle trop à l'écart des routes commerciales ? Peut-être. Mais aussi, la terre, même bien cultivée, aurait à peine suffi à faire vivre une dizaine de personnes ; l'endroit était trop isolé et peu rentable, sauf pour des voleurs en quête d'un refuge ; mais les routes des caravanes passaient trop loin pour eux. C'était exactement ce qu'il fallait à la famille de Wetchik en ce temps d'exil loin de Basilica, comme si cette vallée avait été préparée pour eux.

Nafai se demanda un instant si elle aurait seulement existé s'ils n'en avaient pas eu besoin. Surâme avait-il le pouvoir de transformer à volonté les paysages ?

Impossible. Dans les légendes, peut-être, mais dans le monde réel, ses pouvoirs semblaient se cantonner à la seule communication, à la retransmission des œuvres d'art dans le monde entier et à l'influence mentale sur ceux qui recevaient des visions ou, plus communément, à la stupeur dont Surâme frappait les gens pour les détourner des pensées interdites.

Voilà pourquoi cet endroit était vide jusqu'à notre venue, songea Nafai. C'est un jeu d'enfant pour Surâme d'abrutir les voyageurs chaque fois qu'ils envisagent de passer par ici pour se rapprocher de la mer. Donc, il a effectivement préparé cette vallée pour nous, mais pas en la créant dans le rocher, pas en obligeant une nappe d'eau souterraine à jaillir pour former une rivière à notre intention ; non, il a simplement empêché quiconque de venir ici, pour que la vallée reste déserte, prête à nous accueillir.

Surâme poursuit un grand but ; il invente des plans dissimulés dans d'autres plans. On écoute sa voix, on se conforme aux visions qu'il infiltre dans notre tête, mais on reste une marionnette ignorant pourquoi ses ficelles se tendent ni à quoi mènera finalement sa danse. Ce n'est pas juste, se dit Nafai. Ce n'est même pas bon, car si les partisans de Surâme restent dans le brouillard, incapables de juger ses buts par eux-mêmes, alors ils ne choisissent pas librement entre le bien et le mal, ni entre la sagesse et la folie ; ils choisissent simplement de se soumettre aux plans de Surâme. Et comment ces plans peuvent-ils être menés à bien, si tous ses partisans sont des moutons prêts à lui obéir sans comprendre ?

Je veux bien te servir, Surâme, de toute mon âme j'accepte de te servir, si je comprends ce que tu cherches à faire, ce que ça signifie. Et si le but que tu poursuis est juste.

Mais qui suis-je pour juger ce qui est juste et ce qui ne l'est pas ?

À cette idée, Nafai éclata d'un rire silencieux devant son propre orgueil. Oui, qui suis-je pour m'ériger en juge de Surâme ?

Un frisson désagréable le traversa soudain. Qu'est-ce qui m'a mis pareille idée en tête ? Et si c'était Surâme lui-même, pour essayer de me mater ? Ah non ! Je veux bien qu'on me persuade, mais pas qu'on me soumette ! Je refuse qu'on me force, qu'on me bande les yeux, qu'on me trompe ou qu'on me bouscule ; je n'accepte que d'être convaincu. Si tu n'as pas assez confiance dans ta propre valeur, Surâme, c'est que tu avoues ta faiblesse morale et je refuse de te servir.

Les reflets de lune qui scintillaient sur le cours d'eau se muèrent soudain en éclats de soleil reflétés par des satellites qui tournaient autour de la planète Harmonie. Par l'esprit, Nafai vit les satellites s'échapper l'un après l'autre de leur orbite et tomber, puis se consumer en entrant dans l'atmosphère. Les premiers colons humains de ce monde s'étaient donné des outils qui devaient tenir dix ou vingt millions d'années, une durée proche à leurs yeux de l'éternité, de loin supérieure à celle de l'existence de l'espèce humaine. Mais quarante millions d'années s'étaient écoulées depuis, et Surâme devait fonctionner avec quatre fois moins de satellites qu'au début, moitié moins que ce dont il disposait les trente premiers millions d'années. Pas étonnant qu'il se soit affaibli.

Mais ses plans n'en étaient pas moins importants et ses buts moins nécessaires. Issib et Nafai avaient raison ; Surâme avait été mis en place par les premiers colons dans un unique dessein : faire d'Harmonie un monde où l'humanité ne posséderait jamais la capacité de se détruire elle-même.

N'aurait-il pas mieux valu, se demanda Nafai, changer l'humanité de façon qu'elle n'ait plus envie de se détruire ?

La réponse lui vint avec une telle clarté qu'il sut qu'elle provenait de Surâme. *Non, cela n'aurait pas été mieux.*

empêcher qu'elle soit détruite ? Si les plans de Gaballufix échouent, la cité suscitera un autre homme pour l'aider à se suicider. Le feu viendra parce que la cité l'appelle. Ils sont trop rares, ceux qui aiment la cité vivante, ceux qui ne désirent pas se repaître de son cadavre !

Les larmes coulèrent sur les joues de Nafai. Je n'avais pas compris ! Je n'avais jamais vu la cité sous ce jour !

C'est parce que tu es le fils de ta mère et l'héritier de ton père. Comme tous les humains, tu crois que sous le masque des apparences les autres sont fondamentalement pareils à toi. Mais ce n'est pas toujours vrai. Certains ne peuvent voir le bonheur de leurs voisins sans avoir envie de l'anéantir, les liens de l'amour entre amis ou compagnons sans chercher à les briser. Et bien d'autres, qui ne sont pas méchants en eux-mêmes, deviennent leurs instruments dans l'espoir d'un profit à court terme. Les gens ont perdu toute clairvoyance. Et je n'ai pas le pouvoir de la leur rendre, hélas. Tout ce qui me reste, Nafai, c'est mon souvenir de la Terre.

« Parle-moi de la Terre », murmura Nafai.

Une nouvelle fenêtre s'ouvrit dans son esprit ; mais cette fois, les souvenirs qu'il y trouva n'étaient pas les siens. Il n'avait jamais rien vu de pareil, rien d'aussi écrasant ; c'est à peine s'il comprenait ce qu'on lui présentait. Des boîtes de verre et de métal rutilantes qui fonçaient sur des routes semblables à des rubans gris. D'énormes maisons de métal qui s'élevaient dans les airs pour effleurer la face du ciel sur de fragiles triangles d'acier peint. De hauts bâtiments polyédriques à facettes qui se réfléchissaient les uns dans les autres et reflétaient le soleil jaune. Et là, au milieu, des masures faites de carton et de bouts de ferraille, où des familles regardaient mourir leurs bébés au ventre gonflé. Des gens qui se jetaient des boules de feu, ou de monstrueuses gouttes de flammes expulsées par des tuyaux. Et puis des choses totalement inexplicables : une des maisons volantes passait au-dessus d'une ville et lâchait quelque chose qui ne paraissait guère plus menaçant qu'un étron, mais explosait soudain en une boule de feu aussi brillante que le soleil, et la cité était tout entière aplatie, et les ruines calcinées. Une famille assise autour d'une immense table couverte de victuailles mangeait voracement, puis chacun se penchait pour vomir sur des mendiants en loques qui s'accrochaient désespérément aux pieds des chaises. Non, cette vision n'était pas réelle ! Elle devait être symbolique ! Personne ne serait dépourvu de sens moral au point de manger plus que nécessaire pendant que des gens meurent de faim tout à côté ! Si quelqu'un inventait un moyen de faire éclater le ciel en flammes si puissantes qu'elles pouvaient détruire une cité en un clin d'œil, sûrement ce savant préférerait se tuer plutôt que de partager le terrible secret d'une telle arme !

« C'est la Terre ? souffla Nafai à Surâme. Si belle et si monstrueuse ? Nous étions comme ça ? »

Oui, fut la réponse. *C'est ce que vous étiez, et c'est ce que vous redeviendrez si je ne parviens pas à refaire entendre ma voix. À Basilica, nombreux sont ceux qui mangent tout leur soûl, puis mangent encore, tout en sachant combien de gens n'ont pas de quoi se nourrir. La famine règne à trois cents kilomètres à peine au nord d'ici.*

« Il faudrait des chariots pour y apporter des vivres », dit Nafai.

Les Gorayni en ont. Et ils ont transporté des vivres ; mais ils étaient destinés aux soldats qui sont venus s'emparer du pays ravagé par la famine. Ce n'est qu'après avoir soumis le peuple et abattu son gouvernement qu'ils ont fait venir du ravitaillement. Et c'étaient les épluchures qu'un porcher donne à son troupeau : on nourrit les bêtes aujourd'hui pour entendre leur viande grésiller demain.

Les visions continuèrent, pendant des heures, lui sembla-t-il ; mais plus tard, Nafai s'aperçut que cela n'avait duré que quelques minutes. C'étaient des souvenirs de la Terre, toujours plus nombreux, où il découvrit des comportements toujours plus aberrants, des machines toujours plus étranges, jusqu'au grand embrasement final et au départ des vaisseaux spatiaux qui s'échappaient de la fumée, de la glace et de la cendre.

« C'était parce qu'ils avaient détruit leur monde qu'ils fuyaient ? »

Non, répondit Surâme. *Ils fuyaient parce qu'ils voulaient tout recommencer. En tout cas, ceux qui débarquèrent sur Harmonie vinrent non parce que la Terre n'était plus faite pour eux, mais parce qu'ils estimaient qu'ils n'étaient plus faits pour la Terre. Des hommes étaient morts par milliards, mais il restait assez de vie et d'énergie sur Terre pour permettre à quelques centaines de milliers d'autres de survivre. Pourtant ils ne supportaient plus ce monde qu'ils avaient dévasté. « Nous allons partir, se dirent-ils, en attendant que la Terre se guérisse. Durant notre exil, nous apprendrons nous aussi à guérir, et à notre retour, nous serons prêts à hériter de la planète où nous sommes nés et à nous en occuper. »*

Et ils ont créé Surâme, et ils l'ont emporté avec eux sur Harmonie, et ils lui ont octroyé des centaines de satellites qui seraient ses yeux et sa voix ; ils ont modifié leurs propres gènes afin de recevoir la voix de Surâme directement dans leur esprit ; et ils ont rempli Surâme de souvenirs de la Terre et l'ont installé pour surveiller leurs descendants durant les vingt millions d'années à venir.

Au bout de ce temps, se disaient-ils, nos enfants auront sûrement appris à vivre ensemble en harmonie. Ils feront du nom de cette planète la réalité de leur vie. Et passé ce délai, Surâme saura comment les ramener chez eux, là où le Gardien de la Terre les attend.

« Mais nous ne sommes pas prêts, dit Nafai. Il a passé deux fois vingt millions d'années, et nous sommes aussi mauvais que jamais, bien que tu nous aies empêchés d'apprendre à transformer toute vie en cendres et en glace. »

À ce moment, Surâme instilla une pensée en Nafai : *Maintenant, le Gardien a sûrement joué son rôle. La Terre est prête pour notre retour, mais les habitants d'Harmonie, eux, ne sont pas encore prêts à revenir. Je conserve le savoir de la Terre depuis des millions d'années, et j'attends de pouvoir vous dire enfin comment construire les maisons qui volent, les vaisseaux stellaires qui vous ramèneront à votre monde d'origine ; mais je n'ose pas vous l'apprendre, parce que vous vous serviriez de ces connaissances pour vous opprimer les uns les autres et, à la fin, vous anéantir mutuellement.*

« Alors, que vas-tu faire ? demanda Nafai. Quel est ton plan ? Pourquoi nous as-tu conduits ici ? »

Je ne peux pas encore te le révéler, dit Surâme. *Je ne suis pas encore sûr de toi. Mais je t'ai dit ce que tu voulais apprendre. Je t'ai fait connaître mon but. Je t'ai expliqué ce que j'ai déjà accompli, et ce qui reste à faire. Je n'ai pas changé ; je suis aujourd'hui le même que tes ancêtres ont mis en place pour vous surveiller. Tous mes plans visent à préparer l'humanité à revenir auprès du Gardien de la Terre, qui vous attend. Telle est la raison de mon existence : rendre l'humanité apte au retour. Je suis la mémoire de la Terre, tout ce qui en subsiste, et si tu m'aides, Nafai, tu prendras part à l'accomplissement de ce plan, s'il s'accomplit jamais.*

S'il s'accomplit jamais.

L'écrasante présence de Surâme disparut soudain de l'esprit de Nafai ; il eut l'impression qu'un grand feu s'était brutalement éteint au fond de lui, qu'un grand torrent de vie s'était brusquement tari en lui-même. Il resta assis sur son rocher, au bord de l'eau, exténué, harassé, vide, avec ces paroles désenchantées qui résonnaient encore dans son cœur : « S'il s'accomplit jamais. »

Il avait la bouche sèche. Il s'agenouilla près de la rivière, y plongea ses mains en coupe et porta l'eau à ses lèvres, mais cela ne suffit pas. Alors, il se jeta à l'eau, non dans l'attitude respectueuse de la prière, mais avec une soif désespérée ; il enfonça la tête sous l'eau et but longuement, la joue collée à la pierre froide du lit de la rivière, le dos et les mollets ruisselants. Il but encore et encore, puis releva la tête et les épaules pour aspirer goulûment l'air nocturne, et se laissa de nouveau tomber dans l'onde pour se remettre à boire, avidement.

En sortant de la rivière, glacé par l'eau que la brise nocturne faisait évaporer sur sa peau, il comprit qu'il venait tout de même de faire une espèce de prière.

Je suis de ton côté, dit-il à Surâme. Je ferai tout ce que tu me demanderas, parce que je tiens à ce que tu accomplisses ta fonction sur cette planète. Je ferai tout ce que je pourrai pour nous préparer à retourner sur Terre.

Il était gelé jusqu'aux os en arrivant à la tente ; tout humide encore, il resta longtemps à trembler sur sa natte, avant de s'endormir enfin, réchauffé peu à peu par la chaleur d'Issib contre lui.

Au matin, le travail ne manqua pas ; malgré sa fatigue, Nafai ne put faire la grasse matinée, mais il accomplit ses tâches d'une main si lente et si maladroite qu'Elemak et Père lui-même durent le réprimander sèchement à plusieurs reprises. « Fais donc attention ! Mais sers-toi de ta tête ! » Ce n'est que dans la chaleur de l'après-midi, quand la troupe fit la sieste – les habitants du désert savent qu'elle leur est aussi nécessaire que l'eau – que Nafai eut enfin l'occasion de se remettre de son insomnie et de sa vision. Mais il ne put se résoudre à dormir ; allongé sur sa natte, il fit à Issib le récit de ce qu'il avait vu et appris grâce à Surâme. Quand il eut fini, des larmes ruisselaient sur les joues d'Issib, qui tendit à grand-peine sa main pour saisir celle de Nafai. « Je savais bien qu'il y avait un plan derrière tout ça, souffla-t-il. Tout s'éclaire maintenant. Tout s'ajuste parfaitement. Quelle chance tu as eue, d'entendre la voix de Surâme ! Et encore plus clairement que Père, je crois ! Aussi nettement que Luet, on dirait : oui, tu es comme Luet ! »

L'espace d'un instant, Nafai se sentit mal à l'aise. Il en avait voulu à Luet, il s'était moqué d'elle intérieurement et parfois même en paroles. Le terme méprisant de « sorcière » lui était venu si aisément ! Et pourtant... C'était donc cela qu'elle ressentait, quand Surâme lui envoyait une vision ? Comment avait-il pu se payer ainsi sa tête ?

Il finit par s'endormir. Au matin, ils achevèrent les travaux : un enclos en dur pour les chameaux, fait de pierres empilées, liées par un champ gravifique alimenté par des capteurs solaires ; des magasins réfrigérés destinés à conserver toute une année des aliments déshydratés, si la famille en exil ne pouvait rentrer plus tôt à Basilica ; l'installation de gardiens et de guetteurs électroniques sur tout le périmètre de la vallée, afin que personne ne s'approche à portée de vue sans être repéré du même coup. Pas question de faire du feu, naturellement ; dans le désert, le bois était trop précieux pour qu'on le brûle. Mais ils feraient plus encore : ils renonceraient à toute cuisine, parce qu'une source inexplicable de chaleur serait trop aisément détectable. Celle de leurs corps constituait le seul rayonnement infra-rouge qu'ils osaient émettre ; et quant au bruit électromagnétique de leurs gardiens, du champ gravifique, du système de réfrigération, des capteurs solaires et du fauteuil d'Issib, il était trop faible pour être perçu en dehors de leur périmètre, sauf à l'aide d'instruments beaucoup plus sensibles que tout ce dont les maraudeurs ou les caravanes de passage pouvaient disposer. Leur sécurité était assurée.

Au dîner, Nafai ne put s'empêcher de faire une remarque sur l'inutilité de leur dispositif. « C'est Surâme qui nous a envoyés en mission, dit-il. Pendant des années, il a éloigné les gens d'ici afin de garder cette vallée pour nous ; et il aurait sûrement continué, c'est logique ! »

Elemak éclata de rire, et Mebbekew s'esclaffa trop brusquement. « Alors, Nafai le Théologien, dit Meb, si Surâme est à ce point capable de nous protéger, pourquoi est-ce qu'il nous a conduits ici, en plein milieu de l'enfer, au lieu de nous laisser chez nous, bien en sécurité ?

— Et puis comment se fait-il que tu en saches autant sur Surâme, Nafai ? renchérit Elemak. Ta chère mère t'a visiblement fait passer trop de temps dans la compagnie des sorcières ! »

Pour une fois, Nafai réprima une réponse cinglante. À quoi bon discuter avec eux ? Pourtant, il s'était souvent fait la même réflexion par le passé, sans pour autant réussir à tenir sa langue. La différence aujourd'hui, c'est qu'il n'était plus seulement Nafai, le benjamin des enfants de Wetchik ; aujourd'hui, il était l'ami et l'allié de Surâme. Il avait mieux à faire que de discutailler avec Elya et Meb.

« Nafai, dit Père, ton raisonnement ne se tient pas ; pourquoi Surâme perdrait-il son temps à nous surveiller, alors que nous sommes parfaitement capables de veiller sur nous-mêmes ?

— Vous avez raison, Père », répondit Nafai. Sa remarque avait été stupide ; il serait malvenu d'accroître le fardeau de Surâme, quand il avait plutôt besoin qu'on l'allège. « Pardonnez-moi », ajouta-t-il.

Elemak eut un mince sourire, et Mebbekew écarquilla les yeux avant de s'esclaffer à nouveau. « Écoute-moi ça ! s'exclama-t-il. Des gens sensés, du moins on le suppose, qui discutent pour savoir si Surâme doit ou non s'occuper de nos chameaux !

— C'est Surâme qui nous a emmenés ici, dit Wetchik d'un ton froid.

— Mais non ! C'est vous qui nous avez obligés à partir, se récria Mebbekew, et c'est Elemak qui nous a guidés !

— C'est Surâme qui m'a conseillé de partir, insista son père, et qui nous a menés jusqu'à cette belle vallée.

— Ah, mais oui, c'est vrai ! s'écria Meb. Ce que j'avais pris hier pour un vautour qui tournait en rond dans le ciel, c'était Surâme qui nous montrait le chemin !

— Seul un imbécile plaisante sur ce qu'il ne comprend pas, dit Père.

— Seul un illuminé peut traiter les gens sensés d'imbéciles ! répliqua Mebbekew. C'est vous qui voyez des complots et des machinations partout, Père !

— La ferme ! dit Elemak.

— La ferme toi-même !

— J'ai dit : la ferme ! » répéta Elemak. Il pivota lentement pour croiser le regard furieux de Mebbekew. Nafai vit que sous ses paupières qu'il tenait à demi fermées, comme s'il était mal réveillé, Elemak toisait Meb avec des yeux embrasés.

« Parfait ! dit Mebbekew en se retournant vers son assiette et en étalant de la pâte de haricots froide sur une biscotte. J'ai l'impression que je suis le seul ici à ne pas trouver le camping franchement marrant !

— Nous ne sommes pas en camping, coupa Wetchik, mais en exil !

— Ce que je ne comprends pas, susurra Mebbekew, c'est ce que j'ai bien pu faire, moi, pour mériter l'exil !

— Tu es mon fils. Aucun d'entre nous n'était en sécurité à la propriété.

— Vous parlez ! On ne risquait absolument rien !

— Laisse tomber », dit Elemak. Et encore une fois, il soutint le regard noir de son frère.

Nafai commençait à comprendre : si Elemak détestait que Mebbekew mît en doute l'existence d'un complot contre Père et la nécessité de cette fuite dans le désert, c'est qu'il trouvait le sujet sensible ; Nafai sentit que ses deux frères en savaient bien plus long qu'ils ne voulaient le dire. S'ils dissimulaient quelque noir secret, ils réagiraient différemment : Elemak empêcherait sûrement la conversation de s'en approcher si peu que ce soit, tandis que Mebbekew essayerait plutôt de se cacher derrière un nuage de dénégations effrontées et de mensonges moqueurs.

« Vous savez tous les deux que la vie de Père était en danger à Basilica ! » dit Nafai.

À leur façon de le regarder, Nafai comprit qu'il avait vu juste. Innocents, ils auraient seulement dû comprendre qu'il leur demandait de croire en la vision de leur père. Mais ils réagirent avec violence.

« Ce qu'on pense ou non, qu'en sais-tu donc, toi ? cracha Elemak.

— Et si tu es si sûr que la vie de Père était en danger, renchérit Meb d'un ton mauvais, c'est peut-être que tu faisais partie du complot ! »

Là encore, leur attitude était typique : Elemak se défendait en disant en substance à son frère : « Tu ne peux rien prouver », tandis que Mebbekew retournait l'attaque contre Nafai.

Et maintenant, se dit ce dernier, qu'ils se rendent compte de ce qu'ils viennent d'avouer ! Puis, tout haut : « Quel complot ? De quoi est-ce que vous parlez ? »

Mebbekew comprit tout de suite qu'il en avait trop dit.

« J'ai seulement cru... que tu prétendais qu'on savait des choses que personne ne savait, ou je ne sais quoi...

— Si tu avais été au courant d'un complot contre la vie de Père, dit Nafai, tu l'aurais prévenu, si tu es un homme qui se respecte. Et tu ne resterais pas là à gémir qu'on n'avait pas besoin de quitter la cité.

— Je ne suis pas le seul à gémir, morveux ! » répliqua Mebbekew. Sa colère lui avait fait perdre toute subtilité. Il ignorait comment interpréter les paroles de son demi-frère et cela l'inquiétait, ce qui était exactement le but de Nafai : est-ce que Nafai sait quelque chose ou non ? se demandait-il.

« Ferme-la, Meb, intervint Elemak. Et toi aussi, Nafai. Vous ne croyez pas qu'il est déjà bien assez dur de nous retrouver en exil ici sans qu'en plus vous vous bouffiez le nez ? »

Elya le grand pacificateur ! Nafai eut envie d'éclater de rire. Mais... après tout, c'était peut-être vrai. Peut-être qu'Elemak n'était pas au courant ; Gaballufix ne l'avait peut-être jamais mis dans la confidence. Il ne l'avait même sûrement pas fait, Nafai le comprit soudain ; certes, Elya était le demi-frère de Gaballufix, mais c'était surtout le fils et l'héritier de Wetchik, et Gaballufix ne saurait jamais avec certitude dans quel camp il était vraiment. Il pouvait se servir d'Elya comme intermédiaire, pour porter des messages à Père, par exemple, mais jamais il ne lui aurait confié des renseignements essentiels.

Cela expliquerait également les efforts d'Elemak pour empêcher Meb de parler ; il voulait cacher son engagement aux côtés de Gaballufix, évidemment, mais il n'avait aucun complot d'assassinat à dissimuler. Comment Nafai avait-il pu seulement l'imaginer ? D'ailleurs, s'ils s'étaient enfuis dans le désert pour répondre au plan de Surâme, cela ne signifiait-il pas qu'Elemak et Mebbekew faisaient partie de ce plan ? Et me voilà, plein de suspicion envers mes frères, nourrissant moi aussi la malveillance même qui va détruire Basilica ! Comment prétendre se ranger du côté de Surâme si je ne fais même pas confiance à mes propres frères ?

« Excusez-moi, dit-il. Je n'aurais pas dû vous accuser comme ça. »

Tous le regardèrent avec ébahissement, et Nafai mit un bon moment à comprendre pourquoi : c'était la première fois de sa vie qu'il s'excusait auprès de ses frères sans y avoir été contraint à coups de poing.

« Ce n'est pas grave », dit enfin Mebbekew d'un ton étonné ; mais ses yeux rayonnaient d'un mépris triomphant.

Tu me crois faible parce que je m'excuse ? pensa Nafai. Tu te trompes. Ça veut plutôt dire que je deviens fort.

Puis Nafai voulut raconter à son père, à Elemak et Mebbekew les visions que Surâme lui avait envoyées pendant la nuit. Mais il ne put aller bien loin. Elemak lui coupa la parole.

« J'en ai assez, dit-il. Je n'ai pas de temps à perdre ! »

Nafai le regarda, confondu. Il n'avait pas le temps d'écouter le plan de Surâme ? L'humanité rencontrait un espoir de retourner sur Terre, et Elemak n'avait pas le temps de s'y intéresser ?

Quant à Mebbekew, il bâilla ouvertement.

« Alors, vous vous en fichez, c'est ça ? » demanda Issib.

Elemak sourit à son frère infirme. « Tu es trop confiant, Issya, dit-il. Tu ne comprends donc pas ? Nafai ne supporte pas de ne pas être au centre de l'attention générale. Comme il ne peut pas s'affirmer en se rendant utile, même un tant soit peu, il se met à avoir des visions. Si ça continue, Nyef va nous transmettre les ordres de Surâme et nous faire bosser sous son commandement.

— Mais c'est faux ! cria Nafai. Je les ai eues, ces visions !

— D'accord, dit Mebbekew. Et moi aussi, j'ai eu des visions, cette nuit. J'ai vu des filles, ah ! Nafai, tu n'as même pas les gonades qu'il faut pour en rêver ! Je croirai à tes visions de Surâme quand tu accepteras d'épouser une des filles de mes rêves ; je te donnerai même une des plus jolies, tiens ! »

Elemak riait à gorge déployée et Père lui-même affichait un petit sourire. Mais les sarcasmes de Mebbekew ne firent que mettre Nafai en fureur.

« Je dis la vérité ! cria-t-il. Je vous explique ce que Surâme essaye de faire !

— J'aime mieux penser à ce que les filles de mes rêves essayaient de faire ! répliqua Meb.

— Allons, assez de vulgarité », intervint Père. Mais il riait sous cape. Ce fut le coup le plus cruel : Père pensait manifestement, comme Elemak, que Nafai avait inventé ses visions.

Puis Elemak et Mebbekew allèrent s'occuper des animaux, et Nafai resta seul avec son père et Issib.

« Pourquoi n'y vas-tu pas, toi aussi ? demanda Père. Issib ne peut pas aider à ce genre de tâche sans ses flotteurs, mais toi, si.

— Père, dit Nafai, j'aurais cru que vous au moins, vous me croiriez !

— Je te crois, répondit son père. Je crois honnêtement que tu veux participer au travail de Surâme ; je t'en respecte, et peut-être certains de tes rêves venaient-ils vraiment de Surâme. Mais n'essaye pas de dire de telles choses à tes frères aînés. Ils ne l'accepteront pas de ta part. » Il eut un petit rire amer. « Ils le supportent déjà difficilement de la mienne.

— Moi, je crois Nafai, dit Issib. Ce n'étaient pas des rêves. Il était bien réveillé, près de la rivière. Je l'ai vu revenir à la tente, encore trempé et glacé. »

Un immense soulagement envahit Nafai : Issib le soutenait ! Pourtant, son frère n'y était pas du tout obligé. Nafai s'était même à moitié attendu qu'Issib cesse de le croire si Père ne le prenait pas au sérieux.

« Mais moi aussi, je le crois, répondit Père. Cependant, ce que tu as raconté, Nafai, c'était beaucoup plus précis que ce que Surâme décrit généralement dans ses visions. J'en conclus donc que s'il y a un noyau de vérité dans tes affirmations, la plus grande partie a dû naître de ton imagination, et personnellement, je n'ai pas envie de faire le tri, en tout cas pas ce soir.

— Mais je vous ai bien cru, moi ! s'écria Nafai.

— Pas au début, rétorqua son père. Et la conviction ne s'échange pas comme des faveurs. Nous accordons croyance et confiance là où elles sont méritées. N'attends pas que je sois plus prompt à te croire que tu ne l'as été à me croire, moi. »

Désemparé, Nafai se leva du tapis. La tente de Père était si vaste qu'il n'eut pas à courber la tête en se redressant. « J'étais aveugle quand vous m'avez dit ce que vous aviez vu. Mais maintenant je me rends compte que vous êtes sourd, et que vous ne pouvez pas entendre ce que j'ai entendu.

— Aide ton frère à remonter dans son fauteuil, répondit Père. Et surveille ta façon de t'adresser à ton père. »

Cette nuit-là, sous la tente, Issib s'efforça de consoler Nafai. « Père est un père, Nafai. Ça ne doit pas être agréable de se rendre compte que son dernier fils reçoit plus de révélations de Surâme que lui.

— Je suis peut-être mieux réglé que lui sur Surâme, je ne sais pas. Mais je n'y peux rien. Et puis quelle importance, à qui parle Surâme ? D'après Père, Gaballufix aurait dû le croire, alors que Père est d'un rang inférieur dans le clan Palwashantu, non ? »

Issib le reprit.

« D'une fonction inférieure, peut-être, mais pas d'un rang inférieur. Si Père avait voulu être chef du clan, c'est lui qu'on aurait choisi ; il est Wetchik par droit de naissance, après tout. C'est pour ça que Gaballufix l'a toujours détesté : il sait que si Père n'avait pas méprisé la politique, il aurait pu balayer son pouvoir et son influence comme on chasse une mouche. »

Mais Nafai n'avait pas envie de discuter de la politique basilicaine. Il se tut et s'adressa encore une fois à Surâme.

Il faut que tu obliges Père à me croire, dit-il. Il faut lui montrer la réalité. Tu ne peux pas m'envoyer une vision pour ensuite me laisser me débrouiller seul avec lui !

« Moi, je te crois, Nyef, chuchota Issib. Et j'ai foi en ce que Surâme veut faire. C'est peut-être tout ce qu'il demande, tu avais réfléchi à ça ? Il n'a peut-être pas besoin que Père te croie tout de suite. Accepte la situation, simplement. Aie confiance en Surâme. »

Nafai se tourna vers Issib, mais dans le noir, il ne put voir si son frère avait les yeux ouverts. Était-ce vraiment Issib qui avait parlé, ou bien dormait-il et Nafai avait-il entendu les paroles de Surâme avec la voix d'Issib ?

Un jour, Nafai, on en arrivera peut-être à ce qu'a dit Elemak. Alors, tu devras commander à tes frères, et même à ton père. Crois-tu que Surâme te laissera seul, à ce moment ?

Non, impossible que ce soit Issib ! C'était Surâme qui parlait avec la voix de son frère, et qui disait des choses qu'Issib n'aurait jamais dites. Et maintenant qu'il avait sa réponse, il s'aperçut que le sommeil ne le fuyait plus. Mais avant qu'il ne s'endorme, des questions surgirent dans son esprit :

Et si Surâme m'en révélait plus qu'à Père, non parce que cela participe d'un plan, mais simplement parce je suis le seul à pouvoir l'entendre et le comprendre ?

Et si Surâme comptait sur moi pour trouver un moyen de convaincre les autres, parce que lui-même n'en est plus capable ?

Et si j'étais vraiment seul, en dehors de cet unique frère qui me croit – ce frère qui est infirme et ne peut donc agir ?

La foi n'est pas rien, dit la voix chuchotante dans la tête de Nafai. *Seule la foi d'Issib en toi t'empêche de douter de ta propre foi.*

Parle à Père, implora Nafai en sombrant dans le sommeil. Parle-lui pour qu'il me croie.

Surâme parla à Père cette nuit-là, mais pas comme Nafai l'avait espéré.

« Je vous ai vus cette nuit rentrer à Basilica tous les quatre, annonça Père.

— Ce n'est pas trop tôt ! s'exclama Mebbekew.

— Vous rentriez, mais dans un but bien précis, continua Père : pour récupérer l'Index et me le rapporter.

— L'index ? dit Elemak.

— Les Palwashantu en ont la garde depuis l'origine du clan. C'est peut-être grâce à cela que le clan a si longtemps préservé son identité. Autrefois, on nous appelait “Gardiens de l'Index”, et mon père m'a appris que c'était le privilège des Wetchik de s'en servir.

— De s'en servir pour quoi faire ? demanda Mebbekew.

— Je ne sais pas exactement, répondit Père. Je ne l'ai vu que rarement. Mon grand-père l'a confié au conseil clanique quand il s'est mis à voyager, et mon père n'a jamais cherché sérieusement à le récupérer après la mort de Grand-Père. Aujourd'hui, il est chez Gaballufix. Mais d'après son nom, je suppose qu'il s'agit d'un catalogue de bibliothèque.

— Ça au moins, c'est utile ! dit Elemak. Et c'est pour ça que vous nous renvoyez à Basilica ? Pour y prendre un objet dont vous ne savez même pas l'usage ?

— Pour le prendre et me le rapporter, oui. À n'importe quel prix.

— Vous êtes sérieux ? demanda Elemak, abasourdi. À n'importe quel prix ?

— C'est la volonté de Surâme. Je l'ai senti... même si je... même si ce n'est pas ce que je pense. Moi, je veux que vous reveniez tous sains et saufs.

— D'accord, dit Mebbekew. C'est comme si c'était fait ; pas de problème !

— Faudra-t-il rapporter des vivres de la propriété ? demanda Nafai.

— Il n'y aura plus d'approvisionnement, répondit Père.

J'ai ordonné à Rashgallivak de vendre tout le matériel des caravanes. »

Nafai vit Elemak virer cramoisi sous son hâle.

« Mais quand notre exil aura pris fin, Père, comment comptez-vous remettre notre exploitation sur pied ? »

C'était un moment décisif, Nafai s'en rendit compte : Elemak mettait soudain en cause l'irrévocabilité des décisions paternelles. Si Elya devait se révolter, ce serait sur ce point précis, où il ne pouvait voir que la dilapidation de son héritage. Aussi Père lui fit-il une réponse sans ambiguïté.

« Je ne compte rien remettre sur pied, dit-il. Fais ce que je dis, Elemak, ou bien l'état de la fortune du Wetchik ne t'importera plus. »

Et voilà. On ne pouvait être plus clair. Si Elemak voulait un jour devenir Wetchik, qu'il obéisse aux ordres du présent Wetchik.

Mebbekew eut un petit rire sec. « De toute façon, je n'ai jamais aimé ces bestioles puantes, dit-il. Elles ne me manqueront pas. » Son message était tout aussi clair : Je prendrai volontiers ta place comme Wetchik, Elemak ; alors, vas-y, continue, mets Père en rogne pour de bon !

« Je vous rapporterai votre index, Père, dit Elemak. Mais pourquoi envoyer les autres ? Laissez-moi y aller seul. Ou bien laissez-moi emmener Mebbekew, et gardez les deux petits avec vous. Ils ne me serviront à rien ni l'un ni l'autre.

— Surâme vous a montrés partant tous les quatre, répondit Père. Donc, vous irez tous les quatre à Basilica, et vous en reviendrez tous les quatre. Tu m'as bien compris ?

— Parfaitement, acquiesça Elemak.

— Hier soir, tu te moquais de Nafai parce qu'il disait avoir des visions, poursuivit Père. Mais je t'affirme que tu aurais beaucoup à apprendre de Nafai et d'Issib. Eux, au moins, ils s'efforcent de faire quelque chose. De mes aînés, je n'entends que des plaintes. »

Mebbekew lança un regard appuyé à Nafai, mais celui-ci s'inquiétait davantage d'Elemak, qui, paupières mi-closes, gardait les yeux fixés sur son père. Hier soir, songea Nafai, vous n'avez pas voulu me croire, Père. Et aujourd'hui, vous attisez la haine de mes frères envers moi.

« Vous en savez beaucoup, Elemak et Mebbekew, continua Père, mais malgré tout votre savoir, vous ne semblez pas maîtriser le concept de loyauté et d'obéissance. Prenez exemple sur vos jeunes frères, et vous serez dignes alors de la fortune et des honneurs auxquels vous aspirez. »

Ça y est ! se dit Nafai. Ce coup-ci, je suis mort ! Pendant tout le voyage, ils vont me traiter comme un asticot sur leur fromage. Dans ces conditions, je préférerais rester ici que partir avec eux ; merci beaucoup, Père !

« Père, je ferai ce que vous demandez », déclara Elemak. Mais sa voix était basse et froide, et Nafai en eut l'estomac noué.

Maussade, Elemak se mit donc à préparer le voyage. Comme Nafai l'avait prévu, il feignit de ne pas l'entendre quand il demanda ce qu'il pouvait faire, et Mebbekew lui décocha un tel regard qu'un frisson d'effroi le traversa. Il voudrait me voir mort, se dit-il. Meb voudrait me voir mourir !

Comme on refusait son aide et qu'il était manifestement plus sage qu'il se fît le plus discret possible au cours des heures à venir, Nafai retourna à sa tente pour aider Issib à faire ses bagages, c'est-à-dire surtout à envelopper ses flotteurs et à les mettre dans un sac. Aux regards avides qu'Issib leur lançait, Nafai comprit que son frère ne s'inquiétait pas de ce qu'Elemak ou Mebbekew pensaient de lui : ce qu'il voulait, c'était revenir là où son corps était utilisable, là où il était libre et où l'on n'avait pas à l'habiller ni à le sortir pour faire ses besoins, comme un bébé ou un animal. Quelle prison, ce corps où il est coincé ! songea Nafai.

Enfin le travail fut terminé et Issib installé dans son fauteuil, flottant au-dessus du sol comme un monarque hargneux sur son trône. Il était impatient de partir, impatient de retrouver Basilica.

Comme les autres, se dit Nafai ; mais aucun n'y va pour la bonne raison. Aucun n'y va par désir d'aider Surâme à réaliser son plan.

Il se rendit au bord de l'eau, où il trouva une branche de dix centimètres de diamètre ; il la saisit et entreprit de la plier en forme de fer à cheval. Résistante, elle cédait néanmoins peu à peu à sa poigne.

« Ne la casse pas », dit Père.

Nafai se retourna, surpris. Il lâcha la branche qui se redressa brusquement ; des feuilles lui cinglèrent le visage.

« Il lui a fallu tellement de temps pour pousser, continua Père.

— Je n'avais pas l'intention de la casser.

— Tu n'en étais pas loin. Je connais les plantes ; toi non. Elle n'allait pas tarder à se rompre.

— Allons ! je ne suis pas assez fort !

— Tu es plus fort que tu ne le crois. » Père le mesura de l'œil. « Quatorze ans ! » Il eut un petit rire. « Ce sont les gènes de ta mère, pas les miens, j'en ai peur. Quand je te regarde, je vois...

— Mère ?

— Je vois ce qu'Issib aurait pu être, de corps comme d'esprit. Le pauvre enfant ! »

Le pauvre enfant ! songea Nafai. Pourquoi est-ce que vous ne me regardez pas quelquefois, Père, pour me voir, moi, au lieu d'un enfant imaginaire ? Au lieu d'un petit garçon qui s'invente des visions, pourquoi ne me voyez-vous pas tel que je suis : un homme qui a entendu la voix de Surâme encore plus clairement que vous ?

« J'ai peur, Nafai », dit Père.

Nafai regarda son père dans les yeux. Disait-il cela pour le mettre à l'épreuve ?

« Je vous ai confié une mission plus dangereuse que tes frères ne s'en rendent compte, j'ai l'impression. Mais toi, tu as compris, n'est-ce pas, Nafai ?

— Je crois.

— Oui, après tout ce que tu as vu, tu dois comprendre. » C'était autant une question qu'une réponse. Mais que demandait-il ? Si Nafai savait la vérité sur Elya et Meb ? Non, c'était impossible, parce que Père ignorait tout sur eux. Non, Père demandait si Nafai avait vraiment des visions.

Sa première réaction fut la colère, l'humiliation et la rancune. Puis il comprit qu'il avait tort ; Père avait le droit de lui poser cette question et de prendre son temps pour croire en ses visions, comme Issib l'avait dit. Il essayait tant bien que mal de s'habituer à l'idée que Nafai pouvait être un serviteur de Surâme.

« Oui, déclara enfin Nafai. J'ai vraiment vu. Mais rien à propos de l'Index.

— Gaballufix n'acceptera pas de le lâcher, dit Père. Dans la vision, il le donnait, mais Surâme ne peut tout voir. L'Index n'est pas un simple objet qu'on emprunte. Il est très puissant.

— Comment ça ? Que peut-il faire ?

— Par lui-même, je n'en sais rien. Mais je sais qu'il symbolise le pouvoir. Chez les Palwashantu, celui qui a la garde de l'Index a la confiance du clan ; il a reçu le plus grand honneur possible. Gabya n'y renoncera pas, et il sera prêt à tuer pour le conserver. Et c'est là que j'envoie mes fils ! »

Le visage de Père était plein de colère, et Nafai comprit que c'était contre Surâme.

Enfin son père maîtrisa sa rage, et son visage s'apaisa. « J'espère, dit-il à voix basse, j'espère que Surâme a bien réfléchi.

— Père, intervint Nafai, j'irai, moi, et je ferai ce que Surâme nous a commandé, parce que je sais qu'il ne nous demanderait rien sans avoir prévu le moyen d'y parvenir. »

Père dévisagea son fils pendant une éternité. Puis il sourit ; Nafai n'avait jamais vu un tel sourire sur les traits de son père. Il y lut du soulagement et de la confiance. « Non, ce n'est pas de l'esbroufe, dit enfin le Wetchik. Tu ne dis pas cela parce que j'ai envie de l'entendre.

— Est-ce l'habitude de vos fils de dire ce que vous avez envie d'entendre ? » demanda Nafai.

Cette fois, son père rejeta la tête en arrière et poussa un rugissement de rire : « Oh que non ! » s'écria-t-il. Et puis, aussi brusquement qu'il avait commencé, son rire s'interrompit. Il prit la tête de Nafai entre ses mains, ses grandes mains calleuses, sèches et rudes à force de manipuler pendant des années de l'écorce, des harnais de cuir et de la pierre brute, et, ses deux larges paumes appuyées sur chaque joue, il se pencha et lui déposa un baiser sur la bouche. « Mon fils, dit-il dans un souffle. Mon fils. »

Un instant, ils restèrent là, près de l'arbre, près de l'eau, jusqu'à ce qu'un bruit de pas les fît se retourner. C'était Elemak, toujours furieux et renfrogné. « C'est l'heure de partir, grommela-t-il, si on veut faire un peu de route aujourd'hui, en tout cas.

— C'est cela, allez-y, dit Père. Je ne veux pas vous retarder. »

Et quelques minutes plus tard, montés sur leurs chameaux, ils reprenaient le chemin de la cité.

11

LES FRÈRES

Basilica n'était pas encore en vue, mais Elemak connaissait la route. Il la connaissait aussi bien que la peau de son visage dans le miroir, aussi bien que chaque grain de beauté, chaque creux et chaque bosse que son rasoir faisait saigner. Il connaissait les ombres de chaque heure du jour, les endroits où l'eau pouvait attendre après la pluie, ceux où des voleurs risquaient de se dissimuler.

C'est vers un de ces endroits qu'Elemak emmenait présentement ses frères. Ils avaient quitté la route depuis quelque temps, mais sans jamais la perdre de vue. Maintenant, ils s'en écartaient pour de bon, et le terrain ne tarda pas à devenir si cahoteux qu'ils durent mettre pied à terre.

« Pourquoi est-ce qu'on s'arrête ici ? demanda Mebbekew.

— Hé ! mes flotteurs marchent ! s'exclama Issib. On est assez près pour que je puisse bouger sans ce fichu fauteuil ! »

Elemak jeta un regard mauvais à son frère : « Ils ne fonctionnent pas encore de façon fiable, dit-il. On va descendre ton fauteuil du chameau et tu vas t'en servir. »

Mais Issib, d'habitude si accommodant, refusa tout net : « Sers-t'en toi-même, si tu trouves ça si pratique !

— Regarde-toi donc, dit Elemak. Tes flotteurs fonctionnent un coup sur deux, dans le meilleur des cas. Tu vas tout le temps te casser la figure, et ce n'est vraiment pas le moment. Donc, tu prends ton fauteuil.

— Mais ça ira mieux à mesure qu'on s'approchera de la cité !

— Oui, mais on ne s'en approchera pas, répondit Elemak.

— Qu'est-ce qu'on fait, alors ? demanda Mebbekew.

— On descend dans cette ravine, où ne pénètrent sûrement pas les magnétiques de Basilica, et là, on attend la nuit.

— Et ensuite ? insista Mebbekew. Puisque tu as l'air de penser que c'est toi qui commandes ! »

Elemak avait souvent été confronté à ce genre d'attitude de la part d'autres voyageurs, et même parfois d'hommes qu'il avait engagés. Il savait comment y répliquer : par une répression brutale, instantanée et publique, afin que personne n'ignorât qui donnait les ordres. Aussi, au lieu de répondre à Mebbekew, il lui saisit les bras – des bras minces, féminins, des bras de comédien, par Surâme, de comédien ! – et le poussa violemment contre le rocher. Ce brusque mouvement effraya un des chameaux, qui se mit à taper du sabot et à cracher en protestant. L'espace d'un instant, Elemak craignit d'avoir à calmer l'animal ; mais non, Nafai s'était approché et l'apaisait. Allons, ce môme pouvait finalement être utile à autre chose qu'à lécher le cul de Père ! Ce n'était pas comme Mebbekew : avec celui-là, on ne pouvait être sûr de rien – sauf de son irresponsabilité. Elemak n'avait jamais compris pourquoi Gaballufix s'était fié à lui ; il devait pourtant bien savoir que Mebbekew serait incapable de tenir sa langue. Même s'il n'avait pas avoué le complot directement à Père, il en avait sûrement parlé à quelqu'un, sinon comment Père aurait-il été au courant ?

Elemak vit une terreur abjecte au fond des yeux de Mebbekew, et aussi de la douleur ; sa tête avait durement heurté la pierre. Eh bien, tant mieux, se dit Elemak. Pense un peu à la douleur. Penses-y bien avant de remettre mon autorité en question.

« C'est moi qui commande ici », murmura-t-il.

Mebbekew acquiesça.

« Et je dis qu'on va attendre la nuit.

— Mais je plaisantais, geignit Meb. Pourquoi tu es toujours aussi sérieux ? »

Elemak faillit le frapper à nouveau. Sérieux ? Ne comprenait-il donc pas que là-bas, à Basilica, l'homme le plus dangereux de la cité était presque certainement convaincu qu'ils l'avaient trahi en conseillant à Père de s'enfuir ? Pour Mebbekew, Basilica était un lieu de plaisir et de sensations fortes ; eh bien, en ce moment, on trouvait peut-être des sensations fortes dans ses murs, mais du plaisir, sûrement pas !

Elemak ne frappa pas Meb ; c'eût été excessif, et ça aurait provoqué le ressentiment chez les autres, au lieu de leur respect. Elemak savait mener les hommes et contrôler ses sentiments sans les laisser empiéter sur son jugement. Il lâcha donc Mebbekew et lui tourna le dos, pour bien montrer la confiance absolue qu'il avait dans sa position de chef et le mépris que Meb lui inspirait. Celui-ci n'oserait pas l'attaquer, même de dos.

« Voici ce qui va se passer à la nuit ; c'est très simple : j'entrerai dans la cité, je parlerai à Gaballufix, et je rapporterai l'Index.

— Non, fit Issib. Père a dit qu'on devait tous y aller. »

Encore un cas d'insubordination ; mais rien de sérieux, et puis il s'agissait d'Issib, l'infirme : une démonstration de force était hors de question.

« Et nous sommes tous venus, comme tu le vois, répondit Elemak. Mais moi, je connais Gaballufix. C'est mon demi-frère, c'est-à-dire autant mon frère que n'importe lequel d'entre vous. C'est moi qui ai le plus de chances de le persuader de nous donner l'Index.

— Tu veux dire que tu nous as fait faire tout ce chemin, reprit Issib, pour m'obliger à rester ici, dans ce cercueil en ferraille, sans pouvoir m'approcher davantage de la cité ?

— Mieux vaut ton fauteuil qu'un vrai cercueil, rétorqua Elemak. Crois-moi, si tu t'imagines qu'aller en ville sera une partie de plaisir, c'est que tu es complètement idiot ! Gaballufix est dangereux !

— C'est vrai, intervint Nafai. Elemak a raison. Si on y va tous et que ça tourne mal, on risque de se faire tous tuer ou jeter en prison, ou je ne sais quoi encore. Mais si un seul y va et qu'il échoue, les autres auront encore une chance.

— Si j'échoue, retournez auprès de Père, dit Elemak.

— C'est ça ! s'écria Meb, ironique. On se souvient tous du chemin, tu t'en doutes !

— Non, tu ne peux pas y aller, Elya, dit Issib. De nous tous, tu es le seul qui soit indispensable pour nous ramener.

— Eh bien, j'irai, moi », déclara Nafai.

Elemak éclata de rire. « Bonne idée ! Je te signale que c'est toi qui ressembles le plus à Dame Rasa ! J'ai l'impression que tu ne comprends pas très bien, Nyef ; si tu te présentes à lui, tu lui rappelleras tout de suite la seule humiliation dont il n'a jamais pu se venger : Dame Rasa qui n'a pas renouvelé son contrat après avoir eu deux filles de lui et qui, moins d'une semaine après, a pris contrat avec Père, un contrat qu'elle n'a pas encore rompu aujourd'hui. Entre seul chez Gaballufix, sans que personne soit au courant de ta présence en ville, Nyef, et tu es mort.

— Eh bien, moi, alors, dit Mebbekew.

— Toi, tu n'arriverais qu'à te soûler ou à te dénicher une femme, répliqua Elemak, et ensuite tu reviendrais en prétendant que tu as parlé à Gaballufix et qu'il a refusé. »

Mebbekew parut jouer avec l'idée de se mettre en colère, puis se ravisa. « Peut-être bien, dit-il. Mais je ne vois pas de meilleure solution.

— Moi, si, intervint Issib : j'y vais et je demande l'Index à Gaballufix. Qu'est-ce qu'il pourrait faire à un infirme ? »

Mais Elemak secoua la tête. « Il pourrait bien te casser en deux si l'envie lui en prenait, voilà ce qu'il pourrait faire !

— Et tu étais l'ami d'un type comme ça ? demanda Mebbekew.

— Frère, pas ami. Je suis son frère. On ne choisit pas sa famille, tu sais, dit Elemak. On fait avec ce qu'on a, c'est tout.

— Il ne ferait pas de mal à un infirme, insista Issib. Ce serait s'humilier devant ses hommes. »

Issib avait raison, Elemak le savait. L'infirme serait peut-être le seul capable de se sortir vivant d'une entrevue avec Gaballufix. Le problème, c'est qu'Elemak ne pouvait permettre qu'Issib ou Nafai lui parle ; Gaballufix risquait de laisser échapper quelque chose de compromettant pour Elemak. Non, il fallait qu'il lui parle lui-même, seul à seul, et peut-être arriverait-il à calmer le jeu et à le convaincre que ce n'était pas lui qui avait averti Père du complot destiné à tuer Roptat et à discréditer Wetchik. Si jamais ils l'apprenaient, Meb, Issya et Nyef ne comprendraient pas qu'à long terme, c'était pour le bien de Père : si on ne le neutralisait pas tout de suite, ce pourrait bien être à son tour de disparaître dans des conditions mystérieuses.

« Écoutez, voilà ce que je propose, dit Elemak : puisque nous n'arrivons pas à nous mettre d'accord, laissons Surâme décider, à l'aide d'une tradition séculaire : on va tirer au sort. »

Il se baissa et ramassa par terre une poignée de cailloux. « Trois blancs, un noir. » Mais tout en parlant, Elemak coinça un quatrième caillou blanc entre ses doigts à l'insu de ses frères. « Le noir va à Basilica.

— D'accord, dit Meb, et les autres opinèrent du bonnet.

— C'est moi qui tiendrai les pierres, déclara Nafai.

— Personne ne tiendra les pierres, mon cher petit, répondit Elemak. Ça laisse trop de risques de tricherie, d'accord ? » Il leva le bras et déposa les cailloux sur une petite corniche rocheuse au-dessus de sa tête, puis fit semblant de les mélanger. « Mais quand j'aurai fini, tu pourras les mélanger à ton tour, Nafai, dit-il. Comme ça, personne ne pourra savoir quelle pierre est blanche ou noire. »

Nafai s'avança sans tarder, tendit le bras et mélangea les cailloux. Il y en avait quatre, comme prévu ; Elemak savait qu'au contact des quatre pierres, Nafai serait convaincu de l'absence de tricherie. Ce que Nafai ignorait, évidemment, c'est que la noire se trouvait à présent entre les doigts d'Elemak et que les quatre pierres posées sur la corniche étaient toutes blanches.

« Pendant que tu as la main en l'air, Nyef, tu n'as qu'à choisir un caillou ; vas-y. »

Nafai, le pauvre niais, sortit une pierre blanche et la regarda en fronçant les sourcils. Que croyait-il donc ? Il jouait à un jeu d'adultes, voyons ! Aucun de ces gamins n'avait l'air de comprendre qu'un homme comme Elemak, avec de telles responsabilités, ne ferait pas de vieux os sur la route s'il ignorait comment s'assurer que les tirages au sort tournent toujours à son avantage !

« À moi, maintenant, dit Issib.

— Non, coupa Elemak. À mon tour. » C'était là une autre des règles du jeu : il fallait qu'il pioche rapidement, sinon quelqu'un risquait d'avoir des soupçons et de découvrir en vérifiant les cailloux qu'il n'y en avait aucun de noir. Il leva la main, farfouilla avec ostentation parmi les pierres, puis ramena la noire, naturellement – mais avec la blanche en surnombre coincée entre les doigts. Quand ses frères vérifieraient, ils ne trouveraient que deux pierres sur la corniche.

« Tu l'as reconnue au toucher ! dit Mebbekew d'un ton accusateur.

— Ne sois pas mauvais joueur, répondit Elemak. Bon, si tout va bien, on pourra peut-être tous entrer dans la cité. Tout dépendra de la réaction de Gaballufix, vous êtes bien d'accord ? C'est mon frère ; si quelqu'un peut le convaincre, c'est bien moi.

— Moi, j'y entrerai quoi qu'il arrive, dit Issib. J'attendrai ton retour, mais je ne partirai pas d'ici sans faire un tour à Basilica.

— Issya, déclara Elemak, je ne peux pas te promettre que je te laisserai aller en ville. Par contre, avant que tu t'en retournes, tu t'en approcheras assez pour pouvoir utiliser tes flotteurs. Ça te va ? »

Issib acquiesça d'un air lugubre.

« Mais donnez-moi votre parole que personne ne bougera d'ici avant mon retour, poursuivit Elemak.

— Qu'est-ce qu'on fait si Gaballufix te tue ? demanda Meb.

— Il ne me tuera pas.

— Mais qu'est-ce qu'on fait, insista Meb, si tu ne reviens pas ?

— Si à l'aube je ne suis pas revenu, dit Elemak, c'est que je serai mort ou incapable de bouger. À partir de là, mes chers franginets, je ne suis plus responsable de rien et je me fous de ce que vous ferez. Rentrez à la maison, allez retrouver Père, ou bien rendez-vous en ville pour prendre une cuite, vous faire tuer ou vous faire voir, pour moi, ce sera du pareil au même. Mais ne vous faites pas de souci, je reviendrai. »

Ces paroles laissèrent ses frères songeurs ; puis il les emmena vers la ravine, dans un endroit dégagé où personne ne les découvrirait. « Tenez, regardez, dit Elemak. On voit les murs de la cité d'ici. Là, c'est la Haute Porte.

— C'est celle-là que tu vas emprunter ? demanda Nafai.

— À l'aller, oui, répondit Elemak. Au retour, je prendrai celle que je pourrai. »

Là-dessus, il se mit en route d'un pas décidé, en regrettant que la bravoure qu'il ressentait ne fût pas à la hauteur de celle qu'il affichait.

Entrer par la Haute Porte fut beaucoup plus facile que par la porte du Marché ; là au moins, il n'y avait pas d'or à garder. Elemak dut néanmoins se faire examiner le pouce pour prouver sa citoyenneté, et l'ordinateur municipal fut ainsi averti de son entrée. Il ne doutait pas que même si Gabya n'avait pas un ordinateur directement branché sur ceux de la cité – ce qui, bien sûr, aurait été illégal – il disposait certainement d'informateurs au gouvernement municipal ; si l'arrivée d'Elemak à Basilica l'intéressait, il en serait avisé en peu de temps.

Elemak se sentit soulagé de ne pas être retenu par les gardes ; cela prouvait que Gaballufix ne l'avait pas inscrit sur la liste des gens à arrêter sur-le-champ. Ou bien qu'il n'avait pas encore autant de pouvoir qu'il s'en vantait devant ses amis et ses partisans.

Suis-je son ennemi ? se demanda Elemak. Son frère, oui. Son ami, non. Un allié commode pour un moment, oui. Nous avons tous les deux vu le profit à tirer d'une relation plus étroite. Mais maintenant, me considérera-t-il comme un ancien associé désormais sans intérêt, comme un ami qui peut encore être utile, ou bien comme un traître qu'il faut punir ?

Elemak avait eu l'intention de se rendre tout droit chez Gaballufix, mais une fois dans la cité, il ne put s'y résoudre. D'un pas hésitant, il quitta la rue de la Haute-Porte, remonta celle de la Bibliothèque, puis prit la rue du Temple jusqu'à celle de l'Aile. L'une comme l'autre de ces deux voies l'auraient amené près de chez Gabya, mais Elemak se sentait de plus en plus inquiet devant les soldats qu'il croisait.

Ils étaient plus nombreux qu'avant la fuite dans le désert, et bien qu'il évitât soigneusement de les regarder dans les yeux, il ressentait un malaise croissant à leur vue. Pour finir, quand une dizaine d'entre eux débouchèrent dans la rue de l'Aile, il s'enfonça sous un porche et de là, il s'autorisa à les dévisager.

Il comprit immédiatement ce qui n'allait pas. Ils étaient tous identiques, visages, costumes, armes, tout. « Impossible ! » murmura-t-il. Il ne pouvait exister autant d'individus aussi semblables dans le monde au même moment. D'anciennes légendes remontèrent à sa mémoire, où des sorcières et des magiciens voulaient se rendre maîtres du monde en créant des copies d'eux-mêmes génétiquement identiques, lesquelles inévitablement (dans les contes, en tout cas) se retournaient contre leurs créateurs et les tuaient. Mais on était dans le monde réel, et il s'agissait des soldats de Gaballufix ; celui-ci ne savait pas plus comment pratiquer le clonage que voler ; et puis, s'il avait vraiment les moyens de créer des clones, il aurait certainement pu choisir un meilleur modèle que ce gros balourd navrant qui arpentait les rues d'un air abruti en compagnie de ses congénères.

« C'est un trucage », dit une voix de femme.

Elemak était seul sous le porche. Ce n'est qu'en s'en écartant qu'il vit celle qui avait parlé, une Sauvage sans âge, crasseuse, nue sous les couches de poussière et de saleté qui la recouvraient. Elemak n'étaient pas de ceux qui voyaient dans les Sauvages des objets de désir, même si certains de ses amis s'en servaient sans y attacher plus d'importance que s'il s'agissait d'urinoirs publics. Il n'y aurait pas prêté attention si elle n'avait paru répondre à son commentaire chuchoté ; et puis à qui parler avec plus de sécurité qu'à une sainte femme anonyme sortie de son désert ?

« Comment font-ils ça ? demanda-t-il. Pour se rendre tous semblables, je veux dire.

— Il paraît qu'ils utiliseraient un ancien appareil de théâtre, très en vogue il y a un millier d'années. »

Elle ne parlait pas comme une femme du désert. « Comment ça marche ?

— Il s'agit d'un filet très fin qu'on porte comme un manteau. Un boîtier de commande à la taille permet de le mettre en route et de le couper. Le système s'adapte automatiquement à la lumière ambiante : il devient très visible au soleil, et beaucoup plus subtil au clair de la lune ou dans l'ombre. C'est très ingénieux. »

À mesure qu'elle s'exprimait, sa voix se faisait plus raffinée.

« Qui êtes-vous ? » demanda Elemak.

Elle planta ses yeux dans les siens. « Je suis Surâme, répondit-elle. Et toi, qui es-tu, Elemak ? Es-tu mon ami ou mon ennemi ? »

Elemak resta un instant pétrifié de terreur. Il s'était tellement tourmenté au sujet de Gaballufix, il avait tant redouté qu'un soldat le reconnaisse, l'interpelle et l'embarque, ou même le tue sur place, qu'être ainsi nommé par une folle en pleine rue le laissait sans voix. Comment se cacher quand on est reconnu même par les mendiantes ? À cet instant, la femme s'introduisit l'index dans le nombril et se mit à le tortiller, comme si elle touillait quelque infâme mixture ; alors le dégoût triompha de la peur et précipita Elemak dans une course aveugle pour s'éloigner de la femme.

Bravo pour la discrétion ! Elemak eut quand même la présence d'esprit de ne pas se rendre directement chez Gabya dans cet état. Mais où aller ? L'habitude le poussait chez sa mère ; la vieille Hosni possédait une belle maison dans les Puits, près de la porte Arrière, où elle fricotait dans la politique, faisant et défaisant la réputation des jeunes loups du gouvernement. Mais le désir prit le pas sur l'habitude, et au lieu de se réfugier chez sa mère, il se retrouva à la porte de la maison de Rasa.

Enfant, il avait fréquenté cette école, naturellement, avant même que Père ne s'apparie avec Rasa ; d'ailleurs, c'était quand sa mère l'avait placé chez Rasa que son père et son professeur avaient fait connaissance. Non sans gêne, il avait entendu les cancans des élèves à propos de la liaison entre leur maîtresse et son père ; de ce moment, il ne s'était jamais senti parfaitement à l'aise dans cette maison, jusqu'à ce que – ô soulagement ! – il arrête ses études à treize ans. Mais aujourd'hui, c'est en prétendant et non en élève qu'il venait chez Rasa, et en prétendant dont la cour était favorablement accueillie.

Alors qu'il hésitait devant la porte, Elemak prit conscience qu'il était en train de faire exactement ce qu'il avait interdit à ses puînés : il s'occupait de ses affaires personnelles au lieu d'obéir aux ordres de Père. Mais il fit vite taire ses scrupules. Sa cour à Eiadh relevait de bien plus que la recherche d'un appariement avantageux ; durant ces derniers mois, il était tombé amoureux d'elle, et il la désirait plus qu'il ne l'aurait cru possible. Sa voix était musique à ses oreilles, son corps une sculpture aux variations infinies, dont chaque mouvement le laissait muet d'étonnement. Mais tandis que son amour pour elle grandissait, il avait de plus en plus peur qu'en elle l'amour ne fût pas aussi fort. Peut-être ne voulait-elle de lui que comme l'héritier du célèbre Wetchik, qui lui apporterait une fortune et un prestige considérables. Et si c'était là tout ce qu'elle voyait en lui, tout ce qu'elle ressentait pour lui, les derniers événements risquaient fort de la détourner de lui. Verrait-elle encore un intérêt à épouser l'héritier du Wetchik, maintenant que l'entreprise était en grande partie fermée et vendue ? Comment réagirait-elle devant lui, à présent ?

Il tira le cordon ; la cloche retentit. C'était une vieille cloche qui ressemblait plus à un gong au son profond qu'aux carillons musicaux si à la mode aujourd'hui. À sa grande surprise, ce fut Rasa en personne qui répondit.

« Tiens, un homme à ma porte ! dit-elle. Un jeune homme vigoureux, le visage couvert de la poussière et de la sueur du désert. Que dois-je en penser ? M'apportes-tu des nouvelles de mon compagnon ? Ou bien à nouveau des menaces de Gaballufix ? Es-tu venu enlever ma nièce Eiadh ? Ou bien es-tu revenu la peur au ventre dans la maison de tes études, en espérant un bain, un repas et quatre murs solides pour te protéger ? »

Il y avait tant d'humour dans ces mots que les craintes d'Elemak s'évanouirent. Quel soulagement d'entendre Rasa s'adresser à lui presque comme à un égal, et avec une véritable affection !

« Père va bien, répondit-il, je n'ai pas rencontré Gabya depuis mon retour en ville, j'espère voir Eiadh mais je n'ai pour l'instant aucun projet d'enlèvement à son endroit, et quant au bain et au repas... j'accepterais cette hospitalité avec reconnaissance, mais jamais je n'aurais osé la demander.

— Je n'en doute pas. Tu serais entré comme une tornade en t'attendant qu'Eiadh se pâme dans ton étreinte, alors que tu sens le chameau et que tu répands de la poussière à chaque pas que tu fais. Entre, Elemak. »

Tandis qu'il se vautrait dans son bain, il fut pris de remords en pensant à ses frères qui l'attendaient au milieu des rochers dans la chaleur du jour ; d'un autre côté, il était plus raisonnable de se présenter décrassé de frais à Gaballufix. Il n'aurait pas l'air au bout du rouleau, et sa mise annoncerait clairement qu'il avait des amis dans la cité, ce qui le mettrait dans une bien meilleure position pour négocier. À moins que Gaballufix n'y voie une nouvelle preuve qu'Elemak jouait un double jeu ? Peu importe ! On déposa ses vêtements lavés et éventés dans le séchoir, et il les enfila béatement en sortant du bain, laissant le séchoir le débarrasser de toute trace d'humidité. Il dédaigna les huiles à cheveux – les pro-Potokgavan, qui refusaient de ressembler si peu que ce fût aux Têtes Mouillées, se reconnaissaient entre eux à l'absence d'huile dans les cheveux.

Eiadh le rejoignit dans le salon privé de Rasa. Son air timide lui parut de bon augure ; au moins, son attitude n'était ni hautaine ni réprobatrice. Oserait-il néanmoins prendre les libertés qu'elle lui avait permises lors de leur dernière entrevue ? Ou bien serait-ce trop présomptueux, étant donné les changements de sa fortune ? Il s'avança d'un pas digne, mais au lieu de s'asseoir à côté d'elle sur le divan, il s'agenouilla devant elle et chercha sa main. Elle ne la retira pas – puis elle tendit l'autre et lui toucha la joue. « Sommes-nous devenus des étrangers l'un pour l'autre ? demanda-t-elle. Ne voulez-vous pas vous asseoir près de moi ? »

Elle avait compris son hésitation et le rassurait, comme il le demandait. Il prit immédiatement place à ses côtés, l'embrassa, mit la main à sa taille et sentit sa respiration passionnée, son ardeur quand elle se laissa aller à son étreinte. Ils se dirent peu de choses au début, en paroles du moins ; mais elle sut l'assurer autrement que ses sentiments pour lui n'étaient en rien diminués.

« Je vous croyais parti pour toujours, murmura-t-elle après un long silence.

— Je ne vous aurais jamais quittée, répondit-il. Mais j'ignore ce que l'avenir me réserve. L'agitation de la cité, l'exil de Père...

— Certains disent que votre frère complotait de tuer votre père...

— Jamais !

— D'autres que c'était votre père qui voulait tuer votre frère...

— C'est absurde, et même risible ! Ce sont deux hommes de fort tempérament, c'est tout.

— Non, ce n'est pas tout, dit Eiadh. Votre père n'est jamais venu avec des soldats, comme l'a fait Gaballufix, en prétendant d'un air menaçant qu'il pouvait entrer ici quand il le voulait !

— Il est venu ? s'exclama Elemak, furieux. Mais pour quoi faire ?

— Il a été le compagnon de tante Rasa, ne l'oubliez pas ; ils ont eu deux filles...

— Ah oui, j'ai déjà dû les rencontrer.

— Bien sûr ! dit-elle en riant. Ce sont vos nièces. Et ce sont également les sœurs de Nyef et d'Issya. Que c'est compliqué, ces familles, vous ne trouvez pas ? Mais j'allais dire que la venue de Gaballufix n'avait rien de très bizarre en soi ; c'est la façon dont il s'est présenté, avec ces soldats dans leurs horribles costumes qui les rendent tellement... tellement inhumains !

— J'ai entendu dire qu'il s'agissait d'hologrammes.

— C'est un très vieil appareil utilisé dans le théâtre, oui. Maintenant que j'en ai vu l'effet, j'apprécie que nos comédiens se contentent de se maquiller ou tout au plus de porter des masques. Ces hologrammes sont inquiétants, anormaux, même. » Elle glissa une main sous la chemise d'Elemak et lui toucha la peau. Le geste l'émut et il trembla. « Comment un hologramme pourrait-il réagir ainsi ? murmura-t-elle. Comment peut-on supporter d'être aussi... comment dire ? aussi irréel ?

— J'imagine que ceux qui les portent sont tout à fait réels, eux. Et ils peuvent vous faire des grimaces sans être vus. »

Eiadh éclata de rire. « Mais comment les spectateurs pouvaient-ils saisir les expressions d'un comédien avec un appareil comme ça ?

— On ne s'en servait peut-être que pour les rôles muets ; ainsi, les mêmes acteurs pouvaient jouer des dizaines de personnages grâce à des changements instantanés de costume. »

Eiadh écarquilla les yeux. « J'ignorais que vous en saviez tant sur le théâtre !

— J'ai courtisé une comédienne, autrefois », répondit Elemak. Ce n'était pas une maladresse de sa part ; il savait combien les femmes détestent entendre parler d'anciennes amours. « À l'époque, continua-t-il, je la trouvais merveilleusement belle. Mais c'était avant de vous connaître : aujourd'hui, je me demande si ce n'était pas un hologramme. »

Elle l'embrassa pour le remercier de son joli compliment.

Puis la porte s'ouvrit et Rasa entra. Elle avait accordé aux jeunes gens le quart d'heure d'intimité socialement acceptable, peut-être même un peu plus. « C'est gentil à toi de venir nous voir, Elemak. Merci, Eiadh, d'avoir entretenu notre hôte en mon absence. » Délicate affectation de la cour, la coutume voulait qu'on agît comme si le prétendant était venu voir la dame de la maison, tandis que la jeune courtisée n'était censée se trouver là que pour aider à le recevoir.

« Pour toute votre hospitalité, je vous suis plus reconnaissant que je ne saurais l'exprimer, répondit Elemak. Vous avez secouru un voyageur fatigué, ma dame Rasa ; j'ignorais combien la mort était proche avant que votre bonté ne me rende à la vie. »

Rasa se tourna vers Eiadh. « Il est vraiment très doué, n'est-ce pas ? »

Eiadh eut un sourire émerveillé.

« Dame Rasa, reprit Elemak, je ne sais ce que l'avenir nous réserve. Je dois voir Gaballufix aujourd'hui, et j'ignore comment cela tournera.

— Dans ce cas, ne va pas le voir, répliqua Rasa en recouvrant une expression sérieuse. Je crois qu'il est devenu très dangereux. Roptat est convaincu qu'un complot visait à le tuer lors du rendez-vous à la serre froide, le jour où Wetchik est parti. Si Wetchik avait été présent, comme il était convenu, Roptat serait tombé dans un piège. Je le crois ; je crois que Gaballufix a le meurtre au fond du cœur. »

Elemak, lui, en était sûr ; mais il ignorait ce qui se passerait s'il confirmait les soupçons de Rasa. Son ancien professeur et Eiadh risquaient de s'étonner qu'il fût au courant du complot et qu'il n'en eût pas averti Roptat. Des femmes ne comprendraient pas qu'il est parfois plus miséricordieux et plus pacifique d'éviter les milliers de victimes d'une guerre sanglante au moyen d'une seule mort, arrivant au bon moment. Les naïfs confondent si facilement une bonne stratégie avec le crime !

« C'est possible, dit enfin Elemak. Mais peut-on vraiment connaître le cœur de quelqu'un ?

— J'en connais un, moi, intervint Eiadh. Et le mien ne garde aucun secret pour lui.

— Si ce n'est pas d'Elemak que tu parles, dit Rasa, ce pauvre Elya risque d'envisager de commettre lui-même quelque crime passionnel !

— Bien sûr que c'est d'Elya que je parle ! » s'écria Eiadh. Elle lui prit la main et la posa sur son cœur.

« Dame Rasa, dit Elemak, ce n'est pas sans raison que je vais chez Gaballufix. C'est Père qui m'y envoie. Il a besoin de quelque chose que seul Gaballufix peut lui donner.

— Nous avons tous besoin de quelque chose que seul Gaballufix peut nous donner, répliqua Rasa, et c'est la paix. Tu pourras peut-être glisser ça dans la conversation quand tu le verras.

— J'essayerai », dit Elemak. Mais tous deux savaient qu'il n'en ferait rien.

« Et que veut donc Wetchik ? T'a-t-il confié un message pour moi ?

— Il ne s'attendait pas que je vous voie, je pense. C'est à cause d'une vision de Surâme que je suis venu. À vrai dire, nous sommes venus tous les quatre...

— Même Issib ? Ici ? s'écria Rasa.

— Non. Je les ai laissés hors de la cité, en lieu sûr. À part vous deux, nul ne saura qu'ils sont là si je peux l'éviter. Avec un peu de chance, j'aurai récupéré l'Index et je serai sorti de la ville avant la nuit ; ensuite, impossible de savoir quand nous reviendrons.

— L'Index, murmura Rasa. Alors, il ne pourra jamais revenir. »

Ces paroles troublèrent Elemak. « Pourquoi ? Pourquoi donc ?

— Non, rien, dit-elle. Enfin, je ne sais pas. Seulement... Disons que si les Palwashantu se rendent compte de la disparition de l'Index...

— Pourquoi est-il si important ? Je n'en avais jamais entendu parler avant que Père ne nous envoie le chercher.

— C'est vrai, on en parle peu, répondit Rasa. C'est qu'on n'a pas dû en avoir souvent besoin, je suppose. À moins que Surâme n'ait pas voulu qu'on connaisse son existence.

— Mais pourquoi ? Il y a quantité d'index ! Il y en a des dizaines dans chaque bibliothèque du monde, et des centaines rien qu'à Basilica. Qu'est-ce qui fait de celui-ci l'Index avec un grand *I* ?

— Je ne sais pas exactement, dit Rasa. Vraiment, je ne sais pas. Tout ce que je peux te dire, c'est qu'il s'agit du seul objet du culte masculin qui soit aussi mentionné dans la tradition féminine.

— Un objet du culte ? Et à quoi sert-il ?

— Je l'ignore. À ma connaissance, on ne s'en est jamais servi. En tout cas, je ne l'ai jamais vu ; je ne sais même pas à quoi il ressemble.

— Ah, parfait ! s'exclama Elemak. Je croyais avoir affaire à un index comme les autres, et voilà que vous me dites que Gaballufix pourrait me remettre n'importe quoi sans que je puisse savoir s'il s'agit ou non du fameux Index ! »

Rasa sourit. « Elya, comprends bien cela : à moins de vouloir perdre la direction du clan Palwashantu, il ne te remettra jamais l'Index ! Jamais ! »

Ces paroles n'inquiétèrent pas Elemak outre mesure. Rasa était manifestement persuadée de ce qu'elle disait, mais elle n'en avait pas raison pour autant. Gaballufix était imprévisible, et il négocierait n'importe quoi s'il pensait en tirer un quelconque avantage. Il vendrait jusqu'à sa mère, s'il estimait un jour que la vieille Hosni avait quelque valeur. Non, non, Elemak pouvait obtenir l'Index s'il y mettait le prix.

Et plus il prenait conscience de l'importance de ce mystérieux Index, plus il voulait s'en emparer, pas seulement pour faire plaisir à son père, pas seulement comme un pion du jeu auquel il jouait pour maîtriser l'avenir, mais pour la possession de l'Index lui-même. Si tant de pouvoir advenait à son détenteur, pourquoi ne lui appartiendrait-il pas, à lui ?

« Elemak, dit Rasa, si tu réussis, j'ignore comment, à mettre la main sur l'Index, dis-toi bien que Gaballufix ne te laissera pas le garder ; il fera tout pour le récupérer. Alors, un danger terrible te guettera. Suis mon conseil : si l'un de vous quatre doit se protéger de Gabya, qu'il ne se fie plus à aucun homme. Tu m'as bien comprise ? Qu'il ne se fie plus à aucun homme ! »

Elemak ne sut que répondre. Il était homme lui-même ; comment voulait-elle qu'il prenne un tel conseil ?

« Rares sont les femmes de notre cité, continua Rasa, qui ne se réjouiraient pas de voir Gabya privé de la plus grande part de son pouvoir et de son prestige. Elles aideraient avec joie celui qui s'emparerait de l'Index à échapper à Gaballufix, même si l'Index avait été obtenu par des moyens ordinairement considérés comme...

— Illégaux, termina Elemak.

— Oui ; cette idée me fait horreur, mais votre père a certainement raison : la disparition de l'Index serait un coup très dur porté à Gaballufix. »

Elemak la reprit :

« Ce n'est pas l'idée de Père, en réalité. Il dit qu'elle lui est venue dans un rêve envoyé par Surâme.

— Alors, peut-être cela se produira-t-il, dit-elle. Oui, c'est possible. Qui sait si Surâme n'aura pas encore assez d'influence sur Gaballufix pour... eh bien, pour le rendre temporairement stupide.

— Assez pour qu'il me donne l'Index ?

— Et pour l'empêcher de te retrouver et de t'abattre aussitôt après. »

Elemak sentait la main d'Eiadh dans la sienne, son corps pressé contre le sien. Je suis venu ici pour trouver un refuge, songea-t-il, et par désir de toi, Eiadh ; mais en vérité, c'est de Rasa que j'avais besoin. Quel désastre, si j'étais allé chez Gabya sans me douter de la véritable importance de cet Index ! Et à haute voix : « Dame Rasa, dit-il, je ne sais comment vous remercier de ce que vous avez fait pour moi.

— Et moi, je crains bien de t'avoir encouragé à risquer ta vie dans une entreprise impossible, répondit Rasa. La pensée que Gaballufix puisse te faire du mal me fait horreur, mais les enchères sont très élevées. Et l'enjeu, c'est l'avenir de Basilica ; pourtant j'ai bien peur que la réussite de notre mission ne nuise tellement à la cité que le jeu n'en vaille pas la chandelle.

— Quoi qu'il arrive, dit Elemak, soyez assurée que je reviendrai pour Eiadh, si je le peux et si elle veut bien de moi.

— Même si tu reviens en paria et en malfaiteur ? demanda Rasa. Crois-tu qu'elle te suivra malgré tout ?

— Je ne l'en suivrai que plus volontiers ! s'écria Eiadh. Ce n'est pas pour son argent ni pour sa position dans la cité que j'aime Elya, mais pour lui-même !

— Ma chérie, répondit Rasa, tu ne l'as jamais connu sans argent ni position. Comment sais-tu ce qu'il sera sans eux ? »

Elemak n'en croyait pas ses oreilles : c'était cruel de la part de Rasa ! Comment une telle pensée avait-elle pu lui venir à l'esprit, et surtout aux lèvres ? « Si Eiadh était femme à laisser son cœur s'abandonner à la cupidité, Dame Rasa, je ne pourrais pas lui donner mon amour, ni même me fier à elle. Mais je l'aime, et aucune femme n'est plus digne de ma confiance. »

Rasa lui sourit. « Ah, Eiadh, que ton prétendant nourrit une belle image de toi ! Je t'en prie, tâche de t'en montrer digne !

— Elemak, à la façon dont parle ma tante Rasa, on pourrait croire qu'elle cherche à te convaincre de ne plus m'aimer, dit Eiadh. Peut-être est-elle un peu jalouse de voir un si bel homme me faire la cour !

— Tu oublies, Eiadh, répondit Rasa, que j'ai déjà le père. Pourquoi voudrais-je le fils ? »

L'ambiance s'était tendue ; ce n'étaient pas là des paroles de bonne compagnie, sauf en manière de plaisanterie.

Enfin, Rasa éclata de rire. Enfin. Les jeunes gens s'empressèrent de se joindre à elle, soulagés.

« Que Surâme t'accompagne, dit Rasa.

— Reviens vite me chercher », ajouta Eiadh. Elle se pressa contre lui, si fort qu'il put sentir chaque courbe de son corps contre le sien, comme si elle s'imprimait sur sa chair, à moins qu'elle ne prît elle-même l'empreinte du corps d'Elemak. Il lui rendit son étreinte ; il ne fallait pas qu'elle doute de son désir ni de son amour.

En milieu d'après-midi, Elemak arriva devant le domicile de Gaballufix. Mû par l'habitude, il faillit se faufiler jusqu'à l'entrée dérobée, sur le côté. Mais il se rappela que ses relations avec Gaballufix avaient complètement changé ; si son demi-frère le considérait comme un traître, une arrivée en catimini donnerait à Gabya l'occasion rêvée de se débarrasser discrètement de lui. Par ailleurs, l'usage de la porte de service impliquait qu'Elemak était d'un rang inférieur à celui de Gaballufix, et il en avait assez. Il entrerait ouvertement, à la vue de tous, par la porte de devant comme un citoyen important, comme un hôte honoré, et surtout avec beaucoup de témoins.

À son grand plaisir, les domestiques de Gaballufix se montrèrent déférents ; ils le firent pénétrer sans attendre, et Elemak n'eut pas longtemps à patienter avant d'être introduit dans la bibliothèque où il rencontrait toujours Gaballufix. Rien ne semblait avoir changé ; Gabya se leva de son fauteuil et serra Elemak dans ses bras, puis ils bavardèrent comme deux frères et échangèrent pendant quelques minutes des nouvelles de leurs connaissances communes. Il n'y eut qu'une légère tension quand Gabya parla du « départ hâtif et nocturne » d'Elemak.

« Ce n'est pas moi qui en ai eu l'idée, répondit Elemak. Je ne sais lequel de tes gens a parlé, mais Père s'est levé longtemps avant l'aube, et nous nous sommes retrouvés dans le désert bien avant l'heure de votre rendez-vous.

— Je n'aime pas qu'on me fasse faux bond, dit Gaballufix. Mais je sais bien qu'on ne peut pas tout maîtriser. »

Allons, Gabya se montrait compréhensif ; une vague de

soulagement envahit Elemak, qui s'enfonça confortablement dans son fauteuil. « Tu imagines mon souci ! Je pouvais difficilement m'éclipser pour te prévenir de ce qui se passait : Père ne me lâchait pas, sans parler de mes frères.

— Mebbekew ?

— J'ai fait ce que j'ai pu pour l'empêcher de relâcher ses sphincters sur-le-champ. Tu n'aurais jamais dû le mêler au plan.

— Tiens donc !

— Mais oui ! Comment savoir si ce n'est pas lui qui a prévenu Père ?

— Ça, je l'ignore, dit Gaballufix. Tout ce que je sais, c'est que mon cher cousin Wetchik s'est enfui, et mon frère Elemak avec lui.

— Eh bien, comme ça, au moins, il n'est plus dans la cité. Il ne te gênera plus.

— Vraiment ?

— Bien sûr ! Que peut-il faire, depuis une vallée perdue dans le désert ?

— Tout de même, il t'a bien fait revenir ici ! objecta Gaballufix.

— Oui, mais dans un but bien précis qui n'a rien à voir avec les chariots de guerre, Potokgavan et les Têtes Mouillées.

— Le débat va désormais bien au-delà de ces problèmes, de toute façon. Ou plutôt, il est beaucoup plus proche de nous que de ces problèmes. Alors, dis-moi : quel est donc "le but bien précis" de ton père, et comment puis-je le contrecarrer ? »

Elemak éclata de rire, en espérant que Gabya plaisantait. « La meilleure façon de le contrecarrer, à mon avis, c'est de lui donner ce qu'il veut ; c'est quelque chose de très simple, un petit rien, en fait. Ensuite nous nous en irons, et tout se passera entre Roptat et toi, comme tu le voulais.

— Je n'ai jamais voulu que ça se passe entre moi et quelqu'un d'autre, rétorqua Gaballufix. Je suis un pacifiste ; je ne cherche pas la bagarre. Je croyais avoir un plan pour éviter tout conflit, mais au dernier moment, les gens sur qui je comptais m'ont fait faux bond. »

Il souriait toujours, mais Elemak comprit que sous ce masque, Gaballufix n'était pas aussi détendu qu'il l'avait espéré.

« Maintenant, Elya, dis-moi quelle est cette petite chose que je devrais, d'après toi, donner à ton père, simplement parce qu'il le demande ?

— Il s'agit d'un index, dit Elemak. Un vieux truc qui traîne dans la famille depuis des générations.

— Un index ? Pourquoi aurais-je un des index de la famille de Wetchik en ma possession ?

— Je n'en sais rien. Il l'a appelé "l'Index", simplement ; je pensais que tu saurais duquel il parlait.

— Mais j'ai des dizaines d'index. Des dizaines ! » Soudain, Gaballufix fronça les sourcils, comme s'il venait de se rappeler quelque chose. Mais Elemak l'avait déjà vu agir de la sorte, et il sut qu'on lui jouait la comédie. « À moins que tu ne parles de... mais non, c'est absurde, cet objet n'a jamais appartenu à la maison Wetchik. »

Elemak joua le jeu. « À quoi penses-tu ?

— À l'Index Palwashantu, naturellement ! C'est uniquement grâce à lui que le clan a pu s'établir comme tel, à l'aube des temps. C'est l'objet le plus précieux de tout Basilica. »

Gaballufix faisait monter les enchères, naturellement, comme tout commerçant désireux de vendre. Il enflait la valeur de sa marchandise pour se donner toute latitude d'en rabattre ensuite le prix.

« Ce n'est sûrement pas ça, dans ce cas, répondit Elemak. Père n'y accordait pas une telle valeur, je te le certifie, sinon sentimentale, peut-être. Cet index appartenait à son grand-père, qui l'a confié au conseil clanique pour le garder pendant ses déplacements. Et aujourd'hui, Père veut l'emporter dans ses propres voyages.

— Ah, alors, c'est bien l'Index en question ! Son grand-père le détenait, mais seulement en tant que gardien temporaire. Le Wetchik avait été commis à la garde de cet objet par le clan Palwashantu, mais il s'est lassé de cette charge et il l'a rendu. Aujourd'hui, on a nommé un nouveau gardien : moi. Et moi, je ne suis pas lassé. Aussi, tu peux dire à ton père que je le remercie de vouloir m'aider à supporter mes responsabilités mais que je pense pouvoir m'en tirer seul pendant quelques années encore. »

Le temps était venu de mentionner un prix. Elemak attendait, mais son vis-à-vis ne disait rien.

Après un pesant silence de plusieurs minutes, Gaballufix se leva. « Quoi qu'il en soit, mon cher frère, je suis heureux de te voir de retour dans notre cité. J'espère que tu resteras longtemps, car j'aurai l'usage de ton soutien. Et puis, maintenant que ton père semble s'être enfui, j'userai de mon influence pour essayer de te faire nommer Wetchik à sa place. »

Ce n'était pas du tout ce à quoi Elemak s'était attendu. Gaballufix suggérait une relation absolument intolérable entre Elemak et son héritage. « C'est Père le Wetchik, dit-il. Il n'est pas mort, et quand il mourra, je deviendrai Wetchik sans l'aide de personne.

— Il n'est pas mort ? demanda Gaballufix. Où est-il, alors ? Je ne vois nulle part mon vieil ami Wetchik ; par contre, je vois celui de ses fils à qui sa mort profiterait le plus.

— Mes frères témoigneront eux aussi que Père est vivant.

— Ah ! Et où sont-ils, ceux-là ? »

Elemak faillit révéler qu'ils se cachaient non loin des murs de la cité. Mais il comprit au même instant que c'était certainement ce que Gaballufix voulait savoir. « Tu ne crois tout de même pas que je serais entré seul à Basilica, alors que mes frères mouraient d'envie d'y aller ? »

Naturellement, Gaballufix savait qu'Elemak mentait, ou du moins que c'était l'empreinte du pouce d'Elemak, et de lui seul, qu'on avait relevée à l'une des portes de Basilica. Ce qu'il ignorait, c'était si Elemak bluffait ou non. Ses frères étaient-ils dans le désert ou avaient-ils circonvenu les gardes et pénétré dans la cité, où ils préparaient quelque mauvais coup ? Mais s'il savait qu'Elemak était le seul à être entré légalement, Gabya ne pouvait le révéler : ç'aurait été reconnaître qu'il avait accès aux ordinateurs municipaux.

« Je suis heureux qu'ils aient pu retrouver les plaisirs de la ville, dit-il alors. Mais j'espère qu'ils seront prudents ; des éléments brutaux ont été introduits dans Basilica – surtout par Roptat et sa bande, malheureusement – et j'ai beau venir en aide à la cité en laissant certains de mes employés patrouiller dans les rues en heures supplémentaires, on ne peut écarter la possibilité que de jeunes promeneurs se retrouvent impliqués dans des incidents fâcheux, voire dangereux.

— Je les avertirai de faire attention.

— Et toi aussi, Elemak, sois prudent. Je m'inquiète pour toi, mon frère. Songe à ceux qui croient que ton père trempait dans un complot contre Roptat ; s'ils reportaient leur ressentiment sur toi ? »

C'est alors qu'Elemak comprit que sa mission avait échoué. Gabya était manifestement convaincu qu'Elemak l'avait trahi, à moins qu'il n'ait conclu que son demi-frère ne présentait plus d'utilité et qu'il constituait même une menace à éliminer. Tout espoir était perdu d'obtenir quelque chose en feignant une affection polie. Mais peut-être serait-il intéressant d'essayer une autre méthode.

« Allons, Gabya, dit Elemak, tu sais bien que c'est toi qui as inventé ce prétendu complot de Père contre Roptat. C'était ça, le plan, tu t'en souviens ? On devait découvrir Père dans la serre froide en compagnie de Roptat assassiné. Sans risquer de condamnation, il n'échappait pas au discrédit néanmoins. Seulement, Père n'est pas venu, Roptat ne s'est pas assez approché pour que tes tueurs le liquident, et maintenant tu tentes de sauver ce que tu peux de ton plan. Nous en avons discuté ici même ; nous savons donc l'un et l'autre ce qu'il en est : pourquoi feindre le contraire ?

— Mais parce que nous ne savons pas du tout, l'un et l'autre, ce qu'il en est ! répondit Gaballufix. Pour ma part, je n'ai pas la moindre idée de ce dont tu parles. »

Elemak lui jeta un regard méprisant. « Et dire que j'ai pu te croire capable de mener Basilica à la grandeur ! Tu n'as même pas réussi à neutraliser ton opposition quand tu en as eu l'occasion.

— J'ai été trahi par des imbéciles et des lâches !

— Ça, c'est l'excuse que les imbéciles et les lâches donnent pour leurs échecs, toujours exacte tant qu'on n'oublie pas qu'ils se sont trahis eux-mêmes !

— C'est moi que tu traites d'imbécile et de lâche ? » Furieux à présent, Gaballufix perdait son sang-froid. Elemak ne l'avait jamais vu ainsi, en dehors d'un ou deux accès de colère occasionnels. Il ignorait s'il saurait lui tenir tête, mais enfin il ne se heurtait plus à la suave indifférence manifestée jusque-là. « Moi au moins, poursuivit Gaballufix, je ne me suis pas carapaté en douce au milieu de la nuit ! Moi, je n'ai pas avalé tout ce qu'on m'a raconté, même les histoires les plus idiotes !

— Parce que je les ai avalées, moi ? Tu oublies, Gabya, que tu étais le seul à me raconter des histoires ! Alors maintenant, j'aimerais savoir lesquelles j'ai eu la bêtise d'avaler ! Celle où tu prétendais n'agir que dans l'intérêt de Basilica ? Je n'y ai jamais cru ; je savais que tu ne cherchais que le profit et le pouvoir sans partage. À moins que tu ne t'imagines que je t'ai cru quand tu disais aimer sincèrement mon père et vouloir l'empêcher de se noyer dans la situation politique ? Tu crois vraiment que je l'ai avalée, celle-là ? Voyons ! mais tu hais mon père, depuis que Dame Rasa t'a lâché pour se réapparier avec lui, et tu le hais un peu plus chaque année qu'ils passent ensemble !

— C'est faux ! Je m'en contrefous ! s'exclama Gaballufix. Elle n'est rien pour moi !

— Pourtant, aujourd'hui encore, elle est le seul public à qui tu cherches à plaire ; rappelle-toi : tu t'es rendu chez elle pour y faire la roue comme un paon ! Je vois la scène d'ici ! Tu devrais entendre comme elle rit de toi, maintenant ! » Par ces mots, Elemak mettait Rasa en grand péril, et il ne l'ignorait pas ; mais ce jeu-là comportait des dangers certains, et il ne pouvait espérer l'emporter sans prendre quelques risques. Et puis Dame Rasa était de taille à affronter Gaballufix.

« Elle rit ? Oh non, elle ne rit pas ! Tu ne lui as même pas parlé !

— Regarde-moi ; vois-tu des traces de poussière du désert sur mes vêtements ? J'ai pris un bain chez elle. Je vais m'apparier avec sa nièce préférée. Et elle m'a dit que lors de votre rupture, elle aurait mieux aimé s'accoupler avec un lapin plutôt que de passer une nuit de plus avec toi ! »

L'espace d'un instant, il crut que Gaballufix allait dégainer et le tuer sur-le-champ. Mais non ; le visage de son demi-frère se détendit en un sourire torve. « Maintenant, je sais que tu mens, dit-il. Rasa ne dirait jamais rien d'aussi grossier.

— Bien sûr que j'ai tout inventé, répondit Elemak. Je voulais simplement que tu connaisses l'imbécile qui gobait tout ce qu'on lui racontait.

— Croire un moment, c'est une chose, répliqua Gaballufix. Croire les idées les plus stupides sans jamais en démordre, c'en est une autre. »

Elemak comprit soudain quel était ce mensonge auquel il croyait encore, selon Gaballufix. Et Gabya avait raison : Elemak était un imbécile de s'y être laissé prendre et d'y avoir cru jusqu'à aujourd'hui. « Tu n'as jamais eu l'intention de faire accuser Père du meurtre de Roptat, c'est ça ?

— Bien sûr que si ! se récria Gabya.

— Mais pas de le faire passer en jugement !

— Oh non ; ç'aurait été une bêtise et une perte de temps. Je te l'ai déjà dit.

— Tu disais que le prestige dont Père jouit dans la cité interdirait qu'il soit condamné. Mais la vérité, c'est qu'il ne serait jamais passé en jugement parce que tu avais prévu qu'on découvre non seulement le cadavre de Roptat, à la serre, mais aussi le sien !

— C'est une accusation monstrueuse, et je la rejette avec la dernière énergie ! Tu as vraiment une imagination malsaine, petit ! » Gaballufix insista sur le dernier mot.

— Tu te servais de moi pour trahir mon propre père, afin de pouvoir le tuer !

— Allons, dit alors Gaballufix, je pensais que tu le savais pertinemment. Nous étions d'accord, du moins le croyais-je, pour ne jamais en parler franchement parce qu'il s'agissait d'un sujet désagréable. La seule façon de t'obtenir ton héritage, c'était d'arranger la mort de ton père ; je pensais que tu l'avais compris. »

À l'idée d'avoir failli conspirer contre la vie de son père, Elemak perdit tout sang-froid. Il bondit sur Gaballufix – et se retrouva nez à nez avec le pulsant de son demi-frère, qui s'écria :

« Oui, oui, je vois que tu sais ce que peut faire un pulsant à courte distance. Tu as déjà tué un homme avec une arme pareille à celle-ci, n'est-ce pas ? Mais à propos, ne serait-ce pas avec cette arme-ci ? »

Elemak regarda le pulsant et reconnut ses marques d'usure, là où on l'avait posé sur une pierre, là où il avait été ébréché et entaillé, là où, accroché à sa hanche pendant d'innombrables heures de voyage dans le désert, il avait perdu sa couleur au soleil. « Mais j'ai prêté ce pulsant à Mebbekew le jour où je suis revenu de ma dernière caravane ! dit-il, abasourdi.

— En effet ; et Mebbekew me l'a prêté. Et puisqu'on parle d'imbéciles, je lui ai dit que je voulais m'en servir pour te faire une surprise, pour t'honorer d'avoir versé ton premier sang. Je lui ai raconté que j'allais utiliser ton histoire pour exalter mes soldats. » Et Gaballufix éclata d'un rire mauvais.

« C'est donc pour ça que tu as attiré Meb ! Pour avoir mon pulsant ! » Mais pourquoi ? Elemak imagina son père étendu par terre, mort, puis quelqu'un découvrant le pulsant d'Elemak non loin de là, abandonné peut-être dans une fuite précipitée. Il imagina Gaballufix, les larmes aux yeux, fournissant des explications au conseil de la cité : « Voilà à quoi mène la cupidité de la jeune génération : mon propre demi-frère, prêt à tuer son père pour obtenir son héritage ! »

« Tu as raison, dit Elemak d'un ton calme. J'étais effectivement un imbécile.

— Et c'est toujours vrai, ajouta Gaballufix. On t'a vu partout dans la cité, aujourd'hui. Mes hommes t'ont suivi dans plusieurs quartiers ; les témoins sont nombreux, et quel délice ce sera de voir Rasa contrainte de témoigner contre le fils aîné de son Volemak bien-aimé ! Parce que, sache-le, quelqu'un va mourir cette nuit, tué par ce même pulsant qu'on retrouvera près du corps ; alors tout le monde saura que l'assassin n'est autre que le fils de Wetchik, qui agissait sans doute sur l'ordre de son père. Et le plus beau, pourquoi ne pas te le dire ? c'est que je peux te faire sortir de la cité vivant, oui, vivant, et que ça ne changera rien ! Si tu essayes de parler de mon projet d'assassinat – je n'ai pas encore décidé de la victime – tout le monde croira que tu cherchais à couvrir ton propre crime à l'avance. Oh oui, tu es un imbécile, Elemak, tout comme ton père ! Alors même que tu me savais prêt à tuer pour réaliser mes plans, tu croyais, j'ignore pourquoi, que ta famille et toi, vous étiez à l'abri, que pour une raison mystérieuse je me montrerais plus faible avec toi parce le même vieil utérus fatigué nous avait portés, toi et moi, pendant les neuf mois où nous avons tiré notre vie d'un placenta ! »

Elemak n'avait jamais vu une telle fureur, une telle haine sur un visage humain ; il n'avait jamais imaginé que ce fût possible. Et pourtant, il était là, et il voyait la joie affreuse de Gabya, décrivant un meurtre qu'il avait l'intention de commettre. Elemak en avait le sang glacé, mais il en ressentait également une espèce de confiance démente, comme si l'aveu que faisait Gaballufix de sa petitesse intérieure donnait enfin à Elemak la conscience de sa propre grandeur.

« Qui est l'imbécile, Gabya ? dit-il. Qui est l'imbécile ?

— Je crois qu'il n'y a plus à en douter !

— C'est vrai. Par tes actes, tu vas nous interdire, à Père et à moi-même, tout retour à la cité, pour un moment en tout cas ; mais la mort de Roptat ne t'ouvrira pas pour autant la route du pouvoir. Es-tu donc stupide à ce point ? Personne ne croira, ne fût-ce qu'un instant, que Père ait voulu tuer Roptat, pas plus que moi, d'ailleurs.

— J'aurai ton arme comme preuve ! s'écria Gaballufix.

— Mon arme, oui, mais aucun témoin du meurtre ; seulement ton récit à toi, ébruité par tes hommes à toi. Les gens ne sont pas fous, ils savent que deux et deux font quatre. À qui profitent la mort de Roptat et l'exil de Père ? À toi, Gabya, à toi seul ! La cité va se soulever contre toi et la rébellion sera sanglante. Tes soldats agoniseront dans les rues !

— Tu surestimes la volonté de mes adversaires, répondit Gaballufix ; ce sont des pleutres ! » Mais il ne semblait plus si sûr de lui, et sa joie mauvaise avait disparu.

« Ce n'est pas parce qu'ils refusent de tuer pour atteindre le sommet que tes adversaires sont des pleutres. Ils sont tout prêts à tuer pour arrêter un homme comme toi, un parasite, un petit cafard malade, jaloux, rancunier et plein de haine.

— Tu as donc tellement envie de mourir ?

— C'est ça, tue-moi, ici et maintenant, Gabya ! Des centaines de gens savent que je suis chez toi. Des centaines qui sont impatients d'entendre ce que j'ai à leur dire. Ton plan a été percé à jour et il ne marchera plus, parce que tu n'as pas pu t'empêcher de t'en vanter ! »

Ce n'était que du bluff, bien sûr, mais Gaballufix y crut. Assez, en tout cas, pour hésiter.

Enfin, il se mit à sourire. « Elya, mon frère, je suis fier de toi ! »

Elemak savait reconnaître une reddition. Mais il ne répondit rien.

« Tu es mon frère, après tout ; le sang de Volemak ne t'a pas affaibli, dirait-on. Peut-être même t'a-t-il rendu plus fort.

— Tu crois vraiment que je vais avaler tes flatteries, maintenant ?

— Non, naturellement. Tu les méprises, bien sûr, mais ça ne m'empêche pas de t'admirer. Ça t'empêche simplement de croire en mon admiration ! C'est toi qui y perds, mon cher Elya.

— Je suis venu chercher l'Index, Gaballufix, dit Elemak ; ce n'est pas compliqué. Donne-le moi, et je m'en vais. Wetchik et sa famille ne te gêneront plus jamais et tu pourras t'adonner tranquillement à tes petits jeux, jusqu'au jour où on te plantera un couteau dans le dos, ne serait-ce que pour faire cesser ce couinement exaspérant que tu émets chaque fois que tu crois avoir été particulièrement malin. »

Gaballufix pencha la tête de côté.

Il va me le donner ! se dit Elemak, triomphant.

« Non, répondit finalement Gaballufix. Je voudrais bien te le remettre, mais je ne peux pas. L'Index envolé... ce serait difficile à expliquer au conseil clanique. Ça ne me rapporterait qu'un tas de problèmes, et pourquoi irais-je me fourrer dans les ennuis rien que pour me débarrasser de Wetchik ? J'en suis déjà débarrassé, après tout ! »

Enfin ! On en était arrivé à ce qu'attendait Elemak : au marchandage. « Que te faudrait-il d'autre pour que ça en vaille la peine ? demanda-t-il.

— Fais-moi une offre. Une somme suffisante pour compenser les efforts que je devrai faire.

— Donne-moi l'Index, et Père débloquera des fonds pour toi. Tout ce que tu voudras.

— Ah, parce que je dois attendre l'argent ? Je dois attendre que Wetchik me paye à retardement pour un index que je te donnerais maintenant ? Ah, je comprends ! Je vois la situation ! » Et Gaballufix éclata d'un rire moqueur. « Tu ne peux pas me donner d'argent maintenant parce que tu n'en as pas ! Il t'a envoyé en mission sans même te donner accès à sa fortune ! »

Elemak resta sans voix. Quelle humiliation ! Son père aurait dû savoir qu'en traitant avec Gaballufix, la question de l'argent finirait pas surgir ; il aurait dû lui confier le mot de passe qui donnait accès aux liquidités de la famille. Rashgallivak, l'intendant, avait plus de contrôle sur la fortune du Wetchik qu'Elemak lui-même ! La rage et la rancœur l'envahirent contre son père qui l'avait mis dans une telle position de faiblesse ; quel vieil imbécile myopard, qui se mélangeait toujours les pieds quand il s'agissait de commerce !

« Dis-moi, Elya, reprit Gaballufix en réprimant enfin son fou rire, si ton propre père ne te confie pas son argent, pourquoi te confierais-je l'Index ? »

Et là-dessus, Gaballufix passa la main sous la table ; il dut appuyer sur un interrupteur, car trois portes s'ouvrirent en même temps et des soldats, tous identiques, jaillirent dans la pièce. Ils s'emparèrent d'Elemak et le traînèrent sans ménagement jusqu'à la porte d'entrée.

Comme si cela ne suffisait pas, ils l'emmenèrent au pas de gymnastique jusqu'à la porte municipale la plus proche, la porte Arrière, à quelques pas de chez sa mère, et le jetèrent au sol devant les gardes.

« Ce rigolo quitte la cité ! cria un des soldats.

— Et sans espoir de retour ! » renchérit un autre.

Les gardes ne parurent pas impressionnés outre mesure.

« Vous êtes citoyen ? demanda l'un d'eux.

— Oui, répondit Elemak en s'époussetant.

— Votre pouce, s'il vous plaît. » Ils approchèrent l'écran et Elemak présenta son pouce au-dessus. « Citoyen Elemak, fils de Dame Rasa par le Wetchik. C'est un honneur de vous servir. » Et les sentinelles se mirent au garde-à-vous et le saluèrent.

Elemak fut abasourdi. Jamais, à aucun de ses passages aux portes de Basilica, jamais personne n'avait fait plus que lever les sourcils quand l'ordinateur municipal annonçait sa prestigieuse parenté. Et voilà qu'on le saluait officiellement !

À cet instant, les soldats de Gaballufix reprirent leurs railleries en se vantant de ce qu'ils lui feraient si jamais il remettait les pieds en ville. Elemak comprit alors que les gardes municipaux officiels proclamaient, à lui et à tous ceux qui passaient près de la porte, qu'ils ne faisaient en aucun cas partie de la petite armée de Gaballufix ; et dans le fils de Wetchik, c'est l'adversaire de Gaballufix qu'ils saluaient. Si seulement Elemak pouvait tourner cette situation à son avantage ! Et si je rentrais dans la cité en libérateur, à la tête de la garde et de la milice, que j'écrasais Gabya et son abominable armée de clones ? La cité m'offrirait alors, et avec joie, tout ce dont il tente de s'emparer par la ruse, l'intimidation et le meurtre. J'aurais tout le pouvoir dont Gaballufix a toujours rêvé, et l'amour de la cité par surcroît.

12

LA FORTUNE

Au désert, ce fut une rude journée ; pourtant, sauf pendant l'heure et demie où le soleil était à son zénith, la ravine baignait dans une ombre profonde et une brise régulière y circulait. On n'est vraiment à l'aise nulle part, songeait Nafai, quand on est là, à attendre qu'un autre fasse votre travail, votre travail à vous. Car il y avait pire que la chaleur, pire que la sueur qui lui coulait dans les yeux, pire que la poussière irritante qui s'était infiltrée sous ses vêtements et qui crissait sous ses dents ; c'était la peur atroce que Nafai ressentait quand il se disait que c'était Elemak – Elemak ! – sur qui reposait la mission de Surâme.

Il avait évidemment truqué le tirage au sort. Nafai n'était pas si naïf : son frère n'aurait jamais laissé pareille décision au hasard. Mais tout en admirant l'habileté d'Elemak, Nafai lui en voulait. Essayait-il de récupérer l'Index, seulement ? Ou bien mettait-il au point avec Gaballufix un nouveau plan pour trahir Père et la cité, c'est-à-dire Surâme, le gardien de l'humanité ?

Et reviendrait-il ?

Enfin, vers le milieu de l'après-midi, on entendit des pierres qui dégringolaient, et Elemak descendit bruyamment jusqu'à leur cachette. Il avait les mains vides, mais les yeux brillants. On a été trahis, se dit Nafai.

« Il a refusé, évidemment, annonça Elemak. Cet Index est plus important que ce que nous avait dit Père. Gaballufix ne veut pas s'en défaire, pas pour rien, en tout cas.

— Que veut-il en échange, alors ? demanda Issib.

— Il ne me l'a pas dit, mais il a un prix en tête. Il a clairement laissé entendre qu'il est prêt à discuter. Le problème... c'est qu'il faut que Père nous donne accès à son argent. »

Nafai se méfia aussitôt : comment savoir ce qu'Elemak et Gaballufix s'étaient promis ?

« Alors, il faudrait se retaper tout le chemin les mains vides ? dit Mebbekew. Écoute, Elya : toi, tu vas voir Père, et nous, on reste ici en attendant que tu reviennes avec le code d'accès.

— Oui, renchérit Issib. Je n'ai pas envie de passer la nuit dans le désert alors que j'ai l'occasion de me servir de mes flotteurs en ville.

— Mais bon sang, vous êtes idiots ou vous le faites exprès ? s'exclama Elemak. Vous ne voyez pas que tout a changé, maintenant ? Ce n'est plus possible d'aller se promener dans la cité incognito ! Les troupes de Gabya sont partout. Et Gaballufix n'est pas l'ami de Père, c'est le moins qu'on puisse dire. Donc, ce n'est pas non plus notre ami !

— Oui, mais c'est ton frère, fit remarquer Mebbekew.

— Ce n'est le frère de personne ! rétorqua Elemak. Il est insaisissable et complètement amoral ! Je le connais mieux qu'aucun de vous, et je peux vous jurer qu'il nous tuera dès qu'il nous verra ! »

Venant d'Elemak, ce langage stupéfia Nafai. « Mais je croyais que tu voulais qu'il dirige Basilica !

— Je considérais son plan comme le meilleur espoir pour Basilica dans les guerres à venir, précisa Elemak. Mais je n'ai jamais cru que Gaballufix cherchait autre chose que son propre profit. Ses soldats occupent toute la cité, et ils portent une espèce de costume holographique qui les couvre tout entiers et qui les rend absolument identiques.

— Des masques intégraux ! s'écria Mebbekew. C'est génial !

— Ça veut surtout dire, reprit Elemak, que même si quelqu'un voit un soldat de Gaballufix commettre un méfait – enlever ou tuer un fils en goguette du vieux Wetchik, par exemple – il ne pourra jamais en identifier l'auteur.

— Ah ! fit Mebbekew.

— Alors, dit Nafai, si Père nous donne accès à son argent, qu'est-ce qui va se passer ? Qu'est-ce qui te fait croire que Gaballufix nous vendra l'Index ?

— Réfléchis, Nafai ! Même un gamin de quatorze ans doit être capable de comprendre vaguement les affaires des grands ! Gaballufix a des centaines et des centaines de soldats à payer ; il est riche, mais pas assez pour continuer comme ça éternellement sans mettre la main sur le revenu des impôts de Basilica. L'argent de Père pourrait faire une énorme différence. Pour l'instant, Gaballufix a sans doute plus besoin d'argent que du prestige de l'Index, dont presque plus personne ne connaît l'existence. »

Passant sur le ton condescendant d'Elemak, Nafai reconnut que l'analyse de son frère était juste. « L'Index est donc bien à vendre.

— Il est peut-être à vendre, nuance ! corrigea Elemak. Alors, on va retrouver Père, on voit si l'Index vaut qu'on dépense son argent, et combien il est prêt à y mettre. Ensuite, il nous donne accès à ses finances, on retourne à Basilica et on discute...

— Parle pour toi ! Va voir Père si tu veux, moi, je tente ma chance en ville ! protesta Mebbekew.

— Et moi, je veux sortir de ce fauteuil ce soir même ! renchérit Issib.

— Quand on reviendra, dit Elemak, tu pourras entrer dans la cité.

— Comme cette fois-ci ? Tu vas encore nous faire poireauter, et pour finir, on n'entrera jamais !

— Ah, c'est comme ça ? fit Elemak. D'accord : je retourne seul voir Père et je lui dis que vous l'avez laissé tomber, lui et sa mission, simplement parce que vous vouliez aller à Basilica pour faire de la voltige dans les rues et prendre une cuite, c'est bien ça ?

— Je n'y vais pas pour prendre une cuite ! protesta Issib.

— Et moi, je n'y vais pas pour faire de la voltige dans les rues, ajouta Mebbekew avec un large sourire.

— Attendez un peu, intervint Nafai. Si on va voir Père et qu'il nous donne sa permission, qu'est-ce qu'on en tirera ? Ça va prendre presque une semaine. Qui sait comment les choses auront évolué à ce moment-là ? Il y aura peut-être déjà une guerre civile à Basilica, ou bien Gaballufix aura trouvé un autre moyen de financement, et notre argent n'aura plus aucun intérêt pour lui. S'il faut lui faire une offre, c'est maintenant ou jamais ! »

Elemak le regarda d'un air étonné. « Eh bien... c'est vrai, évidemment. Mais on n'a pas accès à l'argent de Père. »

Sans répondre, Nafai se tourna vers Issib.

Issib roula des yeux. « Mais j'ai promis à Père... gémit-il.

— Quoi ? Tu connais le mot de passe de Père ? C'est ça ? demanda Mebbekew.

— Oui. Il a dit qu'il fallait que quelqu'un d'autre le sache, en cas d'accident. Mais comment es-tu au courant, Nafai ?

— Voyons, Issib ! je ne suis pas idiot ; dans tes recherches, tu avais accès à des fichiers de la bibliothèque municipale dans lesquels un gamin comme toi ne serait jamais entré sans l'autorisation d'un adulte. Mais je ne savais pas que Père t'avait donné le mot de passe.

— En fait, reprit Issib, il ne m'a donné que le code d'entrée. Le reste, je l'ai trouvé tout seul. »

Mebbekew était livide. « Tout ce temps où j'ai vécu comme un mendiant, tu avais accès à la fortune tout entière de Père, toi ?

— Allons, réfléchis, Meb, dit Elemak. À qui d'autre Père pouvait-il confier son mot de passe ? Nafai est un gosse, toi, l'argent te brûle les doigts, et quant à moi, j'étais tout le temps en désaccord avec lui sur les investissements à choisir. Mais Issib ne risquait pas de faire quoi que ce soit avec cet argent.

— Alors, parce qu'il n'a pas besoin d'argent, il a tout ce qu'il veut ?

— Si jamais je m'étais servi de ce mot de passe, Père l'aurait modifié, de toute façon ; je ne m'en suis donc pas servi, dit Issib. Mais peut-être qu'il en existe un autre pour accéder à l'argent ; je n'ai jamais essayé. Et je n'ai pas l'intention d'essayer aujourd'hui, alors laissez tomber. Père ne nous a pas donné l'autorisation d'aller taper dans la fortune familiale.

— Mais il nous a dit que Surâme voulait qu'on rapporte l'Index, dit Nafai. Vous ne comprenez donc pas ? L'Index est si important que Père a dû nous envoyer affronter son adversaire, un homme qui avait l'intention de le tuer...

— Oh, arrête, Nyef ! C'est un rêve qu'il a fait ; ça n'a rien de réel ! s'écria Mebbekew. Gaballufix n'a jamais eu l'intention de tuer Père !

— Si, coupa Elemak. Il projetait de tuer Roptat et Père, rien que ça, et en plus de me faire porter le chapeau. »

Mebbekew ouvrit des yeux ébahis.

« Il se serait débrouillé pour qu'on trouve mon pulsant, continua Elemak – celui que je t'avais prêté, Mebbekew, celui-là même –, près du cadavre de Père. Pas très malin d'avoir perdu mon pulsant, Meb.

— Comment sais-tu tout ça ? demanda Issib.

— C'est Gaballufix lui-même qui me l'a raconté, pendant qu'il essayait de me convaincre qu'il me tenait à la gorge.

— Allons au conseil ! s'exclama Issib. Si Gaballufix a avoué...

— Il l'a avoué – ou plutôt, il s'en est vanté – devant moi seul, dans une pièce vide. C'est ma parole contre la sienne. Donc, inutile d'en parler ; ça ne servirait à rien.

— Si ! Il faut saisir l'occasion ! insista Nafai. Aujourd'hui, tout de suite ! On va à la maison, on entre dans les fichiers de Père par sa bibliothèque, et on convertit tous les fonds en liquide. Ensuite, on se rend au marché de l'Or, et on change tout en lingots, en titres négociables, en pierres précieuses, en ce que vous voulez, et puis on va chez Gaballufix et...

— Et il nous prend tout, il nous tue, il nous découpe en petits morceaux et nous jette aux chacals, dans un fossé en dehors de la cité, termina Elemak.

— Pas du tout, rétorqua Nafai : on prendra un témoin avec nous, quelqu'un qu'il n'osera pas toucher.

— Et qui donc ? demanda Issib.

— Rashgallivak, répondit Nafai. Ce n'est pas seulement l'intendant du domaine de Wetchik : il est Palwashantu, et il jouit d'un grand prestige et de la confiance de tous. On l'emmène, il surveille tout, il est témoin de l'échange de la fortune de Père contre l'Index, et on ressort tous vivants. Peut-être que Gaballufix nous tuerait si on y allait seuls, mais il n'osera pas toucher à Rash.

— Tu veux dire que nous irions tous les quatre chez Gaballufix ? demanda Issib.

— Dans la cité ? renchérit Mebbekew.

— Ce n'est pas une mauvaise idée, dit Elemak. C'est risqué, mais tu as raison : c'est le moment d'agir.

— Alors, allons à la maison, reprit Nafai. On peut laisser les chameaux ici pour la nuit, non ? Issib et moi, nous nous occuperons du transfert des fonds à la bibliothèque, pendant que Meb et toi irez chercher Rash pour qu'on débarque tous ensemble chez Gaballufix.

— Est-ce que Rash marchera ? demanda Issib. Et si Gaballufix décidait de nous tuer quand même ?

— Rash marchera, répondit Elemak. Il est parfaitement loyal. Il ne faillira jamais à son devoir envers la maison de Wetchik. »

En une heure, tout fut réglé. L'après-midi tirait à sa fin quand ils entrèrent dans le marché de l'Or et entamèrent les dernières transactions. Tous les fonds qui n'étaient pas bloqués en immobilier se trouvaient sous forme accessible sur le fichier bancaire d'Issib, qui n'était en fait, comme ceux de ses frères, qu'un sous-fichier du compte général de Père. Si quelqu'un doutait qu'Issib eût le droit de dépenser une telle somme, Rashgallivak était là, témoin silencieux des opérations. Si Rash était présent, c'est que tout devait être légal.

La somme en jeu représentait le plus gros achat de liquidités qu'eût connu l'histoire récente du marché de l'Or. Aucun agent de change ne possédait assez de lingots, de pierres précieuses ou de titres pour traiter ne fût-ce qu'une fraction sérieuse de l'achat. Pendant plus d'une heure, jusqu'à ce que le soleil eût sombré derrière l'enceinte rouge et que le marché fût plongé dans l'ombre, les agents marchandèrent entre eux pour parvenir enfin à déposer le montant total de l'opération sur une seule table. On procéda au transfert ; une somme effarante passa d'une colonne à l'autre sur les écrans, devant tous les agents du marché à présent rassemblés qui suivaient l'opération, abasourdis. Les lingots furent ensuite enveloppés dans du tissu en trois paquets et ficelés, les pierres roulées dans d'autres linges et placées dans des sacs, et les titres reliés dans des brochures de cuir. Enfin, les paquets furent répartis entre les quatre fils de Wetchik.

Un des agents avait déjà pris des dispositions pour qu'une demi-douzaine de gardes municipaux les accompagnent partout, mais Elemak les renvoya. « Si les gardes viennent avec nous, nous attirerons l'attention de tous les voleurs de Basilica, et nos vies ne vaudront plus grand-chose. Non, nous nous déplacerons rapidement, sans gardes et en toute discrétion. »

Les agents se tournèrent une fois de plus vers Rashgallivak, qui opina.

Les quatre frères, suivis de l'intendant, traversèrent la cité, inquiets des regards que leur lançaient les passants, et arrivèrent enfin devant les portes de la maison de Gaballufix. Nafai vit tout de suite qu'Elemak et Mebbekew étaient accueillis en familiers de la maison. Rashgallivak aussi, mais il est vrai que Rash était connu de tout le clan Palwashantu ; l'étonnant aurait été qu'on ne le reconnût pas. Seuls, Nafai et Issib durent être présentés à Gaballufix, dans son vaste salon – ou plutôt, dans le salon de sa femme.

« C'est donc toi qui voles, dit Gaballufix en s'adressant à Issib.

— Je flotte, en réalité, répondit Issib.

— C'est ce que je vois. Ainsi, vous êtes les fils de Rasa, tous les deux. » Il regarda Nafai dans les yeux. « Tu es bien grand pour quelqu'un de si jeune. »

Nafai, trop occupé à le dévisager, ne répondit pas. Gaballufix était très ordinaire, finalement ; un peu mou, même. En tout cas, plus très jeune, bien que moins âgé que Père, qui avait, il est vrai, partagé la couche de sa mère et conçu Elemak. Ce dernier n'avait qu'une vague ressemblance avec Gaballufix : la couleur sombre des cheveux et les yeux un peu trop rapprochés, sous des arcades sourcilières proéminentes.

Mais c'était aussi par les yeux qu'ils étaient le plus différents : Gaballufix les avait légèrement chassieux et bordés de rouge, ce qui contrastait avec le regard énergique d'Elya. Elemak était un homme d'action, vigoureux, un homme du désert, capable d'affronter des gens et des environnements inconnus avec courage et assurance. Gaballufix, au contraire, n'allait nulle part et ne faisait rien ; il préférait se terrer dans son repaire et laisser les autres faire son travail. Elemak fonçait dans le monde et le changeait là où c'était possible ; Gaballufix restait sur place et le vampirisait ; il le vidait de sa substance pour s'en emplir.

« ... Et le plus jeune est muet, à ce que je vois, poursuivit Gaballufix.

— Oui, pour la première fois de sa vie ! » dit Meb. Il y eut des rires nerveux.

« Eh bien, pourquoi les fils et l'intendant de Wetchik m'honorent-ils de leur visite ?

— Père voulait que nous échangions des présents avec toi, dit Elemak. Là où nous vivons, nos besoins d'argent sont réduits, mais Père avait à cœur d'emporter l'Index – ou plutôt, Surâme le lui a ordonné. Tandis que toi, Gaballufix, tu n'en as pas vraiment besoin – l'as-tu seulement regardé une fois depuis que tu es chef du conseil clanique ? – et tu pourrais faire meilleur usage d'une part de la fortune de Wetchik que Père, maintenant qu'il est loin de la cité. »

C'était là un discours éloquent et sincère, et en même temps parfaitement faux, qui suscita l'admiration de Nafai. Tout le monde savait que c'était une négociation qui se jouait ici, mais on lui donnait habilement l'apparence d'un échange de cadeaux, si bien que personne ne pourrait accuser ouvertement Gaballufix d'avoir vendu l'Index, ni Père de l'avoir acheté.

« Je suis sûr que mon cousin Wetchik est trop généreux avec moi, répondit Gaballufix. Je n'imagine pas lui être de quelque secours en gérant une part négligeable de sa grande fortune. »

Alors, Elemak s'avança et déroula un lourd paquet de lingots de platine. Gaballufix en prit un et le soupesa. « Voilà un objet magnifique, dit-il. Et pourtant, je sais qu'il s'agit là d'une part si minuscule de la fortune de Wetchik que je ne me sentirais pas le droit de rendre un si petit service à mon cousin, alors qu'il devrait supporter en échange le lourd fardeau qu'est la garde de l'Index Palwashantu.

— Ce n'est qu'un échantillon, dit Elemak.

— Si l'on doit me confier cette responsabilité, ne devrais-je pas en connaître l'étendue ? »

Elemak sortit le reste du trésor qu'il portait sur lui et le déposa sur la table. « Père ne peut assurément pas te demander de te charger de plus que cela.

— C'est une charge bien légère, répondit Gaballufix. Je serais honteux que ce soit là toute l'aide que je puisse apporter à mon cousin. » Mais Nafai vit que les yeux de Gaballufix brillaient devant cet étalage de richesses. « Je suppose que ce n'est que le quart de ce que vous transportez. »

Le regard de Gaballufix passa de Nafai à Issib, puis à Mebbekew.

« Je crois que c'est suffisant, dit Elemak.

— Alors, je ne peux accepter de faire porter le fardeau de l'Index à mon cousin.

— Très bien », conclut Elemak. Il entreprit de remballer les lingots.

C'est tout ? s'étonna Nafai intérieurement. On abandonne comme ça ? Suis-je donc le seul à voir que Gaballufix salive devant l'argent ? Que si on lui en offre encore un peu, il va craquer ?

« Attendez, dit-il à haute voix. On peut ajouter ce que j'ai sur moi ! »

Nafai sentit bien le regard meurtrier que lui lança Elemak, mais il aurait été inconcevable d'arriver si près du but et de repartir les mains vides. Elemak ne comprenait-il pas que l'Index était d'une importance énorme ? Une importance qui dépassait celle de l'argent, c'était certain. « Et si ça ne suffit pas, continua-t-il, Issib en a encore sur lui. Montre-lui, Issib. Laisse-moi lui faire voir. »

Et en quelques instants, ils eurent triplé l'offre.

« J'ai bien peur, dit Elemak d'une voix glaciale, que mon jeune frère ait offert de te charger de bien plus que je n'avais l'intention de t'obliger à gérer.

— Au contraire, rétorqua Gaballufix. C'est ton jeune frère qui a le mieux estimé quel fardeau je suis prêt à assumer. En fait, je pense que si le dernier quart de ce que vous avez apporté chez moi se trouvait sur la table, je me sentirais le droit de charger mon cher cousin de la lourde responsabilité de l'Index Palwashantu.

— Non, ce serait trop, dit Elemak.

— Dans ce cas, tu me vexes, répliqua Gaballufix, et je ne vois pas l'intérêt de poursuivre cette discussion.

— Nous sommes venus chercher l'Index, dit Nafai. Nous sommes venus sur l'ordre de Surâme.

— Ton père est connu pour sa piété et ses visions, répondit Gaballufix.

— Si vous acceptez de prendre tout ce que nous avons, nous le déposerons avec joie devant vous pour accomplir la volonté de Surâme.

— Le Temple n'oubliera pas de sitôt une telle obéissance », fit Gaballufix. Puis, à Mebbekew : « À moins que la piété de Nafai ne soit supérieure à celle de son frère Mebbekew ? »

Rempli d'angoisse et d'indécision, le regard de Mebbekew allait d'Elemak à Gaballufix.

Mais ce fut Elemak qui réagit. Il se remit à emballer les lingots dans les tissus.

« Non ! s'écria Nafai. On ne va pas laisser tomber maintenant ! » Il tendit la main vers Mebbekew. « Tu sais bien que ce serait la volonté de Père.

— Je vois que le plus jeune est le seul qui comprenne vraiment », dit Gaballufix.

Mebbekew s'avança et entreprit de disposer ses paquets sur la table. Pendant ce temps, Elemak agrippa durement Nafai par l'épaule et lui souffla : « Je t'avais dit de me laisser faire ! Tu lui a donné quatre fois plus que nécessaire, espèce de petit crétin ! Nous n'avons plus rien ! »

Plus rien que l'Index, songea Nafai. Mais... si Elemak savait très bien ce qu'il faisait, en réalité ? Nafai aurait peut-être mieux fait de se taire et de le laisser mener la négociation. Sur le moment pourtant, il avait eu la conviction qu'il devait intervenir, sous peine de ne jamais obtenir l'Index.

Toute la fortune du Wetchik, sauf les terres et les immeubles, se trouvait sur la table de Gaballufix.

« Est-ce suffisant, maintenant ? demanda Elemak d'un ton sec.

— C'est tout à fait suffisant, répondit Gaballufix. Tout à fait suffisant pour me prouver que Volemak le Wetchik a trahi les Palwashantu. Cette immense fortune a été placée entre les mains d'enfants, qui ont résolu, avec une stupidité typiquement puérile, de la gaspiller tout entière à l'achat d'un objet dont tout vrai Palwashantu sait qu'il ne peut en aucun cas être vendu : l'Index, le dépôt sacré, la charge sainte des Palwashantu ! Volemak pensait-il pouvoir l'acheter ? Non, c'est inconcevable, cela ne se peut pas ! Je dois donc conclure qu'il a perdu l'esprit, ou bien que vous l'avez tué et que vous avez caché son corps quelque part !

— Non ! cria Nafai.

— Tes mensonges sont obscènes, lança Elemak, et nous ne les tolérerons pas ! » Il s'avança et voulut pour la troisième fois ramasser le trésor.

« Voleur ! hurla Gaballufix.

Les portes s'ouvrirent soudain, et une dizaine de soldats entrèrent dans la pièce.

« Tu crois vraiment pouvoir faire ça en présence de Rashgallivak ? demanda Elemak, haletant.

— Mais j'insiste pour le faire en sa présence ! dit Gaballufix. Qui, à ton avis, est venu m'avertir que Volemak trahissait la confiance des Wetchik ? Que les fils de Volemak saignaient à blanc la fortune de Wetchik à cause d'un caprice de fou ?

— Je sers la maison de Wetchik », intervint Rashgallivak. Il regarda tour à tour les quatre frères, et son visage était un masque de tristesse. « Ce ne pouvait pas être l'intérêt de cette grande maison de laisser un fou qui croit avoir des visions dilapider sa fortune. Gaballufix a eu grand-peine à croire ce que je lui ai dit, mais il a convenu que la fortune de Wetchik devait être confiée à une autre branche de la famille.

— En tant que chef du clan Palwashantu, dit Gaballufix d'un ton solennel, je déclare que Volemak et ses fils, s'étant révélés incompétents et indignes dans la garde de la plus grande maison du clan, sont donc écartés comme héritiers et possesseurs de la maison de Wetchik, et ce pour toujours. Et en reconnaissance de ses années de bons et loyaux services, en sa personne et en celle de ses ancêtres depuis bien des siècles, j'accorde la garde temporaire de la fortune de Wetchik et l'usage du nom de Wetchik à Rashgallivak, afin qu'il s'occupe de tous les domaines de cette maison jusqu'à ce que le conseil clanique en dispose autrement. Quant à Volemak et ses fils, s'ils tentent en quelque manière de protester ou de discuter cette décision, ils seront considérés comme ennemis de sang des Palwashantu et se verront appliquer des lois plus anciennes que celles de la cité de Basilica. » Gaballufix se pencha par-dessus la table et sourit à Elemak. « Tu as bien tout compris, Elya ? »

Elemak fixa Rashgallivak. « J'ai surtout compris que l'homme le plus loyal de Basilica est à présent celui qui la trahit le plus.

— C'est vous, les traîtres, rétorqua Rash. Pris d'une folie qui vous conduit à des visions, vous faites un voyage sans profit aucun dans le désert, vous vendez tous les animaux, vous congédiez les ouvriers, et aujourd'hui vous vous ruinez vous-mêmes... En tant qu'intendant de la maison de Wetchik, je ne pouvais faire autrement qu'en référer au conseil clanique.

— Gaballufix n'est pas le conseil, rétorqua Elemak. C'est un vulgaire voleur, et tu as remis toute notre fortune entre ses mains !

— C'est vous qui étiez en train de la lui remettre, fit observer Rashgallivak. Ne comprenez-vous pas que c'est pour vous que je fais cela ? Pour vous quatre ? Le conseil me nommera tuteur pendant quelques années, le temps que tout se tasse, et durant ce temps, si l'un de vous s'avère réfléchi et parfaitement digne de confiance, digne de cette responsabilité, le nom et la fortune de Wetchik reviendront à votre famille.

— Il n'y aura plus de fortune, rétorqua Elemak, parce que Gabya l'aura engloutie dans ses armées avant la fin de l'année.

— Pas du tout, dit Gaballufix. Je la confie tout entière à Rash, pour qu'il la gère en tant qu'intendant. »

Elemak éclata d'un rire caustique. « Un intendant tenu de l'employer comme le conseil l'ordonnera. Et qu'ordonnera le conseil ? Tu verras, Rash ! Tu le verras même très vite, parce que le conseil a des frais sacrément importants, avec tous les soldats qu'il entretient ! »

Rashgallivak eut l'air mal à l'aise. « Gaballufix a en effet indiqué qu'une petite partie de cet argent pourrait être déduite pour couvrir les frais actuels, mais que votre père, s'il avait encore été sain d'esprit, aurait de toute façon contribué aux dépenses du clan.

— Il s'est fichu de toi, dit Elemak, et de moi aussi. Il s'est fichu de nous tous. »

Rash regarda Gaballufix, visiblement inquiet. « Peut-être devrions-nous réunir le conseil clanique, fit-il.

— Le conseil s'est déjà réuni, répondit Gaballufix.

— Quels sont les frais réels du clan ? demanda Rashgallivak.

— Ils sont minimes, dit Gaballufix. Ne perdez pas votre temps à vous inquiéter de ça. À moins que vous ne soyez aussi peu digne de confiance que Volemak et ses fils ?

— Tu vois ? exulta Elemak. Ça commence déjà : fais ce que dit Gabya, ou tu ne resteras pas longtemps intendant de la fortune de Wetchik.

— La loi est la loi, déclara Gaballufix. Et maintenant, il est temps que ces misérables dissipateurs quittent ma maison, avant que je ne les inculpe du meurtre de leur père.

— Avant que nos paroles n'aident Rash à voir la vérité, tu veux dire ! corrigea Elemak.

— On va partir, dit Mebbekew. Mais ces discours sur le conseil clanique Palwashantu et Rashgallivak qui deviendrait le Wetchik, tout ça, c'est de la pisse de rat ! Tu es un voleur, Gabya, un voleur, un menteur et un assassin qui aurait tué Roptat et Père si on n'avait pas fichu le camp de la cité, et on ne va pas laisser la fortune de notre famille entre les mains d'un meurtrier ! »

Là-dessus, Mebbekew se précipita en avant et s'empara d'un sac de pierres précieuses.

Les soldats bondirent aussitôt sur les quatre frères. Le sac fut arraché des mains de Mebbekew, et on les emmena sans douceur jusqu'à la porte d'entrée ; là, on les jeta à la rue.

« Allez, du balai ! leur crièrent les soldats. Voleurs ! Assassins ! »

Nafai eut à peine le temps de reprendre ses esprits que Mebbekew le saisit à la gorge. « Il a fallu que tu étales tout le trésor sur la table !

— Mais il était décidé à l'obtenir, de toute façon ! protesta Nafai.

— Fermez-la, bande de crétins, coupa Elemak. On n'est pas encore sortis de l'auberge. Nos vies ne valent plus rien : des hommes doivent nous attendre à moins de cinquante mètres d'ici pour nous tuer. Notre seule chance, c'est de nous séparer et de cavaler. Ne vous arrêtez sous aucun prétexte. Et n'oubliez pas – Rasa m'a dit ça tout à l'heure : ne vous fiez à aucun homme. Vous entendez ? À aucun homme ! On se retrouve ce soir près des chameaux. Si l'un de nous manque à l'aube, il sera considéré comme mort. Et maintenant, foncez, et évitez les endroits où ils risquent de vous attendre ! »

Sur ces mots, Elemak s'éloigna à grandes enjambées vers le nord. Mais il se retourna au bout de quelques pas. « Allez-y, bande d'imbéciles ! Regardez, ils font déjà signe aux assassins ! »

Et en effet, Nafai vit qu'un des soldats postés sous l'auvent de Gaballufix avait levé un bras et indiquait leur groupe de l'autre.

« À quelle vitesse peux-tu aller avec tes flotteurs ? demanda-t-il à Issib.

— Plus vite que toi, répondit son frère. Mais pas plus qu'un pulsant.

— Surâme nous protégera, dit Nafai.

— C'est vrai. Maintenant, cours, crétin ! »

Nafai baissa la tête et plongea au plus épais de la foule. Il avait remonté la rue de la Fontaine sur une centaine de mètres vers le sud quand il entendit crier derrière lui ; il se retourna : Issib s'était élevé d'une vingtaine de mètres dans les airs et disparaissait par-dessus le toit de la maison en face de chez Gaballufix. Je ne savais pas qu'il pouvait faire ça ! se dit Nafai, époustouflé.

Puis, comme il reprenait sa course, il songea qu'Issib lui-même n'avait jamais dû s'en douter jusqu'à cet instant.

« En v'là un ! » fit une voix hargneuse. Et un homme apparut soudain devant lui, une épée électrique à la main. Une femme cria ; les gens s'écartèrent peureusement. Mais Nafai, prévenu par une sorte d'instinct, sentit la présence d'un autre homme juste derrière lui. S'il reculait devant la lame, il se jetterait dans les bras du véritable assassin.

Alors, Nafai se précipita en avant. Son adversaire ne

s'était pas attendu à cette agressivité de la part d'un garçon désarmé, et son coup porta dans le vide. Nafai enfonça durement son genou dans l'aine de l'homme et le souleva du sol. L'homme se mit à hurler, et Nafai le bouscula de son chemin, puis il se mit à courir pour de bon, sans un coup d'œil en arrière et sans guère regarder devant lui non plus ; il se contentait d'éviter les gens et de guetter l'apparition de la lueur rougeoyante d'une nouvelle épée, ou le rayon blanc d'un pulsant.

13

L'ENVOLÉE

Jamais Issya n'avait tenté de monter si haut avec ses flotteurs. Il savait qu'ils réagissaient à la tension de ses muscles et qu'un flotteur sur lequel il appuyait au maximum gardait ensuite sa position dans l'espace. Mais il avait toujours cru que cette position était relative au sol en dessous du flotteur. Ce n'était d'ailleurs pas complètement faux : plus il montait, plus les flotteurs avaient tendance à « glisser » vers le bas. Or il s'aperçut tout à coup qu'il pouvait grimper en l'air comme sur une échelle, si bien qu'il finit par atteindre le niveau des toits.

Naturellement, tout le monde le regardait, et c'était bien ce qu'il voulait. Qu'ils me voient tous, et qu'ils parlent du jeune infirme qui s'est envolé jusqu'aux toits ! Les gorilles de Gaballufix n'oseraient pas lui tirer dessus en présence d'autant de témoins, en tout cas pas devant le domicile de leur chef.

Les toits étaient déserts ; les prenant en enfilade, il passa en flottant entre les bouches d'aération et les cheminées, les coupoles et les cages extérieures d'ascenseur, les chéneaux et les arbres des terrasses. À un moment, il surprit un vieil homme qui réparait un mur bas le long d'un belvédère ; le bruit d'une tuile qui se cassait inquiéta Issib, mais en se retournant, il vit que l'homme, loin d'être tombé, le regardait bouche bée. Peut-être racontera-t-on une histoire ce soir, se dit Issib, à propos d'un jeune demi-dieu qu'on aurait vu voler au-dessus de la cité, en mission amoureuse auprès d'une jeune mortelle à l'insurpassable beauté ; qui sait ?

Le pâté de maisons qu'il suivait était exceptionnellement long, car plusieurs rues avaient été recouvertes de bâtiments dans ce quartier. Sans redescendre au sol, il put ainsi parcourir plus de la moitié du chemin jusqu'à la porte Arrière, et sûrement plus vite qu'aucun de ses poursuivants. Restait le risque, évidemment, que Gaballufix eût posté des assassins à toutes les portes de la cité ; et s'il n'en avait choisi qu'une, ce devait justement être la porte Arrière, la plus proche de chez lui. Donc, pas d'imprudence une fois qu'il se trouverait au niveau de la rue.

Mais avant de quitter les toits, il jeta un long regard de regret sur l'enceinte rouge de la cité. De cette hauteur, le soleil était encore visible, coupé en deux par la muraille. Si seulement il pouvait passer par-dessus ! Mais l'enceinte était bourrée d'une électronique compliquée, il le savait bien, et elle contenait notamment les nœuds qui créaient le champ magnétique où ses flotteurs puisaient leur énergie. Impossible donc de traverser par là : le petit ordinateur accroché à sa ceinture serait incapable d'équilibrer les forces conflictuelles au sommet du mur.

Il atteignit le bord du toit et descendit lentement vers la chaussée. Il était tout en haut de la route Sainte ; à ce niveau, les hommes avaient encore le droit de la traverser. Beaucoup de gens remarquèrent son atterrissage, bien entendu, mais à peine arrivé, il se mit en position assise et fila dans la foule à hauteur d'enfant. Allez, les assassins, essayez de me tirer dessus, maintenant ! Quelques minutes plus tard, il arrivait à la porte. Les gardes reconnurent son nom à l'examen de son pouce, et ils lui souhaitèrent bonne chance avec force claques dans le dos.

Au sortir de la porte Arrière, ce n'était pas encore le désert, mais les limites du bois Impénétrable. À droite s'étendait la dense forêt qui rendait impraticable la région septentrionale de la cité ; à gauche, un réseau complexe de ravines encombrées d'arbres et de lianes courait depuis les verdoyantes collines de Basilica jusqu'aux premiers rochers nus du désert. Pour un homme normal, c'eût été un cauchemar à traverser, à moins qu'il ne connût le chemin – comme Elemak le connaissait sans doute. Issib, lui, n'eut qu'à éviter les obstacles les plus élevés et à se laisser flotter loin de la cité. Il se repéra au soleil pour parvenir jusqu'au plateau du désert ; là, il prit au sud, traversa la route Sèche, puis la route du Désert, et au coucher du soleil arriva enfin à l'endroit où l'attendait son fauteuil.

Ses flotteurs fonctionnaient à présent aux limites du champ magnétique de la cité, et il eut du mal à s'installer. Mais de toute manière, ce fauteuil était une source d'ennuis. Il avait cependant quelques avantages : polyvalent, il possédait un terminal relié à la bibliothèque de la cité quand il était à portée d'émetteur, avec plusieurs interfaces différentes pour s'adapter à tous les handicaps possibles. Il répondait même à certains codes vocaux et pouvait prononcer de façon compréhensible les mots les plus courants de plusieurs dizaines de langues. Sans les flotteurs, ce fauteuil aurait sans doute été l'élément le plus important de la vie d'Issib. Mais il y avait les flotteurs, grâce auxquels il devenait un homme quasi normal, avec quelques avantages en plus. Sans eux, il n'était plus qu'un misérable infirme.

Cependant, les chameaux se trouvaient hors de l'influence des magnétiques de la cité, et il devait donc utiliser son fauteuil. Une fois installé, il coupa les flotteurs, puis guida le fauteuil dans son lent vol plané au milieu des ravines jusqu'à ce qu'il sente puis entende les chameaux.

Il n'y avait personne ; il était le premier. Il posa le fauteuil sur ses pieds, rétablit l'horizontale, puis resta là à tendre l'oreille tout en cherchant, parmi les nouvelles émises par la bibliothèque, celle d'un ou de plusieurs meurtres inexpliqués, ou d'autres violences. Rien encore. Mais il fallait peut-être du temps pour que la nouvelle arrive jusqu'aux journalistes et aux cancaniers. Ses frères étaient peut-être mourants ou morts déjà, ou bien prisonniers dans l'attente d'une rançon. Que ferait-il alors ? Comment reviendrait-il à la maison ? Le fauteuil l'y ramènerait peut-être, mais c'était bien peu probable ; il n'était pas conçu pour faire de longs trajets. Par expérience, Issib savait que l'appareil ne pouvait se déplacer que pendant une heure environ, alors qu'il en fallait plusieurs pour recharger ses batteries solaires.

Mère m'aidera, se dit-il. S'ils ne sont pas revenus cette nuit, Mère m'aidera. Enfin, si j'arrive jusque chez elle.

Mebbekew courait en zigzag au milieu des promeneurs. Il avait repéré plusieurs hommes qui cherchaient à l'atteindre, mais son expérience de comédien – surtout quand il devait passer dans le public faire la quête – lui avait donné le sens de la foule, et il utilisait efficacement cette masse contre les hommes qui le suivaient : il choisissait toujours les groupes les plus denses, il plongeait dans les trous qui allaient se refermer. Bientôt les assassins – si c'en étaient – furent loin derrière lui. Alors Mebbekew adopta un pas de course à la fois nonchalant et bondissant qui, sans donner une impression de précipitation, dévorait rapidement les distances. On eût dit qu'il courait pour le plaisir, et c'était le cas, en effet, mais il ne cessait de surveiller les alentours. Chaque fois qu'il apercevait des soldats, il fonçait droit vers eux, en partant du principe que Gaballufix n'oserait pas se servir d'hommes manifestement à sa solde pour exécuter un meurtre en public et en plein après-midi.

En moins d'une heure, il eut gagné le quartier de Dollville, celui qu'il connaissait le mieux. Les soldats se firent plus rares, et si les criminels à louer ne manquaient pas par ici, ils ne restaient jamais longtemps au service d'une seule personne. Et puis Mebbekew connaissait des gens pour qui ce secteur de la ville avait moins de secrets que pour l'ordinateur municipal lui-même.

« Ne vous fiez à aucun homme », avait dit Elemak. Voilà qui ne serait pas trop difficile à observer. Meb connaissait beaucoup d'hommes, mais ses vraies amies, c'étaient les femmes. Il avait fait son choix dès qu'il avait eu l'âge de comprendre les applications pratiques de la différence entre les sexes. À seize ans, il avait failli éclater de rire quand son père lui avait trouvé une cousinette, et en s'approchant d'elle, il s'était amusé à feindre de ne rien connaître à l'amour physique ; mais au bout de quelques jours, elle l'avait renvoyé en disant plaisamment que si jamais il revenait, ce serait pour lui enseigner des choses qu'elle n'avait pas spécialement envie d'apprendre. Meb se débrouillait très bien avec les femmes. Elles l'adoraient, hier comme aujourd'hui, non parce qu'il s'y entendait pour leur procurer du plaisir, bien qu'il fût doué, mais parce qu'il savait leur donner l'impression qu'il les écoutait et qu'avec lui elles étaient à la fois utiles et en sécurité. Toutes ne l'aimaient pas, naturellement, mais elles étaient nombreuses à éprouver pour lui un sentiment profond et durable.

Aussi ne lui fallut-il, une fois arrivé, que quelques minutes pour se retrouver, rue de la Musique, dans la chambre d'une joueuse de zithère, puis dans ses bras, en elle enfin ; ensuite ils bavardèrent pendant une heure, puis elle sortit et requit l'aide de quelques comédiennes qu'ils connaissaient tous deux et qui n'étaient elles-mêmes pas insensibles au charme de Mebbekew. Peu après la tombée de la nuit, vêtu d'une robe, perruqué et maquillé, la voix et la démarche soudain féminisées, il franchit la porte de la Musique au milieu d'un groupe de femmes qui riaient et chantaient gaiement. Ce n'est qu'en appliquant son pouce sur l'écran qu'il révéla son identité ; mais le garde se contenta de lui faire un clin d'œil avant de lui souhaiter une bonne nuit.

Mebbekew conserva son déguisement jusqu'au lieu de rendez-vous, et son seul regret fut que ce soit Issib et non Elemak qui le regarde d'un air égaré avant de le reconnaître à sa voix. Ç'aurait été marrant de faire profiter son frère aîné de sa bonne farce ! Mais de toute façon, étant donné qu'ils venaient d'être dépossédés de toute leur fortune et du titre de leur père, Elemak n'aurait sans doute pas goûté la plaisanterie.

Quant à Elemak, sa sortie de la cité fut moins mouvementée. Il ne vit pas un seul assassin et n'eut aucun problème à gagner la maison d'Hosni, près de la porte Arrière. Craignant que des tueurs ne l'attendent à la porte elle-même, il jugea préférable de faire une visite à sa mère. Elle le régala d'un repas somptueux – elle louait toujours les services des meilleurs cuisiniers de Basilica –, prêta une oreille compatissante à son histoire, convint avec lui qu'une fausse couche pendant qu'elle portait Gaballufix aurait bien amélioré le monde, et finit par le laisser partir plusieurs heures après la tombée de la nuit avec un peu d'or au fond de sa poche, un solide couteau à la ceinture et un baiser sur la joue. Il savait pourtant que si Gaballufix venait ensuite chez elle se vanter d'avoir extorqué une fortune aux fils de

Volemak, elle l'applaudirait en riant. Elle adorait tout ce qui était amusant, et presque tout l'amusait. Pleine d'entrain mais complètement superficielle, c'était d'elle que Gabya tenait sa morale, mais sûrement pas son intelligence. Pourtant, un jour, Rasa, alors professeur d'Elemak, avait dit à ce dernier que sa mère était très intelligente, en réalité, beaucoup trop pour le laisser deviner. « Imagine que tu sois entouré d'étrangers dangereux, lui avait-elle expliqué. Mieux vaut leur laisser croire que tu ne comprends pas leur langue, afin qu'ils parlent librement devant toi. C'est ce que fait cette chère Hosni au milieu des gens qui se croient très brillants et très instruits. Une fois qu'ils sont partis, elle se moque impitoyablement d'eux. »

Elemak songea : Va-t-elle se moquer de moi devant Gaballufix comme elle s'est moquée de lui devant moi ? Ou bien va-t-elle nous ridiculiser tous les deux devant ses amies dès que nous aurons tourné le dos ?

À la porte, les gardes le reconnurent sans hésiter, le saluèrent à nouveau et lui offrirent leur aide. Il les remercia et s'enfonça dans la nuit. Malgré la pauvre lumière des étoiles, il trouva son chemin dans les sentiers encombrés de végétation qui menaient du bois Impénétrable au désert. Durant le trajet, il ne fit que ressasser sa fureur contre Gaballufix, la façon dont il avait manœuvré Rash pour les piéger. Il entendait même le rire de leur mère résonner à ses oreilles, comme si elle se moquait de lui. Il se sentait impuissant et profondément humilié.

Puis il se rappela le moment le plus terrible de tous, celui où Nafai, avec une stupidité sans nom, était intervenu dans le marchandage et avait fait cadeau à Gabya de la fortune entière de Père. Sans cela, Rashgallivak ne les aurait peut-être pas estimés indignes du trésor de Wetchik ; alors il ne se serait pas dressé contre eux et ils auraient pu s'en tirer avec la fortune et le titre intacts. En dernière analyse, c'était Nafai qui leur avait fait perdre l'affaire ; seul, Elemak aurait pu l'emporter. Gaballufix aurait peut-être accepté de céder l'Index contre le quart du trésor de Père ; c'était déjà énorme. Nafai ! ce jeune crétin incapable de tenir sa langue, qui prétendait avoir des visions pour gagner les faveurs de

Père, Nafai qui, par sa simple existence, avait fait de Gaballufix l'ennemi mortel de Père !

Si je le tenais, je le tuerais sur place ! se disait Elemak. Il m'a coûté ma fortune, mon honneur et mon avenir ! Ah, ce n'était pas difficile pour lui de renoncer à la fortune du Wetchik : elle ne lui aurait jamais appartenu, de toute façon ! C'est à moi qu'elle devait revenir. Je suis né pour ça ; je l'aurais doublée, triplée, décuplée, parce que je suis bien meilleur commerçant que Père ne le sera jamais ! Mais aujourd'hui, me voilà exilé, rejeté, accusé de vol et dépouillé de ma fortune, sans même le respect de Rashgallivak, l'homme qui aurait dû devenir mon bras droit !

Et tout ça à cause de Nafai ! Tout est de sa faute !

Aveuglé par la terreur, Nafai courait sans but. Ce n'est qu'au sortir de la foule, une fois parvenu dans un espace libre, qu'il recouvra assez de sang-froid pour se demander où il était et ce qu'il allait faire. Il se trouvait à l'Ancienne Place-de-Bal, un lieu de fêtes populaires autrefois aussi vaste que l'Orchestre de Dollville, qui l'avait remplacé plusieurs siècles auparavant. Mais aujourd'hui les bâtiments empiétaient de tous côtés sur la piste. Elle avait perdu sa forme ronde, et même le cratère de l'amphithéâtre se perdait parmi les maisons et les boutiques. Mais il restait tout de même un espace dégagé, et c'était là que se tenait Nafai, les yeux fixés sur le ciel teinté de rose à l'ouest et d'un gris virant au noir à l'est. La nuit était presque tombée, et il ignorait si des assassins le poursuivaient encore ou non. Une chose était certaine : à la nuit, dans cette partie de la ville, la foule allait se disperser et un meurtre passerait aisément inaperçu. Sa course l'avait emporté plus loin que jamais de la sécurité, et il ne savait pas du tout quoi faire.

« Nafai ! » dit une voix de fillette.

Il se retourna. C'était Luet.

« Salut ! » lui répondit-il. Mais ce n'était pas le moment de bavarder. Il fallait réfléchir.

« Vite ! dit-elle.

— Quoi, vite ?

— Viens avec moi !

— Je ne peux pas, répliqua-t-il. Je dois faire quelque chose.

— Oui : venir avec moi !

— Non, il faut que je sorte de la cité ! »

Elle le saisit par le devant de la chemise et se dressa sur la pointe des pieds ; sans doute voulait-elle planter ses yeux dans ceux de Nafai, mais elle ne réussit qu'à rester pendue à sa chemise comme une marionnette. Nafai éclata de rire, mais elle ne l'imita pas. « Écoute-moi, ô toi, l'homme le plus occupé du monde ! dit-elle. Aurais-tu oublié que je suis une prophétesse de Surâme ? »

En effet, il l'avait oublié. Il avait même oublié que c'était la venue de Luet au milieu de la nuit qui avait sauvé son père du complot de Gaballufix. Il devait y avoir des choses qu'elle ignorait encore sur cette affaire, se dit-il, et il décida de les lui expliquer, sans bien savoir pourquoi.

« Elemak et Mebbekew étaient bien mouillés dans le complot, commença-t-il. Mais je crois que Gaballufix leur avait menti sur ses intentions. »

Luet n'attendit pas la fin de ses explications confuses. « Tu crois que ça m'intéresse en ce moment ? On te cherche, Nafai ! Je l'ai vu en rêve : il y avait un soldat aux mains couvertes de sang qui rôdait dans les rues. J'ai senti qu'il fallait que je te retrouve, pour te sauver.

— Toi, me sauver ? Et comment ?

— Viens avec moi, dit-elle. Je connais le chemin. »

Nafai ne vit rien de mieux à faire. En vérité, quand il essayait de trouver autre chose, son esprit se vidait, il n'arrivait pas à se concentrer. Il finit pas comprendre qu'il s'agissait d'un message de Surâme : il devait suivre Luet. Surâme l'avait conduite jusqu'à Nafai, qui n'avait plus qu'à la suivre aveuglément.

Alors, Luet lui prit la main et l'entraîna hors de l'Ancienne Place-de-Bal par la rue du même nom ; quand la rue se rétrécit, ils prirent à gauche. « Notre fortune a disparu, dit Nafai. Et c'est de ma faute. Sauf que Rashgallivak nous a trahis.

— Boucle-la ! souffla-t-elle. Le quartier n'est pas sûr ! »

Elle avait raison. La rue était sombre et courait entre de

vieilles bâtisses délabrées et crasseuses. Peu de gens y passaient, et leurs yeux évitaient ceux des adolescents.

Au bout de quelques virages aigus, ils se retrouvèrent soudain sur l'avenue de la Source, non loin de l'endroit où elle s'enfonçait dans le bois sacré. Au même instant, Nafai aperçut devant lui un groupe de soldats qui montaient la garde comme s'ils l'attendaient. Il se retourna brusquement pour s'enfuir et vit alors, remontant la rue qu'ils venaient de quitter, quelques hommes dont les épées électriques luisaient faiblement dans le noir.

« Bravo, Nyef, dit Luet d'un ton méprisant. Ils ne nous auraient sans doute même pas remarqués si tu n'avais pas bougé. Mais maintenant, on a vraiment l'air suspects !

— Ceux-là savaient déjà qui nous étions, répondit-il en indiquant les hommes qui s'approchaient dans la ruelle sombre.

— Bon, eh bien tant pis, soupira-t-elle. J'avais espéré prendre un chemin facile, mais on en trouvera un autre. »

Elle saisit Nafai par la main et l'entraîna, mais dans le mauvais sens, vers le bois sacré. C'était la dernière des choses à faire et il le savait bien : à la lisière de la forêt, il n'y aurait aucun témoin et les assassins seraient à leur affaire. Si Luet croyait Nafai particulièrement doué pour le combat et capable de désarmer ou de tuer les assassins, elle ne tarderait pas à déchanter : la bagarre ne l'avait jamais intéressé et il n'y connaissait rien. Il ne se rappelait pas avoir frappé qui que ce soit sous le coup de la colère, pas même ses frères aînés, car rendre leurs horions à Meb ou à Elemak ne faisait qu'empirer les choses. Nafai avait beau être grand pour son âge – c'était même le plus grand des fils de Wetchik –, cela ne signifiait rien dans un combat.

Comme ils s'enfonçaient dans l'obscurité qui régnait à l'extrémité de l'avenue de la Source, les assassins s'enhardirent.

« Allez, ça suffit ! dit l'un d'eux d'une voix basse mais audible pour Nafai et Luet. Mettez-vous dans l'ombre. On va avoir une petite conversation.

— Nous n'avons rien de valeur ! » Luet avait pris une voix affolée, chevrotante, mais sa main était ferme sur celle de Nafai ; elle ne tremblait pas du tout.

Nafai si.

« Allez, mettez-vous dans l'ombre », répéta l'homme.

Et ils lui obéirent. Ils plongèrent dans l'obscurité des arbres, mais à la grande surprise de Nafai, ils ne s'arrêtèrent pas et ils ne prirent pas non plus vers le sud pour contourner la forêt et rentrer dans la cité par la rue suivante. Luet l'emmenait presque plein sud, vers le cœur de la zone interdite.

« Mais je ne peux pas aller là ! dit-il.

— Boucle-la ! répondit-elle. Eux non plus ne pourront pas nous suivre si on ne fait pas de bruit ! »

Il se tut et obéit. Le sol ne tarda pas à s'incliner fortement, presque à la verticale, et il devint difficile de voir le chemin. Le ciel était complètement noir désormais, et bien qu'ils eussent déjà perdu des feuilles, les arbres faisaient encore une ombre profonde.

« Je n'y vois rien, murmura Nafai.

— Moi non plus, répondit Luet.

— Attends, dit-il. Écoute. Peut-être qu'ils ont cessé de nous suivre.

— C'est même sûr. Mais on ne peut pas s'arrêter.

— Pourquoi ?

— Il faut que je te fasse sortir de la cité.

— Oui, mais si on me surprend ici, la sanction sera terrible.

— Je sais, dit-elle. Mais j'y aurai droit aussi, pour t'y avoir conduit.

— Alors, ramène-moi dans l'autre sens.

— Non, répondit-elle. Surâme veut que nous allions de ce côté-ci. »

Ils ne pouvaient plus se tenir par la main ; ils avaient besoin des deux pour descendre le long de la face accidentée de la falaise. De jour, le danger n'aurait pas été si grand, mais dans le noir, ils risquaient de ne pas voir un brusque dévers qui les précipiterait dans le vide, et il leur fallait tâter le sol à chaque pas. Seule consolation, les arbres étaient plus rares sur cette pente et la clarté des étoiles leur permettait d'y voir un peu. Et c'est ainsi qu'ils atteignirent enfin le brouillard.

« Là, on va bien être obligés de s'arrêter, dit Nafai.

— Continue de descendre.

— Dans le brouillard ? On va se perdre le long de la falaise et on va se tuer.

— Cette brume, c'est un bon signe, répondit Luet. Ça veut dire qu'on est à mi-chemin du lac.

— Quoi ? Tu ne m'emmènes pas au lac, tout de même ?

— Chut !

— Dans ce cas-là, je ferais mieux de prendre tout de suite le chemin le plus rapide, ça éviterait aux assassins la peine de me tuer !

— Chut, homme stupide ! Surâme nous protégera.

— Surâme est un ordinateur avec des satellites en orbite autour d'Harmonie ! Il n'a pas d'appareils magiques pour nous rattraper si on tombe !

— Elle nous aiguise les sens, répondit Luet. En tout cas, moi, elle m'aide à trouver le chemin. Du moins, elle m'aiderait si tu voulais bien te taire et me laisser l'écouter. »

Ils descendirent pendant des heures dans le brouillard (ce fut du moins l'impression de Nafai), mais ils arrivèrent enfin en bas, et ils prirent pied sur une plaine dont l'herbe céda bientôt la place à de la boue.

De la boue chaude. Non, brûlante !

« Nous y sommes, dit Luet. On ne peut pas entrer dans l'eau à cet endroit ; elle sort d'une fracture qui s'enfonce loin dans la croûte du monde, où il fait si chaud qu'elle bout et qu'elle crache de la vapeur. L'eau nous cuirait la chair sur les os si on s'y plongeait, même près du bord.

— Alors, comment les femmes font-elles pour...

— Nous rendons notre culte près de l'autre extrémité, là où des torrents glacés alimentent le lac. Certaines femmes se plongent dans l'eau la plus froide. Mais la plupart d'entre nous ont des visions quand elles flottent là où les eaux chaudes et froides se mêlent. Ça bouge beaucoup, il y a tout le temps des vagues et des tourbillons, et l'eau nous glace, et puis elle nous brûle, et toujours ainsi. C'est l'endroit où le cœur du monde et sa surface la plus froide s'unissent. L'endroit où les deux cœurs de toute femme ne font plus qu'un.

— Je n'ai rien à faire ici, dit Nafai.

— Je sais, répondit Luet. Mais Surâme nous y a conduits, et nous y resterons. »

Alors arriva ce que Nafai redoutait le plus : une femme parla non loin d'eux. « Je te dis que j'ai entendu une voix d'homme. Elle venait de là-bas ! »

Des lanternes apparurent, puis de nombreuses femmes. À chaque pas, leurs pieds faisaient un bruit d'éclaboussure, puis de succion. Et moi, se demanda Nafai, est-ce que je me suis beaucoup enfoncé dans la boue ? Est-ce qu'elles arriveront à m'en tirer ? Ou bien vont-elles simplement m'enterrer vivant sur place, en laissant la boue décider s'il faut me brûler ou m'asphyxier ?

« C'est moi qui l'ai amené, intervint Luet.

— C'est Luet », dit une vieille femme. Le nom fut repris à mi-voix et se propagea jusqu'à l'arrière de la foule qui grossissait.

« Surâme m'a conduite ici. Cet homme n'est pas comme les autres. Surâme l'a choisi.

— La loi est la loi, répondit la vieille femme. Tu as endossé la responsabilité de sa présence, mais cela ne fait que déplacer la sanction sur toi. »

Nafai perçut la tension qui habitait Luet. Il en saisit la raison : Elle ne comprend pas mieux Surâme que moi : qu'elle vive ou qu'elle meure à cause de ma présence ici, peut-être que Surâme s'en fiche complètement ! Voilà ce qui lui fait peur !

« Très bien, dit Luet. Mais il faut l'emmener à la porte Secrète et l'aider à traverser la forêt.

— Tu n'as pas à nous dire ce que nous devons faire, infidèle ! » cria une femme. Mais les autres la firent taire. À l'évidence, Luet jouissait encore d'un grand respect alors même qu'elle venait de commettre un sacrilège.

À cet instant, la foule s'écarta pour laisser passer une femme qui apparut tel un fantôme dans la brume. Elle était nue, et surtout propre, si bien que Nafai mit un moment à reconnaître en elle une Sauvage. Mais quand elle se fut rapprochée pour tirer la manche de Luet, il remarqua sa peau sèche et tannée, et son visage hâve et sillonné de rides.

« Vous ! souffla Luet.

— Toi », répondit la Sauvage.

Puis la sainte femme venue du désert s'adressa à celle qui semblait mener la bande des justicières. « Je l'ai déjà punie, dit-elle.

— Comment ça ? demanda la vieille femme.

— Je suis Surâme, et je dis qu'elle a déjà reçu ma sanction. »

La vieille femme regarda Luet, l'air irrésolu. « Est-ce vrai, Luet ? »

Nafai en fut abasourdi. Quoi ? Leur confiance en Luet allait jusque-là ? Jusqu'à lui demander de confirmer ou d'infirmer elle-même un témoignage qui pouvait lui coûter la vie ?

Eh bien, elles n'avaient pas tort, car la réponse que fit Luet ne renfermait aucun plaidoyer pour elle-même. « Cette sainte femme n'a fait que me gifler. Est-ce vraiment là une punition suffisante ?

— C'est moi qui l'ai conduite ici, dit la Sauvage. Et je lui ai fait amener ce garçon. Je l'ai favorisé de grandes visions, et je lui en montrerai d'autres. J'instillerai l'honneur dans sa lignée, et une grande nation en naîtra. Que personne ne l'arrête dans sa traversée de l'eau et de la forêt ; quant à elle, elle porte la marque de ma main sur son visage. Qui osera la toucher maintenant que j'en ai fini avec elle ?

— En vérité, c'est la voix de la Mère, dit la vieille femme.

— La Mère, chuchotèrent des voix dans la foule.

— Surâme », murmurèrent d'autres.

La sainte femme se retourna vers Luet, leva la main et posa un doigt sur les lèvres de la fillette. Luet baisa ce doigt, délicatement, et l'espace d'un instant, Nafai fut pris du regret douloureux de ne pouvoir partager cette douceur.

Puis l'expression de la Sauvage changea ; on eût dit que l'âme brillante qui avait envahi son visage venait de la quitter ; la femme prit un air troublé, vaguement égaré. Elle regarda autour d'elle sans rien reconnaître, puis s'éloigna dans le brouillard.

« C'était ta mère ? demanda Nafai à voix basse.

— Non, répondit Luet. La mère de mon corps n'est plus sainte. Mais dans mon cœur, toutes les femmes comme elle sont ma mère.

— Bien parlé, dit la vieille femme. Cette enfant a la parole courtoise ! »

Luet inclina la tête. Quand elle la releva, Nafai vit des larmes sur ses joues. Il ne comprenait pas ce qui se passait, ni ce que cela signifiait pour Luet ; tout ce qu'il savait, c'est que pendant un moment sa vie puis celle de Luet avaient été en danger, et qu'à présent la menace avait disparu. Cela lui suffisait.

La Sauvage avait dit que personne ne devait l'arrêter dans sa traversée de l'eau et de la forêt. Après une brève discussion, les femmes jugèrent qu'il devait traverser le lac depuis l'endroit où il se tenait jusqu'à l'autre bord, du brûlant vers le glacé. Comment elles avaient discerné cela dans le peu de mots prononcés par la sainte femme, il l'ignorait, mais il s'était souvent étonné de la diversité de sens que les prêtres parvenaient à tirer des saintes écritures de la religion des hommes, et il ne broncha pas. Quelques minutes s'écoulèrent, puis des femmes les appelèrent depuis le lac. Alors seulement Luet mena Nafai assez près de la rive pour distinguer l'eau, et il vit clairement que le brouillard en était bien issu. Il s'élevait en nappes de vapeur, du moins en eut-il l'impression. Deux femmes, l'une aux avirons, l'autre au gouvernail, approchaient une longue barque du rivage. Elle avait la proue basse et carrée, mais le lac était calme et la femme ramait sans à-coups ; il n'y avait donc apparemment pas de risque que le bateau embarque de l'eau par là. Enfin, il toucha terre ; néanmoins, il restait encore plusieurs mètres entre l'embarcation et la berge boueuse où se trouvaient Nafai et Luet. La boue était maintenant douloureusement cuisante et Nafai devait fréquemment changer de position pour soulager ses pieds. Que serait-ce quand il s'avancerait dans l'eau ?

« Marche régulièrement, lui souffla Luet. Moins tu feras d'éclaboussures, mieux ça vaudra ; ne cours surtout pas. Tu t'apercevras que si tu te déplaces sans t'arrêter, tu auras vite atteint le bateau et que la douleur te passera. »

Elle l'avait donc déjà fait. Très bien ; si Luet pouvait le supporter, lui aussi. Il fit un pas vers l'eau, et les femmes émirent un « ah ! » de surprise.

« Non, dit aussitôt Luet. Ici, où tu es un enfant et un étranger, il faut que quelqu'un te guide. »

Moi, un enfant ? s'exclama Nafai intérieurement. Par rapport à toi ? Mais il comprit vite qu'elle avait raison. Peu importait leur âge respectif ; il était ici chez elle et non le contraire ; elle était l'adulte et lui le bébé.

Elle donna la cadence, d'un pas vif mais sans précipitation. L'eau brûla les pieds de Nafai, mais elle était peu profonde et provoquait peu d'éclaboussures ; cependant, il était loin de se déplacer avec la grâce fluide de Luet. Ils rejoignirent la barque en peu de temps, mais ces quelques instants parurent à Nafai une éternité faite de mille pas torturants, surtout lorsqu'il dut attendre en piétinant qu'elle monte à bord de l'embarcation. Enfin, elle lui tendit la main et le hissa près d'elle ; ses pieds le piquaient si profondément qu'il eut peur de les regarder, crainte de constater que leur chair avait fondu sous la chaleur. Mais il se força à baisser les yeux quand même : sa peau était normale. Luet se servit de l'ourlet de sa chemise pour la lui essuyer. La rameuse enfonça le plat d'un aviron dans la boue, sous la surface de l'eau, et poussa la barque en arrière ; les muscles de ses bras épais roulèrent sous l'effort. Nafai fit face à Luet et lui agrippa les mains quand l'embarcation se mit à fendre l'eau.

Si le voyage ne fut pas long, ce fut le plus étrange de toute la vie de Nafai. Tout, dans le brouillard, paraissait irréel et magique. De gigantesques rochers se dressaient hors de l'onde, et la barque glissait silencieusement entre eux ; puis ils disparaissaient, engloutis, comme s'ils cessaient d'exister. L'eau devenait de plus en plus chaude ; elle bouillonnait même à certains endroits, qu'ils contournèrent. Le bois de la barque ne s'en échauffait pas, mais l'air alentour était si chaud et si humide qu'ils ne tardèrent pas à être trempés, leurs vêtements collés au corps. Nafai s'aperçut alors que Luet avait des formes naissantes, à peine esquissées mais suffisantes pour cesser de la regarder à l'avenir comme une gamine. Il se sentit soudain embarrassé de se tenir à côté d'elle, les mains dans les siennes, mais il avait encore plus peur de les lâcher. Il avait besoin de la toucher, comme un enfant qui tient les mains de sa mère dans le noir.

Ils avançaient. L'air se rafraîchit. Ils franchirent des étranglements bordés de falaises qui paraissaient se pencher les unes vers les autres à mesure qu'elles s'élevaient, avant de se perdre dans le brouillard. Nafai était perplexe : se trouvait-on dans une caverne, ou bien le soleil n'atteignait-il jamais le fond de cette fracture ? Enfin, les parois des falaises reculèrent, et la brume s'éclaircit un peu. Au même instant, l'eau se mit à s'agiter. Des vagues et des courants s'attaquèrent à la barque, menaçant de la faire chavirer.

Pourtant, la femme aux avirons releva ses rames et la main de la barreuse quitta le gouvernail. Luet se pencha en avant et murmura : « Voici l'endroit où les visions nous viennent. Tu sais, là où le chaud et le froid se mêlent. C'est là que nous nous fondons à l'eau corps et âme. »

« Corps et âme » : le sens de l'expression était apparemment sans équivoque, et Nafai fut encore plus gêné de regarder Luet se déshabiller que de se dévêtir lui-même ; comme dans un rêve, il se vit ôter ses habits, les plier comme elle le faisait et les poser au fond du bateau. Comme il s'efforçait d'observer les mouvements de Luet tout en ne la regardant pas ouvertement, Nafai eut du mal à comprendre comment elle faisait pour se glisser aussi silencieusement dans l'eau et rester immobile, couchée à la surface. Il vit qu'elle n'esquissait pas un geste pour nager ; aussi, quand il se laissa tomber – bruyamment –, il se mit lui aussi sur le dos et resta sans bouger. L'eau était étonnamment porteuse ; Nafai ne risquait pas de couler. Un silence impressionnant l'environnait ; il ne parla qu'une fois, quand il s'aperçut que Luet dérivait loin de lui.

« Ça n'a pas d'importance, répondit-elle à voix basse. Chut. »

Alors il se tut. Il était maintenant seul dans le brouillard. Les courants le faisaient tournoyer – ou peut-être pas, car dans la brume il ne distinguait plus l'est de l'ouest, ni aucune direction, sauf le haut et le bas, et même celles-là n'avaient plus grand sens. Il se trouvait en un lieu paisible, où ses yeux pouvaient voir sans voir, ses oreilles entendre sans rien entendre. L'eau ne l'endormait pas, pourtant. Il sentait le chaud et le froid le balayer par en dessous ; c'était parfois brûlant, parfois glacé, si bien qu'il se disait alors : Je n'en peux plus, il va falloir que je bouge ou bien je vais mourir sur place, et dans l'instant le courant changeait à nouveau.

Il n'eut pas de vision. Surâme ne lui dit rien. Mais lui, il écouta. Il parla même à Surâme, pour le supplier de lui indiquer comment récupérer l'Index que son père l'avait envoyé chercher. Si Surâme l'entendit, il ne réagit pas.

Il flotta sur le lac pendant une éternité. À moins que quelques minutes seulement ne se fussent écoulées quand il sentit le doux battement des rames dans l'eau. Une main lui toucha les cheveux, le visage, une épaule, puis le prit par un bras. Non sans difficulté, il tourna la tête et vit alors la barque et, à bord, Luet complètement rhabillée, les bras tendus vers lui. Il ne ressentit pas de gêne mais se réjouit simplement de la voir, tout en s'attristant de devoir sortir de l'eau. Il se montra d'ailleurs maladroit pour remonter dans le bateau ; il le secoua en tous sens et y fit embarquer de l'eau, jusqu'à ce que Luet lui souffle :

« Roule par-dessus bord. »

Alors, il se coucha sur le côté, passa une jambe et un bras par-dessus la lisse, puis il se hissa et se laissa rouler dans la barque. Ce fut facile et presque silencieux. Luet lui tendit ses vêtements, toujours trempés et froids à présent. Il les enfila en frissonnant tandis que les femmes ramaient dans le brouillard glacé. Luet frissonna également, mais ne parut pas autrement gênée par le froid.

Ils parvinrent enfin à un rivage, où un autre groupe de femmes les attendait. Peut-être une deuxième barque avait-elle franchi le lac sans s'arrêter au rite de la fusion à l'eau, à moins qu'il n'existât une route permettant de porter les messages ; quoi qu'il en fût, ces femmes étaient au courant de leur arrivée, et aucune explication ne fut nécessaire. Nafai et Luet, celle-ci toujours en tête, descendirent dans une eau cette fois glacée, qui endolorit Nafai jusqu'aux os. Ils arrivèrent enfin sur la terre ferme – une grève herbeuse au lieu de la boue de l'autre rive – et des mains de femmes enveloppèrent Nafai dans une couverture sèche. Il vit qu'on s'occupait aussi de réchauffer Luet.

« Le premier homme à traverser les eaux, dit une femme.

— L'homme qui se fond dans les eaux des femmes », renchérit une autre.

D'un air un peu embarrassé, Luet expliqua à Nafai : « Il s'agit de prophéties très connues. Il y en a tellement que ce n'est pas difficile d'en accomplir une de temps à autre.

Il sourit : en réalité, elle prenait les prophéties beaucoup plus au sérieux qu'elle ne le laissait voir. Et lui aussi.

Il remarqua que personne ne demandait à Luet ce qui s'était passé sur le lac, ni si elle avait eu une vision. Mais les femmes ne se décidaient pas à partir, et finalement elle déclara : « Surâme m'a réconfortée, et ça m'a suffi. » Alors, la plupart s'éloignèrent lentement ; quelques-unes regardèrent Nafai d'un air interrogateur, et il fit un signe négatif de la tête.

« Voilà ; on a fait le plus facile », dit Luet.

Il crut qu'elle plaisantait, mais elle lui fit franchir la porte Secrète, pertuis mythique dans l'enceinte rouge, à l'existence duquel il ne croyait jusque-là qu'à moitié. Il s'agissait d'un couloir tortueux qui passait entre deux grosses tours, et au lieu de gardes il ne vit là que des femmes qui les observaient. De l'autre côté s'étendait le bois Impénétrable. Il apprit à ses dépens que cette forêt méritait bien son nom : quand ils débouchèrent enfin sur la route de la Forêt, son visage, ses bras et ses jambes étaient couverts d'éraflures, tout comme ceux de Luet.

« Par là, c'est la porte Arrière, dit-elle. Et en prenant par n'importe laquelle de ces ravines, tu arrives au désert. Après, je ne sais pas où tu vas.

— Ça me suffit, répondit Nafai. Je trouverai mon chemin.

— Alors, j'ai terminé ce dont Surâme m'avait chargée. »

Nafai ne trouva rien à dire. Il n'avait même pas de mots pour décrire ce qu'il ressentait. « J'ai l'impression que je ne te connais pas », déclara-t-il.

Elle le regarda d'un air un peu perplexe.

« Non, ce n'est pas ça, reprit Nafai. J'ai l'impression que je ne te connaissais pas avant, alors que je croyais te connaître, et maintenant que je te connais, je m'aperçois que je ne te connais pas du tout. »

Luet sourit. « Ça fait cet effet chaque fois, ces courants

qui se croisent dans le lac, dit-elle. Ne raconte à personne, homme ou femme, ce que tu as fait cette nuit.

— De toute façon, quand je m'en souviendrai, je ne suis pas sûr d'y croire moi-même.

— Est-ce qu'on te reverra chez tante Rasa ?

— Je n'en sais rien. Je ne sais qu'une chose : c'est que j'ignore comment je pourrais m'emparer de l'Index sans me faire tuer ; et pourtant, il faut que je le récupère.

— Attends que Surâme te dise que faire, et ensuite obéis. »

Il hocha la tête. « Moi, je veux bien, à condition que Surâme me dise quelque chose !

— Ne t'inquiète pas, affirma Luet. Quand il y aura quelque chose à faire, elle te le dira. »

Puis, impulsivement, elle tendit la main et prit celle de Nafai, l'espace d'un instant. Il se rappela, comme un écho dans sa chair, la sensation qu'il avait eue en tenant sa main sur le lac. Il se sentit vaguement gêné et la retira. Luet l'avait vu faible. Elle l'avait vu nu. « Tu vois ? dit-elle. Tu oublies déjà comment c'était réellement.

— Pas du tout », répondit-il.

Elle se retourna et prit la route en direction de la porte Arrière. Il voulut lui crier : Tu as raison, j'étais déjà en train d'oublier comment c'était, je me rappelais à travers un filtre ordinaire, je me le rappelais comme l'enfant que j'étais avant ; mais maintenant je me rappelle que ce n'était pas moi qui étais faible et qui étais nu ; je n'étais rien de honteux. C'était moi, mais qui traversais le lac comme un grand héros sorti d'une prophétie, et tu me servais de guide et de professeur, et quand nous nous sommes dévêtus, ce n'étaient plus un homme et une femme nus, face à face, c'étaient deux divinités sorties des anciennes légendes de pays lointains qui se dépouillaient de leurs oripeaux de mortels et se révélaient dans leur glorieuse immortalité, prêtes à se jeter dans l'océan de la mort pour en ressortir indemnes de l'autre côté.

Mais le temps qu'il imagine tout ce qu'il voulait lui dire, Luet avait disparu derrière un tournant.

14

LE FAUTEUIL D'ISSIB

Nafai ignorait à quoi s'attendre quand il arriverait au rendez-vous. Tout en cheminant sous les étoiles, il ne cessait d'imaginer le pire : et si aucun de ses frères n'en avait réchappé ? Ils n'avaient pas bénéficié de l'aide de Luet et des femmes de Basilica, eux ! Et s'ils avaient réussi à s'enfuir mais que les soldats les avaient suivis jusqu'à la cachette et massacrés ? Seraient-ce leurs corps mutilés qu'il découvrirait à son arrivée ? Ou bien des soldats l'attendraient-ils, embusqués, quand il descendrait au lieu du rendez-vous ?

Il fit halte au bord de la ravine, là où ils avaient tiré au sort le matin même. Surâme, demanda-t-il intérieurement, dois-je descendre là-dedans ?

La réponse lui vint sous la forme d'une image, celle des soldats inhumains de Gaballufix arpentant les rues sombres de Basilica, la nuit. Nafai ne sut qu'en penser : Surâme lui signifiait-il par là que tous les soldats étaient dans la cité ? Ou bien, Surâme lui ayant soufflé que des soldats l'attendaient dans la ravine, le cerveau de Nafai avait-il simplement déplacé la vision dans le cadre familier de la cité ?

Mais il y avait un élément indubitable : cette impression d'urgence que lui communiquait Surâme, comme s'il était devant une occasion à ne pas manquer ou un danger à éviter.

Avec un message aussi vague, se dit Nafai, à quoi me fier, sinon à mon propre jugement ? Si mes frères ont des ennuis, il faut que je le sache. Je ne peux pas les laisser tomber, même si je prends des risques moi-même. Si j'ai tort, Surâme, détrompe-moi !

Et il se lança dans la descente sans ressentir aucune hébétude, aucun égarement : si Surâme essayait de lui dire quelque chose, ce n'était sûrement pas d'éviter le rendez-vous avec ses frères.

À moins qu'il n'eût renoncé à l'aider ? Mais non ! S'il s'était donné tant de mal pour le faire sortir de la cité par le lac des Femmes, il n'allait pas l'abandonner maintenant !

Il faisait si sombre dans la ravine qu'il finit par trébucher et termina sa descente à plat ventre sur la corniche caillouteuse où ses frères devaient l'attendre.

« Nafai. »

C'était la voix d'Issib. Mais à peine l'eut-il reconnue qu'un coup violent l'atteignit à la tête. Un pied chaussé d'une sandale lui écrasa le visage par terre. « Taré ! cria Elemak. Dommage qu'ils ne t'aient pas tué, espèce de petit con ! »

Un autre pied lui aplatit le nez. Puis il entendit la voix de Mebbekew. « Toute la fortune envolée, tout, à cause de toi !

— Mais il ne l'a pas prise, bande d'imbéciles ! s'écria Issib. C'est Gaballufix qui l'a volée !

— Toi, tu la fermes ! » brailla Mebbekew en s'avançant vers Issib d'un air menaçant. Nafai parvint enfin à voir ce qui se passait. Son visage le piquait à cause des graviers enfoncés dans la semelle des sandales, mais il n'était pas blessé. Pourtant, ses deux frères aînés étaient dans une fureur noire. Mais pourquoi contre lui, précisément ?

« C'est Rash qui nous a tous trahis », dit-il.

Ils revinrent aussitôt à lui.

« Ah oui ? répliqua Elemak. J'avais pourtant bien dit que c'était moi qui mènerais la négociation, non ? J'aurais pu obtenir l'Index pour le quart de ce qu'on avait ! Mais non, il a fallu que tu...

— Tu laissais tomber ! cria Nafai. Tu allais te retirer ! »

Elemak poussa un rugissement de rage, attrapa Nafai par sa chemise et le souleva presque de terre. « La moitié du marchandage, ça consiste justement à faire semblant de se retirer, pauvre demeuré ! Tu crois que je ne savais pas ce que je faisais ? Moi qui ai commercé à l'étranger en gagnant des fortunes à partir de trois fois rien ! Et toi, morveux, tu n'as jamais marchandé que pour quelques myachiks minables au marché ! Tu n'aurais pas pu me faire confiance, non ?

— Mais je ne savais pas ! » dit Nafai.

Elemak le jeta par terre. Nafai s'érafla les coudes et sa tête cogna contre les pierres. Il ne put s'empêcher de pousser un cri de douleur.

« Laisse-le, espèce de lâche ! intervint Issib.

— C'est moi que tu traites de lâche ? demanda Elemak.

— Gaballufix nous aurait pris notre argent quoi qu'on fasse ! Il avait déjà mis Rash dans sa poche !

— Ah, parce que tu sais ce que pense Gaballufix, toi, maintenant ?

— Le grand juge posé sur son trône ! cria Mebbekew. Si tu crois Nafai innocent, parlons un peu de toi ! C'est bien toi qui as tiré l'argent sur les comptes de Père, non ? »

Nafai se redressa. Il n'aimait pas la façon dont ils menaçaient Issib. Qu'ils passent leur rogne sur lui, c'était une chose, mais qu'ils s'apprêtent à faire du mal à Issya, non. « Excusez-moi », dit-il. La seule solution consistait à endosser la faute et à supporter leur colère. « Je n'avais pas compris ; j'aurais dû me taire. Excusez-moi.

— Ça veut dire quoi, “excusez-moi” ? gronda Elemak. Combien de fois as-tu dit “excusez-moi” alors qu'il était trop tard ? Tu n'apprends jamais rien, Nafai ! Père ne t'a pas élevé comme il faut ! Son bébé, le petit garçon de sa précieuse Rasa, incapable de faire du mal ! Eh bien, il est temps que tu apprennes les leçons que Père aurait dû t'enfoncer dans le crâne depuis des années ! »

Tout en parlant, Elemak avait tiré un bâton d'un des bâts appuyés contre la paroi de la ravine. Destiné à retenir de lourdes charges sur le dos d'un chameau, souple et léger, il était néanmoins long et solide. Nafai comprit sur-le-champ l'intention d'Elemak. « Tu n'as pas le droit de me toucher ! cria-t-il.

— Non, bien sûr, personne n'a le droit de te toucher ! cracha Mebbekew. Personne ne peut toucher le petit trésor de Père, Nafai le sacré ! Lui, par contre, il peut nous toucher, naturellement ! Il peut foutre en l'air notre héritage, mais personne ne peut le toucher !

— Il n'aurait jamais été à toi, cet héritage, de toute façon !

dit Nafai à Mebbekew. Il était pour Elemak ! » Une autre pensée lui vint. Avant même de l'exprimer, il sut que ce n'était pas le mieux à dire, étant donné l'état de fureur d'Elemak et de Mebbekew. Mais il ne put s'en empêcher. « Puisqu'on parle de ce que vous avez perdu, vous méritiez d'être déshérités tous les deux pour avoir comploté contre Père !

— C'est un mensonge ! lança Mebbekew.

— Tu me prends vraiment pour un imbécile ? Tu ne savais peut-être pas que Gaballufix voulait tuer Père ce matin-là, mais tu savais qu'il voulait tuer quelqu'un. Qu'est-ce que Gaballufix t'avait promis, Elemak ? La même chose qu'à Rash ? Le nom et la fortune de Wetchik, une fois Père discrédité et forcé de s'exiler ? »

Elemak poussa un rugissement de rage et se précipita sur lui en levant son bâton. Il était dans un tel état que peu de ses coups portèrent, mais la violence compensa la maladresse. Jamais Nafai n'avait connu une telle douleur, pas même quand il avait prié au temple, ni quand il s'était avancé dans les eaux bouillantes du lac. Il se retrouva étalé sur le gravier, Elemak dressé au-dessus de lui, prêt à le frapper de nouveau.

« Pitié ! cria Nafai.

— Menteur ! hurla Elemak.

— Traître ! » répondit Nafai. Il voulut se mettre à quatre pattes, mais le bâton s'abattit et le renvoya au sol. Il m'a cassé le dos ! se dit Nafai. Je vais être paralysé, comme Issib, coincé dans un fauteuil pour le reste de ma vie !

On eût dit que cette pensée atteignait soudain Issib. Alors qu'Elemak relevait son bâton, le fauteuil d'Issib vint se placer devant lui. Mais l'appareil avait pivoté en se déplaçant – Issib n'avait pu totalement le maîtriser – et le bâton frappa l'infirme au bras. Il hurla de douleur, et le fauteuil, échappant à son contrôle, se mit à tournoyer follement en se balançant d'avant en arrière. Son système anti-collision l'empêcha de heurter les parois de la ravine, mais non de renverser Mebbekew qui essayait de s'enfuir.

« Ne te mêle pas de ça, Issib ! cria Elemak.

— Espèce de lâche ! s'exclama Nafai. Tu ne faisais pas le poids devant Gaballufix, mais frapper un infirme et un gamin de quatorze ans, ça, tu t'y entends ! Quel courage ! »

Elemak se retourna vers Nafai. « Cette fois, tu aurais dû te taire, morveux ! » Il ne criait plus ; une colère plus profonde, plus glacée l'avait envahi. « Je ne veux plus entendre le son de ta voix, tu m'as compris ?

— C'est ça, Elya, rétorqua Nafai. Tu n'as pas pu obliger Gaballufix à tuer Père à ta place, mais moi, tu peux me tuer. Allez, vas-y, montre que tu es un homme : tue ton petit frère ! »

Nafai avait espéré faire honte à Elemak pour le forcer à se calmer, mais il avait mal calculé son coup. Elemak perdit tout son sang-froid. Il saisit le bras ballant d'Issib qui passait en tournoyant devant lui, le tira hors de son fauteuil et le jeta par terre comme un jouet brisé.

« Non ! » hurla Nafai.

Il se précipita au secours d'Issib, mais Mebbekew qui se tenait entre eux le projeta au sol. Nafai s'étala aux pieds d'Elemak.

Celui-ci, qui avait lâché son bâton, se baissa pour le ramasser, tandis que Mebbekew courait jusqu'aux bâts et en tirait un autre. « Allez, on en finit avec lui ! disait-il. Et si Issib ouvre sa gueule, il y passe aussi ! »

Elemak avait-il entendu ou non ? Nafai n'en savait rien ; mais il sentit le bâton qui s'abattait en sifflant sur son épaule. Le coup n'était pas encore très précis, mais ne laissait pas de place au doute : Elemak visait la tête. Il cherchait à le tuer.

Une lumière aveuglante envahit soudain la ravine. Nafai leva la tête et vit Elemak pivoter brusquement en essayant de repérer la source de la lumière. Elle provenait du fauteuil d'Issib.

Mais c'était impossible ! L'appareil était muni d'un système d'extinction passive. Quand on ne lui donnait pas d'instructions explicites, il se posait sur ses pieds et s'éteignait. C'est ce qu'il avait fait quand Elemak avait jeté Issib à terre.

« Que se passe-t-il ? demanda Mebbekew.

— Que se passe-t-il ? répéta une voix mécanique issue du fauteuil.

— Tu as dû l'abîmer, dit Mebbekew.

— Ce n'est pas moi qui suis abîmé, répondit le fauteuil. Ce sont la foi et la confiance qui sont fracassées. C'est la fraternité qui est brisée. Ce sont l'honneur, la loi et la décence qui sont détruits. C'est la compassion qui est déchirée. Mais moi, je ne suis pas abîmé.

— Arrête-le, Issya », dit Mebbekew.

Nafai remarqua qu'Elemak se taisait. Sans ciller, son bâton à la main, il observait le fauteuil. Puis avec un grognement, il se précipita et abattit son arme sur lui.

Un éclair parut jaillir. Elemak poussa un hurlement et tomba en arrière, tandis que le bâton s'envolait. Il brûlait sur toute sa longueur.

Soigneusement, lentement, Mebbekew replaça son bâton dans le bât.

« Pourquoi battais-tu ton jeune frère avec un bâton, Elemak ? dit le fauteuil. Pourquoi méditais-tu sa mort, Mebbekew ?

— Mais qui est-ce qui fait tout ça ? demanda Mebbekew.

— Tu ne le devines pas, imbécile ? » La voix d'Issib s'éleva faiblement des rochers où il gisait. « Qui nous a envoyés dans cette mission ?

— Père ? dit Mebbekew.

— Surâme, corrigea Elemak.

— Ne comprenez-vous donc pas ? dit la voix. Il était le seul qui acceptât d'entendre ma voix, c'est pourquoi j'ai choisi votre plus jeune frère pour vous guider. »

Elemak et Mebbekew restèrent cois. Mais au fond de leur cœur, Nafai le savait, la haine brûlante qu'ils lui portaient s'était muée en une rancœur froide et implacable qui ne se dissiperait jamais. Surâme avait choisi Nafai pour les conduire, Nafai qui n'était même pas capable d'assister aux négociations avec Gaballufix sans tout bousiller ! Ah, pourquoi Surâme lui jouait-il ce tour ?

« Si vous n'aviez pas trahi votre père, si vous lui aviez fait confiance et obéi, je n'aurais pas été obligé de choisir Nafai de préférence à vous, dit le fauteuil – dit Surâme. À présent, retournez à Basilica, et je vous livrerai Gaballufix. »

Sur ces mots, les lumières du fauteuil moururent, et il se posa lentement au sol.

Pendant quelques instants, tous restèrent silencieux, abasourdis. Puis Elemak se tourna vers Issib, le souleva délicatement, et le remit dans son fauteuil. « Excuse-moi, Issya, dit-il doucement. Je n'avais plus ma tête. Je ne voudrais te faire du mal pour rien au monde. »

Issib ne répondit pas.

« C'est après Nafai qu'on en avait », ajouta Mebbekew.

Issib le regarda et dans un murmure lui répéta ses propres paroles : « Allez, on en finit avec lui ! Et si Issib ouvre sa gueule, il y passe aussi ! »

Mebbekew eut l'air offensé. « Tu ne vas quand même pas me le reprocher toute ta vie !

— Ferme-la, Meb, dit Elemak. Il faut réfléchir.

— Bonne idée ! Pour le bien que ça nous a fait jusqu'à maintenant !

— C'est bien joli de voir Surâme faire bouger un fauteuil, dit Elemak, mais Gaballufix a des centaines de soldats ; il a les moyens de nous tuer dix fois. Alors, où sont les soldats de Surâme ? Quelle armée va nous protéger ? »

Nafai s'était redressé et les écoutait parler, n'en croyant pas ses oreilles. « Surâme vient de vous faire une démonstration de ses pouvoirs, et vous avez encore peur des soldats de Gaballufix ? Mais Surâme est bien plus fort qu'eux ! S'il ne veut pas qu'ils nous tuent, ils ne nous tueront pas. »

Elemak et Mebbekew le dévisagèrent en silence.

« Vous étiez prêts à me tuer parce que vous n'appréciiez pas mes paroles, reprit Nafai. Est-ce que vous êtes prêts à me suivre, maintenant, pour obéir à ce qu'a dit Surâme ?

— Qu'est-ce qui nous dit ce n'est pas toi qui as trafiqué le fauteuil ? demanda Mebbekew.

— Alors là, bravo, Meb ! Tu as deviné ! Avant même qu'on aille à Basilica, je savais que vous me reprocheriez d'avoir tout fait rater et que vous essayeriez de me tuer ; alors, bien sûr, avec Issya, j'ai bricolé le fauteuil pour qu'il prononce le discours que vous venez d'entendre !

— Tu dis des conneries, Meb, intervint Elemak. On va se faire tuer, mais comme on a tout perdu, pour moi ça ne change pas grand-chose.

— Ce n'est pas parce que tu es fataliste que j'ai envie de mourir, moi ! » se récria Mebbekew.

Issib fit avancer son fauteuil. « Allons-y, dit-il à Nafai. C'est Surâme et toi, son serviteur, que je suis. Allons-y. »

Nafai acquiesça et commença de remonter la ravine. Pendant un moment, il n'entendit que le bruit de ses propres pas et le léger ronronnement du fauteuil d'Issib. Enfin, il perçut derrière lui le crissement des sandales d'Elemak et de Mebbekew.

15

LE MEURTRE

Si on veut arriver à quelque chose, se dit Nafai, il faut renoncer à tout plan. Gaballufix les déjoue à chaque fois. Et l'espoir était encore moindre, maintenant qu'Elemak et Mebbekew se montraient ouvertement hostiles. Pourquoi avait-il fallu que Surâme désigne Nafai comme chef ? Un enfant pouvait-il commander à ses aînés qui, plutôt que de l'aider, se réjouiraient de le voir échouer ? Bien sûr, Issib ne poserait pas de problème, mais de quelle utilité serait-il, même avec ses flotteurs ? Il était à la fois trop visible, trop fragile et trop lent.

Petit à petit, tandis qu'ils cheminaient dans le désert – Nafai en tête, non par choix, mais parce qu'Elemak refusait de marcher près de lui –, il parvint à une conclusion inéluctable : il s'en sortirait bien mieux sans ses frères.

Tout seul, ses chances ne seraient certes pas très bonnes, mais Surâme serait là pour l'aider, comme il l'avait déjà fait une fois en lui permettant de sortir de Basilica.

Mais alors, Luet le tenait par la main. Qui serait sa Luet, cette fois-ci ? Prophétesse, elle était aussi proche de Surâme que Nafai de sa mère. Luet sentait Surâme qui la guidait pas à pas ; Nafai, lui, ne le percevait que très rarement et de façon très confuse. Qu'était-ce donc que cette vision d'un soldat aux mains ensanglantées qui marchait dans les rues de Basilica ? Celle d'un futur ennemi à combattre ? Celle de sa propre mort ? Ou celle d'un guide ? Quelle confusion ! Comment concevoir un plan, dans ces conditions ?

Soudain, Nafai fit halte.

Les autres s'arrêtèrent derrière lui.

« Quoi encore ? demanda Mebbekew. Éclaire-nous, ô grand oint de Surâme ! »

Nafai ne répondit pas et s'efforça de faire le vide dans son esprit, de relâcher le nœud de frayeur qui lui crispait l'estomac. Surâme ne lui parlait pas comme il parlait à Luet, pour la simple raison que Luet, elle, ne cherchait pas à trouver un plan. Luet écoutait. Elle commençait par écouter, par comprendre. Si Nafai désirait vraiment aider Surâme, devenir son représentant et son serviteur à la surface de ce monde, il devait cesser d'inventer constamment des plans ridicules et laisser à Surâme l'occasion de lui parler.

Ils étaient près de Clébaud, le bourg qui s'étirait le long des routes issues de la porte du Goulet. Nafai avait pensé contourner Clébaud, remonter une ravine jusqu'à la route du Désert et entrer dans Basilica par la porte Arrière ; mais il voulait d'abord tester cette idée. Il s'imagina donc faisant le tour de Clébaud, et ses pensées se mirent à s'égarer. Il se tourna alors vers le Goulet, et sentit immédiatement un déferlement d'assurance. C'est bien ça, se dit-il. Surâme est prêt à me guider, pour peu que j'écoute en silence. Comme j'aurais dû le faire pendant qu'Elemak marchandait avec Gaballufix cet après-midi !

« Et allez donc ! dit Mebbekew. Entrons donc par une des portes les mieux gardées de Basilica ! Marchons gaiement dans le quartier le plus pourri de la ville, où tous les gens à vendre, c'est-à-dire tout le monde, sont à la solde de Gaballufix !

— Chut ! intima Issib.

— Laisse-le parler, dit Nafai. Ça va attirer les hommes de Gaballufix et ils vont nous tuer ; et Mebbekew sera content, parce que comme ça, pendant notre agonie, il pourra dire : "Tu vois, Nyef ? Tu nous as tous fait tuer !" Et il mourra heureux. »

Mebbekew s'élança vers Nafai, mais Elemak le retint. « On tiendra notre langue », dit-il.

Nafai les conduisit alors jusqu'à la route Haute qui reliait la porte de la ville à Clébaud. Des maisons la bordaient sur sa plus grande longueur, mais elle était reconnue dangereuse à cette heure de la nuit, et il n'y aurait pas grand-monde. Nafai repéra le plus grand espace séparant des maisons de part et d'autre de la route, regarda soigneusement à droite et à gauche, puis se baissa et traversa la chaussée au petit trot. Ensuite, caché dans un fossé à sec, il attendit ses frères.

Qui ne venaient pas.

Ils ne venaient pas.

Ils ont décidé de me laisser tomber, se dit-il. Eh bien, tant mieux !

Soudain, ils apparurent. Mais au lieu de trotter comme Nafai, ils marchaient. Tous les trois. Évidemment, songea-t-il : ils ont pris le temps de sortir Issib de son fauteuil. J'aurais dû y penser.

Comme ils traversaient la route, Nafai s'aperçut qu'Issib ne flottait pas : les bras passés sur les épaules de ses frères, les pieds traînant à moitié par terre, il avançait soutenu par Elemak et Meb. Aux yeux d'un étranger, Issib devait ressembler à un ivrogne que des amis ramenaient à la maison.

Parachevant le tableau, ils ne franchirent pas la route à angle droit ; ils partirent en oblique, comme s'ils essayaient de suivre la chaussée mais s'égaraient dans le noir ou changeaient de direction à cause des mouvements de l'ivrogne. Enfin, ils parvinrent de l'autre côté et se glissèrent dans les buissons.

Nafai les rejoignit alors qu'ils aidaient Issib à remettre ses flotteurs. « C'était génial ! chuchota-t-il. Même s'il y avait eu du monde, personne n'y aurait vu que du feu !

— C'est Elemak qui a eu cette idée, précisa Issib.

— C'est toi qui devrais commander, Elemak, dit Nafai.

— Ce n'est pas ce que pense Surâme, répondit Elemak.

— Surâme ! Le fauteuil d'Issib, tu veux dire ! grinça Mebbekew.

— C'est aussi bien que tu sois passé le premier, Nyef, reprit Elemak. Les gardes cherchent quatre hommes, dont un qui flotte, et ils n'en ont vu que trois, dont un ivre mort.

— Par où est-ce qu'on va, maintenant ? » demanda Issib.

Nafai haussa les épaules. « Par ici, je crois. » Toujours

devant, il coupa à travers le terrain en friche qui séparait la route Haute du Goulet.

Son esprit se brouilla soudain. Il était incapable de penser à ce qu'il ferait ensuite. Il était incapable de penser, tout court.

« Stop », dit-il. Il s'imagina continuant à mener ses frères, et cela n'allait pas. Poursuivre sa route seul ? Oui, c'était cela. « Attendez-moi ici, reprit-il. Je vais entrer seul.

— Génial ! s'exclama Mebbekew. On aurait aussi bien pu attendre près des chameaux !

— Non, s'il vous plaît, dit Nafai. C'est ici que j'ai besoin de vous. Je dois être sûr de vous y trouver en ressortant.

— Combien de temps te faudra-t-il ? demanda Issib.

— Je n'en sais rien.

— Bon, alors, qu'est-ce que tu as l'intention de faire ? »

Il ne pouvait tout de même pas leur dire qu'il n'en avait pas la moindre idée ! « Elemak ne nous avait pas dit ce qu'il comptait faire, lui ! dit-il.

— C'est ça, susurra Mebbekew, joue les grands chefs !

— On attendra, dit Elemak. Mais si nous sommes encore ici quand le soleil se lèvera, nous serons à découvert et on nous prendra à coup sûr. Tu comprends ça, je suppose ?

— Aux premières lueurs du jour, si je ne suis pas revenu, récupérez le fauteuil d'Issib et retournez aux chameaux.

— D'accord, répondit Elemak.

— Si on veut ! ajouta Mebbekew, agressif.

— On voudra, coupa Elemak. Et Meb sera là, comme les autres. »

Nafai savait bien qu'Elemak le détestait et le méprisait toujours autant ; mais il savait également qu'il lui obéirait. Elya s'attendait qu'il échoue, mais il lui laissait une chance de réussir.

« Merci, dit Nafai.

— Rapporte l'Index. Tu es le garçon de courses de Surâme, alors rapporte l'Index. »

Sans répondre, Nafai les quitta et se dirigea vers le Goulet. En s'approchant, il entendit les gardes qui parlaient entre eux. Il y en avait trop ; ils étaient six ou sept, et non deux comme d'habitude. Pourquoi cela ? Il se colla contre la muraille et s'avança jusqu'à portée de voix.

« Moi, je dis que c'est Gaballufix qui l'a fait, disait un garde. Il a dû tuer d'abord le fils de Wetchik pour qu'il ne puisse pas quitter la cité, ensuite il a tué Roptat, pour faire porter le chapeau à quelqu'un qui ne pouvait plus se défendre.

— Ce serait bien de Gaballufix, répondit un autre garde. Lui et ses hommes, c'est faux-culs et compagnie ! »

Roptat était donc mort ! Nafai frissonna de peur. Malgré tous ces complots avortés, c'était quand même arrivé ! Gaballufix avait fini par commettre un meurtre. Et il en accusait un des fils de Wetchik.

C'est moi ! se dit Nafai. C'est moi qu'il accuse ! Je suis le seul à n'avoir pas quitté la cité par une porte surveillée. Pour l'ordinateur municipal, je suis encore dans Basilica ! Et bien entendu, Gaballufix est au courant ; il a sauté sur l'occasion, il a tué Roptat et répandu la rumeur que c'était le dernier fils de Wetchik le coupable !

Mais les femmes savent, elles. Elles savent qu'il ment. Il ne s'en rend pas compte encore, mais d'ici demain, toutes les femmes de Basilica sauront la vérité : pendant que Roptat se faisait tuer, j'étais au lac avec Luet. Ça veut dire que je ne suis même pas obligé d'entrer dans la cité. Gaballufix va se retrouver vaincu par sa propre stupidité, et nous, nous pouvons attendre dehors en lui faisant des pied de nez !

Oui, mais il n'arrivait pas à s'imaginer restant dehors. Ce n'était pas ce que voulait Surâme. Surâme ne s'intéressait pas aux démêlés de Gaballufix avec ses propres mensonges. Surâme ne s'intéressait qu'à l'Index, et la chute de Gaballufix ne le rendrait pas à Père.

Comment faire pour passer la porte ? se demanda Nafai.

La seule réponse qui lui vint fut sa propre peur, qui ne provenait évidemment pas de Surâme.

Alors, il patienta. La conversation des gardes retombait peu à peu. « Si on allait se balader à Clébaud ? » proposa l'un. Et cinq hommes passèrent la porte pour s'enfoncer dans les rues obscures du bourg. S'ils s'étaient retournés vers l'enceinte, ils auraient aperçu Nafai, collé aux pierres à moins de deux mètres du seuil. Mais ils ne se retournèrent pas.

C'était le moment, il le sentit ; sa peur n'avait en rien diminué, or en même temps il était pris d'une irrésistible envie d'agir. Était-ce Surâme ? Difficile à savoir ; mais il fallait faire quelque chose, même s'il ne savait quoi. Aussi, retenant son souffle, Nafai s'avança-t-il dans la clarté qui illuminait la porte.

Assis sur un tabouret, un des gardes sommeillait contre la porte. L'autre se soulageait contre le mur opposé, dos à l'ouverture. Nafai passa entre eux à pas de loup. Aucun des deux hommes ne changea de position tant qu'il n'eut pas quitté la lumière. Une fois dans l'ombre, il les entendit reprendre leur bavardage ; mais ils ne parlaient pas de lui et ils ne déclenchèrent pas l'alarme. C'est sans doute ce qui s'est passé pour Luet, la nuit où elle est venue nous prévenir, songea Nafai : les gardes abrutis par Surâme l'ont laissé passer comme si elle était invisible. C'est la même chose.

La lune se levait ; la nuit était déjà plus qu'à demi entamée. La cité dormait, sauf Dollville, sans doute, et le marché intérieur ; mais même ces deux quartiers devaient être plus calmes que d'habitude en ces jours de tension et d'inquiétude, avec les soldats qui patrouillaient dans les rues. Dans celui où se trouvait Nafai, en tout cas, un quartier très sûr, sans aucune vie nocturne, on ne voyait pas un chat. Était-ce un bien ou un mal ? Nafai n'en savait rien. Dans un sens, on le remarquerait moins ; mais si quelqu'un le voyait, il ne passerait pas inaperçu.

Cette nuit, cependant, Surâme était là pour l'aider. Préférant tout de même ne pas tenter le sort, il circulait d'ombre en ombre, et quand une troupe de soldats déboucha dans la rue, il se jeta sous un porche où nul ne le vit.

Voilà sans doute la limite du pouvoir de Surâme, se dit Nafai : avec Luet, Père ou moi, il arrive à communiquer de véritables pensées, de même par le biais d'une machine comme le fauteuil d'Issib ; mais qui peut dire ce que ça lui a coûté ? Il touche directement l'esprit des gens, mais il ne peut pas faire beaucoup plus que détourner leur attention, comme quand il les éloigne des idées interdites. Il est incapable de diriger les soldats hors de mon chemin, mais il peut les inciter à ne pas m'apercevoir, caché sous le porche le plus sombre ; il peut leur faire passer l'envie de chercher à vérifier ce que je fais là. Il ne peut pas empêcher les gardes de la porte de faire leur devoir, mais il peut aider celui qui sommeille à croire que le bruit de mes pas fait partie d'un rêve, afin qu'il ne se réveille pas.

Mais pour ça, Surâme doit concentrer toute son attention sur la rue où me voici cette nuit. Ici même. Sur moi.

Et maintenant, où est-ce que je vais ?

Aucune importance. Il suffit que je me débranche l'esprit et que j'avance le nez en l'air, voilà tout. Surâme me prendra par la main et me guidera, comme Luet.

Mais Nafai eut du mal à faire le vide dans son esprit, à s'empêcher de reconnaître chaque rue, de penser aux gens ou aux boutiques qu'il y connaissait, et à la façon dont il pourrait s'en servir pour s'emparer de l'Index. Son esprit était encore trop touffu.

Et pourquoi serait-ce interdit ? se demanda-t-il. Qu'est-ce qu'on attend de moi ? Que je cesse d'être intelligent ? Que je devienne infiniment stupide pour que Surâme puisse me contrôler ? Ma plus grande ambition dans la vie serait-elle d'être une marionnette ?

Non, répondit une voix. Elle était aussi nette que l'autre nuit, au bord de la rivière, dans le désert. *Tu n'es pas une marionnette. Tu es ici parce que tu l'as décidé. Mais à présent, pour entendre ma voix, tu dois faire le vide dans ton esprit. Ce n'est pas que je te veuille stupide, mais il faut que tu sois capable de m'entendre. Tu auras besoin bien assez tôt de toutes tes facultés. Les imbéciles ne me sont d'aucune utilité.*

Quand la voix se tut, Nafai se retrouva appuyé à un mur, le souffle court. Sentir Surâme s'imposer ainsi dans ses pensées n'avait rien d'une plaisanterie. Qu'est-ce que nos ancêtres ont bien pu faire à leurs enfants, quand ils les ont transformés pour qu'un ordinateur puisse leur parler comme ça, directement dans l'esprit ? À cette époque, tous les enfants entendaient-ils la voix de Surâme comme je l'entends maintenant ? Ou bien était-ce déjà quelque chose de rare ?

Il fallait continuer d'avancer. C'était comme une faim dévorante. Et il repartit en se déplaçant comme cela lui était déjà arrivé deux fois au cours des dernières semaines : il allait de rue en rue, presque en transe, sans savoir où ses pas le dirigeaient et sans avoir envie de le savoir, comme cet après-midi, alors qu'il fuyait devant ses assassins.

Je n'ai même pas d'arme !

Cette idée le fit s'arrêter net et sortir de sa transe somnambulique. Il ignorait où il se trouvait ; mais un peu plus loin, à moitié dans l'ombre, un homme était couché par terre. Nafai s'en approcha, curieux. Un ivrogne, peut-être. Ou une victime des tolchocks, voire des soldats, ou d'assassins. Une victime de Gaballufix, en somme.

Mais non, loin de là. C'était un des soldats tous semblables de Gaballufix qui gisait là, et d'après l'odeur d'urine et d'alcool qui émanait de lui, ce n'était pas une blessure qui l'avait jeté sur le carreau.

Nafai allait s'éloigner quand il prit conscience qu'il tenait là un déguisement inespéré. Il n'aurait aucun mal à approcher Gaballufix s'il portait un de ces costumes holographiques – et voilà qu'il en avait un sous la main, comme un cadeau du ciel.

Il s'agenouilla près de l'homme et le roula sur le dos. Impossible de repérer la boîte de contrôle de l'hologramme ; mais en promenant ses mains dans l'image, Nafai la découvrit au toucher, accrochée à une ceinture au niveau de la taille. Il la déboucla, mais elle refusa de s'écarter de l'homme de plus de quelques centimètres.

Ah, c'est vrai ! pensa Nafai. Elemak a dit que c'était une espèce de manteau et que la boîte en faisait partie.

De fait, quand il tira la boîte vers la tête de l'homme, elle se déplaça sans difficulté. En roulant le corps de côté et d'autre, il parvint à retirer le costume holographique à son propriétaire, d'abord par les bras, puis par le torse et enfin la tête.

Et alors, Nafai s'aperçut que ce n'était pas seulement un costume que Surâme lui offrait sur un plateau d'argent. L'homme n'était pas un simple assassin vêtu d'une tenue de soldat. C'était Gaballufix lui-même.

Il était ivre mort, vautré dans son urine et son vomi, mais c'était néanmoins Gaballufix, sans aucun doute possible.

Que faire de ce pochard ? L'Index n'était sûrement pas sur lui. Et Nafai ne se faisait pas d'illusions : il ne gagnerait pas la reconnaissance éternelle de Gaballufix en le ramenant chez lui sur ses épaules.

Ce salaud a dû sortir pour fêter la mort de Roptat. C'est un meurtrier qui est couché devant moi, mais il ne sera jamais puni. Et pour couronner le tout, c'est à moi qu'il essaye de faire porter le chapeau ! Nafai était en rage. Il eut envie d'écraser le visage de Gaballufix dans les vomissures qui maculaient la rue. Ce serait si agréable, si...

Tue-le.

La pensée était aussi nette que si quelqu'un avait parlé derrière lui.

Non, se dit Nafai. Je ne peux pas. Je ne peux pas tuer un homme.

Pourquoi crois-tu que je t'ai conduit ici ? C'est un meurtrier. La loi exige sa mort.

La loi exigeait ma mort à moi pour avoir vu le lac des Femmes, répondit Nafai en silence. Pourtant, on m'a fait grâce.

C'est moi qui t'avais amené au lac, Nafai, comme je t'ai conduit ici pour que tu fasses ce qui doit être fait. Tu ne récupéreras jamais l'Index tant qu'il sera vivant.

Je ne peux pas tuer un homme, surtout un homme sans défense ; ce serait un meurtre.

Non : ce serait justice, simplement.

Pas si elle était donnée de ma main : je le hais trop. Je veux qu'il meure, parce qu'il a humilié ma famille, parce qu'il a volé le titre de mon père, parce qu'il nous a pris notre fortune, parce que mes frères m'ont frappé ; je veux qu'il meure à cause des soldats et des tolchocks, à cause de la façon dont il a escamoté toute lueur d'espoir dans ma cité, dont il a fait de Rashgallivak, cet homme loyal, l'instrument veule et grotesque de sa volonté. Pour toutes ces raisons, je veux qu'il meure, j'ai envie de l'écraser sous mon pied. Et si je le tue maintenant, je ne suis pas un justicier mais un lâche et un meurtrier.

Il a tenté de te tuer. Il t'avait désigné à ses assassins.

Je sais. Ce serait donc une vengeance personnelle si je le tuais maintenant.

Réfléchis à ce que tu vas faire, Nafai. Réfléchis bien.

Je ne serai jamais un meurtrier.

C'est vrai. Tu sauveras des vies. Il reste un espoir d'éviter à ce monde l'holocauste qui a détruit la Terre il y a quarante millions d'années ; mais en laissant cet homme vivre, tu anéantis cet espoir. Le milliard d'âmes que compte Harmonie doit-il périr pour que tu puisses garder les mains propres ? Je te le dis, ce n'est pas un meurtre, ce n'est pas un assassinat ; c'est la justice. Je l'ai jugé et condamné. Il a ordonné la mort de Roptat, la tienne, celle de tes frères et celle de ton père. Il prépare une guerre qui fera des milliers de morts et mènera cette cité à la soumission. Tu ne l'épargnes pas par pitié, Nafai, car seule sa mort peut être miséricordieuse pour le monde. Tu l'épargnes par pure vanité, afin de pouvoir regarder tes mains sans les voir maculées de sang. Je te le dis, si tu ne tues pas cet homme, le sang de millions d'innocents retombera sur ta tête.

Non !

Silencieux, confiné à son esprit, le cri de Nafai n'en fut que plus poignant.

La voix qui parlait dans sa tête ne se laissa pas fléchir : *L'Index donne accès à la bibliothèque la plus profonde du monde, Nafai. Avec son aide, tout est possible à mes serviteurs. Sans lui, ma voix n'est pas plus claire que celle que tu entends actuellement ; elle est sans cesse transformée, distordue par tes craintes, tes espoirs et tes attentes intimes. Sans l'Index, je ne peux t'aider et tu ne peux m'aider. Mes pouvoirs s'affaibliront encore, ma loi dépérira dans l'esprit des gens, et pour finir le feu reviendra et dévastera un nouveau monde. L'Index, Nafai. Prends à cet homme ce qu'exige la loi, puis va t'emparer de l'Index.*

Nafai se baissa et saisit l'épée électrique accrochée à la ceinture de Gaballufix.

Je ne sais pas comment tuer un homme avec cette arme. Elle n'a pas de pointe. Je ne peux pas lui percer le cœur.

Sa tête. Tranche-lui la tête.

Je ne peux pas ! Je ne peux pas, je ne peux pas, je ne peux pas !

Mais Nafai se trompait.

Il saisit Gaballufix par les cheveux et lui découvrit la gorge. L'homme s'agita – s'éveillait-il ? Nafai faillit lâcher les cheveux, mais Gaballufix retomba dans l'inconscience.

Nafai alluma l'épée et la posa sur la gorge tendue. La lame se mit à bourdonner. Une ligne apparut, où perlait le sang. Nafai appuya sur l'épée ; la ligne devint une blessure ouverte et le sang jaillit sur la lame en grésillant. Il était maintenant trop tard pour reculer, trop tard. Il appuya plus fort encore. La lame s'enfonça. Elle résista en rencontrant l'os, mais Nafai, imprimant une torsion au cou, ouvrit un espace entre les vertèbres par lequel la lame passa aisément, et la tête se détacha.

Le pantalon et la chemise de Nafai, tout comme ses mains et son visage, étaient couverts de sang, trempés, dégoulinants de sang. Je viens de tuer un homme, et c'est sa tête que je tiens ! Que suis-je, maintenant ? En quoi suis-je meilleur que celui qui gît devant moi, décapité par mes mains ?

L'Index.

Ses vêtements ensanglantés lui étaient insupportables. Pris d'un affolement presque incontrôlable, il se les arracha, puis s'essuya le visage et les mains sur le dos propre de sa chemise. Ce sont les mêmes vêtements que Luet m'a tendus quand je suis remonté à bord de la barque, sur ce lac magnifique, paisible ; et voilà ce que j'en ai fait !

S'agenouillant près du corps après avoir jeté ses vêtements dans le sang, Nafai s'aperçut qu'à cause de la pente de la rue et de la position du cadavre, le sang qui s'écoulait de la blessure avait épargné les habits de Gaballufix. Ils étaient pleins de vomi et d'urine, certes, mais pas de sang. Et il fallait bien que Nafai porte quelque chose. L'holocostume ne suffirait pas ; il serait pieds nus et il risquait d'avoir froid.

L'idée d'enfiler ces habits lui faisait horreur, mais quelque chose l'y contraignait. Il traîna le corps à l'écart de la flaque rouge, puis le dévêtit avec soin, en évitant tout contact avec le sang. Il fut pris de nausée en enfilant le pantalon froid et humide, mais il se reprit ; un homme qui venait de tuer comme lui ne faisait pas le délicat devant un pantalon pisseux. Idem pour l'odeur d'acide gastrique sur la chemise et la cuirasse que Gaballufix portait en dessous. Plus rien n'est trop horrible pour moi, maintenant, se dit Nafai. Je suis déjà perdu.

Par contre, il ne put se résoudre à ceindre l'épée. Il effaça ses empreintes digitales de la poignée et jeta l'arme près de la tête de sa victime. Alors, il éclata de rire. Mes vêtements sont là, à côté, des vêtements que d'innombrables témoins ont vus sur moi aujourd'hui ! Pourquoi me fatiguer à effacer toute trace de mon passage, si je les laisse ici ?

Et pourtant, je vais quand même le faire, se dit-il. Je les laisse comme s'il s'agissait de mon propre cadavre, d'un costume d'enfant. Je porte des habits d'homme, maintenant. Et pas de n'importe quel homme : l'homme le plus vil, le plus monstrueux que je connaisse. Ils me vont bien.

Il enfila le costume holographique. Il ne sentit aucune différence, mais il supposa que le système fonctionnait. Alors il s'éloigna du cadavre, sans savoir où il allait, incapable de raisonner.

Puis il fit demi-tour. Il avait oublié quelque chose, il le savait. Mais il ne vit que ses anciens vêtements et l'épée. Alors, il la prit, essuya le sang qui la couvrait et la ceignit.

Maintenant, il pouvait se mettre en route, en direction de la maison de Gaballufix évidemment. C'était très clair, à présent, ses pensées étaient désormais parfaitement nettes. Le pantalon, devenu glacé, lui irritait la peau. La cuirasse pesait sur ses épaules. L'épée l'embarrassait. Voilà ce que ça fait, d'être Gaballufix, songea Nafai. Cette nuit, je suis Gaballufix.

Il faut que je me dépêche, avant qu'on découvre le corps.

Non. Surâme empêchera qu'on le remarque, du moins jusqu'au matin, où il y aura tant de gens dans la rue qu'il ne pourra pas les influencer tous. Mais j'ai encore du temps devant moi.

Il prit la rue de la Fontaine ; puis il se ravisa, obliqua dans la rue Longue et arriva chez Gaballufix par l'arrière de la maison. Dans la ruelle, il avisa la porte qu'il avait vu Elemak emprunter, tant de jours – si peu ! – auparavant. Etait-elle verrouillée ?

Oui. Que faire ? Quelqu'un, à l'intérieur, devait monter la garde. Comment, sous l'apparence d'un simple soldat, demander à entrer à cette heure de la nuit ? Et si on lui faisait éteindre son costume une fois dans la place ? On le reconnaîtrait aussitôt. Pire encore, on reconnaîtrait le costume de Gaballufix et on comprendrait tout de suite que

Nafai ne pouvait s'être approprié les vêtements du maître des lieux que d'une seule façon.

Mais il y avait une autre possibilité : Gaballufix avait déjà dû bien des fois rentrer chez lui ivre mort.

Alors, Nafai essaya de se rappeler la voix de Gaballufix, rauque, râpeuse et voilée. Il s'estima capable de l'imiter à peu près ; la perfection n'était pas nécessaire, puisque Gaballufix était ivre – cela se sentait assez ! Il aurait donc une voix bredouillante, mal maîtrisée, et il vacillerait, au risque de tomber, et...

« Ouvrez, ouvrez cette porte ! » brailla-t-il.

Affreux ! Ça ne ressemblait pas du tout à Gaballufix !

« Ouvrez la porte, bande d'idiots ! C'est moi ! »

C'était mieux. Et avec un petit coup de pouce de Surâme, les gardes, distraits, ne remarqueraient pas que Gaballufix n'avait pas sa voix habituelle.

La porte s'entrebâilla. Nafai n'hésita pas et s'engouffra. Un homme l'attendait. « Tu m'enfermes dehors, maintenant ? beugla Nafai. Mais j'vais t'faire écorcher vif ! J'vais t'découper en rondelles, moi ! » Nafai ignorait comment Gaballufix s'exprimait d'ordinaire, mais la grossièreté et les menaces, surtout quand il était soûl, devaient faire partie de son personnage. Le problème, c'est que Nafai n'avait pas vu beaucoup d'ivrognes, sauf dans la rue, de temps en temps, et plus fréquemment au théâtre ; mais c'était alors de la comédie.

Je suis un comédien, après tout, se dit-il. Je pensais en faire un jour mon métier ; eh bien, m'y voilà !

« Permettez-moi de vous aider, chef », dit l'homme. Sans le regarder, Nafai se laissa tomber à genoux puis se plia en deux. « J'crois bien que j'vais dégueuler », dit-il d'une voix rauque. Puis il éteignit l'holocostume l'espace d'un instant, juste assez pour que le garde et les autres occupants éventuels de la pièce reconnaissent les vêtements de Gaballufix, tandis que le visage et les cheveux de Nafai, ramassé sur lui-même, restaient invisibles. Il remit ensuite le contact et s'efforça d'imiter les haut-le-cœur d'un ivrogne à l'estomac vide ; il y parvint si bien que de la bile lui remonta dans la gorge.

« Je peux vous aider, chef ? demanda l'homme.

« Qui c'est qui garde l'Index ? beugla Nafai. Tout l'monde veut c't'Index, en c'moment ! Eh ben, maintenant, c'est moi qui l'veux !

— C'est Zdorab qui le garde, répondit l'homme.

— Va l'chercher !

— Mais il dort, il... »

Nafai se redressa en tanguant. « Personne ne dort quand j'ai l'cul en l'air dans cette baraque !

— Je vais le chercher, chef ; excusez-moi, je croyais... »

Nafai lança un coup de poing maladroit à l'homme, qui recula d'un air horrifié. Allait-il trop loin ? Impossible de le savoir. L'homme s'éloigna en rasant un mur et disparut par une porte. Allait-il revenir avec des soldats pour l'arrêter ? Nafai n'en savait rien.

Mais non ; le garde revint accompagné de Zdorab ; Nafai en tout cas supposa qu'il s'agissait bien de lui. Mais il devait s'en assurer. Aussi s'approcha-t-il de l'homme d'un air menaçant, puis il lui souffla dans le nez. « C'est toi, Zdorab ? » L'homme croirait Gaballufix soûl au point de ne plus y voir clair.

« Oui, monsieur. » L'homme avait l'air épouvanté. Tant mieux.

« Mon Index ! Où il est ?

— Lequel ?

— Celui que ces connards voulaient – les fils de Wetchik ! L'Index, avec un grand *I*, par Surâme !

— Le... l'Index Palwashantu ?

— Où est-ce que tu l'as mis, fripouille ?

— Dans la chambre forte, répondit Zdorab. Je ne savais pas que vous le vouliez à portée de main. Vous ne vous en êtes jamais servi jusqu'ici, et j'ai cru...

— J'ai quand même le droit de l'regarder si j'en ai envie ! »

Arrête de tant bavarder ! se dit Nafai. Plus tu parleras, plus Surâme aura du mal à empêcher cet homme de se douter de quelque chose.

Zdorab l'emmena dans un couloir, et Nafai prit soin de se cogner de temps en temps dans le mur. Chaque fois qu'il touchait l'endroit où le bâton d'Elemak avait frappé le plus durement, un élancement le traversait de l'épaule à la hanche et un gémissement lui échappait ; mais cela ne faisait que rendre son imposture plus crédible.

Comme ils traversaient l'étage inférieur de la maison, Nafai se sentit à nouveau tremblant. Et s'il devait prouver son identité pour ouvrir le chambre forte, par un examen de la rétine ou de l'empreinte du pouce ?

Mais la chambre forte était ouverte. Surâme avait-il incité quelqu'un à oublier de la refermer ? Ou bien n'était-ce que de la chance ? Et moi, suis-je l'instrument du destin, se demanda Nafai, ou la marionnette de Surâme ? Ou bien, par quelque hasard, puis-je choisir librement une partie de mon chemin, cette nuit ?

Il ignorait quelle réponse il préférait. S'il choisissait librement, alors il avait en toute conscience choisi de tuer un homme qui gisait dans la rue, sans défense. Mieux valait croire que c'était Surâme qui l'y avait contraint, par force ou par ruse. Ou encore que quelque chose dans ses gènes ou son éducation l'y avait forcé. Mieux valait croire qu'il n'existait pas d'autre choix plutôt que de se tourmenter sans cesse et se demander s'il n'aurait pas suffi de voler les vêtements de Gaballufix. La responsabilité de son acte était un fardeau dont Nafai n'avait pas envie de se charger.

Zdorab entra dans la chambre forte. Il le suivit, puis s'arrêta net : la fortune tout entière que Gaballufix leur avait volée était là, disposée en tas bien nets sur une vaste table.

« Comme vous le voyez, monsieur, la vérification est presque finie, dit Zdorab en s'éloignant au milieu des étagères. Je me charge de tout nettoyer et de tout organiser moi-même, dans cette pièce. C'est très aimable à vous de venir la visiter. »

Nafai fut soudain pris d'un soupçon.

Est-ce qu'il me donne le change en attendant du renfort ?

Zdorab sortit des étagères à l'autre bout de la pièce. Il était petit, beaucoup plus que Nafai, et bien qu'il n'eût sûrement pas plus de trente ans, il commençait à perdre ses cheveux. Mais malgré son air comique, s'il devinait ce qui se passait, cela risquait de coûter la vie à Nafai.

« C'est bien cela ? » demanda Zdorab.

Nafai n'avait évidemment pas la moindre idée de l'aspect de l'Index. Il avait vu de nombreux index, bien sûr, mais la plupart étaient de petits ordinateurs autonomes permettant d'accéder par ondes à une grande bibliothèque. Sur celui-ci, il ne vit rien qui rappelât un écran ; Zdorab lui présentait une sphère métallique de couleur bronze, d'environ vingt-cinq centimètres de diamètre et un peu aplatie aux pôles. « Attends que j'regarde », gronda Nafai.

Zdorab parut réticent à se séparer de l'objet. Une vague de peur envahit Nafai. Il refuse de me le donner parce qu'il sait qui je suis !

Mais Zdorab révéla sa véritable inquiétude : « Monsieur, vous avez dit de le garder toujours parfaitement propre. »

Il craignait que Gaballufix fût sale sous son holocostume, voilà tout ! Il est vrai que le maître des lieux semblait ivre mort et qu'il sentait l'alcool à plein nez ; il pouvait avoir les mains couvertes de tout ce qu'on voudrait.

« T'as raison, dit Nafai. D'accord, garde-le.

— Si vous le désirez, monsieur, répondit Zdorab.

— C'est bien le bon, hein ? » demanda Nafai. Il fallait qu'il s'en assure, et il n'espérait qu'une chose : que son imitation d'ivrognerie était assez convaincante pour que des questions stupides n'éveillent pas les soupçons.

« C'est bien l'Index Palwashantu, si c'est ce que vous voulez dire. Mais je me demandais si c'était bien celui que vous désiriez. Vous n'aviez jamais demandé à le voir, jusqu'à maintenant. »

Ainsi, Gaballufix ne l'avait même pas sorti de la chambre forte ; Elemak aurait eu beau marchander, faire monter les enchères, il était clair qu'il ne l'aurait jamais obtenu. Nafai se sentit un peu mieux. Il n'y avait donc pas eu d'occasion manquée ; tous les scénarios auraient abouti à la même conclusion.

« Où l'emportons-nous ? » s'enquit Zdorab.

Excellente question, pensa Nafai. Je peux difficilement lui dire qu'on va l'apporter aux fils de Wetchik qui attendent dans le noir de l'autre côté du Goulet !

« Faut que j'le montre au conseil, dit-il à voix haute.

— À cette heure de la nuit ?

— Ouais, à c't'heure de la nuit ! M'ont interrompu, les cons, en plein milieu d'une fête pour m'dire qu'il fallait qu'ils voient l'Index ! Z'ont eu l'idée qu'il avait p't-être été volé par ces faux-culs de fils de Wetchik, ces filous, ces assassins ! »

Zdorab toussa, baissa la tête et allongea le pas devant Nafai.

Tiens donc ! Zdorab n'aimait pas entendre Gaballufix qualifier ainsi les enfants de Wetchik ! Très intéressant. Mais pas au point de lui faire confiance. « Va moins vite, misérable nabot ! cria Nafai.

— Oui, monsieur. » L'homme obéit, et Nafai le suivit avec force embardées.

Ils arrivèrent à la porte d'entrée, où le même homme, toujours en poste, adressa un regard interrogateur à Zdorab. Ça y est ! songea Nafai. C'est un signal entre eux !

« Ouvrez la porte à maître Gaballufix, je vous prie, dit Zdorab. Nous ressortons. »

Nafai comprit que le garde avait simplement demandé si l'homme en costume holographique était bien Gaballufix, et Zdorab l'en avait assuré.

« Vous allez vous amuser ? dit le garde.

— Il semble que le conseil veuille affirmer son autorité, cette nuit, répondit Zdorab.

— Il vous faut une escorte ? demanda le garde. On n'a que quelques dizaines d'hommes dans le coin, mais on peut en faire venir de Clébaud en quelques minutes, si vous voulez.

— Non ! aboya Nafai.

— Ah ! je pensais que... le conseil avait peut-être besoin qu'on lui rafraîchisse la mémoire, comme la dernière fois...

— Ils n'ont pas oublié ! » bredouilla Nafai. Il se demanda ce qui s'était passé la « dernière fois ».

Zdorab sortit, Nafai trébuchant à sa suite. La porte se referma derrière eux.

Tandis qu'ils marchaient dans les rues presque vides de Basilica, Nafai se rendit compte de ce qu'il venait d'accomplir. Après tous les échecs de la journée, il sortait de chez Gaballufix avec l'Index ! Ou du moins, avec un homme qui portait l'Index.

« C'est très revigorant, un peu d'air frais, n'est-ce pas, monsieur ? dit Zdorab.

— Mm, fit Nafai.

— Enfin, je veux dire que... que vous semblez avoir les idées beaucoup plus claires. »

Et Nafai s'aperçut qu'il avait oublié de continuer à jouer les éméchés. Mais il était trop tard pour y remédier ; se remettre à trébucher juste après le commentaire de Zdorab serait stupide. Alors, Nafai fit halte, se tourna vers lui et lui lança un regard menaçant. Comme l'homme ne pouvait pas voir son expression, il faudrait qu'il l'imagine.

Zdorab devait avoir l'imagination très vive, car il parut se ratatiner aussitôt. « Ce n'est pas que vous n'ayez pas eu les idées claires au début... enfin, tout au long... non, vous avez toujours les idées claires, monsieur. Et vous avez une réunion avec le conseil clanique, ça, c'est une bonne chose ! »

C'est même carrément merveilleux ! songea Nafai, ironique.

« Et où a lieu la réunion de ce soir, monsieur ? » demanda Zdorab.

Nafai n'en avait évidemment pas la moindre idée. Tout ce qu'il savait, c'est qu'il devait retrouver ses frères à la sortie du Goulet. « À ton avis ? gronda-t-il.

— Eh bien, c'est-à-dire que... comme vous aviez l'air d'aller vers le Goulet, et... Enfin, je ne veux pas dire que le conseil ne peut pas tenir une réunion à Clébaud ; mais c'est que ça se passe d'habitude... Mais c'est vrai aussi que je n'y suis jamais allé. Vous vous réunissez peut-être chaque soir dans un endroit différent, je n'en sais rien ; j'ai simplement entendu quelqu'un parler d'une réunion du conseil chez votre mère, près de la porte Arrière, mais c'était seulement... enfin, ce n'était peut-être que pour cette fois-là... »

Nafai marchait toujours sans rien dire, laissant Zdorab se terroriser tout seul.

« Oh non ! » s'écria soudain Zdorab.

Nafai pila. Si je m'empare de l'Index, se dit-il, est-ce que j'arriverais à la porte avant qu'il ait pu donner l'alerte ?

« J'ai laissé la chambre forte ouverte ! dit Zdorab. Je ne me préoccupais que de l'Index et... Pardonnez-moi, monsieur, je vous en supplie. Je sais que la porte ne doit rester ouverte qu'en ma présence, et je... Miséricorde ! je me rappelle à l'instant que je l'avais déjà laissée ouverte quand je suis venu vous rejoindre à la porte de derrière ! Mais qu'est-ce qui m'arrive donc ? Je comprendrais que vous me congédiiez, monsieur ! J'ai pourtant toujours veillé à ce qu'elle soit bien refermée. Dois-je retourner la verrouiller ? Toute cette fortune étalée... On ne sait jamais, si un des domestiques devait... Monsieur, je peux courir là-bas et vous rejoindre en quelques minutes ; j'ai le pied très agile, croyez-moi ! »

C'était l'occasion rêvée de se débarrasser de Zdorab ; il suffisait de prendre l'Index, de laisser partir l'homme et de passer le Goulet avant son retour. Mais si ce n'était qu'un subterfuge ? Si Zdorab cherchait à lui fausser compagnie pour prévenir les soldats de Gaballufix qu'un imposteur en costume holographique s'enfuyait avec l'Index ? Non, impossible de laisser Zdorab s'en aller tant qu'il n'aurait pas franchi la porte.

« Non, reste avec moi », dit Nafai. Il se mordit les lèvres : sa voix ne ressemblait vraiment plus à celle de Gaballufix ! Zdorab n'avait-il d'ailleurs pas eu l'air surpris ? S'interrogeait-il sur la voix curieuse de son maître ? Continue d'avancer, se dit Nafai. Marche et ne dis rien. Il allongea le pas. Zdorab dut trotter sur ses courtes jambes pour rester à sa hauteur.

« Je n'ai encore jamais assisté à ce genre de réunion, monsieur. » Il haletait à présent. « Je ne serais pas obligé de prendre la parole, n'est-ce pas ? Je ne suis pas membre du conseil, après tout. Oh, mais que dis-je ? On ne me permettra sûrement pas d'assister au conseil, de toute façon ; je vous attendrai dehors. Pardonnez mon émotion, mais je n'ai jamais... je passe mon temps dans la chambre forte et à la bibliothèque, où je fais des comptes et des choses de ce genre, alors, comprenez-vous, je ne sors pas beaucoup, et comme je vis seul, je n'ai pas beaucoup l'occasion de discuter ; tout ce que je connais de la politique, c'est ce que je surprends des conversations des autres. Je sais que vous, vous vous y intéressez beaucoup, naturellement. Tout le monde chez vous est très fier de travailler pour quelqu'un d'aussi célèbre. Mais c'est un métier dangereux que vous faites, avec le meurtre de Roptat ce soir. Ne craignez-vous pas un peu pour votre vie ? »

Est-il vraiment stupide ? se demanda Nafai. Ou bien soupçonne-t-il Gaballufix d'avoir fait assassiner Roptat et essaye-t-il de lui tirer maladroitement les vers du nez ?

Quoi qu'il en soit, Gaballufix n'était sûrement pas homme à s'abaisser à répondre à ce genre de questions, aussi Nafai garda-t-il bouche close. Et ils arrivèrent enfin à la porte.

Cette fois, les gardes étaient bien éveillés. Naturellement : Zdorab se fût étonné s'ils avaient fait montre d'une trop grande inattention. Nafai se maudit de l'avoir emmené ; il aurait dû se débarrasser de lui à la première occasion.

Les gardes se mirent en position et tendirent leurs écrans d'identification d'un geste agressif : Nafai, avec son costume de soldat, était un ennemi ou du moins un rival. L'écran révélerait sa véritable identité, et comme il était soupçonné d'avoir tué Roptat, cela n'arrangerait guère sa situation.

Comme il restait indécis, Zdorab intervint. « Vous n'allez tout de même pas exiger que mon maître appose son doigt sur votre petit écran ridicule ! » dit-il d'un ton hautain. Puis il appuya son propre pouce sur l'identificateur. « Là, cela vous dit-il qui je suis ? Le trésorier du seigneur Gaballufix, voilà qui je suis !

— Tout le monde doit poser son pouce ici, c'est la loi », rétorqua le garde ; mais il avait perdu de son assurance. Faire assaut d'avanies avec les soldats de Gaballufix, c'était une chose ; se trouver face à l'homme lui-même, c'était une autre affaire. « Excusez-moi, monsieur, mais je fais mon travail, même si je ne l'ai pas choisi. »

Nafai ne broncha pas.

« C'est du harcèlement, dit Zdorab, voilà ce que c'est ! » Il ne cessait de jeter des coups d'œil à Nafai, mais il ne lisait évidemment ni approbation ni désapprobation sur le masque inexpressif de l'hologramme.

« Il y a des assassins qui rôdent cette nuit, reprit le garde d'un ton d'excuse. Vous avez vous-même signalé, monsieur, que le plus jeune fils de Wetchik a tué Roptat ; il faut bien qu'on contrôle tout le monde ! »

Nafai s'avança enfin et tendit la main vers l'écran. Mais ce faisant, il approcha la tête de celle du garde et dit à mi-voix : « Et si l'homme qui a rapporté un mensonge aussi absurde était le meurtrier lui-même ? »

Le garde recula, surpris par cette voix, abasourdi par ce qu'elle disait. Puis il regarda l'écran et vit le nom qui s'y était inscrit. Il hésita et parut réfléchir.

Surâme, aiguise l'esprit de cet homme ! Fais-lui voir la vérité, et qu'il agisse en conséquence ! pria Nafai.

« Merci de vous soumettre à la loi, seigneur Gaballufix », dit enfin le garde. Il appuya sur le bouton d'effacement, et Nafai vit son nom disparaître de l'écran. Personne d'autre ne pouvait l'avoir vu.

Sans un regard en arrière, Nafai franchit la porte à grands pas. Il entendit Zdorab trottiner derrière lui. « Ai-je bien fait, monsieur ? demanda Zdorab. Vous n'aviez pas l'air de vouloir donner votre pouce, alors je... Où allons-nous ? Est-ce qu'il ne fait pas un peu sombre pour couper par les taillis ? Ne pourrions-nous pas rester sur la route, seigneur Gaballufix ? La lune est levée, bien sûr, et il ne fait pas trop noir, mais... »

Pas question de s'approcher discrètement de l'endroit où Nafai avait laissé ses frères, avec le babil incessant de Zdorab. Et voilà qu'il l'avait appelé « Gaballufix » à haute et intelligible voix ! Ce ne fut donc pas une surprise pour Nafai quand il entendit soudain des bruissements dans les fourrés, suivis de pas précipités qui s'éloignaient. Évidemment : ses frères croyaient qu'il avait été pris, qu'il les avait trahis, que Gaballufix était venu les tuer. Que pouvaient-ils imaginer d'autre, en voyant ce costume ?

Nafai tripota son boîtier de commande. Mais comment savoir s'il avait coupé ou non l'appareil ? Pour finir, il arracha le costume et se mit à crier aussi fort qu'il l'osait, de sa voix naturelle : « Elemak ! Issya ! Meb ! C'est moi ! Ne vous sauvez pas ! »

Ils s'arrêtèrent de courir.

« Nafai ! dit Meb.

— Déguisé en Gaballufix ! ajouta Elemak.

— Tu as réussi ! » s'exclama Issib en éclatant de rire.

Un léger crissement dans son dos rappela à Nafai que cette sympathique scène de retrouvailles devait paraître moins réjouissante au malheureux Zdorab : il avait cheminé en compagnie de l'homme que l'on accusait du meurtre de

Roptat et qui avait vraisemblablement fait subir un sort similaire à Gaballufix.

Nafai se retourna et vit Zdorab qui tentait de prendre la poudre d'escampette. « J'ai le pied très agile », avait-il prétendu, mais il se trompait, visiblement. En quelques enjambées, Nafai le rattrapa, le projeta à terre et, après une lutte symbolique, le cloua au sol, une main sur la bouche. Les gardes n'étaient pas à cinquante mètres de là ; Surâme avait sans doute détourné leur attention des cris qui avaient éclaté, mais il y avait des limites à sa capacité de rendre les gens stupides.

« Écoute-moi, murmura Nafai d'un ton menaçant ; si tu fais ce que je te dis, Zdorab, je ne te tuerai pas. Tu comprends ? »

Sous sa main, Nafai sentit la tête s'agiter de haut en bas.

« Je te jure par Surâme que je n'ai pas assassiné Roptat. C'est ton maître, Gaballufix, qui est responsable de sa mort et qui a donné l'ordre de nous abattre, mes frères et moi. C'était lui, l'assassin, mais je l'ai tué et c'était justice. Tu comprends ce que je dis ? Je ne suis pas de ceux qui tuent par plaisir. Et toi, je n'ai pas envie de te faire mourir. Prometstu de garder le silence si j'enlève ma main de ta bouche ? »

Nouveau mouvement de la tête. Nafai ôta sa main.

« Je me réjouis que vous ne vouliez pas me tuer, chuchota Zdorab. Je n'ai pas envie de mourir.

— Crois-tu ce que je t'ai dit ? demanda Nafai.

— Croiriez-vous ma réponse ? riposta Zdorab. Nous sommes dans le genre de situation où l'on dit ce que l'interlocuteur a envie d'entendre ; vous n'êtes pas d'accord ? »

Il avait marqué un point. « Zdorab, je ne peux pas te laisser rentrer dans la cité, tu comprends ? Ce n'est pas compliqué : si tu fais partie des hommes de Gaballufix, des voyous qu'il engage pour ses basses besognes, je ne peux me fier à rien de ce que tu diras, et autant que je te tue tout de suite et qu'on en finisse. Mais je ne crois pas que tu sois de ceux-là ; tu es un bibliothécaire, un archiviste, un clerc qui ignorait ce que signifiait travailler pour Gaballufix.

— En effet, je voyais des choses curieuses, mais les autres ne paraissaient pas les trouver bizarres et personne ne voulait répondre à mes questions ; alors, je suis resté dans mon coin et j'ai tenu ma langue, la plupart du temps, en tout cas.

— Nous allons dans le désert. Si tu nous accompagnes, si tu restes avec nous – et si tu me donnes ta parole par Surâme de ne pas nous trahir –, tu seras libre ; tu feras partie de notre maison, à égalité avec les autres. Nous ne voulons pas de toi comme serviteur, mais seulement comme ami.

— Je fais le serment de ne pas vous trahir, bien sûr. Mais comment saurez-vous si vous pouvez me croire ?

— Jure par Surâme, Zdorab mon ami, et je le saurai.

— Par Surâme, donc, je jure de demeurer avec vous et d'être votre ami loyal pour toujours. À condition que vous ne me tuiez pas. Encore que, si vous me tuez, tout le reste ne sera que du vent, évidemment. »

Nafai s'aperçut que ses frères s'étaient rassemblés autour d'eux. Ils avaient entendu le serment de Zdorab, et chacun avait son opinion.

« Il faut le tuer, dit Meb. C'est un homme de Gaballufix ; on ne peut pas lui faire confiance.

— Je m'en charge, s'il le faut, ajouta Elemak.

— Comment savoir ? » demanda Issib.

Mais Nafai ne les écoutait pas. Il attendait que Surâme lui parle, et la réponse qu'il reçut était claire : *Fais confiance à cet homme.*

« J'accepte ton serment, dit Nafai. Et je jure par Surâme que ni moi ni personne de ma famille ne te fera de mal tant que tu le respecteras. Allez, vous autres, jurez-le !

— C'est du délire ! s'écria Mebbekew. Tu nous mets tous en danger, en faisant ça !

— Pour cette nuit, c'est à moi que Surâme a donné le commandement, répondit Nafai, et vous avez promis de m'obéir. Je suis revenu avec l'Index, non ? Et Gaballufix est mort. Allez, jurez ! »

Tous prêtèrent serment.

« Et maintenant, donne-moi l'Index, dit Nafai en s'adressant à Zdorab.

— Je ne peux pas, répondit Zdorab.

— Ah ! tu vois ? grinça Meb.

— Ce n'est pas ça ; mais quand vous m'avez fait tomber, il m'a échappé des mains.

— Splendide ! s'exclama Elemak. Tout ce travail pour récupérer ce précieux Index, et voilà qu'on va en ramasser des morceaux dans tout le désert ! »

Mais Issib le retrouva à moins d'un mètre de là, et quand Elemak l'examina, l'objet parut intact. À la lumière de la lune, en tout cas, on n'y distinguait pas une éraflure.

À son tour, Mebbekew le scruta, le manipula, le soupesa. « Ce n'est rien qu'une boule, une boule de métal.

— Ça ne ressemble même pas à un véritable index », renchérit Issib.

Nafai prit l'objet des mains de Mebbekew. L'Index se mit immédiatement à luire sur sa partie inférieure.

« Vous le tenez à l'envers, je crois », dit Zdorab.

Nafai retourna le globe. Une flèche apparut au-dessus, dans l'air, pointée vers le sud-ouest. Des mots s'inscrivirent au bout de la pointe, mais dans une langue inconnue de Nafai.

« C'est du haut puckyi, dit Issib. Plus personne ne le parle aujourd'hui. »

Les lettres changèrent. Elle formèrent un mot, un seul : « fauteuil ».

« Regardez la flèche, reprit Issib. Elle indique la direction où j'ai laissé mon fauteuil.

— Fais-moi voir ça », dit Elemak.

Nafai lui tendit l'Index. À l'instant où l'objet quittait sa main, le mot et la flèche disparurent.

Nafai voulut alors reprendre la sphère ; Elemak lui adressa un long regard glacé, puis lui rendit l'Index. L'image réapparut instantanément. Nafai se tourna vers Zdorab. « Qu'est-ce que ça veut dire ?

— Je l'ignore, dit Zdorab. Il n'avait encore jamais fait ça. Je croyais qu'il ne marchait plus.

— Laisse-moi essayer, demanda Issib.

— Non, s'il te plaît, répondit Nafai. On va l'envelopper et le rapporter à Père sans plus y toucher. Elemak connaît le chemin ; c'est lui qui doit nous guider.

— D'accord, dit Mebbekew.

— Comme tu voudras, acquiesça Issib.

— Lequel d'entre vous est Elemak ? » demanda Zdorab.

Elemak partit à grands pas vers la route Haute, là où le

fauteuil les attendait. Quand ils arrivèrent enfin près des chameaux, le ciel commençait à s'éclairer à l'est. Nafai emballa l'Index et le donna à Elemak pour qu'il le range dans un bât.

« C'est toi qui devrais le remettre à Père, tu sais », dit Nafai.

Elemak se retourna et, entre le pouce et l'index, saisit délicatement Nafai par le devant de sa chemise – non, de la chemise de Gaballufix. Il se pencha en avant et dit à mi-voix : « Épargne-moi ce ton protecteur, Nafai. Je vois la tournure que prend cette affaire, et voici ce que j'en dis : je n'accepterai ni honneur, ni prérogative, ni rien de ta part. Ce que j'aurai, je l'obtiendrai parce que ça me revient de droit. Tu m'as bien compris ? »

Nafai acquiesça ; Elemak lâcha la chemise et s'éloigna. Et Nafai comprit alors que le fossé qui s'était ouvert entre son frère aîné et lui ne se comblerait jamais. L'Index s'était allumé entre les mains de Nafai, alors qu'il était resté inerte entre celles d'Elemak. Surâme avait parlé, et Elemak ne lui pardonnerait jamais son message.

16

L'INDEX DE SURÂME

Nafai et son père étaient assis sous la grande tente en compagnie d'Issib, couché, lui, sur un tapis. L'Index était posé sur un autre tapis disposé entre eux. Nafai toucha l'Index du bout des doigts ; à son tour, Père posa une main dessus ; de l'autre, il prit le bras d'Issib et lui mit la main sur la sphère. Quand tous trois furent en contact avec lui en même temps, l'Index parla.

« L'éveil, enfin, après si longtemps ! » dit-il. Il chuchotait. Nafai resta perplexe : entendait-il cette voix de ses oreilles, ou bien son esprit transformait-il en mots les bruits ambiants, la brise du désert, leur respiration ?

« Il nous en a fort coûté de vous faire venir ici, dit Père.

— J'attends depuis longtemps de recouvrer cette voix », répondit l'Index.

Nafai comprit : ce n'était pas l'Index qui parlait. « C'est la voix de Surâme.

— Oui, dit le murmure.

— Si cet objet contient votre voix, dit Père, pourquoi l'appelle-t-on un index ? »

La réponse vint après une longue hésitation. « C'est l'index qui donne accès à ce que je suis. »

L'Index de Surâme ! Un index était un instrument qui permettait de se diriger dans la mémoire labyrinthique d'un ordinateur complexe. Surâme était le plus grand de tous les ordinateurs, et ils avaient sous les yeux l'outil qui leur permettrait enfin de le comprendre, du moins en partie.

« Maintenant qu'on a l'Index, dit Nafai, peux-tu nous expliquer qui tu... enfin, ce que tu es ? »

À nouveau un silence, puis le chuchotis : « Je suis la Mémoire de la Terre. Je n'ai pas été conçu pour durer si longtemps. Je m'affaiblis, et je dois revenir auprès de celui qui est plus sage que moi, qui me dira que faire pour sauver ce monde désaccordé appelé Harmonie. J'ai choisi votre famille pour me ramener au Gardien de la Terre.

— Comment ? Tu comptes nous emmener là-bas ?

— Ce monde qui fut enfoui sous la glace et dissimulé par la fumée est sûrement vivant et bien éveillé aujourd'hui. Le Gardien qui a chassé l'humanité de la planète qu'elle avait détruite ne se détournera pas de vous. Suivez-moi, enfants de la Terre, et je vous ramènerai à votre ancien foyer. »

Nafai regarda tour à tour son père et Issib. « Vous vous rendez compte de ce que ça veut dire ? demanda-t-il.

— Oui ; c'est un long voyage, répondit Père d'un ton las.

— Long ? s'écria Nafai. Ah ça, oui ! Si long que la lumière met cent ans à l'accomplir !

— Qu'est-ce que tu racontes ? dit Issib. À t'entendre, on croirait que Surâme a promis de nous emmener sur une autre planète ! »

Les paroles d'Issib flottèrent comme des notes discordantes. Nafai était abasourdi. Évidemment que Surâme avait promis de les emmener sur une autre planète ! C'étaient presque ses mots exacts ! Oui, mais ce n'était pas ce qu'Issib avait entendu, ni Père. L'Index, manifestement, ne produisait donc pas des sons à proprement parler ; ils entendaient en réalité par l'esprit, non par les oreilles.

« Qu'a dit Surâme, à votre avis ? demanda-t-il.

— Eh bien, qu'il allait nous conduire dans un pays magnifique, répondit Père. Sur une bonne terre, où les moissons seront abondantes et les vergers prospères. Une terre sur laquelle nos enfants pourront être libres et bons, affranchis du mal qui règne à Basilica.

— Mais où, exactement ? insista Nafai. Où a-t-il dit que se trouvait ce pays magnifique ?

— Nafai, apprends à te montrer plus patient et plus confiant, dit son père. Surâme nous fera faire un pas à la fois, et puis, un jour, un de ces pas sera le dernier de notre voyage, et nous serons chez nous.

— Il ne s'agira pas d'une cité, ajouta Issib, mais ce sera un pays où je pourrai me servir de mes flotteurs. »

Nafai se sentit profondément déçu. Il savait bien ce qu'il avait entendu, mais il savait également que son père et Issib n'avaient pas perçu la même chose. Et pourquoi donc ? Deux explications étaient possibles : ou ils ne comprenaient pas la voix de Surâme aussi bien que lui, ou bien Surâme leur avait délivré un message différent. Dans l'un et l'autre cas, il ne pouvait les obliger à croire ce qu'il avait compris.

« Et toi, qu'as-tu entendu ? demanda Père. Y avait-il autre chose ?

— Rien d'important pour l'instant, répondit Nafai. Ce qui compte, c'est qu'on ne va pas rester ici à attendre que Basilica veuille bien de nous à nouveau. Nous ne sommes plus des exilés maintenant, mais des expatriés, des émigrants. Basilica n'est plus notre cité. »

Père soupira. « Dire que je m'apprêtais à prendre ma retraite et à transmettre l'entreprise à Elya ! Je ne voulais plus jamais voyager ! Et voilà que je vais partir pour le plus long voyage de toute ma vie, sans doute ! »

Nafai prit l'Index entre ses mains et l'approcha tout près de son visage. La sphère frémissait entre ses doigts. « Quant à toi, mon étrange petit Index, dit-il, j'espère que tu valais la peine qu'on s'est donnée pour te récupérer, et le prix qu'on a payé.

— Toute cette fortune, soupira Issib. Il a fallu qu'on se fasse dépouiller pour que j'apprenne à quel point on était riches !

— Nous sommes plus riches que jamais, aujourd'hui, dit Père. Nous avons toute une terre à nous promise, sans cité ni clan, ni ennemi pour nous la disputer. Et l'Index de Surâme est là pour nous montrer le chemin. »

Nafai ne les entendait plus. Il pensait au sang qu'il avait versé, qui avait maculé ses vêtements et sa peau. Je ne voulais pas le faire, se dit-il, et pourtant ce n'était que justice de prendre la vie d'un meurtrier. Quand Elemak pensait avoir tué un homme, de loin, avec un pulsant, il s'en vantait. Mais moi, je l'ai tué de près, de ma main, étalé dans la rue, ivre mort, sans défense. Je l'ai fait non parce que je craignais pour ma vie, ni pour protéger une caravane, mais de sang-froid, sans colère, parce que Surâme m'avait dit que c'était juste et parce que j'en étais convaincu.

Mais ce n'était pas tout : je le haïssais, aussi. Serai-je jamais sûr que je n'ai pas agi sous le coup de cette haine, de ce besoin de vengeance ? Jamais je ne saurai si je ne suis pas, au fond, un assassin qui s'ignore.

Mais je peux m'en arranger ; j'arriverai à dormir cette nuit. Avec le temps, la souffrance s'apaisera, j'en suis sûr. C'est le prix à payer pour le rôle que j'ai accepté : serviteur de Surâme. Je ne m'appartiens plus. Je suis l'homme que Surâme a décidé de faire de moi. Quand Surâme en aura fini avec moi, j'espère que l'homme que je serai devenu me plaira, au moins un peu...

Cette nuit-là, il dormit et fit un rêve. Il ne rêva pas de meurtre, ni de la tête de Gaballufix, ni de ses vêtements couverts de sang. Non, il rêva qu'il flottait sur une mer dont les courants étaient à la fois brûlants et glacés, et dont naissait un brouillard qui passait et repassait devant son visage. Soudain, émergeant dans ce monde perdu, mystérieux et paisible, des mains lui tâtèrent le visage, une épaule, puis lui saisirent un bras et se mirent à le tirer sur l'eau.

Je ne suis pas le premier à venir ici, se dit-il en s'éveillant. Je ne suis pas seul dans ce domaine, dans ce royaume de Surâme. D'autres y sont venus avant moi, ils sont ici, près de moi, et ils resteront près de moi pour m'accompagner dans tout ce qu'il me reste à vivre encore.

GUIDE DE PRONONCIATION DES NOMS

Si le lecteur souhaite lire cette histoire en silence, il n'est pas très important qu'il sache prononcer les noms des personnages. Mais pour celui que cela intéresse, voici quelques indications sur ce sujet.

Les lois de la formation vocalique de la langue en usage à Basilica prévoient que dans la plupart des noms, propres comme communs, au moins une voyelle doit être prononcée avec le son *y* placé devant. Dans le cas des noms propres, il peut s'agir de pratiquement n'importe quelle voyelle, susceptible en toute légitimité de changer selon la préférence du locuteur. Ainsi, le nom de Gaballufix pourrait se prononcer *Gya*-BA-lou-fix ou Ga-BA-*lyou*-fix ; il se trouve que Gaballufix préférait pour sa part le prononcer Ga-*BYA*-lou-fix, et la plupart des gens suivaient naturellement cet usage.

Dhelembuvex (ðel-EM-byouvex)
Dol (DYOL)
Drotik (DROT-yik)
Eiadh (EY-yath)
Kokor (KYO-kor)
Mebbekew (MEB-bek-kyou)
Nafai (NYA-faï)
Obring (OB-rying)
Rasa (RAZ-ya)
Rashgallivak (Rach-GYA-li-vak)
Roptat (ROP-tyat)
Zdorab (ZDOR-yab)
Elemak (EL-yé-mak)
Hosni (HYOZ-ni)
Hushidh (HYOU-chith)
Issib (IS-yib)
Luet (LYOU-et)
Sevet (SEV-yet)
Shedemei (CHYED-è-meï)
Trujnisha (Trouj-NYI-cha)
Vas (VYAS)
Volemak (VOL-yé-mak)
Wetchik (WET-chyik)